U0362327

中华传统文化精要900句丛书

中华好诗词900句

陈洪 乔以钢 主编

南开大学出版社

图书在版编目(CIP)数据

中华好诗词900句 / 陈洪，乔以钢主编. —天津：
南开大学出版社，2018.7
（中华传统文化精要900句）
ISBN 978-7-310-05608-8

Ⅰ.①中… Ⅱ.①陈… ②乔… Ⅲ.①古典诗歌—诗
集—中国 Ⅳ.①I222

中国版本图书馆 CIP 数据核字(2018)第 123921 号

南开大学出版社出版发行
出版人:刘运峰
地址:天津市南开区卫津路 94 号 邮政编码:300071
营销部电话:(022)23508339 23500755
营销部传真:(022)23508542 邮购部电话:(022)23502200

＊

天津市蓟县宏图印务有限公司印刷
全国各地新华书店经销

＊

2018 年 7 月第 1 版 2018 年 7 月第 1 次印刷
210×148 毫米 32 开本 17 印张 4 插页 488 千字
定价:58.00 元

如遇图书印装质量问题,请与本社营销部联系调换,电话:(022)23507125

绪　言

晋人陆机论文曰："立片言而居要，乃一篇之警策。虽众辞之有条，必待兹而效绩。"明白指示出佳句在整篇中不同一般的地位。

他又说："石韫玉而山晖，水怀珠而川媚。彼榛楛之勿剪，亦蒙荣于集翠。"依他的看法，佳句在篇中，如同石中之玉、水中之珠、木上之翠，可使全篇蒙其荣光。

一篇妙文，一首好诗，总是有一句乃至数句最为精彩，如同全篇的眼目。在顾及整个相貌五官的同时，着重描摹传神阿堵，当属为人写照之要求。此理移之于诗，亦可相通也。

何谓"佳句"，本无一定规矩可蹈可循，不过是传诵较广、意味较厚、文辞较美罢了。然而，传诵广者意味未必尽厚，文辞美者传诵未必最广；何况，当时享名者可能久已衰歇，昔日冷落者可能新近鹊起未艾。要之，"佳句"之拣择只能取其大略而已。全书择篇以传诵较广之佳句首字笔画多少排列。若为一联中之后句闻名者，则酌情将前句一并收入，但仍以后句首字为准依序排列。

刘勰讲："慷慨者逆声而击节，酝藉者见密而高蹈，浮慧者观绮而跃心，爱奇者闻诡而惊听"，"知多偏好，人莫圆该。"阅读、欣赏原本就染有浓厚主观色彩，"佳句"之选择，"佳处"之分说，自无所谓"圆该"。拣择但求权衡有据，"无私于轻重，不偏于憎爱"，品鉴力求言之有物，如此而已。

"文章千古事，得失寸心知。"创作如此，阅读其实也是如此。一首好诗，是诗人心灵悸动的结晶。当时的体验，除此诗之外，即使诗人自己，也难另作描述。此书鉴赏之文，乃与读者切磋交流，若能发诸君会心一笑，则余愿足矣。

目　录

一画

正入万山圈子里，一山放出一山拦。

〔鉴赏〕严羽批评宋人"以理为诗，以议论为诗"，殊不知此正宋诗卓然自立的本钱。杨万里的《过松源，晨炊漆公店六首》（其五）可为一例：

> 莫言下岭便无难，赚得行人错喜欢。
> 正入万山圈子里，一山放出一山拦。

从表面上看，此诗写的是行旅体验，凡有山行经验的人都会认可。但诗的深层尚有某种超越具体情境的意味，须琢磨方见。"一山放出一山拦"，可作人生旅程之诠解，亦可作心性修养之说明，还可随读者体会另作别解。而无论作何种理解，琢磨之下皆有"理趣"。

一夫当关，万夫莫开。

〔释义〕这句从西晋张华《剑阁铭》中"一夫荷戟，万夫趑趄。形胜之地，匪亲勿居"化出，意即一个人把住这关口，一万人来也休想打得开。

〔鉴赏〕这是唐代李白《蜀道难》（参见"蜀道之难难于上青天"条）诗中佳句。诗歌在极写蜀道令人惊心动魄的险难环境之后，面对蜀道南端的要塞剑阁，涉想遥深，写道：

> 剑阁峥嵘而崔嵬，一夫当关，万夫莫开。所守或匪亲，化为狼与豺。

化用古句，言简意赅，一语从剑阁的险要，引入了对政治形势的描写。在赫赫大唐盛世，诗人已预感到其内部潜伏着危机，因此担心这险扼的蜀道，被坏人盘踞而残害百姓。这充分体现了李白的远见卓识和忧国忧民的思想，也使《蜀道难》的主题得到了升华。

一日不见，如三秋兮。

〔鉴赏〕这是《诗经·采葛》中的名句。原诗为：

> 彼采葛兮，一日不见，如三月兮。
> 彼采萧兮，一日不见，如三秋兮。
> 彼采艾兮，一日不见，如三岁兮。

　　原诗乃怀人之作。诗人在这里运用对时间的艺术夸张变形，用质朴的语言、层递的手法，生动地表达了因想念对方而产生的对时间的主观感觉：一日不见，如三月、三秋、三年之长。相思相念导致度日如年之感。这首诗不但演构成了"一日三秋"的成语，而且启发后代诗人踵事增华，写出了许多受它启发的佳句，如"事去千年犹恨速，愁来一日即为长。"（唐·李益《同崔邠登鹳雀楼》）

一从此曲中原奏，老泪沾衣二十年。

〔鉴赏〕这是清代吴嘉纪《赠歌者》诗中名句。原诗为：

> 战马悲笳秋飒然，边关调起绿樽前。
> 一从此曲中原奏，老泪沾衣二十年。

　　这是一首忧时伤乱的名作。从诗题来看，这是歌者唱了"边关调"后，诗人于席间感怀世事而作。前两句是说歌曲的内容和情调非常悲凉萧飒。"战马悲笳"，"边关调起"。诗人悲慨万端地说，自从这首反映边塞征战的曲调在中原响起，二十年来神州荡覆、宗社丘墟、兵燹遍地、生灵涂炭，那泪水沾衣的情景就再也没有断过啊。后人便用来表达身处乱世的遭遇和心情。

一双冷眼看世人，满腔热血酬知己。

〔释义〕酬，报答。

〔鉴赏〕这是清代袁枚《随园诗话》卷十六中记载一位名叫杨朗溪的太史所写的诗。袁枚的父亲游幕楚南时，他跟随的主人去世，因死者亏损公款而连累其妻下狱。袁枚的父亲侠义心肠，救其妻出狱。杨朗溪写了此诗赠他。这两句诗对比鲜明，寥寥数语便刻画出一位具有古道热肠而又鄙弃世俗的侠义之士的形象。上句写义士有超卓的胸襟、孤高的性情，不与世俗同流合污，鄙弃世俗之人的薄情寡义、见利忘义，下句写义士有侠义心肠和光明峻洁的品格，有恩必报、不惜一切酬答知己。一"冷"，一"热"，一鄙弃，一酬答，人物性格在对比中得到了凸现。

一水护田将绿绕，两山排闼送青来。

〔鉴赏〕句出宋代王安石《书湖阴先生壁二首》（其一）。湖阴先生，即王安石退居钟山时的邻居和朋友杨德逢。诗云：

> 茅檐长扫静无苔，花木成畦手自栽。
> 一水护田将绿绕，两山排闼送青来。

这首诗是诗人拜访杨德逢时题于其家壁上的。一、二两句，盛赞杨家庭院的清幽之美。同时也是借屋室庭院来赞美主人高雅脱俗的情操。三、四句是放眼庭院之外时的所见，写的是白水绕田、青山满目的景色。但诗人并未平铺直叙，而是化无情为有情，采用巧妙的拟人手法，用"护"字将水写得含情脉脉，用"排"字将凝立的青山写得灵动有趣。尤为精妙的是，这山水之中更有人在，表现了诗人与自然相知相亲、情投意合的美好情怀。

一生大笑能几回，斗酒相逢须醉倒。

〔鉴赏〕此联出自唐代岑参《凉州馆中与诸判官夜集》一诗，该诗为老友在凉州旅舍夜间聚饮而作。诗的前半部分用轻快咏唱的调子，唱出了凉州城的繁华及和平景象，接下来诗人写道：

> 河西幕中多故人，故人别来三五春。

花门楼前见秋草，岂能贫贱相看老。
一生大笑能几回，斗酒相逢须醉倒。

老友久别重逢，是快意事；饮酒话旧，是快意事；互相鼓励建功，是快意事；大笑醉倒，更是快意事。但这洋溢的一派豪气中，却隐隐透出几许悲凉。身处异乡，岁月催人，功名未就，本是一种悲凉，但既然人生欢笑无多，欢聚不常，那就"不如饮美酒"吧。结句表现的是一种豪迈、豁达，亦是一种悲壮与无奈。

五岳寻仙不辞远，一生好入名山游。

〔鉴赏〕这是唐代李白《庐山谣寄卢侍御虚舟》诗中名句。李白遇赦后，政治出路的幻想已告破灭，于是凭借遨游山水、寻仙访道来超脱现实。诗的开头写道：

我本楚狂人，凤歌笑孔丘。手持绿玉杖，朝别黄鹤楼。
五岳寻仙不辞远，一生好入名山游。

这是诗人隐逸寻仙的宣言，也是诗人一生游踪的形象写照。"五岳"峥嵘险峻，各踞一隅，相隔千里，但诗人却"不辞远"，精神是多么顽强和执着；"好入名山"，而且是"一生"不移的愿望，倾向是何等鲜明和坚定！两句塑造了一个豪迈、放纵、乐观、旷达的形象，集中体现了诗人粪土王侯、浮云富贵、傲岸不羁、清高绝俗的品质、志趣和博大胸襟。

书咄咄，且休休，一丘一壑也风流。

〔释义〕书咄咄，东晋殷浩被废后，整天用手指在空中书写"咄咄怪事"字样。此指失意的感慨。且休休，唐末司空图隐居山中筑"休休亭"，表示远离世事。风流，此指有韵味。
〔鉴赏〕这是宋代辛弃疾罢官退居铅山时，所作《鹧鸪天》词中名句。原词为：

枕簟溪堂冷欲秋，断云依水晚来收。红莲相倚浑如醉，白鸟无言定自愁。　　书咄咄，且休休，一丘一壑也风流。不知筋力衰多少，但觉新来懒上楼。

上阕写晚卧溪堂所见，下阕则写所感。"书咄咄"二句因巧用典故而形成特色。"一丘一壑"句则把诗人闲适自得、忘情山水的精神面貌形象地描写出来。

一丛深色花，十户中人赋。

〔鉴赏〕此联出自唐代白居易《买花》一诗。该诗的前半部分写京城贵游买花，后半部分为：

> 有一田舍翁，偶来买花处。
> 低头独长叹，此叹无人谕。
> 一丛深色花，十户中人赋。

这里，诗人从一个田舍翁的视角来看买花这个京城"人人迷不悟"的举动。田舍翁"低头""长叹"，道出了这样的感慨：小小一丛深色的牡丹花，价格竟相当于十户中等人家的田赋！"一丛花""十户赋"这种形式上强烈的反差，强化了对贫富悬殊的讽喻。

一曲高歌一樽酒，一人独钓一江秋。

〔鉴赏〕这是清代王士祯《题秋江独钓图》诗中名句。原诗为：

> 一蓑一笠一扁舟，一丈丝纶一寸钩。
> 一曲高歌一樽酒，一人独钓一江秋。

渔父是中国传统文化中特有的形象。自从楚辞中出现渔父的形象以来，渔父便成了高蹈遗世的隐士的化身。柳宗元《江雪》"孤舟蓑笠翁，独钓寒江雪"的描绘，更给渔父的性格中注入了孤傲清高的内涵。王士祯的这首题画诗，巧妙地运用了"一"这个数字，突出了"独"的意义，写出了秋日江上渔父独钓的潇洒逍遥。一边高歌，一边喝酒，何等惬意。而"一人独钓一江秋"则造成了一人与满江秋色的鲜明对比，潇洒中又透出几分孤寂。

一年三百六十日，风刀霜剑严相逼。

〔鉴赏〕这是《红楼梦》第二十七回"埋香冢飞燕泣残红"中的两句诗，是黛玉葬花时吟唱的，现代传媒改编时称之为《葬花吟》。曲略云：

> 花谢花飞花满天，红消香断有谁怜？
> ……
> 一年三百六十日，风刀霜剑严相逼。
> 明媚鲜妍能几时，一朝飘泊难寻觅。
> 花开易见落难寻，阶前闷杀葬花人。
> ……
> 天尽头，何处有香丘？
> 未若锦囊收艳骨，一堆净土掩风流。
> 质本洁来还洁去，强于污淖陷渠沟。
> 尔今死去侬收葬，未卜侬身何日丧？
> 侬今葬花人笑痴，他年葬侬知是谁？
> 试看春残花渐落，便是红颜老死时。
> 一朝春尽红颜老，花落人亡两不知！

由于这支曲子出自林黛玉之口，便与林黛玉清秀可爱的形象、坎坷不幸的命运联系到了一起，分外具有撼动人心的力量。"一年"两句以风雨摧花比喻环境对自己的挤压，形象生动，很有质感，被人们广泛用于描写恶劣社会环境及人际关系。

一年三百六十日，多是横戈马上行。

〔鉴赏〕这是明代戚继光七绝《马上作》中的名句。原诗为：

> 南北驱驰报主情，江花边月笑平生。
> 一年三百六十日，多是横戈马上行。

戚继光是明代的抗倭名将。他深谙兵法，治军有方，所率士兵英勇善战，号称"戚家军"，多次击败进犯东南沿海的倭寇，令敌人闻风丧胆。这首诗便生动地表现了戚继光的爱国情怀和英雄气概。为报效国家、驱逐敌寇，诗人一年三百六十五天，几乎都是在驰骋疆场、横戈跃马中度过的。非常简单明白的数字，一旦与诗人的战斗生涯联起来，便使人陡然觉得一位英气勃勃的爱国将领跃然纸上。

一年好景君须记，最是橙黄桔绿时。

〔鉴赏〕这是宋代苏轼《赠刘景文》诗中名句。原诗为：

> 荷尽已无擎雨盖，菊残犹有傲霜枝。
> 一年好景君须记，最是橙黄桔绿时。

此诗作于元祐五年（1090）诗人知杭州时。刘景文，名季孙，苏轼誉之为"慷慨奇士"，两人交谊甚深。这首诗，写的是初冬之景。头两句先写荷尽菊残的衰败之景，意在衬托后面的橙黄桔绿，但诗人准确地把握了荷、菊的最主要的特点：荷叶与菊枝，前者秀媚而后者劲节，二者各擅夏、秋胜景。但后两句突兀而起的，却是诗人对橙与橘的赞美。因为夏秋已过，严冬将临，傲然挺立于这天地肃杀之中的，既非荷，亦非菊，而是怀岁寒之心、经冬不凋的橙与桔。诗将感时、咏物、赞人融为一体，语浅意深，令人回味无穷。

一年将尽夜，万里未归人。

〔鉴赏〕只有久客他乡之人，才真正理解"每逢佳节倍思亲"的况味。唐代戴叔伦此联正是含蓄而深沉地表现了自己这种感受。语出《除夜宿石头驿》：

> 旅馆谁相问，寒灯独可亲。
> 一年将尽夜，万里未归人。
> 寥落悲前事，支离笑此身。
> 愁颜与衰鬓，明日又逢春。

除夕本是家人团聚守岁之时，却孤身独处旅馆，唯寒灯相对，情何以堪？此种寂寞与悲凉，诗人凝聚为"一年将尽夜，万里未归人"。前句不仅点明除夕，更给人悠远的时间感；后句亦不仅叙述客游的事实，还产生广漠的空间感。于是造成惆怅万端、百感苍茫的境界。

一自西施采莲后，越中生女尽如花。

〔释义〕西施，春秋时越国美女。

〔鉴赏〕这是清代朱彝尊《越江词》诗中名句。原诗为：

> 山围江国水平沙，过雨轻舟泛若耶。
> 一自西施采莲后，越中生女尽如花。

越在今江浙一带。西施当年采莲的地方在今浙江诸暨的若耶溪，又叫采莲泾。这首诗是写泛舟若耶时所见所感。前两句写诗人在蒙蒙烟雨中驾一叶轻舟游览在若耶溪上，如同置身于仙境之中。后两句写诗人对美丽的越女的赞叹，越地的女孩子，真是个个美丽如花，往日西施，如在眼前。看似咏古，其实咏叹所见到的美丽的越女，才是作者真正的用意。

一国三公，吾谁适从！

〔释义〕一国三公，一个国家三个主公，形容国内政出多门。

〔鉴赏〕这是春秋时晋国大夫士蔿《狐裘歌》中的名句。《左传》载，晋献公宠幸骊姬，欲废长立幼，疏远太子申生、公子重耳和夷吾，爱幸骊姬之子奚齐、卓子。士蔿认为这对国家不利，就唱了这首歌，原文为：

> 狐裘蒙茸，一国三公，吾谁适从！

士蔿意在指出政出多门将会给国家带来危害，而臣下也不知服从谁好。一国三公，是夸张的说法，因为几个公子还未达到与国君献公分庭抗礼的水平，"三"也非实指，只形容数量不止一个。因其生动形象，故后世用为成语，形容令出多门、事权不一的忧态，刘知几《史通》"十羊九牧，其令难行；一国三公，适从何在？"即出于此。

一夜雨声凉到梦，万荷叶上送秋来。

〔鉴赏〕这是清代陈文述《夏日杂诗》（其一）中的名句。原诗为：

> 水窗低傍画栏开，枕簟萧疏玉漏催。
> 一夜雨声凉到梦，万荷叶上送秋来。

江南夏日，炎热难当。如果一阵凉雨洒下，驱除暑气、带来清爽，那该是多么惬意。这首诗便写了诗人夏日遇雨的快慰舒畅的心情。前两句写自己的居室临近湖边，夜晚枕席凉爽萧疏，玉漏嘀嗒、催人入睡。后二句说这一夜的雨声真是太让人愉快，它把凉意都带入我的梦中了；无边的荷叶上，雨声淅沥、初凉暗生，给人们送来了秋意。凉意而入梦，似乎梦也是清凉的；荷叶而送秋，好像秋意是生自水中的。诗句构思精巧而富于新意，成为写新凉的名句。

一诗千改始心安。头未梳成不许看。

〔鉴赏〕这是清代袁枚《遣兴》诗中名句，两句原非相连。原诗为：

> 爱好由来着笔难，一诗千改始心安。
> 阿婆还是初笄女，头未梳成不许看。

这是一首论诗诗，写诗人作诗时的严谨谦虚的态度。袁枚在诗歌创作上主张自抒性灵，表现自然率真的情趣，这首诗也有此特色。诗人说每一首诗写成后，他都要再三推敲，千改百改，直到自己完全满意为止。接着便风趣地说，就像那恪守妇德、律己严谨的阿婆一样、仍然保持着少女时的矜持，头发尚未梳好前，绝不让人看见。这个比喻非常巧妙，反映了诗人虽已名满天下却仍然不自满，不肯率意为之的创作态度。

一卷离骚一卷经，十年心事十年灯。

〔**释义**〕《离骚》，屈原的抒情长诗。经，指佛经。

〔**鉴赏**〕这是清代女词人吴藻《浣溪沙》词中名句。原词为：

> 一卷离骚一卷经，十年心事十年灯。芭蕉叶上听秋声。　欲哭不成翻强笑，讳愁无奈学忘情。误人枉自说聪明。

词人红颜薄命，早年生活幸福美满，后来历经忧患，遁入佛门。此词巧用数字的对比，抒写内心深处极度的矛盾和痛苦，读来感人肺腑。《离骚》就是"罹忧"，表现深重的愁怨。一面读着抒愁的《离骚》，一面念着宣传空寂的佛经，佛门的青灯黄卷，如何能消尽无限的忧愁心事？特别是风雨吹打在芭蕉叶上的萧瑟秋声，更是折磨得词人的心都要碎了。

斯须九重真龙出，一洗万古凡马空。

〔**释义**〕斯须，瞬间。九重，天子宫殿。

〔**鉴赏**〕诗画相通，"诗圣"杜甫对绘画也有极高的鉴赏力，这在他的题画诗中有充分的表现。《丹青引赠曹将军霸》虽非专门题画，但也有两节题画之辞，俱十分生动传神。一节写曹霸人物之妙："褒公鄂公毛发动，英姿飒爽来酣战。"一节写其画马之妙，便有"斯须九重真龙出，一洗万古凡马空"的赞语。这两句的妙处在于不从正面具体写曹画之情状，而是从观者感受落笔：转瞬间曹霸画竣，观者顿觉有如真龙从宫中腾飞而起，相比之下，万古的凡马都被扫除一空，不值一看。后世常用"一洗"句形容各类出众超群的人、事、物。

風　李嶠

解落三秋葉，能開二月花。過江千尺浪，入竹萬竿斜。

台仲

凭君莫话封侯事，一将功成万骨枯。

〔鉴赏〕这是唐代曹松《己亥岁》诗中名句。原诗为：

> 泽国江山入战图，生民何计乐樵苏。
> 凭君莫话封侯事，一将功成万骨枯。

这两句揭露了封建社会的一个普遍现象，邵将军的战功是千千万万人的生命换来的，在诗人看来，封建社会中最为荣耀的封侯之事实则是一种罪恶。张蠙的"可怜白骨攒孤冢，尽为将军觅战功"（《吊万人冢》），刘商的"将军夸宝剑，功在杀人多"（《行营即事》），用意与此相同。从诗人充满感伤语调的规劝可以体会战争灾难之深。这两句语言朴素，而意旨极深，是警世之言。

一宵冷雨葬名花。

〔鉴赏〕这是清初词人纳兰性德词作《摊破浣溪沙》中的一句。原词为：

> 林下荒苔道韫家，生怜玉骨委尘沙。愁向风前无处说，数归鸦。　半世浮萍随逝水，一宵冷雨葬名花。魂是柳绵吹欲碎，绕天涯。

谢道韫，历史上的著名才女，《世说新语》中评论她"有林下之风"。这个"林下"为"竹林之下"，即指竹林七贤所代表的魏晋风度，特别是那种"越名教而任自然"的潇洒人生姿态。《红楼梦》中林黛玉身上有谢道韫的影子，"潇湘馆""林下"也透露出作者"互文"的意图。正因为这一层关系，"一宵冷雨葬名花"与"黛玉葬花"的关联才是值得关注与思考的。

一腔热血勤珍重，洒去犹能化碧涛。

〔释义〕碧涛，大海的波涛。

〔鉴赏〕这是清代秋瑾《对酒》诗中名句。原诗为：

> 不惜千金买宝刀，貂裘换酒也堪豪。
> 一腔热血勤珍重，洒去犹能化碧涛。

这首诗以豪放的笔调塑造了一位为祖国而不惜献出生命的侠义之士的形象，可以说是"鉴湖女侠"秋瑾自己的写照。宝刀可以杀敌、美酒可以为英雄增豪，而诗人不惜以千金买宝刀、貂裘换美酒，正可见出其豪气冲天、轻财重义的性格。但英雄的血并非随便抛洒，平时珍重，是为了一旦祖国需要时，便不惜一切，热血化涛，去淹没那黑暗的社会，迎来祖国的新生。这种崇高的精神、永远值得人们敬仰。

一语天然万古新，豪华落尽见真淳。

〔鉴赏〕这是金代元好问《论诗三十首》（其四）诗中佳句。这首诗借评陶渊明诗而阐发作者自己的诗风主张。"一语天然"是针对斗靡夸多的"豪华"诗风而发的。"豪华"与其说是时风，不如说是长期存在的不良创作风气，故诗中言"万古"。"一语天然"即能廓清万古，而推出清新诗风，足见"天然"之于作诗的莫大作用。下句则强调剥落雕饰浮华，方可见出真性情。从语法上看，两句互文见义；而从逻辑上看，则是只有前者（天然语）才有后者（真情性）。这两句既准确地概括了陶诗的特点，也用自己的诗句把诗人对诗风的理性主张形象化，同时也用自己的诗句为他的主张提供了一个示范。

一骑红尘妃子笑，无人知是荔枝来。

〔释义〕妃子，指杨贵妃。
〔鉴赏〕此是唐代杜牧所作《过华清宫》绝句三首中的第一首，为唐人咏史之上品：

> 长安回望绣成堆，山顶千门次第开。
> 一骑红尘妃子笑，无人知是荔枝来。

起句由长安回望，极写骊山华清宫雄伟壮观，接下来的三、四句，为千古绝唱，以滚滚红尘中冲出的一骑专使，与妃子一笑做鲜明对比含蓄地讽刺了玄宗的重色轻国与贵妃的骄奢淫逸。不惜千里飞骑传荔枝以博妃子一笑，使人肃然警觉：春秋时周幽王不也是为博妃子一笑导致亡国的吗？二者如出一辙。

一蓑烟雨任平生。

〔释义〕一蓑，指披着蓑衣。

〔鉴赏〕这是北宋苏轼《定风波》词中名句。原词为：

> 莫听穿林打叶声，何妨吟啸且徐行。竹杖芒鞋轻胜马，谁怕？一蓑烟雨任平生。　　料峭春风吹酒醒，微冷，山头斜照却相迎。回首向来萧瑟处，归去，也无风雨也无晴。

此词写于元丰五年（1082）苏轼被贬黄州期间，因某日途中遇雨而作。"一蓑"句由眼前景述心中情，表现了词人在自然界风雨和人生风雨面前的旷达胸怀、开朗性格。也有人认为此句实透露出作者退隐江湖之想。

二画

二十四桥仍在，波心荡、冷月无声。

〔释义〕二十四桥，扬州名胜，旧传有二十四名美人在此吹箫，故得名。多以此作扬州繁荣的标志。

〔鉴赏〕扬州为我国古代商业中心，繁盛甲天下。宋金对峙，完颜亮南侵，扬州毁于兵火。姜夔过废城而感慨万端，遂赋《扬州慢》，上阕写白日所见荒凉景色，下阕云：

> 杜郎俊赏，算而今、重到须惊。纵豆蔻词工，青楼梦好，难赋深情。二十四桥仍在，波心荡、冷月无声。念桥边红药，年年知为谁生！

杜牧有"十年一觉扬州梦"的名句，故忆及杜牧就是忆及扬州当年的歌舞盛况，忆及当年"俊赏"的"二十四桥明月夜"。追昔抚今，于是有了"二十四桥仍在，波心荡，冷月无声"的对比之语。"仍"字有意味：桥仍在，而风光大不相同。接下去，"波心荡、冷月无声"，是写景亦是写情。一个"冷"、一个"无"，便把萧条冷落的气氛营造出来，同时也把诗人的伤感表露无遗。"冷月无声"，写景造境得移情之三昧。

十年一觉扬州梦，赢得青楼薄幸名。

〔释义〕青楼，即妓院。薄幸，薄情、负心。

〔鉴赏〕此为唐代杜牧《遣怀》诗中名句。原诗为：

> 落魄江湖载酒行，楚腰纤细掌中轻。
> 十年一觉扬州梦，赢得青楼薄幸名。

诗人追忆自己旧日的生活，落魄江湖放浪形骸，整日花天酒地，与歌妓为伴。三四句为一转折，也是诗人遣怀的本意。"十年一梦"不堪回首，只落得个"青楼薄幸"的名声。十年人生虽似潇洒快意，然却一事无成，连逢场作戏的青楼之中也只留下怨怼之声。故有此自嘲之语。此句中诗人用"十年"与"一觉"相比，长短相形，尤显人生之短暂，形象地表达了内心的感慨。因其意象鲜明，故后人多以"十年一觉"形容悔悟感慨的心情。

十年生死两茫茫，不思量，自难忘。

〔鉴赏〕这是北宋苏轼悼亡词《江城子》中的名句。原词为：

> 十年生死两茫茫，不思量，自难忘。千里孤坟，无处话凄凉。纵使相逢应不识，尘满面，鬓如霜。　　夜来幽梦忽还乡。小轩窗，正梳妆。相顾无言，惟有泪千行。料得年年肠断处；明月夜，短松冈。

词之开端，沉痛诉说与妻子生死相隔、阳冥异路的悲伤。十年光阴悄然逝去，亡妻身影、往昔岁月依然如在目前。"不思量，自难忘"写出了痛极之情的内在深度。三句单刀直入，语虽平易，情却至真至深，并为全词定下悱恻凄戚的基调。

十年别泪知多少，不道相逢泪更多。

〔鉴赏〕这是明代徐熥《酒店逢李大》诗中名句。原诗为：

> 偶向新丰市里过，故人尊酒共悲歌。
> 十年别泪知多少，不道相逢泪更多。

这首诗写故人久别而偶然相逢时的复杂感情。诗人也许是在旅途中奔波，风尘仆仆，困顿疲惫，正好看到一家酒店，便走进去准备歇息小酌一番。想不到在这里遇到了多年不见的老朋友，真是喜出望外。"酒逢知己千杯少"，客中相逢，更要尽兴而饮了。一别就是十年，十年来为分别伤心而流的泪，真不知有多少。可谁料到见面后，说起这些年来的坎坷艰辛，种种痛苦情状，所流的泪会更多。诗句用铺垫烘托的手法把久别重逢的复杂感情，写得既明白如话又含蕴深广。

十年磨剑、五陵结客、把平生涕泪都飘尽。

〔释义〕五陵，在长安附近，古时称此地多倜傥豪杰之士。

〔鉴赏〕这是清代朱彝尊《解佩令·自题词集》中的名句。原词为：

> 十年磨剑、五陵结客、把平生涕泪都飘尽。老去填词，一半是空中传恨。几曾围燕钗蝉鬓？　　不师秦七、不师黄九，倚新声玉田差近。落拓江湖，且分付歌筵红粉。料封侯白头无分！

朱彝尊经历易代之悲，早年曾结交豪侠之士，图谋抗清。十年磨剑、五陵结客，都是为了成就大事。但抗清失败，险遭杀身之祸，流落江湖，历经苦难，词人心中的痛苦是难以言说的。这几句高度概括，颇能见出作者的经历和心志。

十指不沾泥，鳞鳞居大厦。

〔释义〕鳞鳞，像鱼鳞一样整齐排列的样子。

〔鉴赏〕这是宋代梅尧臣《陶者》诗中名句。原诗为：

> 陶尽门前土，屋上无片瓦。
> 十指不沾泥，鳞鳞居大厦。

此诗体制虽短小，但精悍有力，蕴含着极强的批判力量。诗人选取了两个反差强烈的典型画面，将它们并置在一起，虽无一字议论，但却胜似长篇大论。陶者烧尽了门前的陶土，本应"鳞鳞居大厦"；贵族们白嫩的手指上纤尘不沾，本应"屋上无片瓦"。但耕者无食，织者无衣，陶者也没有土阶茅茨的陋室聊以栖身，这究竟是为什么呢？诗人没说，留给读者的，是深深的思索和一腔不平之气。

人人尽说江南好，游人只合江南老。

〔释义〕合，合该，合应。

〔鉴赏〕这是唐代韦庄《菩萨蛮》（其二）词中名句。作者系京兆杜陵（今陕西西安）人，唐末战乱曾羁旅江南。组词共五首，为晚年寓蜀回忆旧游之作。这两句是第二首开篇之语。作者在此借他人口吻赞美江南，并对游子表示了劝留之意。江南本非游子故乡，劝留者却偏出以劲直激切语气："游人只合江南老"。其中既有对江南风物人情之美的高度赞誉，又有对游子不能返归故乡的一腔苦衷的同情和抚慰。后世人们则常用以夸说江南风光。

人人要结后生缘，侬只今生结目前。

〔释义〕后生，来世。侬，我。

〔鉴赏〕这是清代黄遵宪《山歌》（之一）诗中佳句。原诗为：

> 人人要结后生缘，侬只今生结目前。
> 一十二时不离别，郎行郎坐总随肩。

人们常说要结来世的姻缘，我却只愿今生结缘在眼前。诗句看似平易，其实包含着深刻的社会内容。所谓结来生之缘，是那些在封建礼教压迫下不能与心上人结为夫妻的痴情女子绝望的呼喊。而这位女主人公却大胆地宣称，无论有多大的阻力和迫害，我决不屈服，定要与情郎结为现实的姻缘，时时刻刻永不分离。诗句表现了女主人公追求爱情幸福的坚强决心和不畏强暴的反抗精神。

人不寐，将军白发征夫泪。

〔鉴赏〕这是北宋范仲淹《渔家傲》词中名句。作品咏叹在北宋积贫积弱之势下久戍边塞的将士的内心抑郁。上阕着重描绘秋日黄昏荒凉萧瑟的塞外风光，下阕以抒情为主：

> 浊酒一杯家万里，燕然未勒归无计。羌管悠悠霜满地。人不

寐，将军白发征夫泪。

　　受命率部防守危城抵抗西夏侵略的词人于此自抒怀抱。结尾二句突出表现戍边将士内心的复杂情感。一方面，边塞寒苦，久戍怀乡；另一方面，卫国逐敌，重任在肩。思乡之苦与报国之情交织在一起，将军因之而发白，征夫为之而泪下。这一画面形象生动而富于概括力，给人以苍凉悲壮、慷慨生哀之感。

　　　　　人生若只如初见，何事秋风悲画扇。

〔释义〕"秋风悲画扇"，汉成帝后宫班婕妤失宠，作《团扇歌》，自比秋扇，感叹道："常恐秋节至，凉风夺炎热。弃捐箧笥中，恩情中道绝。"之后团扇便成为薄情捐弃、红颜薄命的象征。

〔鉴赏〕这是清初词人纳兰性德词作《木兰花令·拟古决绝词》中的一句，其词曰：

　　　　人生若只如初见，何事秋风悲画扇。
　　　　等闲变却故人心，却道故人心易变。
　　　　骊山语罢清宵半，夜雨霖铃终不怨。
　　　　何如薄幸锦衣郎，比翼连枝当日愿。

　　这两句词，语如白话却含义丰富。其一揭示出普遍存在的爱情不永的残酷现实，其二直截地质疑、诘责檀郎的变心行为，其三流露出对美好"初见"的珍惜、留恋。

　　　　　人世几回伤往事，山形依旧枕寒流。

〔释义〕山形，山的形态，山势。

〔鉴赏〕这是唐代刘禹锡《西塞山怀古》诗中名句。在这首诗的后半部分，诗人写道：

　　　　人世几回伤往事，山形依旧枕寒流。
　　　　今逢四海为家日，故垒萧萧芦荻秋。

"人世"一句，将包括东吴在内的六朝一笔带过，视野宏通，情思悠长。一"伤"字，既有反思历史所产生的感慨，又饱含审视现实引起的忧虑。"几回"点出建都金陵、雄踞江东而终于亡国的非独东吴一家，两字括过六代，用笔洗练之至。"依旧"两字妙，山川"依旧"更突出人事之变化，六朝之短促。辛弃疾词句"千古兴亡多少事，悠悠，不尽长江滚滚流"可谓得此联之真传矣。"山形"句之"寒"字不仅与篇末的"秋"字相照应，点明时令，而且渲染了一种吊古伤今的悲凉之笔，诗笔圆熟，神来天际。

酒债寻常行处有，人生七十古来稀。

〔鉴赏〕这是唐代杜甫《曲江二首》中的句子。此为联章诗，前一首写伤春叹世、及时行乐之情，后一首接写自己的人生哲学道：

> 朝回日日典春衣，每日江头尽醉归。
> 酒债寻常行处有，人生七十古来稀。
> 穿花蛱蝶深深见，点水蜻蜓款款飞。
> 传语风光共流转，暂时相赏莫相违。

首联写典衣买醉，额联再加一倍：春衣几何，岂堪日日典当？于是赊酒寻醉矣。而这酒债，所至之处皆有，可见醉乡流连而难返。"人生七十古来稀"是全诗眼目所在：寻醉是因人生苦短，而人生苦短尤应珍爱。所以颈、尾两联写诗人对春光的珍爱，以期在美的刹那间获得生命的永恒。

人生天地间，忽如远行客。

〔释义〕忽，快。
〔鉴赏〕这是《古诗十九首·青青陵上柏》诗中名句。原诗是抒发人生短暂的感慨，并流露出及时行乐的消极思想。诗中有这样的话：

> 青青陵上柏，磊磊涧中石。
> 人生天地间，忽如远行客。

斗酒相娱乐，聊厚不为薄。
驱车策驽马，游戏宛与洛。

　　这二句之所以被屡屡称引，因为它反映了汉末动乱年代中，人们对生命的一种沉重思索。天地无穷，人生短促，人生到底有什么价值和意义，应该怎样来度过？诗中把人生譬喻为来去匆匆的过客，十分精警动人。这种譬喻既有继承前人的一面（先秦就有"人生于天地之间，寄也"的说法），也影响了后人，如李白的"天地者万物之逆旅，人生者百代之过客"。

君不见咫尺长门闭阿娇，人生失意无南北。

〔释义〕这是宋代王安石《明妃曲二首》（其一）诗中佳句。前八句写昭君出宫时的情景，着重刻画昭君倾城倾国的美貌。后八句云：

　　一去心知更不归，可怜着尽汉宫衣。寄声欲问塞南事，只有年年鸿雁飞。家人万里传消息，好在毡城莫相忆。君不见咫尺长门闭阿娇，人生失意无南北！

　　前面四句写昭君身在匈奴，心系故国的情思。通过昭君不改汉服而一去难归的遭遇与陈阿娇身锁冷宫、失宠见弃的命运的比较，提出了"人生失意无南北"的看法，从而深刻揭示了隐含在她们悲剧命运背后的更普遍原因——昏暴之君权，显示了诗人的过人之见。

人生有情泪沾臆，江水江花岂终极？

〔释义〕臆，胸襟。
〔鉴赏〕安史之乱中，杜甫困于沦陷的长安城，春日漫步曲江畔，抚今追昔，触目伤怀，写下了《哀江头》一诗。诗中极写盛衰、哀乐的对比后，感叹道：

　　人生有情泪沾臆，江水江花岂终极？
　　黄昏胡骑尘满城，欲往城南望城北。

面对着残酷的战乱现实，人非草木，孰能无情？孰能无泪？然而，"天地不仁，以万物为刍狗"，花自开落水自流，大自然的盛衰与人的感伤毫不相关，永恒不变。诗人念及于此，惆怅无比，烦乱而不辨南北。后世常以此为动乱灾难中的慨叹语。

人生自古谁无死，留取丹心照汗青！

〔释义〕汗青，本指竹简，此专指史册。

〔鉴赏〕名句传世，各有佳处，有的以韵味见长，有的以秾丽取胜。文天祥的这一联流传千古，则以其气节风骨独步诗苑。句出自《过零丁洋》：

> 辛苦遭逢起一经，干戈寥落四周星。
> 山河破碎风飘絮，身世浮沉雨打萍。
> 惶恐滩头说惶恐，零丁洋里叹零丁。
> 人生自古谁无死，留取丹心照汗青。

这首诗是文天祥被俘后，元军统帅劝降时，他的答复之词。前三联回顾生平。尾联明志表态，意同司马迁的"泰山鸿毛"之说，而讲得更明白斩截。由于文天祥用生命履践了自己这一誓词，所以更增加了这一名句的凛凛正气。

人生自是有情痴，此恨不关风与月。

〔鉴赏〕这是北宋欧阳修《玉楼春》词中名句。作品写于词人离开洛阳之际的送别筵席上。分别在即，送行者愁容惨凄，触发了词人的感慨。"人生"二句，由眼前情事，转而发为对人之情感的思考。作者认为，春风秋月之类的外在景物并非引起人们痛苦的真正缘由，人之自身在生活中的追求方为其本源。"有情痴"的人生，意味着对美满生活的执着向往，这种向往在现实中不得满足，便会生出苦恨哀愁。词人在委婉抒写离别之情的辞章中，提出涉及人生哲理的大问题，用笔颇为独到。

人生识字忧患始，姓名粗记可以休。

〔鉴赏〕这是宋代苏轼《石苍舒醉墨堂》诗中名句。全诗凡二十四句。开篇以抑为扬，明贬暗褒：

> 人生识字忧患始，姓名粗记可以休。
> 何用草书夸神速，开卷惝恍令人愁？
> 我尝好之每自笑，君有此病何能瘳！
> 自言其中有至乐，适意无异逍遥游。

　　石苍舒，字子美，人称"得草圣三昧"。苏轼亦以书法名重当时，所以，两人有很深的翰墨之交。诗人将对书法的如醉如痴的爱好称作"病"，实际上是暗誉石苍舒功力之深湛。开头两句，出语惊人，表面上是谈人一识字，忧患便开始了，所以只要能粗记姓名就可以了。这其中所蕴含的牢骚与感慨，却是相当深刻的。诗人点到即止，未曾深诠，但读者却可以通过自己的想象赋予它以更为丰富的内涵。

人生到处知何似？应似飞鸿踏雪泥。

〔鉴赏〕这是宋代苏轼《和子由渑池怀旧》诗中名句。原诗为：

> 人生到处知何似？应似飞鸿踏雪泥。
> 泥上偶然留指爪，鸿飞那复计东西？
> 老僧已死成新塔，坏壁无由见旧题。
> 往日崎岖还记否？路长人困蹇驴嘶。

　　此诗是借怀旧之题，抒发自己的人生感慨，并含有对弟弟苏辙洞达人生、放眼未来的劝勉之意。首、颔两联，虽以议论入诗，但抛却了抽象的概念，借用鲜明生动的形象，将人生之劳碌奔波比作四方飘飞的鸿雁，精练地表达出诗人旷达超脱的人生观念和自然冲淡的情怀。因此后人常用"雪泥鸿爪"四个字来概括一种漂泊不定的生命体验。

人有悲欢离合，月有阴晴圆缺，此事古难全。

〔鉴赏〕这是北宋苏轼《水调歌头》词中名句（参见"明月几时有？把酒问青天"条）。作此词时，苏轼与其弟子由（苏辙）已七年未见。面对中秋圆月，思亲之情倍浓。然而作者性格旷达，并未溺于伤感。其下阕写道：

> 转朱阁，低绮户，照无眠。不应有恨，何事长向别时圆？人有悲欢离合，月有阴晴圆缺，此事古难全。但愿人长久，千里共婵娟。

词人由怨月无情转为理性思索。"人有"三句大开大合，将人与月、古与今、世间与天上、物理与人事等量齐观，提炼、概括了无数生活经验，借人月同其境遇宽解离愁别恨，强调了一种达观的人生态度。

人而无仪，不死何为！

〔释义〕仪，礼仪。

〔鉴赏〕这是《诗经·相鼠》中的名句，出自其首章：

> 相鼠有皮，人而无仪。人而无仪，不死何为！

这是卫国百姓嘲骂卫君荒淫的民歌。春秋时卫国宫闱秽乱不堪，于是百姓认为他们连老鼠都不如，进而诅咒他们死掉算了。这里采用了咒骂的方式，表达了百姓的极度气愤。在中国古代民歌中，表现极端愤慨往往采用这种形式，可以说是由《诗经》开其端的。类似形式还有《小雅·巷伯》中的"取彼谮人，投畀豺虎。豺虎不食，投畀有北"。

人似秋鸿来有信，事如春梦了无痕。

〔鉴赏〕这是宋代苏轼《正月二十日，与潘、郭二生出郊寻春，忽记去年是日同至女王城作诗，乃和前韵》诗中名句。原诗为：

东风未肯入东门，走马还寻去岁村。
人似秋鸿来有信，事如春梦了无痕。
江城白酒三杯酽，野老苍颜一笑温。
已约年年为此会，故人不用赋招魂。

　　此诗作于元丰五年（1082）正月二十日，而前年、去年以至元丰六年的同日，苏轼均有类似诗作，可见这一天对苏轼来说意义非同寻常。这首诗，表现了诗人身处逆境而能超然其外的乐观主义精神和旷达洒脱的情怀。颔联言人如鸿雁又应时而到此地，但旧日游处之事恰如春梦一般，时过境迁，再无一丝踪迹可求。该联承上启下，鲜明地道出了诗人的人生感慨。

　　　　人言落日是天涯，望极天涯不见家。

〔鉴赏〕这是宋代李觏《乡思》诗中名句。原诗为：

　　　　人言落日是天涯，望极天涯不见家。
　　　　已恨碧山相阻隔，碧山还被暮云遮。

　　身在异乡，又见日落，当此百鸟归林、行人尽返的时刻，又怎能不引发对故乡的无限思念呢？诗人想起人们所说的日落之处是天涯的话来，可是极目远望，哪里见得到故乡的影子呢？这头两句，通过故乡更在天涯外的夸张写法，道出了自己的真实感受。三、四两句，由远而近，写眼前之山，山前之云，步步进逼，与一、二句渐远之势恰好相反。这种别具匠心的结构方法，使故乡之遥、乡思之切表现得淋漓尽致。

　　　　人间多少闲狐兔，月黑沙黄，此际偏思汝！

〔释义〕闲，悠闲，这里有安逸得志的意思。汝，你。这里指鹰。
〔鉴赏〕这是清代陈维崧《醉落魄·咏鹰》词中名句。原词为：

　　　　寒山几堵，风低削碎中原路。秋空一碧无今古、醉袒貂裘，略记寻呼处。　　男儿身手和谁赌？老来猛气还轩举。人间多少闲狐兔，月黑沙黄，此际偏思汝。

雄鹰搏击长空的英姿，最能壮人胆气。作者这里借咏鹰，抒写了对人间邪恶的憎恨和扫之而后快的心情。词人疾恶如仇的性格，表现得淋漓尽致。

人间更有风涛险，翻说黄河是畏途。

〔释义〕畏途，令人生畏的道路。
〔鉴赏〕这是清代宋琬《渡黄河》（其一）诗中佳句。原诗为：

> 倒泄银河事有无？掀天浊浪只须臾。
> 人间更有风涛险，翻说黄河是畏途。

黄河历来号为天险，浊浪排空，咆哮怒吼，穿陵出谷，一泻万里。诗的前两句就写了诗人渡黄河时紧张忧惧的感受。你要问倒泄银河的惊险情景有没有，只要渡过黄河，你就会知道了，掀天裂地的浊浪令人惊惧，但"须臾"间也就过去了。后两句转折而下，说人间的风涛比黄河更为险恶，人们却习以为常，反而把须臾可渡的黄河说成是畏途。诗人饱经忧患，惊悸常存，诗句中是饱含着深切的人生体验的。

天意怜幽草，人间重晚晴。

〔鉴赏〕此联佳句出自唐代李商隐《晚晴》一诗。原诗为：

> 深居俯夹城，春去夏犹清。
> 天意怜幽草，人间重晚晴。
> 并添高阁迥，微注小窗明。
> 越鸟巢乾后，归飞体更轻。

在这首描写初夏晚晴的诗中，诗人融入了自己独特的心理感受。久遭雨潦之苦的幽草，忽遇晚晴，得沾沐余晖而平添生意。诗人触景兴感，认为"天意怜之"，在他的笔下，"幽草"被人格化了。同时，诗人又赋予"晚晴"以特殊的人生意义——对美好而短暂的事物应格外珍重，充分爱赏。整个颔联写得自然浑成，"在有意无意之间"，不露痕迹地寄托了诗人积极的人生态度，因而赢得了历代读者的喜爱。

千古知言汉武帝，人难再得始为佳。

〔释义〕汉武帝时，乐师李延年唱《佳人歌》，有"宁不知倾城与倾国，佳人难再得"之句，言此佳人乃其妹，武帝召之，果然名不虚传，故宠幸之，是为李夫人。李夫人死后，汉武帝思念不已。

〔鉴赏〕这是清代龚自珍《己亥杂诗》（之一）中的名句。原诗为：

> 拊心消息过江淮，红泪淋浪避客揩。
> 千古知言汉武帝，人难再得始为佳。

这里化用了"佳人难再得"的意思而翻一倍出之，遂成为更为警策的名句。诗句颇耐人寻味。一是说只有绝代无双的佳人才是最可珍贵的，一是说只有当美好的人或事物失去而无法再得到了，才真正感到它的价值。

人皆养子望聪明，我被聪明误一生。

〔鉴赏〕东坡为诗好发牢骚，以致严羽讥他"以骂詈为诗"，纪昀贬之"伤于激切"。不过，在今天读者的眼中，直率的牢骚语自有痛快淋漓之妙处。此句为人所传，正得力于率直痛快。句出宋代苏轼《洗儿戏作》：

> 人皆养子望聪明，我被聪明误一生。
> 惟愿生儿愚且鲁，无灾无难到公卿。

这是他谪居黄州期间第四子出世行洗儿礼时所作。诗中一反常人常情，竟祝愿己子"愚且鲁"。原因呢？是自己半生的沉痛教训：明达得祸，糊涂升官。这当然是愤激之词，如后世郑板桥"难得糊涂"之意，但也真实反映了社会不公、是非颠倒的黑暗现实，故为愤世嫉俗之士所喜。

牧童歸去橫牛
背短笛無腔信
口吹

王鎮

入世逢迎拙，依人去住难。

〔**释义**〕拙，迂拙，不合世宜。

〔**鉴赏**〕这是清代朱柔则《寄远曲》（其一）诗中佳句。原诗为：

> 恨少垂杨柳，殷勤系玉鞍。
> 夕阳鸦背暖，春雪马蹄寒。
> 入世逢迎拙，依人去住难。
> 痴儿啼向我，昨夜梦长安。
> 闻说燕台路，生涯亦可怜。

朱柔则是诗人沈用济的妻子，沈在京师任教官，朱柔则写诗表示对丈夫的系念。丈夫是个读书人，为人正直，妻子体察他出门在外的种种困难，说你不谙世态炎凉，不会逢迎奉承，寄人篱下，一定会有不合时宜、去住两难的感觉吧？这两句体贴入微，又生动地写出了正直的知识分子在世俗社会中的困境，传诵颇广。

儿女不知来避地，强言风物胜江南。

〔**鉴赏**〕这是宋代吕本中《连州阳山归路》诗中名句。原诗为：

> 稍离烟瘴近湘潭，疾病衰颓已不堪。
> 儿女不知来避地，强言风物胜江南。

为避战乱，诗人挈妇将雏，逃往瘴疠之地的岭外，历尽千辛万苦。此诗之前两句，写的是从广东返回湖南途中的情景。劫后余生，病魔缠身，诗人心中已是沉痛万分。后两句却将笔锋荡开，转写儿女之言，通过儿童天真烂漫的言语和心态，对比和反衬自己的锥心之痛，也更见战争的残酷无情。沉重与轻松、悲痛与欢乐、丑恶与美好，当这两种对立的事物并置在一起时，诗人以及读者，谁又能不为之感慨生哀呢？

儿童相见不相识，笑问客从何处来。

〔鉴赏〕这是唐代贺知章《回乡偶书》诗中名句。原诗为：

> 少小离家老大回，乡音无改鬓毛衰。
> 儿童相见不相识，笑问客从何处来。

诗人辞官回到离别了五十多年的故乡，渴望的是游旧地、会旧游，在淡泊宁静的生活中度过余生。但诗中却撇开这些不谈，描写了一个颇有喜剧色彩的场景：苍颜白发的诗人，被几个嬉笑玩耍的儿童当作了远方来客，问长问短。天真烂漫的儿童和历尽人生甘苦滋味的诗人恰成鲜明的对照，他们彼此无法沟通，诗人该怎样回答孩子们呢？以不答作结，既表现了诗人对稚气纯真的儿童的喜爱，又传达出一种淡淡的惆怅的情绪。

几处早莺争暖树，谁家新燕啄春泥。

〔鉴赏〕此联出自唐代白居易《钱塘湖春行》一诗。原诗为：

> 孤山寺北贾亭西，水面初平云脚低。
> 几处早莺争暖树，谁家新燕啄春泥。
> 乱花渐欲迷人眼，浅草才能没马蹄。
> 最爱湖东行不足，绿杨阴里白沙堤。

此诗将刚刚披上春天外衣的西湖，描绘得生意盎然，恰到好处。第二联，写莺莺燕燕的动态，用笔极有分寸。说"几处"可见非"处处"，说"谁家"可见不是"家家"，而且"早"与"新"在意义上互相生发，连成了一幅完整的画面。此联将诗人面对早春景色的愉悦、惊喜之情表现得呼之欲出，与谢灵运的"池塘生春草，园柳变鸣禽"堪称咏早春之双璧。

力拔山兮气盖世，时不利兮骓不逝。

〔释义〕骓，项羽的坐骑乌骓马。

〔鉴赏〕这是秦末西楚霸王项羽《垓下歌》中的名句。《垓下歌》是项羽的绝命辞。史载项羽与刘邦楚汉对垒，汉军四面包围楚军于垓下，四面楚歌，项羽大惊，夜起饮于帐中，面对美人虞姬和名马乌骓，悲歌慷慨，自为诗曰："力拔山兮气盖世，时不利兮骓不逝。骓不逝兮可奈何？虞兮虞兮奈若何？"美人和之，项王泣下。此二句好处在于写出了英雄末路的悲哀，虽败犹雄。它不是怯懦的悲泣，而是豪情充溢的悲壮之歌。项羽起兵八年，所当者破，所击者服，诚可谓力可拔山气可盖世，换一人不能出此语，而机遇不利乌骓亦难驰骋，这种英雄与时世的矛盾，是引发读者产生悲凉共鸣的实质所在。

又得浮生半日闲。

〔释义〕浮生，虚浮无定的人生。

〔鉴赏〕人生世上，忙忙碌碌，心为形役，难止难休。倘偶尔息肩片刻、忘机一时，实大惬心适意之事。故韩愈、苏轼等名家皆有此类抒怀之作。相比之下，唐人李涉的这一句显得平实，然唯其平实而传诵得广。句出《题鹤林寺僧舍》：

> 终日昏昏醉梦间，忽闻春尽强登山。
> 因过竹院逢僧话，又得浮生半日闲。

首句写终日碌碌而莫知所为，次句写勉力挣扎登山游赏。后两句是全诗题旨所在。逢僧所话，必为远离尘嚣、无关利禄的内容，故曰"得闲"。"闲"者，心闲也，而又曰"半日"，示此"闲"心之难得可贵也。

九万里风鹏正举。风休住，蓬舟吹取三山去。

〔释义〕三山，传说渤海中蓬莱、方丈、瀛洲三神山。蓬舟，谓轻如蓬草的小舟。

〔鉴赏〕这是宋李清照《渔家傲》（参见"天接云涛连晓雾，星河欲转千帆舞"条）词中名句。此为全篇结尾。词人在梦境描写中，流露了对现实社会扼杀女子才智的强烈不满，结尾集中表现对自由的渴望和对光明的追求。"九万里风"句化用庄子《逍遥游》中"鹏之徙于南冥也，水击三千里，抟扶摇而上者九万里"文意，抒发凌云壮志。"风休住"二句颇具英雄健举气概。词人欲借九天风力冲破束缚，追寻理想归宿，气度恢宏，格调雄奇。三句胆气之豪迈，境界之高远，为宋词中所罕见。

九折臂而成医兮，吾至今而知其信然。

〔鉴赏〕这是战国楚屈原《九章·惜诵》中的名句。《惜诵》表达了诗人在忠言直谏却被谗见疏的逆境中，仍然坚持忠诚洁白、光明磊落的心地。此二句则反映了诗人在遭受排挤和打击之后，深深认识到党人凶恶社会险恶以及国君昏暗不明的心情。原文是这样的：

> 吾闻作忠以造怨兮，忽谓之过言。九折臂而成医兮，吾至今乃知其信然。

诗人原以为"忠能结怨"是胡说，但在惨痛的事实面前，诗人不得不承认这条可悲的规律。此二句之所以好，是因为引用了民间成语"九折臂而成医"，它恰切地描绘出只有经历血的教训才能真正认识社会的痛苦历程。后世缩成"久病成医"之成语，流传至今。

了却君王天下事，赢得生前身后名。可怜白发生！

〔鉴赏〕这是南宋辛弃疾《为陈同甫赋壮词以寄》（参见"醉里挑灯看剑，梦回吹角连营"条）词中名句。作品通过理想中抗金军队的战斗生活抒写报国雄心。此为结拍三句。"了却"二句承上而来，设想大功告成后的喜悦。"天下事"乃收复中原、统一祖国山河之业。"生前身后名"指为民族建立功勋而青史留名的荣誉。二句写来意气风发，踌躇满志。然而，结句一声无可奈何、感慨颇深的叹息，揭示了现实与理想的巨大矛盾。全词至此形成一个大的转折，并在转折中结束，写出了作者空怀抱负、志不得伸的苦闷愤慨，风格由雄健一变而为悲壮。

布局巧妙，跌宕有致。

了知不是梦，忽忽心未稳。

〔**鉴赏**〕这是宋代陈师道《示三子》诗中名句。原诗为：

去远即相忘，归近不可忍。

儿女已在眼，眉目略不省。

喜极不得语，泪尽方一哂。

了知不是梦，忽忽心未稳。

这首诗是诗人与妻儿久别重逢，悲喜交集而作。前六句，写的是诗人亲人远别、将归和相见之时的心情和表现。爱之深、思之切，所以才有结尾两句相对如梦的感受。"了知不是梦"，其实却是在梦境与现实之间的复杂体验，漫长的思念、乍见的惊喜造成了诗人心境上的恍惚。正因为如此，才有"忽忽心未稳"的不安心理。全诗言语质朴，情感深挚，正所谓"至情无文"。

三画

门前冷落车马稀。

〔鉴赏〕这是唐代白居易名篇《琵琶行》中的一句。《琵琶行》写一个歌女的身世、遭遇，寄托诗人自伤之情。其中写道：

今年欢笑复明年，秋月春风等闲度。
弟走从军阿姨死，暮去朝来颜色故。
门前冷落车马稀，老大嫁作商人妇。

"门前冷落车马稀"，写歌妓年老色衰时的凄凉景况，凝练准确。而与上文的"五陵年少争缠头，一曲红绡不知数"的春风得意境况自然形成对比，感慨之意不言自生。此句后世使用渐宽，凡形容冷落、炎凉之态均可。

三十功名尘与土，八千里路云和月。

〔鉴赏〕这是宋岳飞《满江红》（参见"怒发冲冠，凭阑处，潇潇雨歇。"条）词中名句。这两句回顾既往，瞻望前路，表达壮士报国之志。词人唱叹，虽三十已过，勋业初建，但那功名早已委于尘土，不足关切。自己所向往的，是不辞艰险，千里驰驱，披星戴月征战于抗金御敌的沙场。两句笔力沉雄，气度豪迈，充满激昂奋发的战斗精神和强烈的爱国主义情感。

三山半落青天外，一水中分白鹭洲。

〔释义〕三山，在今江苏南京市西南大江边，三峰并列，南北相连。白鹭洲，古在金陵西大江中、秦淮河入长江处，今已淤为陆地。
〔鉴赏〕这是唐代李白《登金陵凤凰台》诗中名句。集中描写登临凤凰台所见的景物，是全诗中唯一写景的句子。诗人登临极目，五十里外的三山青影绰约，白云缥缈，半隐半现，浮动于蔚蓝的天空。正如陆游《入蜀记》载："三山，自石头及凤凰山望之，杳杳有无中耳。"这是远景。俯瞰江面，汪洋浩渺，一边是滚滚大江，一边是激激秦淮，三里外的白鹭洲横截其中，好像一派大水被分割开一样。这是近景。这两句气象壮丽，对仗工整，是登高远眺的佳句。

三顾频烦天下计，两朝开济老臣心。

〔释义〕频烦，数次。开济，辅弼匡助。

〔鉴赏〕历代歌咏蜀汉名臣诸葛亮的诗作连篇累牍，而杜甫的《蜀相》被公认为其中翘楚。诗云：

> 丞相祠堂何处寻，锦官城外柏森森。
> 映阶碧草自春色，隔叶黄鹂空好音。
> 三顾频烦天下计，两朝开济老臣心。
> 出师未捷身先死，长使英雄泪满襟。

前两联写武侯祠的环境，烘托寂寞、感伤的氛围。五六句概括诸葛一生功业，凝练准确。尾联写怀念、慨叹的情怀。"三顾"是先主刘备的知遇，重点落在"天下计"上，境界胸襟开阔高尚；"两朝"写孔明的鞠躬尽瘁，重点落在"老臣心"，突出了孔明的心迹品格。

丈夫不作儿女别，临歧涕泪沾衣巾。

〔鉴赏〕这是唐代高适《别韦参军》的结尾两句，比王勃的"无为在歧路，儿女共沾巾"写得更率直、更畅达、更有气魄，成为人们在离别时互相宽慰的名句。"丈夫"二字强调了分别之人的气质，是响当当的男子汉，与多愁善感的"儿女"有着天渊之别，因此两者在分别时的表现是绝不会相同的。下句便描绘了儿女分别时"涕泪沾衣巾"的懦弱情态，并暗示出对其藐视之意。两句是宽慰友人，也是自慰。这既写出了与友人分别时的深挚友情，又显示了诗人不因离别和不得志而消沉悲观的广阔胸怀和豪爽气概。

丈夫志四海，万里犹比邻。

〔鉴赏〕这是三国魏曹植《赠白马王彪》一诗第六章中的名句。诗人因为受到曹丕的压抑，写此诗给白马王曹彪，充满悲愤。二人同路而不被允许同行，诗人虽愤懑却无可奈何，只得作宽慰语："丈夫志四海，万里犹比邻。恩爱苟不亏，在远分日亲。何必同衾帱，然后展殷勤。忧思成疾疢，无乃儿女仁。"其中起首二句，大气磅礴，非"骨气奇高"的曹植不能道。大丈夫四海为家，万里之遥视若比家之近邻，这是何等气魄。万里与比邻本是相反的两个极端，诗人却能用满怀的豪情将其指为一体，更突出了它的分量。此后壮别之诗，多用此意。王勃那首著名的《送杜少府之任蜀川》："海内存知己，天涯若比邻。无为在歧路，儿女共沾巾"正是从本章翻出的。

丈夫非无泪，不洒离别间。

〔释义〕丈夫，男子之通称。

〔鉴赏〕这是唐代陆龟蒙《别离》诗中名句。原诗为：

> 丈夫非无泪，不洒离别间，
> 杖剑对尊酒，耻为游子颜。
> 蝮蛇一螫手，壮士疾解腕。
> 所志在功名，离别何足叹。

　　不同于一般离别诗的哭哭啼啼，缠绵哀怨，此诗写得慷慨激昂，别具一格。起句挺拔刚健，调子高昂，一扫送别的老套，生动地勾勒出主人公性格的坚强刚毅。而开门见山的诗句，简明有力，颇具"直疑高山坠石，不知其来，令人惊绝"（沈德潜《说诗晬语》卷上）的气势，从而赢得了后世读者的会心微笑。

不须更上新亭望，大不如前洒泪时。

〔释义〕新亭，古游宴处，故址在今南京市南。

〔鉴赏〕这是元代虞集《挽文山丞相》诗中名句。这首七律抒发了对文天祥抱负远大而回天乏力的慨叹。后半首写道：

> 云暗鼎湖龙去远，月明华表鹤归迟。
> 不须更上新亭望，大不如前洒泪时。

《世说新语·言语门》载，晋元帝时少数民族贵族侵扰中原，晋士族纷纷南下，有数人登新亭饮宴，见"山河之异"而叹泣，丞相王导曰："当共戮力王室，克复神州，何至作楚囚相对！"这两句即反用其典，言人世已变，再无先前那种亡国之恨，恢复之志了。这里所表达的是诗人对现状的不满和悲观情绪。诗人用典信手拈来，入诗中反用其意却浑然天成，实为难得。

大江东去，浪淘尽、千古风流人物。

〔鉴赏〕这是北宋苏轼《念奴娇·赤壁怀古》词中名句。作品借对历史古迹的吟咏抒发英雄怀抱。词的上阕如下：

> 大江东去，浪淘尽、千古风流人物。故垒西边，人道是，三国周郎赤壁。乱石穿空，惊涛拍岸，卷起千堆雪。江山如画，一时多少豪杰！

词的开端从凭高远眺所见所感落笔，合写江山人物。在一个无限广远的时空背景中，浩荡江水与那些曾在历史上留下赫赫功业的英雄豪杰联系在一起。两句大笔挥洒，高唱入云，气势雄浑飞动，语言豪迈刚健，不仅勾画出壮阔之景，而且映现出一位横览江山，纵论古今，英姿勃发，气度非凡的抒情主人公形象。

大江流日夜，客心悲未央。

〔释义〕未央，不尽。

〔鉴赏〕这是南朝齐谢朓《暂使下都夜发新林至京邑赠西府同僚》诗中名句。诗人在写这诗时因政治斗争上的危机，心情沉重。前几句写的是：

大江流日夜，客心悲未央。
徒念关山近，终知返路长。
秋河曙耿耿，寒渚夜苍苍。
引领见京室，宫雉正相望。
金波丽鳷鹊，玉绳低建章。

　　整个诗的情调是低沉的，而开端两句就为全诗定下了基调。"大江"二句气势壮阔地表现了诗人的悲凉愁苦。看着那滔滔滚滚无休无止奔流的长江，心中悲抑也如同江水一样无端无尽的巨大。古人评谢朓工于发端，评此联"一起滔滔莽莽，其来无端"（沈德潜语）。阴铿之"大江一浩荡，离悲是几重"亦用此意境而翻新。

大风起兮云飞扬，威加海内兮归故乡。

〔鉴赏〕这是汉代刘邦《大风歌》中的名句。史载，汉高祖刘邦平定天下后，于公元前 195 年还乡，置酒沛宫，悉召故人父老子弟纵酒，酒酣，高祖击筑，自为歌诗曰："大风起兮云飞扬，威加海内兮归故乡，安得猛士兮守四方！"高祖起舞，慷慨伤怀，泣数行下。此二句之所以传为名句，首先是气势雄阔，显示了统一天下的政治家的广阔胸怀，其用字"大风""海内"均气象阔大，有一种豪放之美；其次是兴寄深厚，大风一起，吹动满天的白云，自是扫平海内归于一统的社会局面的写照。如今威加海内，衣锦还乡，除了有成功的喜悦，又有对戎马倥偬出生入死艰辛战斗历程的悲怀，更有守业维艰的思虑，所以虽喜而不浮，厚重有力。

大贤虎变愚不测，当年颇似寻常人。

〔释义〕虎变，语出《周易》，指春季虎脱旧毛而皮毛焕然一新，喻伟人逢时将有大作为。
〔鉴赏〕孔子未曾显达，邻居以"东家丘"目之；刘邦若非秦乱，终老不过普通一亭长。个人的才能与命运间究竟有何联系？李白在《梁甫吟》中表达了自己对此的思考与愿望：

君不见朝歌屠叟辞棘津，八十西来钓渭滨。宁羞白发照清水？逢时壮气思经纶。广张三千六百钓，风期暗与文王亲。大贤虎变愚不测，当年颇似寻常人。

他通过对佐周文王建大业的吕望（即姜太公）的歌颂，表达了建功立业的强烈愿望。"大贤"句是赞吕望，亦是论自己；既是自信心的表现，也是对庸众的轻蔑，故素为自负少年所喜。

大树无枝向北风，十年遗恨泣英雄。

〔释义〕遗恨，遗留的恨憾。

〔鉴赏〕这是明代高启的《岳王墓》诗中名句。原诗为：

大树无枝向北风，十年遗恨泣英雄。
班师诏已来三殿，射虏书犹说两宫。
每忆上方谁请剑，空嗟高庙自藏弓。
栖霞岭上今回首，不见诸陵白露中。

这首诗表现了诗人对抗金名将岳飞被南宋投降派杀害的痛惜之情。据说岳飞冤屈而死，墓旁的大树为其所感，树枝纷纷愤然随风指向南方。英雄以莫须有的罪名被杀，抗金卫国、收复中原的宏愿无法实现，十年之功，废于一旦，这怎能不使人愤惋泣下，仰天长叹呢？诗句意象鲜明，情感强烈，具有巨大的艺术感染力。

大珠小珠落玉盘。

〔鉴赏〕此句出自唐代白居易的《琵琶行》一诗，它对歌女高超技巧下弹出的琵琶声进行了创造性的描绘。这种创造性体现在借助语言摹写音乐的时候，用生动的比喻加强其形象性。以"大珠小珠落玉盘"状声之清脆悦耳，妙不可言。

大梦谁先觉？平生我自知。

〔释义〕大梦，语出《庄子·齐物论》："方其梦也，不知其梦也。梦之中又占其梦焉，觉而后知其梦也。且有大觉，而后知此其大梦也。"

〔鉴赏〕这是小说《三国演义》诸葛亮口中的一句诗。作品写到刘备三顾茅庐，正值诸葛亮"昼寝未醒"。刘备侍立于阶下，良久，"童子欲报。玄德曰：'且勿惊动。'"又立了一个时辰，孔明才醒，口吟诗曰：

> 大梦谁先觉？平生我自知。
> 草堂春睡足，窗外日迟迟。

这一段既刻画出刘备求贤若渴的虔敬，又把诸葛亮"卧龙"的身份渲染得活灵活现。从《孟子》提出"帝王师"的思想后，"为帝王师"就成为历代才智之士的最高人生理想。罗贯中所刻画的诸葛亮，是一个典型的"帝王师"形象。"帝王师"与君主的关系，不是君臣，更不是主奴，而是人格平等的亦师亦友。小说中的诸葛亮不仅仅是个策士，更是一个智者。这两句诗从《庄子》中化出，成为表现具有大智慧的人自信的名句。

大道如青天，我独不得出。

〔鉴赏〕这是唐代李白《行路难》（其二）的首句，也是烛照李白一生遭际和心情的名句。李白在黑暗现实中找不到出路，森严的封建礼法和庸俗的社会风气又使他感到窒息，郁积已久的内心感受便洪水落崖般地喷发出来："大道如青天"，人生的道路、仕进的前途，本来如此宽广而没有止境，唯天为大，唯此差可拟之。且"如青天"，连用了三个平调，形象和声情铺展出一个宽阔平坦、浩荡无垠的境界，给人以热情希望和无限向往的感觉。然而，"我独不得出"，唯独"我"，"天生我才必有用"的我，却偏偏找不到出路！连用五个仄声字，逼窄、阻滞、愤激、郁闷的感受和上句形成鲜明对比。大起大落，大开大合，是诗人汹涌澎湃的感情波涛的形象写照。

大漠风尘日色昏，红旗半卷出辕门。

〔释义〕辕门，主将所在的营门。

〔鉴赏〕这是唐代王昌龄《从军行》（其五）诗中佳句。原诗为：

> 大漠风尘日色昏，红旗半卷出辕门。
> 前军夜战洮河北，已报生擒吐谷浑。

这两句诗描写了军队在沙漠中大规模出征的情景：狂风卷动着飞舞的黄沙，天日为之昏暗，风沙之中半卷的红旗引导着一支士气饱满的队伍缓缓行进，预示着将要爆发一次激烈的战斗。滚滚的黄沙与半卷的红旗构成了一幅色彩鲜明的画面。

大漠孤烟直，长河落日圆。

〔释义〕烟，烽火。长河，黄河。

〔鉴赏〕这是唐代王维《使至塞上》诗中名句。原诗为：

> 单车欲问边，属国过居延。
> 征蓬出汉塞，归雁入胡天。
> 大漠孤烟直，长河落日圆。
> 萧关逢侯骑，都护在燕然。

这两句诗描绘了一幅边塞黄昏的苍凉壮观的图画：空旷广袤的沙漠上，烽烟如缕直上青天；黄河像一道舒卷自如的金黄色绸带铺陈在大地上，依傍着黄河的圆圆的红日，仿佛挽系在那金黄的绸带之上。"大漠""长河"，表现了边塞风景的壮丽。黄河红日，色彩鲜明、艳丽、浓烈，像油画的色调。"直""圆"两字，功力极深，表现了几何图形的构图美。

才自精明志自高，生于末世运偏消。

〔鉴赏〕这是《红楼梦》"金陵十二钗正册"中探春的判词。书中这样描写："后面又画着两人放风筝，一片大海，一只大船，船中有一女子

掩面泣涕之状。"其后四句写云:

> 才自精明志自高,生于末世运偏消。
> 清明涕送江边望,千里东风一梦遥。

这是对探春命运的预示。贾府第三代中,真正有能力管理家务,甚至重振家声的为数寥寥,探春是突出的一个。但大厦将倾,独木难支,何况她还有"庶出"的制约,所以不但壮志难酬,最后还孤身远嫁。这两句诗道尽无力回天的才智之士的愤懑,故广为传诵。

万人丛中一握手,使我衣袖三年香。

〔鉴赏〕这是清代龚自珍《投宋于庭(宋翔凤)》诗中名句。原诗为:

> 游山五岳东道主,拥书百城南面王。
> 万人丛中一握手,使我衣袖三年香。

宋翔凤是清代著名的经学家,精研西汉今文经学,为常州学派代表人物之一。龚自珍在这首诗中表达了对所敬爱人物的真挚热忱的感情。这两句由太白"当时结交何纷纷,片言道合唯有君"脱化而出。诗人用夸张的手法写道,在成千上万的人丛中只和你握了一下手,便使我衣袖留香,三年不散。茫茫人海,各种交往不知有多少,而"一握手",强调相会之短暂、离别之匆匆。就是这匆匆的握别,你的风度才识便深深地印入我的脑海中。后来常用此句表达对人物的敬爱仰慕和对真挚情谊的珍惜。

万古乾坤此江水,百年风日几重阳。

〔释义〕重阳,农历九月初九。
〔鉴赏〕这是明代李东阳《九日渡江》诗中名句。原诗为:

> 秋风江口所鸣榔,远客归心正渺茫。
> 万古乾坤此江水,百年风日几重阳。
> 烟中树色浮瓜步,城上山形绕建康。

直过真州更东下，夜深灯火宿维扬。

前面写"远客归心正渺茫"，这两句便具体展开"渺茫"的内涵。江山无限，乾坤永恒，这浩浩荡荡的大江从远古流来，又向未来流去，而人生百年，生命短暂，又能经历多少个重阳节呢？时间和空间的永恒无限，与个体生命的短促渺小的对比和矛盾，就是诗人感慨的原因。但诗人并没有陷入颓唐，诗句显得格调雄壮，气势浩大。

三分割据纡筹策，万古云霄一羽毛。

〔释义〕纡，屈。

〔鉴赏〕蜀人最敬孔明。杜甫居蜀既久，更觉与孔明心迹相接，所作《咏怀古迹五首》（其五）便成了歌咏孔明的千古绝唱：

> 诸葛大名垂宇宙，宗臣遗像肃清高。
> 三分割据纡筹策，万古云霄一羽毛。
> 伯仲之间见伊吕，指挥若定失萧曹。
> 运移汉祚终难复，志决身歼军务劳。

中间两联是对诸葛亮功业、才能的概括与评价：孔明屈处偏隅，以纡策而成三国鼎立之势，其功业真如高天鸾凤万古独步，然而他的经世之才不过是百施其一而已，如雄凤一羽。孔明文功武略与伊尹、吕望相伯仲，领导才能远迈萧何、曹参。"万古"一句遂成为颂扬历史人物的最高评价。

万里江山来醉眼，九秋天地入吟魂。

〔鉴赏〕这是宋代王珪七律《游赏心亭》中的名句。原诗为：

> 六朝遗迹此空存，城压沧波到海门。
> 万里江山来醉眼，九秋天地入吟魂。
> 于今玉树悲歌起，当日黄旗王气昏。
> 人事不同风物在，怅然犹得对芳樽。

赏心亭坐落于建康（今南京）城上，下临秦淮。诗人酒罢登临，遥想六朝古都兴亡旧事，不禁感慨万千。首、颔两联写眼前之景，颈、尾两联则述心中所思。颔联属对精工，气象宏大，"来"与"入"字，化静为动，"醉眼"与"吟魂"，则内蕴郁勃之气，景中有人，情因景生。物我相交，才有下面物是人非、风流云散的感叹。颈联用陈后主亡国故事，表达了婉曲的讽喻之意。

万里悲秋长作客，百年多病独登台。

〔鉴赏〕悲秋是中国文学的传统主题，而唐代杜甫的这两句诗可说是最凝练地表现了这一主题。诗句出自七律《登高》（全诗见"无边落木萧萧下"条），历来以意义深刻、内蕴丰富著称。秋可悲，是一层意思。做客而秋愈可悲，是两层。做客且长久，又进一层。何况乡关万里遥遥，其悲自然更甚，这是第四层。登台览秋，第五层。独自登台，又一层。扶多病之躯而无伴侣，第七层。又值衰朽暮年（"百年"），第八层。短短两句诗，仅十四字，竟有如此丰富内涵！同时却又能属对严整，形象鲜明，真使人由衷赞叹："诗圣"之名非浪得也！

等闲识得东风面，万紫千红总是春。

〔鉴赏〕好的诗歌往往具有双重视野：一重是字面描绘的景象，一重是字面之外暗示、象征的内容。宋代朱熹的《春日》便是如此：

> 胜日寻芳泗水滨，无边光景一时新。
> 等闲识得东风面，万紫千红总是春。

表层视野是春日郊游所见，写春风骀荡、生机蓬勃的景象。这一层虽无具体物态描写，却把春天的气象生动描绘出来。"泗水滨"是由表层指向深层的津梁。孔子曾传道于泗水之畔，故诗中的春日气象实乃象征证悟儒家大道后的精神状态。理学家主张有"与万物同春"的"仁者胸次"。此诗便是以诗的语言表现这一主张的。

与天地兮同寿，与日月兮齐光。

〔鉴赏〕这是战国楚屈原《九章·涉江》中的名句。原诗上下文是：

> 登昆仑兮食玉英，与天地兮同寿，与日月兮齐光。哀南夷之莫吾知兮，旦余将济乎江、湘。

一般认为，《涉江》是屈原晚年的作品，诗人虽处流放之中，仍坚信自己的主张是正确的，表现出坚定执着的信念。此二句用夸张的艺术手法，高唱出自己与天地一样永存，与日月同样光辉，用伟大的事物来相比，显示出诗人是一位顶天立地、具有高尚情操和坚定意志的正人君子。在这里，诗人并非虚夸，而是真实地表现了诗人的实质，所以后人评论屈原"虽与日月争光可也"。

上穷碧落下黄泉，两处茫茫皆不见。

〔释义〕碧落，道教语，天空，青天。黄泉，俗谓人死后所居之处。

〔鉴赏〕此联出自唐代白居易《长恨歌》。全诗的最后一部分，写道士为明皇寻觅杨妃魂魄：

> 排空驭气奔如电，升天入地求之遍。
> 上穷碧落下黄泉，两处茫茫皆不见。

很显然，这是一段虚构、神话的描写。道士的苦苦追寻，象征了玄宗在心灵上对已逝去的美好爱情的追寻。后人转用来形容寻觅、求索的艰辛。

山月不知心里事，水风空落眼前花。

〔鉴赏〕这是唐代温庭筠词作《梦江南》中的名句。原词为：

> 千万恨，恨极在天涯。山月不知心里事，水风空落眼前花。摇曳碧云斜。

作品抒发女子相思之恨。中间七言句一联为侧写。闺妇孤寂无聊，唯有山月临照，然而山月本无心，岂能解人意、慰人情；而闺妇若非怀远难寐，又怎会看到唯夜深之际方逾山尖的月儿。"山月"在此还兼喻远在天涯的郎君。"水风"句与前角度虽异，情感实同。水面风吹，花落流水，"空"字写出女子内心的愁怨、无奈，又兼以花自喻，惜花吟中流露出在相思之情煎熬下年华空逝的感伤。两句用语明快而造意深曲，细腻深入地刻画了人物内心隐微。

山外青山楼外楼，西湖歌舞几时休！

〔鉴赏〕这是写杭州繁盛景象的名句，但似颂实讥，正言若反。句出自南宋士人林升的《题临安邸》：

> 山外青山楼外楼，西湖歌舞几时休！
> 暖风熏得游人醉，直把杭州作汴州。

　　首句写盛景在空间的广阔，次句写欢乐在时间的绵延。第三句写整个城市的氛围：皆陶醉于繁荣享乐之中。末句当头棒喝，可叹都忘了汴梁沦陷敌手的国耻，也忘了北宋灭亡的教训！全诗旨在批判朝廷内外偏安苟且的精神状态，但作者只能愤慨、无奈，故全诗立意尖锐而表现含蓄。这在"山外青山"一联尤为明显。

山似相思久，推窗扑面来。

〔鉴赏〕这是清代袁枚《推窗》诗中名句。原诗为：

> 连宵风雨恶，蓬户不轻开。
> 山似相思久，推窗扑面来。

　　推窗看山，这本来是一件很平常的事，但在诗人的笔下，它却有了特殊的意义。前两句为铺垫，先写"窗闭"。由于风狂雨猛，已经连续好几天没开窗了，空气的沉闷和诗人心情的郁闷可想而知。想必是风雨初歇、丽日和风，诗人推开窗子，顿时觉得青山扑面而来，似乎它也因多日阻隔，急切地想同诗人见面。这种拟人化的手法，赋予自然以灵性，把诗人一刹那的新鲜感受，描绘得活灵活现。

野鸟间关难解语，山花烂熳不知名。

〔释义〕间关，鸟鸣声。解，明白，弄懂。

〔鉴赏〕这是金元间耶律楚材《庚辰西域清明》诗中名句。七律如下：

> 清明时节过边城，远客临风几许情。
> 野鸟间关难解语，山花烂熳不知名。
> 葡萄酒熟愁肠乱，玛瑙杯寒醉眼明。
> 遥想故园今好在，梨花深院鹧鸪声。

这首七律抒写了诗人于清明节时远客西域边城，因异地景物而引发的思乡之怀。第三句写诗人于异地见到野鸟，但听不懂其叫声；所见山花固然烂漫，却不知其名。于是，引发出对故园深院"梨花""鹧鸪声"的怀念。盖写思乡之曲，常把西域、边域描写得凄凉荒疏，而这两句则写尽异地春光之美。

山围故国周遭在，潮打空城寂寞回。

〔释义〕周遭，犹周匝，谓围绕一周。

〔鉴赏〕此乃唐代刘禹锡怀古名作《石头城》诗中佳句。原诗为：

> 山围故国周遭在，潮打空城寂寞回，
> 淮水东边旧时月，夜深还过女墙来。

诗之首联创造出了一种苍莽悲凉的氛围，所谓山河依旧，繁华已逝。这里，诗人把石头城放到沉寂的群山中写，放在带着寒意的潮声中写，更映衬出故都的衰微、荒凉。此联无字不景，却于景中透露出诗人对故国萧条、人生凄凉的感伤，故细细品味，则无字不情，实乃借景寓情之千古佳句，难怪白居易读之而叹曰"我知后人不复措笔矣"（宋张表臣《珊瑚钩诗话》卷一）。后人化用此联之意，亦写出了"指点六朝形胜地，惟有青山如壁"之类的佳句，足见此联流传之广，影响之深远了。

山近月远觉月小，便道此山大于月。

〔鉴赏〕这是明代王阳明《蔽月山房》诗中名句。原诗为：

> 山近月远觉月小，便道此山大于月。
> 若人有眼大如天，当见山高月更阔。

　　王阳明是明代著名的哲学家，其学说以"致良知"和"知行合一"为主，认为"万事万物之现不外于吾心"，这首诗便体现了他的"心性"观点。人距山近而距月远，觉得月亮很小，便说这座山比月亮大；若是人的眼睛像天那样大，山和月亮同时等距离地呈现在目前，便会看到山固然很高，而月亮却比山更大。常见的事物中蕴含着深刻的哲理，万物之理都有赖于人的认识和把握，这首诗启发人们摆脱思维定式的束缚去求得事物之真相，富有理趣。

山空松子落，幽人应未眠。

〔释义〕幽人，隐居者，指邱二十二员外，即邱丹。
〔鉴赏〕这是唐代韦应物《秋夜寄邱二十二员外》诗中名句。原诗为：

> 怀君属秋夜，散步咏凉天。
> 山空松子落，幽人应未眠。

　　一种古雅闲淡的美笼罩着这首怀人诗。诗之首联写诗人因怀念在山中学道的邱丹而在凉秋之夜徘徊沉吟的情景，接下来，诗人的思绪飞向远方，想象所念之人在彼时彼地的情况：万籁俱寂的山中，有松子落地，这一细小的响声，更衬托出夜的沉寂，我的朋友一定和我一样夜不成眠，正在思念我吧？诗人丰富的想象使读者在一首诗中看到了两个空间——怀人之人与被怀之人两幅画面在同一时间内的并存。"山空松子落"与"月出惊山鸟"同为以动写静之佳句，被清沈德潜誉为"幽绝"，殊不为过。

望月

王昌齡

聽月樓高太清南山對

戶分明昨夜姮娥現影

嫣然笑裡傳聲

錢唐十三童沈維垣

溪云初起日沉阁，山雨欲来风满楼。

〔鉴赏〕这是唐代许浑《咸阳城西楼晚眺》诗中名句。这两句写登楼所见，极为传神。诗人凭栏远眺，见一片白云从溪上升起，太阳下沉，隐于寺阁。突然，狂风骤至，吹遍高楼，山雨不久将随风而来。这里，云、日、风、雨瞬息变化，其自然过程写得有条不紊，层次分明。同时，云起日沉云舒缓，风来雨至云迅疾，情势各异，相得益彰。其中"山雨欲来风满楼"历来为人传诵，不仅写出雨随风至的气象特点，而且极富声势。"满"字生动贴切，既显示疾风之浩荡，又表现高楼之空落，为神来之笔。这一句常借以形容社会激变前的先兆及紧张气氛。

山抹微云，天黏衰草，画角声断谯门。

〔释义〕画角，古管乐器。谯门，城门。

〔鉴赏〕这是北宋秦观《满庭芳》词中名句。作品抒写离别伤感之情。此为开端三句。"山抹微云，天黏衰草"写别离时目之所见，"画角声断谯门"则为耳之所闻。词人借"抹"字形容飘浮萦绕山间的层层薄云，以"连"字描画一望无际延至天边的秋草，精练而传神地写出深秋时节郊外景色的黯淡、萧瑟，衬托了情侣分别的惆怅心情。而此时城门楼上的号角已经吹过，不仅表明时间已晚，而且那悲凉角声也愈加引人愁思。三句着意描绘离别景致，炼字工巧，情景交融，前两句尤为时人爱重。苏轼曾因之将作者戏称为"山抹微云秦学士"。

山重水复疑无路，柳暗花明又一村。

〔鉴赏〕诗中不妨说理，但以无意说理而理在其中者为妙。陆游本联正是如此。语出自《游山西村》：

> 莫笑农家腊酒浑，丰年留客足鸡豚。
> 山重水复疑无路，柳暗花明又一村。
> 箫鼓追随春社近，衣冠简朴古风存。
> 从今若许闲乘月，拄杖无时夜叩门。

这是记游抒情之作，旨在表达对田园之乐、民风之美的向往。次联乃是对山村自然环境的描写：山峦层叠，溪流回环，似无路径；忽然透过繁茂林木望见了竹篱茅舍。这种境界与人生之"追索——困惑——顿悟"境界意味相通，故后世多以哲理警句视之。

山随平野尽，江入大荒流。

〔释义〕大荒，广漠无际的原野。

〔鉴赏〕这是唐代李白《渡荆门送别》诗中名句。这两句形象地描绘了船出三峡，渡过荆门之后的壮阔景观，流露出诗人开朗的心情。"山随平野尽"。船行峡中，两岸峭壁摩天，有如削成；一过荆门，便豁然开朗，把群山一一抛在后面，眼前是一望无际的荆楚平野。这完全是得自舟行的实际体验。"随"与"尽"，使矗立不动的山峦产生了动态的感觉。"江入大荒流"，是写江水奔出荆门之后的动态变化。一个"入"字，力透纸背。被峡岸束缚的湍急江水，一旦进入荒漠的平川，便放纵漫延，由汹涌的激流变成一片浩浩荡荡的大水，"两涘渚崖之间不辨牛马"了。

山路元无雨，空翠湿人衣。

〔鉴赏〕这是唐代王维《山中》诗中名句。原诗为：

　　　　荆溪白石出，天寒红叶稀。
　　　　山路元无雨，空翠湿人衣。

　　醉心于山林的王维，最能体尝品味自然风物的妙趣，并以其灵动的文笔写出传世的诗篇。雨是诗人的幻觉，这是由触觉造成的一种错觉。在山林中独自行走的诗人，听着溪水的流音，赏着白石红叶，突然感觉衣衫湿了，误以为空中飘起了小雨，静心细察，原来无雨。湿衣之感缘自空翠的山岚。这山岚近看一片空明，远观聚作一团、青翠欲滴。韩愈诗句"草色遥看近却无"，也有这种特殊的视觉效果。

山僧不解数甲子，一叶落知天下秋。

〔鉴赏〕这是唐代佚名诗人的残篇，见《唐子西文录》所引。这两句原本题旨在上句，即山僧完全脱离社会，因而对社会文化的基础之一——历法，也弃之不顾了。下句是对此的补充说明：虽无历法，大自然仍旧运行变化，而山僧亦自知其变。这实际是从陶渊明的"虽无纪历，四时自成岁""不知有汉，何论魏晋"等语意脱化而生的，表达一种远离尘嚣、返朴归真的人生态度。但是，后世渐把题旨移到下句上，着眼于"一叶落"与"天下秋"的关系，作为见兆知机的形象性表述，并凝结为"一叶知秋"的成语。

千山鸟飞绝，万径人踪灭。

〔鉴赏〕这是唐代柳宗元《江雪》诗中名句。原诗为：

> 千山鸟飞绝，万径人踪灭。
> 孤舟蓑笠翁，独钓寒江雪。

这首诗作于诗人被贬谪时期，它表现了诗人孤独寂寞心境和孤傲清高情怀。前两句描绘了一个人迹罕至、万籁俱寂的空净境界，"千山""万径"显示其广阔无垠，唯其如此，孤舟独钓的渔翁才显出孤立无依、卓然独立的风貌。在这个远离尘嚣、超然物外的渔翁身上寄托的正是诗人自己清高孤寂的思想情怀。幽僻的境界正是诗人孤僻性格的间接反映。

千古兴亡多少事，悠悠，不尽长江滚滚流。

〔鉴赏〕这是南宋辛弃疾《南乡子·登京口北固亭有怀》词中名句。原词为：

> 何处望神州？满眼风光北固楼。千古兴亡多少事，悠悠，不尽长江滚滚流。　年少万兜鍪，坐断东南战未休。天下英雄谁敌手？曹刘。生子当如孙仲谋。

词人登楼望远，思绪万端。"千古"句慨然发问，"悠悠"句深沉作答，"不尽"句浩然兴叹。风光满眼，往事悠悠，只有无尽长江水滚滚东流。问句纵观千古，意味深长。答句兼指时间之漫长与词人思绪之无穷。叹句借用杜甫《登高》中"不尽长江滚滚来"诗句，将历史、现实、景物、情感融为一体，发抒千古兴亡之感。三句意境高远，气象雄浑。

千寻铁锁沉江底，一片降幡出石头。

〔释义〕寻，古代长度单位，八尺为一寻。降幡，表示投降的旗帜。石头，石头城，亦即金陵。

〔鉴赏〕此联出自唐代刘禹锡《西塞山怀古》一诗。该诗的前半部分为：

> 王濬楼船下益州，金陵王气黯然收。
> 千寻铁锁沉江底，一片降幡出石头。

首联写西晋水军出发，第二联转入东吴战败之史实，平实的史料一入作者纵横捭阖之诗笔，即化为生动而洗练的形象。"千寻"与"一片""铁锁"与"降幡"分别构成多与少、重与轻的逆反，不仅使前后两种意象之间形成顺逆相荡、富于张力的冲击，释放出更强烈的美感效应，而且不动声色地赋予全联一种辛辣的嘲讽意味——东吴统治者恃险固守只能是枉抛心力。此联亦从反面阐明了"兴实在德，险不足恃"的思想，这一思想在作者的《金陵怀古》一诗中被阐发为"兴废由人事，山川空地形"的千古名句，与本联堪称双璧。

千里莺啼绿映红，水村山郭酒旗风。

〔鉴赏〕此乃《江南春》绝句的前两句。《江南春》为唐代杜牧久负盛名的春景之作，全诗情景交融，秀美轻盈：

> 千里莺啼绿映红，水村山郭酒旗风。
> 南朝四百八十寺，多少楼台烟雨中。

江南春色，最是动人，而作者生花妙笔只点染了两组景物，江南春色便尽收眼底：红花绿树掩映花香鸟语，水村山郭处处酒旗飘扬，色彩绚丽，情趣盎然，展示了作者内心对江南春色的爱悦之情。加之末两句朦胧迷离之怀古幽思，使得这幅江南春色图更加引人神往。

千呼万唤始出来，犹抱琵琶半遮面。

〔鉴赏〕这是唐代白居易的长篇叙事诗《琵琶行》中的名句。诗的开头写诗人于一个秋夜在江边送客，忽然听到了水上的琵琶声，于是：

> 寻声暗问弹者谁，琵琶声停欲语迟。
> 移船相近邀相见，添酒回灯重开宴。
> 千呼万唤始出来，犹抱琵琶半遮面。

虽是在对妇女较少束缚的唐代，已嫁为商人妇的歌女也不愿轻易露面为陌生人弹唱了。在诗人的一再邀请下，歌女最终羞答答地出来了。"千呼万唤"这一悬念的设置，既符合歌女的双重身份，又触发了读者的好奇心，加强了诗句的吸引力。一个"半"字，将已从良的歌女情态刻画得惟妙惟肖。此联广为传诵，"犹抱琵琶半遮面"，已成为人所共知的成语，形容半推半就的窘态。

千金纵买相如赋，脉脉此情谁诉？

〔释义〕相如赋，司马相如所作《长门赋》。

〔鉴赏〕以夫妻关系喻君臣，是古代诗文常用手法，宋辛弃疾《摸鱼儿》词堪称其中典范。词上阕以宫中失宠后妃口气写伤春惜春之意，下阕接续道：

> 长门事，准拟佳期又误。蛾眉曾有人妒。千金纵买相如赋，脉脉此情谁诉？君莫舞，君不见、玉环飞燕皆尘土。闲愁最苦。休去倚危栏，斜阳正在，烟柳断肠处。

"长门事"用陈皇后事；汉武帝废陈皇后使居长门宫，陈以黄金百斤求司马相如作赋以感化武帝，赋成而武帝不为所动。辛弃疾以此寄托自己忠而见疑、报国无门的悲慨，写得委婉而沉痛。据说皇帝见到此词十分不悦，大约他也不愿被比作寡情薄义的汉武帝吧。

千秋万岁名，寂寞身后事。

〔鉴赏〕文人好名，常期以文传世而不朽。曹丕称著述为"经国之大业，不朽之盛事"，司马迁也有"藏于名山，传之久远"的愿望。但细想来，这后世之高名，对于自己又有何意义！杜甫在《梦李白二首》中感慨于李白的不幸遭遇（参见"故人入我梦""冠盖满京华"条），愤然写道：

> 孰云网恢恢，将老身反累！
> 千秋万岁名，寂寞身后事。

"孰云"句斥责社会对李白的迫害，然后叹息道：尽管李白的才名定会流传不朽，怎奈那已是身后之事，本人早已寂寞无知，又有何用！这是为李白感慨，也是为自己喟叹，或者说是千秋才士的同声一叹。

千淘万漉虽辛苦，吹尽狂沙始到金。

〔释义〕漉，水徐徐下渗。
〔鉴赏〕这是唐代刘禹锡《浪淘沙》（其八）诗中佳句。原诗为：

> 莫道谗言如浪深，莫言迁客似沙沉。
> 千淘万漉虽辛苦，吹尽狂沙始到金。

在这首极富民歌气息的诗中，诗人以淘沙取金比喻被谗言所害的人终会洗清罪名。通篇采用比兴手法寄托作者的情感，尾联之比喻生动贴切，意谓要保持铮铮铁骨，难免要付出代价，吃尽千辛万苦。着一"虽"字，表明诗人认为这种"辛苦"只是暂时的，只要咬牙挺住，胜利的一天终会来到。此句颇多自勉味道。下句则较多自慰，表现出坚定的自信。

千磨万击还坚劲，任尔东西南北风。

〔释义〕尔，代词，你。

〔鉴赏〕这是清代郑燮《题竹石》诗中名句。原诗为：

咬定青山不放松，立根原在石岩中。
千磨万击还坚劲，任尔东西南北风。

这是一首题画诗，画中之竹是生长在石缝中的，所以诗中也就抓住这一特征做了充分的表现。山石本坚硬，而竹却将根须深深地扎入岩缝之中，山石衬托出竹的坚强，竹的"咬定青山"突出了它的不畏艰难。正是由于环境的艰险和条件的恶劣，竹子的铮铮铁骨才显得格外坚劲，才使它能抵御一切外力迫害。诗句借竹抒怀，歌颂了意志坚定、永不随波逐流的高尚情操。

夕阳方在半，忽堕乱流中。

〔鉴赏〕这是清代郭麐《登吴山望江》诗中名句。原诗为：

飞鸟欲何去？翼然乘远风。
夕阳方在半，忽堕乱流中。

落日是古典诗歌中常见的意象。王维"渡头余落日"写宁静优美的田园风光，落日于人是那样亲切。而他的"长河落日圆"则写无边瀚海中的日落景象，气象雄浑而开阔。郭麐的这首诗，写了登山望日落的景象，准确地捕捉到了观落日时一刹那间的审美感受，极富动感。夕阳方才还在半空中，才一眨眼的工夫，却已堕入浩荡的江流之中，浮光跃金，满江红透，何等壮观。"方"与"忽"的迅速转换，透露出诗人惊讶之余的愉悦之情。

夕阳无限好，只是近黄昏。

〔鉴赏〕此系唐代李商隐《乐游原》一诗中之佳联。原诗为：

> 向晚意不适，驱车登古原。
> 夕阳无限好，只是近黄昏。

这是一首登古原触景萦怀的抒写情志之作。诗人之驱车登古原，不是寻求感慨，而是为了排遣"意不适"。有此前提，则可知"夕阳"一联是他出游后得到的满足，至少是一种慰藉——这便异于历来的诸多纵目感怀之作了。于是"夕阳"一联便寄寓了作者的感叹：这灿烂辉煌的斜阳，才是真正的美，而这种美，正是在将近黄昏这一刻尤为令人惊叹和陶醉！"只是"两字，有"就是""正是"之意。有人释为"只不过"，似欠妥，亦与全诗之意不符。通观此联，境界宏阔，与苏轼"闲庭曲槛皆拘窘，一看郊原浩荡春"颇为神似。

夕阳劝客登楼去，山色将秋绕郭来。

〔释义〕郭，城郭。

〔鉴赏〕这是清代黄景仁《都门秋思》诗中名句。原诗为：

> 五剧车声隐若雷，北邙惟见冢千堆。
> 夕阳劝客登楼去，山色将秋绕郭来。
> 寒甚更无修竹倚，愁多思买白杨栽。
> 全家都在风声里，九月衣裳未剪裁。

这首诗写诗人秋日里叹贫嗟寒的深重愁恨。"夕阳"两句是中间写景的名句。夕阳美丽，晚霞满天，吸引着客子登楼观赏；远山苍茫，西风飒飒，将萧瑟的秋意绕着城郭送过来。诗人将浓重的主观情思投射于客观景物之中，景为情设，情融景中。一个"劝"字，将主客体联为一体，写尽了夕阳的美丽诱人和诗人的情思。

<h1 style="text-align:center">子系中山狼，得志便猖狂。</h1>

〔释义〕中山狼，出自明代马中锡小说《中山狼传》。写的是东郭先生在中山救了一只狼，却几乎被忘恩负义的狼吃掉。

〔鉴赏〕这是《红楼梦》"金陵十二钗正册"中迎春的判词。书中这样描写："后面忽见画着个恶狼，追扑一美女，欲啖之意。"其书云：

> 子系中山狼，得志便猖狂。
> 金闺花柳质，一载赴黄粱。

"子系"，字面意思是"你就是"，但这里还有一层隐义：贾迎春所嫁为孙绍祖，"子"与"系"合起来是个"孙"字（繁体）。诗的后两句预示迎春被忘恩负义的孙绍祖折磨而死。前两句用了"中山狼"的典故，又是指斥的语气，很好地表现出人们对忘恩负义小人的愤慨。

<h1 style="text-align:center">马上相逢无纸笔，凭君传语报平安。</h1>

〔鉴赏〕此联出自唐代岑参《逢入京使》一诗。原诗为：

> 故园东望路漫漫，双袖龙钟泪不干。
> 马上相逢无纸笔，凭君传语报平安。

天宝八年（749），岑参去西域安西任节度使高仙芝幕府书记，途中遇到回京老友，写下此诗，表现了立志"功名只向马上取"的诗人深挚的思乡之情。离故乡愈远，乡愁愈浓，天幸行程遇友，无纸无笔无奈之下，嘱其传语，语短情长，多少心里话凝成一路平安四字。此联平易如话，似信口而成，足见作者炼句之工已臻化境，刘熙载所谓"诗能于易处见工，便觉亲切有味"，堪为此联佳句之绝好注脚。

<h1 style="text-align:center">马毛缩如猬，角弓不可张。</h1>

〔释义〕角弓，用兽角装饰的弓。张，拉开。

〔鉴赏〕这是南朝宋鲍照《代出自蓟北门行》诗中名句。原诗是一首雄浑悲壮的边塞诗，反映了边塞征战的艰苦卓绝，其中有这样的诗句：

雁行缘石径，鱼贯度飞梁。
箫鼓流汉思，旌甲被胡霜。
疾风冲塞起，沙砾自飘扬。
马毛缩如猬，角弓不可张。

此二句专写北方边塞的苦寒，严寒使战马身体蜷缩，马毛根根直立，僵硬如刺猬，严寒使弓变硬难以拉开。诗人选取两个典型细节，传出北边奇寒的神髓。后世多取其意，以马写寒："河口不冻马蹄脱""马毛带雪汗气蒸，五花连钱旋作冰"；以弓写寒："将军角弓不得控""弓弦有声冻欲折"。

马因识路真疲路，蝉到吞声尚有声。

〔释义〕老马识途，典出《韩非子·说林上》，后用来比喻经验丰富。
〔鉴赏〕这是清代黄景仁《杂感》诗中名句。原诗为：

岁岁吹箫江上城，西园桃梗记浮生。
马因识路真疲路，蝉到吞声尚有声。
长铗依人游未已，短衣射虎气难平。
剧怜对酒听歌夜，绝似中年以后情。

诗中用比兴的手法，活用典故，使诗句包含了丰富而深刻的人生体验。正因为马能识路，所以在经历了长途跋涉后，深知道路的坎坷漫长，年复一年地奔波，真的感到疲倦了；蝉在秋风里鸣叫得吞咽失声了还在嘶鸣，可又有谁理会呢？诗句表现了失意者的悲愤和不平。

马后桃花马前雪，出关争得不回头！

〔释义〕争，同"怎"。
〔鉴赏〕这是清代徐兰《出居庸关》诗中名句。原诗为：

凭山俯海古边州，旆影风翻见戍楼。
马后桃花马前雪，出关争得不回头！

此诗着意刻画当征人远行出关那一刹那的感情。诗人曾随军出居庸关，对此有真切的体验。当通过关隘时，但见前方白雪皑皑，荒寒一片；而身后却仍是桃花盛开，春意盎然，这怎能不使出关的将士回首凝望，瞻顾家园呢？诗句的奇绝处恰在于征人回首的瞬间里，凝聚了丰富的社会内涵和人生体验。

马思边草拳毛动，雕盼青云睡眼开。

〔释义〕拳毛，卷曲的鬃毛。

〔鉴赏〕这是唐代刘禹锡《始闻秋风》诗中名句。不同于一般的悲秋之作，此诗流溢着一种自强不息的高亢情调。诗的颈联中，"动""开"两字极为传神地刻画出骏马、鸷雕那种"聆朔风而心动，睇天籁而神惊"的形象，进一步映衬了"思""盼"二字。诗句中亦暗含了一种潜在的力量——秋风给骏马、鸷雕带来的虎虎生气。此联名句从侧面渲染了秋风秋色的魅力，神韵饱满，清代沈德潜评其为"英气勃发"。

飞流直下三千尺，疑是银河落九天。

〔释义〕九天，俗谓天有九重，此处极言天之高。

〔鉴赏〕这是唐代李白《望庐山瀑布水二首》（其二）诗中佳句。原诗为：

日照香炉生紫烟，遥看瀑布挂前川。
飞流直下三千尺，疑是银河落九天。

前两句是对瀑布实景的描写，背景奇丽雄伟，色泽鲜明壮观。后两句集中写瀑布的动态和气势。"飞流"写出瀑布喷涌湍急的速度。"三千尺"不仅极写瀑布之长，而且还为瀑布落下迅猛积累起无尽的势能。"直下"便是这势能的具象体现，同时也暗示出山壁陡峭。紧接着以"银河落九天"比拟瀑布，新颖、精当、生动。香炉峰缥缈云间，瀑布似自天上银河倾泻而下，不说"似"，而说"疑"，更深一层地写出当时的心理感受，增加了比拟的真实性。苏轼云："帝遣银河一派垂，古来唯有谪仙词。"确为的赞。

小红低唱我吹箫。

〔鉴赏〕宋代文学家中以音乐才能著称者，首推姜白石。而他这一描写演奏、歌唱的诗句，在歌咏文士雅兴的作品中，也同样允为翘楚。句出《过垂虹》：

> 自作新词韵最娇，小红低唱我吹箫。
> 曲终过尽松陵路，回首烟波十四桥。

小红本为诗人范成大家的歌女。姜夔做客范家，自制《暗香》《疏影》二曲，清婉绝世。范便将小红赠姜。此诗即姜以舟载美，归途所作。"新词"指《暗》《疏》二曲。"小红"句之妙处在于不仅写出了行为，而且渲染出气氛。箫声低沉宛转，而小红之歌声亦低柔轻曼，箫歌和谐，兴浓而韵雅，自与"铜琵琶、铁绰板"迥然异趣矣。

小荷才露尖尖角，早有蜻蜓立上头。

〔鉴赏〕南宋诗人有范（成大）、杨（万里）、陆（游）、尤（袤）四大家，各具特长。其中杨万里以清新、生动著称，此联即为显证。句出绝句《小池》：

> 泉眼无声惜细流，树阴照水爱晴柔。
> 小荷才露尖尖角，早有蜻蜓立上头。

此诗写初夏之景，前两句是背景，烘托出静谧、清新的氛围；后两句是特写镜头：一泓清水，小荷初生尖角，轻盈的蜻蜓颤颤地悄立其上。镜头虽小，却透出天地无穷生机、生趣。同时，诗人热爱自然、热爱生活、闲适自得的心态也自然流露了出来。

小楼一夜听春雨，深巷明朝卖杏花。

〔鉴赏〕大诗人往往不限于一类题材、一种风格。惯写"铁马秋风"

的陆游也能"小楼听春雨"即为显证。此联出自《临安春雨初霁》：

> 世味年来薄似纱，谁令骑马客京华？
> 小楼一夜听春雨，深巷明朝卖杏花。
> 矮纸斜行闲作草，晴窗细乳戏分茶。
> 素衣莫起风尘叹，犹及清明可到家。

这是诗人赋闲多年重入京城所作，其中有对人情世态的感慨，也有对闲适生活的描画。"小楼"一联是写春景名句，其妙处在于寓实于虚：细雨入夜，杏花初绽，皆为实景，而诗人全从"听"中感知。这样写，既为读者留下想象的空间，又隐隐透露出作者客居他乡、仕途索寞的无聊心境。

小黠大痴螳捕蝉，有余不足夔怜蚿。

〔释义〕螳捕蝉，用《庄子·山木》典，即俗语"螳螂捕蝉，黄雀在后"意。夔怜蚿，用《庄子·秋水》典，夔为一足（传说），蚿则百足。

〔鉴赏〕宋人好以文字为诗，以理入诗，黄庭坚此联堪为代表。句出《寺斋睡起二首》（其一）：

> 小黠大痴螳捕蝉，有余不足夔怜蚿。
> 退食归来北窗梦，一江风月趁鱼船。

前两句写身处官场的观感："小黠"句写彼此倾轧之可笑可叹，"有余"句写人生欲求之痴顽无谓。后两句写暂离官场的精神解脱，以梦境寄寓向往自由的人生理想。以理入诗虽非创作正途，但句子上口且有趣，也为人所喜。

女娲炼石补天处，石破天惊逗秋雨。

〔释义〕女娲，中国神话传说中人类的始祖，传说她曾用黄土造人，炼五色石补天。

〔鉴赏〕这是唐代李贺《李凭箜篌引》诗中名句。在这首著名的描写乐声的诗中，诗人瑰诡的风格得到了完美的体现，请看下面诗句：

女娲炼石补天处，石破天惊逗秋雨。
梦入神山教神妪，老鱼跳波瘦蛟舞。

"女娲"一联通过音响效果烘托出乐声的高亢、激越。崩云裂石的箜篌声直射天宇，昔日女娲补天处缝裂石崩，秋雨随天之缺口哗然而泻。多么大胆超奇的想象！一"逗"字，将乐声的强大魅力表露无遗。此联充满了神秘、奇幻的色彩，目不暇接的光与色，耳不暇闻的音与响，不仅"泣"了鬼神，更"惊"了后世的众多读者，誉之为"幽深诡谲"，实不为过。

乡泪客中尽，归帆天际看。

〔鉴赏〕这是唐代孟浩然《早寒有怀》诗中名句。原诗为：

木落雁南度，北风江上寒。
我家襄水曲，遥隔楚云端。
乡泪客中尽，归帆天际看。
迷津欲有问，平海夕漫漫。

这两句诗由情而景。前一句直写诗人因思念家乡，有感于漂泊无根的生活，热泪滚滚而下，打湿了衣衫。情已写足，后一句转而写景，设想家人江边凝望，见一叶孤舟从天边缓缓驶来。这一句景物描写，既冲淡了悲伤的情绪，又表达了诗人的思归之情，情融入了景中。

四画

斗大明星烂无数，长天一月坠林梢。

〔释义〕烂，灿烂。

〔鉴赏〕这是清代龚自珍《秋心三首》（其一）诗中佳句。原诗为：

> 秋心如海复如潮，但有秋魂不可招。
> 漠漠郁金香在臂，亭亭古玉佩当腰。
> 气寒西北何人剑，声满东南几处箫？
> 斗大明星烂无数，长天一月坠林梢。

　　龚自珍的诗中，"箫心"和"剑气"分别是诗人幽怨之情和报国之志的象征。"怨"与"狂"的深刻契合，构成龚自珍诗歌的独特风格。这首诗便体现了这种契合。最后两句，既是诗人对景物的独特感受，也是富有隐喻意义的意象。群星而至于"斗大"，且缀满天空；万里长天的一轮明月却坠入林梢。结合龚自珍当时的处境和心情看，"斗大明星"是指朝廷中庸碌无能而得志的小人。"长天一月"则是指才能卓越而遭受压抑的人才。在"长天一月"的浩大景象里，寄寓了诗人报国无路的深沉怨愤。

斗室苍茫吾独立，万家酣梦几人醒。

〔释义〕斗室，形容室极小。

〔鉴赏〕这是清代黄遵宪《夜起》诗中名句。原诗为：

> 千声檐铁百淋铃，雨横风狂暂一停。
> 正望鸡鸣天下白，又惊鹅击海东青。
> 沉阴噎噎何多日，残月晖晖尚几星。
> 斗室苍茫吾独立，万家酣梦几人醒。

黄遵宪是戊戌变法的积极参加者，变法失败，他也被赶出了政治舞台。诗人面对外忧内患的社会现实，心情沉重、郁愤交加。此诗以风雨明晦喻政局。诗的最后两句写自己半夜惊起，独立斗室，心事浩茫，无比孤寂。人们都还在梦乡中酣睡，有多少人意识到社会正处于巨大的危机之中呢？语意沉痛，表现了先觉者的悲哀和社会使命感。

六代豪华，春去也、更无消息。

〔释义〕六代，建都于金陵的东吴、东晋、南朝宋、齐、梁、陈六朝。

〔鉴赏〕这是元代萨都剌《满江红·金陵怀古》词中名句。这是一篇怀古词，其上阕写道：

> 六代豪华，春去也、更无消息。空怅望，山川形胜，已非畴昔。王谢堂前双燕子，乌衣巷口曾相识。听夜深寂寞打空城，春潮急。

大凡怀古诗歌开首多见物起"兴"，而此词首句则直写怀古意绪。起写"繁华"，接写"春去"，陡起陡落，跌宕转折，已给人以失落感，而"更无消息"则加重写"春去"的往而不复。这几句为全词奠定了极伤感的基调。

文章千古事，得失寸心知。

〔鉴赏〕这是杜甫《偶题》中的论诗语。诗云：

> 文章千古事，得失寸心知。
> 作者皆殊列，名声岂浪垂。
> 骚人嗟不见，汉道盛于斯。
> 前辈飞腾入，余波绮丽为。
> ……

在这首诗里，作者回顾了诗歌传统，表达了全面继承前贤的主张。开端两句讲：诗有悠久的传统，而领悟于心灵。"千古"，有历代传承之意，也含"不朽之盛事"的意味（曹丕有"文章，经国之大业，不朽之盛事"之说，老杜由此化出）。"得失"偏指"得"，有诗之要髓意。
两句合观，则表现了兼重传统与主体个性的诗歌思想。

文章本天成，妙手偶得之。

〔鉴赏〕文章之道，本非一理，故中西论著汗牛充栋而仍难表一是。
然而，以作家身份自言心得，虽非圆该之词，却以其生动真切广为流
传。放翁这两句诗即当作如是观。句出《文章》，略云：

> 文章本天成，妙手偶得之。
> 粹然无疵瑕，岂复须人为！
> 君看古彝器，巧拙两无施。
> ……

陆游这里强调灵感在文学创作中的重要性。灵感问题，前人如陆
机、刘勰、皎然等都有所论述。陆游与其相比，更强调灵感状态的非
理性特征，强调其偶发性。这不一定全面、圆通，但"亦一理乎"。

文章憎命达，魑魅喜人过。

〔释义〕命达，好的命运。
〔鉴赏〕李白贬谪夜郎，遇赦放还至湖南，杜甫作《天末怀李白》以
寄思念之情：

> 凉风起天末，君子意如何？
> 鸿雁几时到，江湖秋水多。
> 文章憎命达，魑魅喜人过。
> 应共冤魂语，投诗赠汨罗。

颈联是对李白的深切同情，也是对千古才智之士注定的悲剧命运
的概括：出众的文才总是妨碍着通达的命运，那些隐藏的鬼魅妖祟更
在窥伺着以求一逞。一"习"一"喜"，把才士容身之地逼迫无遗。唯
其如此，后世苏东坡才有"我被聪明误一生"之叹，欧阳修才有"诗

穷而后工”之说。

文籍虽满腹，不如一囊钱。

〔鉴赏〕这是汉末赵壹《刺世嫉邪赋》中托名秦客所作诗中名句。原诗为：

> 河清不可俟，人命不可延。
> 顺风激靡草，富贵者称贤。
> 文籍虽满腹，不如一囊钱。
> 伊优北堂上，骯脏依门边。

　　本诗指斥了东汉末年政治黑暗，富贵者为富不仁，却志得意满名利双收，真正的饱学贤士满腹经纶，却因正直不阿而被冷落。此二句之特点在于揭示了这一矛盾，文籍满腹，是具有极高的文化知识，实指有才有学的贤人。但他们却被视为草芥而不被任用，“不如一囊钱”，是指他们的价值得不到实现。李白《答王十二寒夜独酌有怀》“吟诗作赋北窗里，万言不值一杯水”，即得此意。

苦恨年年压金线，为他人作嫁衣裳。

〔鉴赏〕这是唐代秦韬玉《贫女》诗中名句。原诗为：

> 蓬门未识绮罗香，拟托良媒益自伤。
> 谁爱风流高格调，共怜时世俭梳妆。
> 敢将十指夸针巧，不把双眉斗画长。
> 苦恨年年压金线，为他人作嫁衣裳。

　　这首诗写贫女的内心活动。贫女虽已入婚嫁之年却迟迟未嫁，中间两联自言其由：时人竞相趋时工巧，无人欣赏不同流俗的高尚情操，而己所恃唯心灵手巧，不以修画双眉迎合流俗。时风、心性如此，其良媒难托、佳偶难寻，自不待言。最后两句自叹为人作嫁的痛苦和遗憾，有广泛的内涵和深刻的哲理。后以“为人作嫁”喻徒然为别人忙碌。

夜漁　　　　張喬

釣艇去悠悠，煙波春復秋，惟將一點火，何處宿蘆洲

完初道人沈文忞

为国为民皆是汝，却教桃李听笙歌。

〔释义〕汝，你，这里指桑树。

〔鉴赏〕这是明代解缙《桑》诗中名句。原诗为：

> 一年两度伐枝柯，万木丛中苦最多。
> 为国为民皆是汝，却教桃李听笙歌。

这是一首咏桑树的诗，诗人托物抒怀，借题发挥，歌颂了桑树质朴无华、默默奉献的牺牲精神，并对社会上的不公平现象做了辛辣的讽刺。桑树用自己柔嫩的叶片喂蚕吐丝，为国家为人民竭尽心力，无怨无悔地做着贡献，却从来不炫耀自己。可是桃李秾丽艳冶，争美比妍，反倒享尽了人们的笙歌祝颂，人间的事情真是太不公平了。桃李并非无用，但最值得称颂的还是那质朴而又贡献最大的桑树啊。

王师北定中原日，家祭无忘告乃翁。

〔释义〕乃翁，你的父亲。

〔鉴赏〕绝笔之作多感伤，此乃人之常情，然笔力亦不免因此而萎弱。独宋代陆游的《示儿》，悲中含壮，胸襟开阔，在此类作品中卓荦不群。而其拳拳报国之心与绵绵失意之恨，也打动了千百年赤子之心。诗云：

> 死去元知万事空，但悲不见九州同。
> 王师北定中原日，家祭无忘告乃翁。

诗人一生以"北定中原"为志，可惜君昏臣佞，这一愿望终于未能实现。虽知身死魂灭，一切均成虚无，但此情此志无法消释，故嘱咐儿辈的，也只有这一点遗愿。这份执着，千载之下令人肃然起敬；这种信念，使人自然联想到"落日心犹壮"那种悲凉而壮慨的氛围。

王孙游兮不归，春草生兮萋萋。

〔释义〕王孙，王室之孙。诗中指屈原，因其与楚王室同宗。萋萋，草茂盛的样子。

〔鉴赏〕这是汉代淮南小山《招隐士》中的名句。淮南小山是淮南王刘安的宾客，他悯伤屈原，又认为屈原作品中升天远游类似隐者出世，故写此诗以招之。此二句之所以被后人屡屡称赏引用，在于其意境创造达到了情景相生的高度统一。王孙远游不返，而萋萋芳草就像诗人的思恋和惆怅之情一样遍生天涯绵绵不断。李后主《清平乐》"离恨恰如春草，更行更远还生"，显系从此翻出。至于直接用此典者更比比皆是，白居易《赋得古草原送别》"又送王孙去，萋萋满别情"，王维《山中送别》"春草明年绿，王孙归不归"，均是。

王奋厥武，如震如怒。

〔释义〕王，指周宣王。厥，其。震，雷声。

〔鉴赏〕这是《诗经·常武》中的名句，出自其第四章：

> 王奋厥武，如震如怒。进厥虎臣，阚如虓虎。铺敦淮濆，仍
> 执丑虏。截彼淮浦，王师之所。

《常武》记周宣王亲率军队征伐徐国之事。本章写战伐于淮水之滨，场面描写十分壮观。此二句写宣王奋发其威，如雷霆闪电，如勃然发怒，把宣王以及其军队的声威气势表现得淋漓尽致。后世因此以"震怒"来形容发怒的有气势有威力。

王侯第宅皆新主，文武衣冠异昔时。

〔鉴赏〕阅历多，便会勘破世情，也容易感慨叹息。杜甫身处乱世，所见荣枯兴替倍于常人，故慨叹语自多。《秋兴八首》允称典型，其四云：

> 闻道长安似奕棋，百年世事不胜悲。
> 王侯第宅皆新主，文武衣冠异昔时。
> 直北关山金鼓振，征西车马羽书驰。
> 鱼龙寂寞秋江冷，故国平居有所思。

前六句写时局："奕棋"总括政局动荡变幻，"百年"指唐兴以来由盛转衰，"第宅""衣冠"指武弁乘势骤贵，"直北""征西"指回纥与吐蕃正边患不已。尾联则由伤国事转至慨身世，再寄客居思归之情。"王侯第宅"一联被后人引用，则有双重意味：感慨世事迁易，荣华不永；对新贵微有讥讽意。

开轩面场圃，把酒话桑麻。

〔释义〕轩，窗户。

〔鉴赏〕这是唐代孟浩然《过故人庄》诗中名句。原诗为：

> 故人具鸡黍，邀我至田家。
> 绿树村边合，青山郭外斜。
> 开轩面场圃，把酒话桑麻。
> 待到重阳日，还来就菊花。

这首田园诗，颇有渊明风味，表现了诗人对田园生活的喜爱。孟浩然一生主要过着隐士的生活，李白称赞他"红颜弃轩冕，白首卧松云。醉月频中圣，迷花不事君"（《赠孟浩然》）。这两句诗描写了他在友人家里度过的美好时光：推开窗子，看到的是金黄的场院和碧绿的菜园，令人心神清爽；喝着香醇的农家酒，谈论着种桑种麻的农家事，欢享着令人陶醉的农家乐。语句平淡，"淡到看不见诗"，却淡而有味。

天下三分明月夜，二分无赖是扬州。

〔鉴赏〕这是唐代徐凝《忆扬州》诗中名句。原诗为：

> 萧娘脸薄难胜泪，桃叶眉长易觉愁。
> 天下三分明月夜，二分无赖是扬州。

这是一首怀人之作。诗人怀念远在扬州的旧时情人，而把思绪引向旧时离别，追忆当时别情，萧娘、桃叶均指所怀之人。后两句转咏明月，似与追怀无关，实则辞断意属。当日离别之夕，皓月当空，无限美好，彼时情景，当铭记在心，故眼前明月自然引起对当时离别的追忆。这两句既写明月之可爱，又言明月之可憎，以明月无赖，见出别离之痛苦难耐。天下明月三分、扬州独占二分的夸张似为无理，而扬州明月风情尽在此中。

天下可忧非一事，书生无地效孤忠。

〔鉴赏〕在孔孟之道的熏陶下，中国士人的社会责任心特别顽强，常常"九死而不悔"。八句老翁陆游的这一联语正是典型表现。句出《溪上作二首》（其二）：

> 伛偻溪头白发翁，暮年心事一枝筇。
> 山衔落日青横野，鸦起平沙黑蔽空。
> 天下可忧非一事，书生无地效孤忠。
> 东山七月犹关念，未忍沉浮酒盏中。

首联写老境。次联写即目所见，但透露出诗人萧瑟沉重的心情。颈联是直抒胸臆，与尾联相衔，刻画忠直之士的操守、志向与悲哀。"天下"一联在艺术性上无足道，但由于道出了千百痴心人的痛苦、矛盾之情，故传诵久远而不衰。

天下英雄谁敌手？曹刘。生子当如孙仲谋。

〔鉴赏〕这是南宋辛弃疾《南乡子·登京口北固亭有怀》（参见"千古兴亡多少事，悠悠，不尽长江滚滚流"条）词中名句。词作借凭吊历史，表达对南宋统治集团投降派的不满。作者在颂扬了三国时代统率千军万马雄踞东南一方的孙权年轻有为之后，进一步渲染这位英雄的盖世之功。"天下"句故意设问，"曹刘"句明确作答。史载曹操曾对刘备说："今天下英雄，惟使君（刘备）与操耳。"词人却将曹刘请来为孙权做陪衬，极写其威勇。"生子"句又借当年曹操与孙权对垒时，有感于孙权之风度才干而发的叹语，曲折表达对萎靡庸碌的南宋朝廷的批判以及要求奋发图强的民族呼声。三句以古喻今，含蓄深沉，典故的运用巧妙自然。

天上浮云似白衣，斯须改变如苍狗。

〔释义〕斯须，瞬间。

〔鉴赏〕唐大历年间，丰城有王季友，德高志洁，因家贫被妻子抛弃，而俗人反诋毁于他。杜甫为之不平，作《可叹》诗，开篇云：

> 天上浮云似白衣，斯须改变如苍狗。
> 古往今来共一时，人生万事无不有。

诗人之意，谓世事变幻莫测，有如天际浮云，人生于世遭遇难定，此古今同然。"天上"两句因设譬贴切、显豁而流传。但原意偏于"无事不有"，而后世多指世事多变。

天山无限巨然笔，不到边庭总不知。

〔释义〕天山，这里泛指上矗云天的雄伟高山。巨然，五代宋初画家，擅长山水画。

〔鉴赏〕这是清代释函可《寄与然师》诗中名句。原诗为：

> 破声松风腊月时，君行泼墨我题诗。
> 天山无限巨然笔，不到边庭总不知。

诗中称赞巨然山水画的精深造诣，深得大自然化工之妙。大师画山，气势磅礴、壮丽豪雄，尽幅而有万里之势，可谓"外师造化，中得心源"。若非胸藏丘壑，气吞宇宙，窥造化之奥秘，悟艺道之玄妙，断不能如此。而我如果不是亲身体察边庭的壮丽风光，领略奇山异水的精神，是不会领悟到巨然山水画的精蕴的。诗句既是称赞巨然的山水画，也是在赞美神奇的大自然。

天长地久有时尽，此恨绵绵无绝期。

〔释义〕恨，遗憾。

〔鉴赏〕此乃唐代白居易《长恨歌》一诗的尾联。随着这首长诗情节的发展，随着道士最终在仙山上找到杨妃，诗人写道：

> 临别殷勤重寄词，词中有誓两心知。
> 七月七日长生殿，夜半无人私语时。
> 在天愿作比翼鸟，在地愿为连理枝。
> 天长地久有时尽，此恨绵绵无绝期。

对于杨玉环来讲，苦苦相思也罢，重申旧盟也罢，这永世的遗憾是无法弥补的。长诗以此作结，渲染了全诗"长恨"的主题，李杨爱情悲剧至此达到高潮，留下的是茫茫无尽的回味。

天生我材必有用，千金散尽还复来。

〔鉴赏〕这是唐代李白《将进酒》（参见"君不见黄河之水天上来"条）诗中佳句。这两句是全诗的灵魂，豪气之所钟。李白在"赐金放还"之后，纵酒尽欢，感慨人生，看似及时行乐，其实是内心怨愤不平的写照。更主要的是，李白始终是乐观好强的，他充分相信自己生命的价值。天生我材，"有用"而"必"，群小岂能压制，这是何等自信！挥掷千金，"散尽""复来"，破费算得什么？这是何等豪迈！这正是李白所感慨的人生的内涵——要在短暂的一生中做出对社会有巨大影响的事业，来实现自己生命的价值。这也是《将进酒》展现给读者的满樽豪情。

天外黑风吹海立，浙东飞雨过江来。

〔鉴赏〕这是宋代苏轼《有美堂暴雨》诗中名句。原诗为：

> 游人脚底一声雷，满座顽云拨不开。
> 天外黑风吹海立，浙东飞雨过江来。
> 十分潋滟金樽凸，千杖敲铿羯鼓催。
> 唤起谪仙泉洒面，倒倾鲛室泻琼瑰。

此诗为突出暴雨之"暴"，舍律诗正常开合之法，直接从惊雷动地、浓云笼罩入笔，雨未来而其威已至。颔联极想象夸张之能事，通过一系列动感强烈的动词和惊心动魄的形象，将虚景写得如在目前。颈联用比喻之法，将湖浪、雨声刻画得生动鲜明，更充满豪放之气。尾联再发奇想，将暴雨比作天帝泼洒的泉水，似乎是要唤醒谪仙李白，来创作出天地间不朽的诗篇。全诗来如奔雷，去如疾风，想象奇特，富于浪漫色彩。

天地存肝胆，江山阅鬓华。

〔释义〕肝胆，指肝胆相照的好朋友。鬓华，鬓发花白。

〔鉴赏〕这是清初顾炎武《酬王处士九日见怀之作》诗中名句。原诗为：

> 是日惊愁老，相望各一涯。
> 离怀销浊酒，愁眼见黄花。
> 天地存肝胆，江山阅鬓华。
> 多蒙千里讯，逐客已无家。

此诗为重阳节酬和友人之作。顾炎武生当明末清初，一生坚持抗清立场，毫不妥协。王处士不肯仕清，与顾炎武志同道合。所以顾炎武在酬诗中说，你和我肝胆相照，志节与天地共存；江山无限，却已沦入清人之手，岁月无情，鬓发花白，救国无力，怎能不使人愁愤万分！诗句郁勃苍劲，格高调雄。

天阶夜色凉如水，坐看牵牛织女星。

〔释义〕天阶，皇宫中的石阶。

〔鉴赏〕此为唐代杜牧所作宫怨诗《秋夕》中的后两句。全诗以冷色调写深宫秋夜：

> 银烛秋光冷画屏，轻罗小扇扑流萤。
> 天阶夜色凉如水，坐看牵牛织女星。

秋夜深宫，凄清冷寂。在诗的前两句中，宫女无聊地排遣秋夕的寂寞，轻挥团扇与流萤为戏。后两句，诗人进一步写宫中清冷，在一派寒气逼人之中，宫女独自一人坐在台阶之上，仰望"牵牛织女星"，作者以白描手法勾画出这幅"特写"，虽未加一字解释，哀怨孤寂与美好向往的复杂情味已自然流溢而出，耐人寻味。"凉如水"读来逼真动人，"坐看"一句意犹未尽。全诗含蓄深沉，在一片"冷"的氛围之中，使宫女的愁绪与情思见于言外。

天苍苍，野茫茫，风吹草低见牛羊。

〔鉴赏〕这是北朝民歌《敕勒歌》中的名句。原词为：

> 敕勒川，阴山下，天似穹庐，笼盖四野。天苍苍，野茫茫，风吹草低见牛羊。

此歌是北朝时居于北边的游牧民族敕勒族的民歌，内容是歌唱阴山脚下土地辽阔、牛羊肥壮、牧草丰茂的草原风光。尤其后二句，写到苍茫的天空和草原，百草丰茂，边风吹过，露出成群的牛羊。语言浑朴自然，气象苍茫辽阔，天、野、风、草、牛、羊由一"吹"字连为一整体，由此也流露出歌唱者对自己家乡生活的热爱和自豪。后人评价极高，元好问说它："慷慨悲歌绝不传，穹庐一曲本天然。中州万古英雄气，也到阴山敕勒川。"胡应麟说："此歌之妙，正在不能文者以无意发之，所以浑朴苍茫。"

天际识归舟，云中辨江树。

〔鉴赏〕这是南朝齐谢朓《之宣城郡出新林浦向板桥》诗中名句。原诗是作者在旅途中的抒怀，前六句是这样的：

> 江路西南永，归流东北骛。
> 天际识归舟，云中辨江树。
> 旅思倦摇摇，孤游昔已屡。

其中，"天际"二句，意境优美，情景交融，是古今称颂的名句。诗人由金陵去宣城，溯江而上，归舟是沿江而下，直奔金陵，诗人目送归舟的点点帆影在天际隐约闪现，而那里的朦胧水云之中还可约略看出江畔的林影，那就是自己的故乡和首都啊!二句写景，实际亦言情，道出了一缕依恋怀念的绵绵思绪。所以王夫之说这两句："隐然一含情凝眺之人，呼之欲出。从此写景，乃为活景。故人胸中无丘壑，眼底无性情，虽读尽天下书，不能道一句。"

天涯不归郎不知，妾颜不复如花枝。

〔释义〕郎，指丈夫。

〔鉴赏〕这是清代谢坤《妾薄命》诗中名句。原诗为：

> 妾命薄，薄似纱，纱尚为衣裳，伴郎天之涯。天涯不归郎不知，妾颜不复如花枝。

这是一首语言清新而凄婉的民歌体闺怨诗。诗以第一人称的手法揭示了妇女的悲惨命运。结句慨叹，独守空闺，青春已一去不复返，诗句中饱含着无限的心酸、哀怨和痴情。

天涯地角有穷时，只有相思无尽处。

〔鉴赏〕这是北宋晏殊《玉楼春》词中名句。原词为：

> 绿杨芳草长亭路，年少抛人容易去。楼头残梦五更钟，花底离愁三月雨。　　无情不似多情苦，一寸还成千万缕。天涯地角有穷时，只有相思无尽处。

本词写闺怨。上片描绘长亭离别场景和昼夜相思情怀。过片以无情与多情对比，衬托离怀别苦。结尾二句再用天涯地角之有穷与别后相思之无尽作比较，表达难以言宣的眷恋之情以及在这深情的折磨下心境之难堪。两句含思深婉，情调缠绵，其意与白居易《长恨歌》中"天长地久有时尽，此恨绵绵无绝期"诗句相近。

天接云涛连晓雾，星河欲转千帆舞。

〔鉴赏〕这是宋李清照《渔家傲》词中名句。原词为：

> 天接云涛连晓雾，星河欲转千帆舞。仿佛梦魂归帝所。闻天语，殷勤问我归何处？　　我报路长嗟日暮，学诗漫有惊人句。九万里风鹏正举。风休住，蓬舟吹取三山去！

词写梦境。开头两句描绘海天相接的壮美景象。接、连、转、舞四个字极富动感，将天幕、波涛、星河、风帆自然组合在一起，"星河欲转"点出夜之将晓，"千帆舞"暗写海风鼓荡。两句形象壮伟，气势磅礴，创出一个浑茫无际的阔大境界，为全篇的奇情异彩奠定了基调。

天街小雨润如酥，草色遥看近却无。

〔释义〕天街，京城中的街道。酥，古代称酥油为酥，酥油是从牛奶或羊奶内提取的脂肪。

〔鉴赏〕此联出自唐代韩愈《早春呈水部张十八员外》一诗。原诗为：

> 天街小雨润如酥，草色遥看近却无。
> 最是一年春好处，绝胜烟柳满皇都。

这是一首清新自然的早春诗。首联在春雨背景下写早春之草：小雨润润地飘着，透过雨丝遥望远处，朦朦胧胧的，是一片极淡、极嫩的青色。惊喜之下走近细看，泥土里点缀着纤细的草芽，绿色反而看不出了。此联于平淡处见功力，写出了人人眼中所见而人人笔下所无的早春草色，可谓兼摄远近，空处传神。"二月初惊见草芽"，这一片最初的淡绿给人的惊喜与希望自然胜于春深时的满都烟柳，而不负"最是一年春好处"之誉了。

天意从来高难问，况人情老易悲难诉。

〔鉴赏〕南宋初期，胡邦衡疏奏秦桧奸恶卖国事，被除名编管，七十六岁老词人张元幹为其填词送行，调寄《贺新郎》，上阕为：

梦绕神州路。怅西风、连营画角，故宫离黍。底事昆仑倾砥柱，九地黄流乱注？聚万落千村狐兔。天意从来高难问，况人情老易悲难诉！更南浦，送君去。

开篇写梦绕神州所见：金兵入寇，中原沦陷，到处盘踞着敌人。接下来写送行。"天意"可有二解，一指皇帝心意，一指上天之意。前者之难问，是何故贬谪忠直之士；后者之难问，是何故降灾百姓而祸善福淫。问题在词人心中可说是兼而有之，故此悲愤难诉。"人情老易悲"连读，意谓老人易生悲哀。

无材可去补苍天，枉入红尘若许年。

〔鉴赏〕这是《红楼梦》中的一句诗。小说以一段神话开启故事："有个空空道人访道求仙，忽从这大荒山无稽崖青埂峰下经过，忽见一大块石上字迹分明，编述历历。空空道人乃从头一看，原来就是无材补天，幻形入世，蒙茫茫大士、渺渺真人携入红尘，历尽离合悲欢炎凉世态的一段故事。后面又有一首偈云：

> 无材可去补苍天，枉入红尘若许年。
> 此系身前身后事，倩谁记去作奇传？

诗后便是此石坠落之乡，投胎之处，亲自经历的一段陈迹故事。"这其实是作者的夫子自道。有抱负的读书人往往借女娲炼石补天的神话表达自己的人生理想。这里是反其意而用之，是牢骚话。不讲是社会黑暗扼杀人才，而说是自己"无材"。这种含蓄的批判态度，与全书的风格一致，也为才智之士所喜。

无人能脱征徭累，只有青蛙不属官。

〔释义〕征徭，指赋役剥削。
〔鉴赏〕这是清代倪瑞璇《闻蛙》诗中名句。原诗为：

> 草绿清池水面宽，终朝阁阁叫平安。

无人能脱征徭累，只有青蛙不属官。

诗的主旨是揭露赋税徭役剥削的残酷，却以青蛙起兴，故显得构思新颖、奇警而又沉痛。水清草绿、宽畅平静的池塘里，青蛙此起彼伏地鸣叫着，似乎充满了无限的欢乐，无忧无虑。诗人由青蛙的乐联想到人间的苦，笔势一转，遂发出无比沉痛的呼喊，没有人能够逃脱繁重的赋税徭役的剥削。水深火热的煎熬使得人们没有一点欢乐的笑声，只有那官府管不了的青蛙才会有平安的日子。

无可奈何花落去，似曾相识燕归来。

〔鉴赏〕这是北宋晏殊《示张寺丞王校勘》七律诗中第三联，作者将其复用于《浣溪沙》词中，成为传世名句。原词为：

一曲新词酒一杯，去年天气旧亭台。夕阳西下几时回？
无可奈何花落去，似曾相识燕归来。小园香径独徘徊。

这一联属对工巧，流利自然，含意深蕴。花落燕归，既是眼前之景，又是美好事物的一种象征。美的事物因自然规律而无可抗拒地消逝令人感喟，而消逝中实际已包含变化的重现又给人以慰藉。两句在惋惜、惆怅与欣慰的交织中，蕴含词人对生活的哲思。

无边落木萧萧下，不尽长江滚滚来。

〔鉴赏〕律诗以老杜最称作手，而其《登高》更有"古今七律第一"之誉：

风急天高猿啸哀，渚清沙白鸟飞回。
无边落木萧萧下，不尽长江滚滚来。
万里悲秋常作客，百年多病独登台。
艰难苦恨繁霜鬓，潦倒新停浊酒杯。

首联写仰望与俯察，颔联写远眺，皆登高所见秋景。两句八个意象，构成一幅有声有色的画面，而画面的最大特色是极富动感。"无边"

"不尽"两句更把这画面在时空两维拓至广远，创造出一个苍凉、阔大而又生机跃动的境界。这一境界恰恰映现出杜甫感时忧世、壮怀难已的心境。

无限河山泪，谁言天地宽？

〔鉴赏〕这是明代夏完淳《别云间》诗中名句。原诗为：

> 三年羁旅客，今日又南冠。
> 无限河山泪，谁言天地宽？
> 已知泉路近，欲别故乡难。
> 毅魄归来日，灵旗空际看。

上海市松江区，古称云间，是抗清英雄夏完淳的故乡。这首诗是夏完淳被清人逮捕、将解往南京，临别松江时所作，诗中表现了诗人强烈的爱国热情和英雄末路的哀痛，慷慨悲凉，动人心魄。"无限河山泪，谁言天地宽"，就是这种心情的高度概括。自己身被囚系、报国无望，为河山破碎无人收拾而泪下如雨，天地虽宽，而英雄失路，怎能不令人痛彻心扉，抱恨长叹！

无是无非，快乐煞庄家。

〔释义〕庄家，即田家，农民。

〔鉴赏〕这是元代卢挚《双调·折桂令·田家》散曲中的名句。这支小令极为生动地描写了三位农村青年无拘无束、与世无争的快乐生活，尤其写"小二哥"更为传神：

> ……小二哥细涎刺塔，碌轴上淹着个琵琶。看荞麦开花，绿豆生芽。无是无非，快活煞庄家。

作家为官三四十年，颇著政声，却也深知官场的龌龊与险恶。长期周旋于是非之地，便十分艳羡庄家人那种与世无争、无是无非的自由生活，这曲折地反映出他对官场生活的厌倦。曲中的"无是无非"，非指无是非、好坏之分，而是言无是是非非之事。

无论君不归，君归芳已歇。

〔鉴赏〕这是南朝齐谢朓《王孙游》诗中名句。原诗为：

> 绿草蔓如丝，杂树红英发。
> 无论君不归，君归芳已歇。

本诗写一女子思念远在他乡的丈夫。前两句写景，包含着对青春年华的珍视和热爱。后二句则更为有名，它以直抒胸臆的形式，说出了带有悲伤怨艾的感叹：且不要说你不回来，即使你现在从远方往回赶，到家时那杂花生树的美景已经过了，绚丽的花朵已经凋零了。这里虽借花说事，实际上是女子悲叹自己的青春韶华正在消逝，有一种"美人迟暮"的忧思，通过这种忧思也体现出对夫君的深切爱恋。柳恽《江南曲》"故人何不返，春华复应晚"，与此同一机杼。

无情最是台城柳，依旧烟笼十里堤。

〔释义〕台城，旧址在今南京市鸡鸣山南，本是三国时代吴国的后苑城。东晋成帝时改建。从东晋至南朝结束，这里一直是朝廷台省（中央政府）和皇宫所在地。

〔鉴赏〕此联佳句出自唐代韦庄《台城》一诗。原诗为：

> 江雨霏霏江草齐，六朝如梦鸟空啼。
> 无情最是台城柳，依旧烟笼十里堤。

这是一首凭吊六朝古迹的诗，它采取侧面烘托的手法，着意造成一种梦幻式的情调气氛，全诗流动着空灵蕴藉之美。承接首联的江南烟雨、六朝如梦之描写，尾联写了春天的标志——柳。终古如斯的长堤烟柳与转瞬即逝的六朝繁华形成鲜明对比，堤柳不管人间兴亡，春来即一片繁茂，所以它"无情"，说"柳"无情，正透露出人的无限伤痛，"依旧"二字深寓历史沧桑之感。"最是"一词在强调柳之无情的同时更强调了诗人的感伤。此联与后人之"念桥边红药，年年知为谁生"词句有异曲同工之妙。

无端嫁得金龟婿，辜负香衾事早朝。

〔释义〕无端，谓无来由。金龟婿，佩有金龟袋的夫婿。《新唐书·车服志》："天授二年，改佩鱼皆为龟。其后三品以上龟袋饰以金。"

〔鉴赏〕此乃唐代李商隐《为有》诗中名句。原诗为：

> 为有云屏无限娇，凤城寒尽怕春宵。
> 无端嫁得金龟婿，辜负香衾事早朝。

这首诗描述了一对宦家夫妇的怨情。首联设一悬念，叙写本应嫌"春宵苦短"的夫妻却"怕春宵"，从而引出结句的以少妇口吻释其原因。"无端"一联中，妻子既像埋怨自己，流露出"悔教夫婿觅封侯"的痴情；又像责怪丈夫，表现出"孤鹤从来不得眠"的苦衷。"无端"二字，活画出这位少妇娇嗔的口吻，表达了她对丈夫、对春宵爱恋的深情，委婉尽情，极富感染力。

沙上并禽池上暝，云破月来花弄影。

〔鉴赏〕这是北宋张先《天仙子》词中名句。此词为临老伤春，自嗟迟暮之作。"沙上"句为黄昏所见。词人以沙岸上水鸟并栖，与自己块然独处相对，渲染了孤寂气氛。"云破月来花弄影"一句，历来为人称道。"破"与"弄"二字下得生动细致而富于蕴藉。句中之景因之而极具动态美：天上，月破云层；地下，花影摇曳。而这一切，又暗示了有风。但此句之妙不仅在于修辞炼字之功，而且在于通过优美动人的形象，表现了一天将尽之时，意外的景色变化给沉浸在淡淡哀愁中的作者带来的愉悦、欣慰。此句绘景如画，生动妩媚，往往被用来作为词人善于写"影"的例证。

心怪书来迟，反复看年月。

〔释义〕怪，感到奇怪。

〔鉴赏〕这是清代彭光斗《家书》诗中名句。原诗为：

> 有客来故乡，贻我乡里札。
> 心怪书来迟，反复看年月。

对于久客在外的游子来说，家书真是珍贵无比。尤其是久盼不得，那种牵肠挂肚的思念便会与日俱增。这首小诗用白描的手法写了久盼的家书终于到手时一刹那的复杂心情，传神而隽永。前两句叙事，收到家书。后两句却不说信中的内容，只是写人的心理。内心奇怪，家书为什么来得这样迟。"反复看年月"的细节描写，把看信时的心情逼真地显露出来，从而也就把"家书抵万金"的意思传达出来了。

云想衣裳花想容，春风拂槛露华浓。

〔鉴赏〕这是唐代李白《清平调词三首》（其一）中的名句。原诗为：

> 云想衣裳花想容，春风拂槛露华浓。
> 若非群玉山头见，会向瑶台月下逢。

这是唐玄宗和杨贵妃在沉香亭畔观赏盛开牡丹花之际，李白奉诏所写的新乐章曲词。诗歌最突出的特点是将牡丹与杨妃浑融在一起来写，但觉花光满眼，面容娇艳，在春风中交映生辉。首句妙在不直说云似衣裳花似容颜，而连用两个"想"字名句。名句。名句。化实为虚，宕开了读者再造想象的思路：可以由流云想到衣裳，由花朵想到容颜；也可以由容颜想到花朵，由衣裳想到流云，使美的形象朦胧化、距离化。同时，"想"字连用又能使三、四句"群玉山""瑶台"等仙境、仙姝的描写自然地和首句衔接起来，极尽浑成之妙。第二句写环境写实景，进一步烘托点染花容：春风拂拂，晨露微沾，想象中牡丹花般的容颜更显得袅娜娇艳。

云霞出海曙，梅柳渡江春。

〔鉴赏〕这是唐代杜审言《和晋陵陆丞早春游望》诗中名句。原诗为：

> 独有宦游人，偏惊物候新。
> 云霞出海曙，梅柳渡江春。
> 淑气催黄鸟，晴光转绿苹。
> 忽闻歌古调，归思欲沾襟。

全诗写漂泊他乡的游子，被江南初春的景色撩拨起了思归之情。三、四句写春天来临："出""渡"两字，把春的到来写得有踪可寻，热闹生动。梅放柳绿、如霞似锦的春光仿佛一位活泼泼、笑吟吟的女子一路袅袅婷婷地走了过来。

五更千里梦，残月一城鸡。

〔鉴赏〕这是宋代梅尧臣《梦后寄欧阳永叔》诗中名句。原诗为：

> 不趁常参久，安眠向旧溪。
> 五更千里梦，残月一城鸡。
> 适往言犹在，浮生理可齐。
> 山、王今已贵，肯听竹禽啼？

此诗作于诗人在故乡宣城居母丧之时，当时他已离京近三年。首联点明梦前心境，颔联写梦、醒之时的两种情景，表明自己身在故乡，但魂度千里，心系京都故旧，仍望自己能被推荐录用。颈、尾两联由梦境而入感想，以山涛、王戎比欧阳修，而以竹禽自喻，含蓄地表达了对友人的托付之意。颔联之妙处，恰如诗人自己所标举的，能"状难写之景，如在目前；含不尽之意，见于言外"，意境蕴藉而极富暗示性。

不识庐山真面目，只缘身在此山中。

〔鉴赏〕这是宋代苏轼《题西林壁》诗中名句。原诗为：

横看成岭侧成峰，远近高低各不同。

不识庐山真面目，只缘身在此山中。

此诗作于元丰七年（1084）五月，是年苏轼由黄州迁为汝州团练副使。在赴任所途中，苏轼游览了庐山，并在七岭之西的西林寺，题写了此诗。虽为山中之游览观赏，但诗人并未对山中的景色做细致的描绘，而是择其大端，总括其主要的特点来写。头两句，写从横、侧、远、近、高、低的不同距离和角度看去，庐山都呈现出各不相同的面貌。这正是游山者的真实感受。后两句出语平易，但内含深刻而普遍的哲理，有以小见大之妙。因此后人常引用此句，来表示全体与局部、宏观与微观等认识问题，由此亦可见此句的精警之处。

不知细叶谁裁出，二月春风似剪刀。

〔鉴赏〕这是唐代贺知章《咏柳》诗中名句。原诗为：

碧玉妆成一树高，万条垂下绿丝绦。

不知细叶谁裁出，二月春风似剪刀。

诗人面对着柔条千枝的柳树，玩赏着新发的细长柔嫩的柳叶，喜悦之情不自禁地从心底升起，诗人愈看愈奇，愈看愈痴：这些叶子真像是谁精心裁剪而成！是谁呢？是那二月的春风吧！问得有趣，问得天真，答得巧妙轻松。柳叶独特的形状本自天成，诗人却偏要发问；问题原本无解，诗人却偏偏又能拿出答案。这两句诗清新而富有情趣。

不恨天涯行役苦，只恨西风、吹梦成今古。

〔释义〕今古，犹言隔世。

〔鉴赏〕这是清代纳兰性德《蝶恋花》词中名句。原词为：

又到绿杨曾折处，不语垂鞭，踏遍清秋路。衰草连天无意绪，雁声远向萧关去。　　不恨天涯行役苦，只恨西风，吹梦成今古。明日客程还几许，沾衣况是新寒雨。

这是一首悼亡词。诗人来到当年折柳赠别的故地，景物依旧而伊人作古，思恋混合着惆怅，愈觉秋之肃杀萧瑟。天涯行役，本是苦事，此言"不恨"，是因为有更加刻骨铭心的恨事——心上人永为隔世，往事已如云烟。这种反衬法给读者留下加倍深刻的印象。

不恨古人吾不见，恨古人、不见吾狂耳。

〔鉴赏〕这两句词出自宋代辛弃疾的《贺新郎》（参见"我见青山多妩媚"及"江左沉酣求名者"两条），表现诗人的狂傲自负之情。句中的"古人"，狭义指陶渊明，广义则指前代贤者。一般的人，心仪前贤，往往以不见古人为憾事。稼轩这里故作翻案文章，便把自己置于古贤同列。这两句诗在形式上有一个特异之处，即字词的颠倒排列：前句主干为"古人吾不见"，后句则颠倒作"古人不见吾"，顺序一变，意旨全反，形式的颠倒与意旨的翻案正相配合，故给人深刻印象。而末句再加一"狂"字，则把两句精神点醒，活画出狂士不羁之态。

不是逢人苦誉君，亦狂亦侠亦温文。

〔释义〕苦，在这里是极力的意思。

〔鉴赏〕这是清代龚自珍《己亥杂诗》（《别黄蓉石比部玉阶》。黄蓉石，番禺人）中的名句。原诗为：

> 不是逢人苦誉君，亦狂亦侠亦温文。
> 照人胆似秦时月，送我情如岭上云。

这是一首称赞友人、歌颂友情的诗。不是我逢人就故意极力赞美你，而实在是因为你这个人太使我倾服：又狂放，又任侠，又温文尔雅，真是太难得了。你襟怀坦荡，肝胆照人，如同夜月天心，清光四射；珍重友谊，情深意切，如白云一样纯洁而温文。诗人所说的"亦狂亦侠亦温文"，是过去读书人所追慕的一种理想人格。

不是爱风尘，似被前缘误。

〔释义〕风尘，指歌伎生涯。前缘，前世因缘。

〔鉴赏〕这两句词关联到南宋一桩著名公案：朱熹以妨害风化罪逮捕营妓严蕊，严刑逼供，严坚不屈服，终被开释。释放时赠词一首以明心迹，调寄《卜算子》：

> 不是爱风尘，似被前缘误。花落花开自有时，总赖东君主。
> 去也终须去，住也如何住！若得山花插满头，莫问奴归处。

"不是"自甘堕落，而是命运使然。由于严蕊特殊的身份及经历，故此词格外引人注目，而"不是爱风尘，似被前缘误"两句，也就屡被用于开脱个人责任的种种不同场合。

不畏浮云遮望眼，只缘身在最高层。

〔鉴赏〕这是宋代王安石七绝《登飞来峰》中的名句。原诗为：

> 飞来山上千寻塔，闻说鸡鸣见日升。
> 不畏浮云遮望眼，只缘身在最高层。

前两句借鸡鸣可见日升的传说极言飞来峰上塔之高，给人的超尘拔世之感。三、四句紧承此意，道出居高视远的自然与人事之理。这后两句的妙处，即在于将自然之理与人事之理融合无间，看似就眼前之事而言，实则另含深远之意，颇得言近旨远之妙。更为可贵的是，虽为议论之辞，但却鲜明地刻画了一位胆识过人且颇为自信的政治家的形象，真可谓"不着一字，尽得风流"。

不惜歌者苦，但伤知音稀。

〔鉴赏〕这是《古诗十九首·西北有高楼》诗中名句。原诗写诗人于楼下听到楼上歌女美妙的歌声而发的联想与感慨，其中有这样的诗句：

> 清商随风发，中曲正徘徊。

一弹再三叹，慷慨有余哀。

不惜歌者苦，但伤知音稀。

愿为双鸿鹄，奋翅起高飞。

　　"不惜歌者苦"二句的妙处，就在于它内涵的丰富。就表层看，诗人哀叹歌女歌声虽美却得不到知音的欣赏，作者并非不惜歌者辛苦，而是认为比起不得知音之苦，后者更重。就深层看，诗人表达了一种富有哲理的思索：世间能够真正相互理解的人太稀少了，不仅音乐如此。所谓"不如意事常八九，能与言人无二三""人生得一知己足矣""黄金万两容易得，知音一个也难求"，不都是"但伤知音稀"吗？

不须浪饮丁都护，世上英雄本无主。

〔释义〕丁都护，指《丁都护歌》，南朝宋时一种吴声歌曲。据《宋书·乐志一》载，彭城内史徐达之被杀，宋高祖使府内直都护丁旿收敛殡埋之。徐妻召旿问敛送之事，每问，辄太息曰："丁都护"，其声哀切。后人因其声而为曲。此处借指哀切之声、曲。

〔鉴赏〕这是唐代李贺《浩歌》诗中名句。在这首慨叹年命难久、好景不长的诗中，诗人写道：

不须浪饮丁都护，世上英雄本无主。

买丝绣作平原君，有酒唯浇赵州土。

　　在怀才不遇的情形之下，诗人告诫自己不要浪饮买醉，无须借诗作哀切之音，应当直面这样的现实：如今世道沦落，英雄不受重用殊不足怪。在这种显然是自宽自慰的声音背后，愤激之情、不平之意则显得愈加深沉浓烈，对当朝的不满亦不言而喻了。

不须剪纸招魂去，留伴梅花夜月痕。

〔释义〕剪纸招魂，中国古代的一种民俗。

〔鉴赏〕这是清代黄景仁《冬日过西湖》诗中名句。原诗为：

湖上群山对酒尊，无山无我旧吟魂。

不须剪纸招魂去，留伴梅花夜月痕。

黄景仁诗才甚高，奇思横溢，往往能于寻常的景物中发现深刻的意蕴，物我合一，韵味悠长。诗人遭遇坎坷，壮怀郁结，每借山水发之。这首诗写作者置身于湖山之间，身心似乎完全融入大自然中了，六合之内，只有诗魂徜徉。不必去招回那飞升的诗魂吧，留着它伴随清幽夜色中梅花的神韵，岂不更好。诗句从李贺"我有迷魂招不得"化出，深幽超绝、极富诗意之美。

不结同心人，空结同心草。

〔**释义**〕同心草，采摘春草编成的同心结。同心结是一种连环回文样式的结子，用以象征坚贞的爱情。

〔**鉴赏**〕这是唐代薛涛《春望词》诗中佳句。原诗为：

风花日将老，佳期犹渺渺。

不结同心人，空结同心草。

此诗从女性角度抒发了美人迟暮之感。首联以暮春之景——春风无力，春花凋零，喻少女的美好年华即将逝去，而婚期仍是渺茫。结句以同心空结暗示了一种无奈的失落之感，用语浅近而意蕴无穷。闭目思之，流动在此联佳句中的是淡淡的怅惘、幽恨，还有愁叹。"以诗名当时"的才女薛涛写闺怨至此，令人击节称赏。

不请长缨，系取天骄种，剑吼西风。

〔**释义**〕天骄种，指北方少数民族。

〔**鉴赏**〕这是北宋贺铸《六州歌头》词中名句。作品抒发报国无门的苦闷。词的下阕后半部分写道：

筑鼓动，渔阳弄，思悲翁。不请长缨，系取天骄种，剑吼西风。恨登山临水，手寄七弦桐，目送归鸿。

面对北方异族侵扰以及朝廷一味奉行投降路线的局面，作者悲愤填膺，在词中一吐抑塞不平之气：想自己有心报国无路请缨，不能生擒敌方统帅，就连随身佩戴的宝剑也在萧瑟秋风中发出怒吼！词人以物喻情，借剑吼表达满腔义愤和迫切要求抗敌报国的心声。三句句短韵密，声情激越，给人以苍凉悲壮雄健警拔之感。

福王少小风流惯，不爱江山爱美人。

〔**释义**〕福王，南明皇帝朱由崧。

〔**鉴赏**〕这是清代陈子玉《题孔东塘桃花扇传奇》（其一）诗中佳句。原诗为：

> 玉树歌残迹亦陈，南朝宫殿柳条新。
> 福王少小风流惯，不爱江山爱美人。

孔尚任的《桃花扇》"借离合之情，写兴亡之感"。陈子玉的这首题诗写观剧之感，一针见血地指出了南明王朝迅速覆亡的一个重要原因就是统治者的腐败荒淫。福王作为一国之君，处于国家危难之时，不图抵御强敌，却忙着立宫选美，在江山与美人之间选择了后者，结果身败国亡，二者俱丧。诗句以江山与美人对举，既愤懑沉痛，又含嘲讽意味。

不薄今人爱古人，清词丽句必为邻。

〔**鉴赏**〕中国古代文学批评有一种特殊的形式——论诗诗。在这类以诗论诗的作品中，唐代杜甫的《戏为六绝句》享名最盛。其五云：

> 不薄今人爱古人，清词丽句必为邻。
> 窃攀屈宋宜方驾，恐与齐梁作后尘。

诗中针对当时文坛轻薄少年肆意贬低庾信、四杰的妄论，提出了兼学并取的通达主张：不论今古，美篇佳作都是楷模。但他又强调，学习前贤应取法乎上，美文以屈宋为标的，绝不能堕入齐梁绮靡萎弱的余波中。显然，作为文学主张，老杜这两个观点虽然正确，却未见得有多深刻。"不薄"句之流传，主要得力于诗句的凝练、生动。

尤工远势古莫比，咫尺应须论万里。

〔释义〕尤工，特别擅长。

〔鉴赏〕题画之作是古诗中不小的一个"家族"，颇有些名篇佳制。杜甫的《戏题王宰画山水图歌》便属其中精品。诗歌先描写了王宰一丝不苟的创作态度，接下去以大气磅礴之笔绘出《昆仑方壶图》的景象，最后是自己的感想：

> 尤工远势古莫比，咫尺应须论万里。
> 焉得并州快剪刀，剪取吴淞半江水。

前两句论画理，指出王宰的不同凡响之处。后两句化用晋人赞誉顾恺之的话，表达自己对王作的倾倒之情。"尤工远势"云云，揭示出一条重要的艺术规律：画面虽小，却应借助于"势"的营造，产生广远无尽的效果。所谓"势"，要而言之，就是动态的、发展的趋向和力量。

止不过迭应举，及第待何如？

〔释义〕迭，屡次。

〔鉴赏〕这是元代白朴《中吕·阳春曲·题情》曲中的名句。原曲为：

> 笑将红袖遮银烛，不放才郎夜看书。相偎相抱取欢娱。止不过迭应举，及第待何如？

此曲描绘了一位多情女子强烈地追求幸福欢悦生活的景状。这两句表达了女子对功名利禄的轻蔑态度。曲中的"才郎"重功名，女子更重感情。她要的是情人，不是官员；她要的是偎抱欢娱，不是通夜陪读。就其曲意看，与王实甫《西厢记·长亭送别》中莺莺所唱"但得一个并头莲，煞强如状元及第"之句有异曲同工之韵。

日日思君不见君，共饮长江水。

〔**鉴赏**〕这是北宋李之仪《卜算子》词中名句。原词为：

> 我住长江头，君住长江尾。日日思君不见君，共饮长江水。
> 此水几时休，此恨何时已。只愿君心似我心，定不负相思意。

词以长江起兴，开头两句以江头、江尾相对，写出双方空间距离之遥，同时暗喻相思之情如江水之悠远绵长。第三句坦率言情，直抒心意。第四句复言长江，以饮水同源寄托深情。思君不见令人惆怅，而共饮江水又令人欣慰。词句清新质朴，深挚婉曲。重叠复沓的句式，明白如话的语言，深得民歌之神情风味。

日月之行，若出其中；星汉灿烂，若出其里。

〔**释义**〕星汉，列星与银河。
〔**鉴赏**〕这是三国魏曹操《观沧海》诗中名句。原诗为：

> 东临碣石，以观沧海。
> 水何澹澹，山岛竦峙。
> 树木丛生，百草丰茂。
> 秋风萧瑟，洪波涌起。
> 日月之行，若出其中；
> 星汉灿烂，若出其里。
> 幸甚至哉，歌以咏志。

这首诗写大海，除末二句为套语外，其余可谓字字珠玑，写出了大海浩瀚的气魄。尤其此四句，跳出了现实的视角，从寥廓无际的宇宙落笔，写出了大海的雄伟气势与威力：运行的日月似从海里孕生，满天的星斗银河似在海中涵育。它是现实的，因为地球自转而日月列星均从东方的大海中升起：它又是浪漫的，因为它表现了诗人的壮阔胸怀与豪放情感。

日月双悬于氏墓，乾坤半壁岳家祠。

〔释义〕于氏墓，于谦墓，在西湖三台山麓。岳家祠，岳飞墓祠，在西湖栖霞岭口。

〔鉴赏〕这是明末张煌言《甲辰八月辞故里》诗中名句。原诗为：

> 国亡家破欲何之？西子湖头有我师。
> 日月双悬于氏墓，乾坤半壁岳家祠。
> 惭将赤手分三席，拟为丹心借一枝。
> 他日素车东浙路，怒涛岂必属鸱夷。

张煌言抗清失败被俘，将被解赴杭州。他大义凛然，视死如归，决心追随先贤为国献身。于谦是明代伟大的民族英雄，他的功绩如日月高悬在天空；岳飞屡败金兵，保住了南宋半壁江山，他的功业将与乾坤同在。诗句高度概括，语言凝练，表现出对民族英雄的无限敬仰。

日出江花红胜火，春来江水绿如蓝。

〔鉴赏〕这是唐代白居易《忆江南》（其一）词中名句。原词为：

> 江南好，风景旧曾谙。日出江花红胜火，春来江水绿如蓝。能不忆江南？

这首词写苏、杭春景。其时作者居于洛阳，故词中出之以追忆的笔调。"日出江花红胜火，春来江水绿如蓝"正是这追忆中最令人难忘的画面。两句色彩极为鲜明：花与日同色相染，色调愈加明亮；花与水又异色相衬，二者互为背景，相得益彰。词人所绘风光，不仅仅是江南实景，同时亦为作者情中之景，其中深深融入了他对江南的赞美和怀恋。

日啖荔枝三百颗，不辞长作岭南人。

〔鉴赏〕一物一景，倘经名家品题，身价顿时倍增。荔枝之名贵，先得力于杨贵妃，后得力于苏东坡。时至今日，稍通文墨者，每啖荔枝，鲜有不念及坡翁这两句诗的。语出自《食荔枝二首》（其二）：

> 罗浮山下四时春，卢橘杨梅次第新。
> 日啖荔枝三百颗，不辞长作岭南人。

首联言惠州风物之美，为下文铺垫。尾联则极言荔枝之美。据说苏轼向朋友介绍荔枝美味，比之为江瑶柱。江瑶柱为贝类极品，友人以为比拟不伦，而东坡笑其不悟。原坡翁之意，荔枝为味中极品，非言词所能形容，故只能指出其"诣极"之水准。此诗亦含类似用意：不具体介绍荔枝味道，只以夸张语气谈品尝效果，从而为读者留下想象的空间。此联之夸张亦别具匠心。当时之岭南，乃蛮荒瘴疠之地，中土之士视作畏途。今反言"不辞长作"，荔枝的魅力自可想而知了。语虽近诞，却足以使人产生极深刻的印象——从这个意义讲，东坡此联可视为荔枝的绝妙广告词。

日暮乡关何处是，烟波江上使人愁。

〔鉴赏〕思乡之愁绪，吟咏者何啻千百，而传诵者毕竟寥寥。其中关窍，细玩唐代崔颢此联，可悟一二。此联出《黄鹤楼》（参见"晴川历历汉阳树"条），为全诗结句。前三联写登黄鹤楼所见、所思，最后则一转，落到思乡愁绪的吟叹上。"日暮"句，以设问方式引起读者注意，同时表明诗人的目光已由泛泛观览转为有目的的望乡。下一句是回答：所望不见，唯有浩渺烟波如同愁绪无边。此联妙处有二：其一，境与情谐。黄昏日落，极目于茫茫无际之烟波，正是"目渺渺兮愁余"的典型境界。其二，有余不尽。"烟波江上使人愁"，留下较大的体味、想象空间，话不说尽反而表现出愁思的无端无绪。

见说平安收涕泪，梧桐树下捣寒衣。

〔释义〕捣，指捣洗。
〔鉴赏〕这是明代谢榛《捣衣曲》诗中名句。原诗为：

> 秦关昨夜一书归，百战犹随刘武威。

见说平安收涕泪，梧桐树下捣寒衣。

这首诗写思妇收到征人报平安的家书后的复杂心情，沉痛感人。前两句叙事，说昨夜收到来自秦关的亲人的书信，告知身经百战但仍然在跟随将军征战。后两句便写思妇的心情。知道亲人目前尚平安，禁不住喜出望外，心中悬着的石头落了地。但紧接着思妇又去捣洗寒衣，苦难并没有结束。征人一日不归，思妇就无日不在痛苦中煎熬。这与"可怜无定河边骨，犹是春闺梦里人"同样深刻地揭露了战争的罪恶。

少壮不努力，老大徒伤悲。

〔鉴赏〕这是汉乐府民歌《长歌行》中的名句。原文为：

> 青青园中葵，朝露待日晞。
> 阳春布德泽，万物生光辉。
> 常恐秋节至，焜黄华叶衰。
> 百川东到海，何时复西归。
> 少壮不努力，老大徒伤悲。

原诗主题是说明万物盛衰有时乃自然之规律，做人应该珍惜时光，及时努力。末二句突出体现了中国人民勤奋的精神传统，具有深刻的哲理，读后令人感到语重心长，因而已成为广为流传的谚语。中国后世诗有云："三更灯火五更鸡，正是男儿读书时。少壮不知勤努力，老大已知后悔迟。"即此二句之敷衍。岳飞之《满江红》："莫等闲、白了少年头，空悲切！"亦此二句之翻新。

少年心事当拏云，谁念幽寒坐呜呃。

〔释义〕拏云，比喻远大的志向。呜呃，悲叹。
〔鉴赏〕此系唐代李贺《致酒行》中的尾联（参看"雄鸡一唱天下白"条），在这首有名的咏怀之作中，前八句写了主人的设酒与劝慰，后四句直抒胸臆，表明了自己崇高的志向。尤其是尾联，更近率直：一个青年应有攀天挈云的大志,怎么会因贫困寂寞而悲叹呜咽呢? 此联中,诗人鸣志,以心事"挈云"自励,表现了诗人既接受主人慰勉,又不逐流世态的品格。

少年不识愁滋味。

〔鉴赏〕这是南宋辛弃疾被劾去职,闲居带湖时所作《丑奴儿》词中名句。原词为:

> 少年不识愁滋味,爱上层楼。爱上层楼,为赋新词强说愁。而今识尽愁滋味,欲说还休。欲说还休,却道天凉好个秋。

词中以少年时代的精神面貌,衬托历尽沧桑后思想感情的变化。年少时涉世未深,思想单纯,不曾真正体味人生艰辛,却喜在登楼赏玩之余强自言愁,成就应景诗篇。"少年"四句借本不识愁而登楼觅愁、勉强赋愁揭示年轻人纯真幼稚的感情活动,写来生动真切。两个叠句的运用,联系了前后两个不同层次,用语简约,达意完整。

少年重意气,学剑不学文。

〔鉴赏〕这是南朝梁吴均《失题》诗中名句。原诗为:

> 前有浊尊酒,忧思乱纷纷。
> 少年重意气,学剑不学文。
> 忽值胡关静,匈奴遂两分。
> 天山已半出,龙城无片云。
> 汉世平如此,何用李将军!

本诗抒发作者壮志不得伸的感慨。吴均的诗,古人评为"清拔有古气",即清峻劲健,不同于当时绮丽文风。"少年"二句,表达了作者不愿白首穷经老死牖下的意愿,少年人总是愿意从戎赴军保家卫国,过一种虽然艰苦危险但充满刺激与壮烈意味的战斗生活。这种意愿,实际上符合青少年的心理特点。所以,此后该主题被一再表现。初唐四杰之一的杨炯诗："宁为百夫长，胜作一书生。"中唐的李贺说："男儿何不带吴钩，收取关山五十州？"皆袭此意。

水流心不竞，云在意俱迟。

〔鉴赏〕这是杜甫《江亭》一诗的颔联。原诗为：

> 坦腹江亭暖，长吟野望时。
> 水流心不竞，云在意俱迟。
> 寂寂春将晚，欣欣物自私。
> 江东犹苦战，回首一颦眉。

"坦腹""长吟"，极写生活的闲适情状。三、四两句则紧接写人生态度：水流滔滔，如世事之幻化变迁，亦如世人之奔走竞逐，而我自悠然旁观；云飘悠悠，似纯任自然，毫无目的，而我的心灵则与其认同，也进入那样一种超脱自在的境界。这一联很有些禅意，但杜甫的忘情只能是暂时的，所以结尾不由自主地又回复了忧国伤时的儒者面目。

从今四海永为家，不用长江限南北。

〔释义〕四海永为家，全国统一的意思。

〔鉴赏〕这是明代高启《登金陵雨花台望大江》诗中名句。明洪武二年（1369），作者应召参加《元史》的编修。诗人登上金陵雨花台，放眼眺望汹涌奔流的大江，心情激荡，遂以他所擅长的歌行体，以豪放、雄健的笔调描绘了大江南北的壮丽景色，抒写了深沉的历史感慨和对国家重新统一由衷高兴的心情。在诗的结尾他写道：

> 前三国，后六朝，草生宫阙何萧萧。英雄来时务割据，几度战血流寒潮。我生幸逢圣人起南国，祸乱初平事休息。从今四海永为家，不用长江限南北。

诗人以历史上南北分裂战乱不息的事实，来衬托天下统一的功业，非常强烈地突出了诗歌的主题。

从来万事嫌高格，莫怪梅花着地垂。

〔释义〕高格，高尚的品格。

〔鉴赏〕这是明代徐渭《王元章倒枝梅画》诗中名句。原诗为：

> 皓态孤芳压俗姿，不堪复写拂云枝。
> 从来万事嫌高格，莫怪梅花着地垂。

从诗题可知，这是一首题王元章所画的倒垂梅枝的诗。此诗既是对王元章高超画技的深深赞叹，又是对倒垂梅枝不同流俗的歌咏。梅花多姿多态，王元章却独出心裁，描绘了枝干倒垂的梅花。她洁白的花朵、孤高的芳姿超然卓立于群芳之上，即使是拂云昂首的梅枝也无法与她相比。后二句由写梅转向人事。世俗社会从来都是嫉妒卓行高格的，梅枝的倒垂着地也就不奇怪了。诗句表现了对世俗的抨击。

从来天下士，只在布衣中。

〔释义〕布衣，指没有功名官爵的平民。

〔鉴赏〕这是清初屈大均《鲁连台》诗中名句。原诗为：

> 一笑无秦帝，飘然归澥东。
> 谁能排大难，不屑计奇功？
> 古庙千秋月，荒台万木风。
> 从来天下士，只在布衣中。

鲁连，即鲁仲连，战国时著名辩士，周游列国，替诸侯排难解纷。后世以鲁连称那些胸有奇策、建功而不受赏的高士。这里说，自古以来品高才大的志士，只有在布衣中才找得到啊。屈大均在明亡后，绝意仕进，远走朔漠边塞，联络有志之士反清复明。这两句诗表达了遗民志士的慷慨意气和强烈自信，因而传诵一时。

从来真有识，未肯苟为同。

〔**释义**〕识，见识。苟，苟且。

〔**鉴赏**〕这是明代钟惺《寄胡昌昱元振》诗中名句。原诗为：

> 两代传山水，形神各自工。
> 从来真有识，未肯苟为同。
> 惟不看家谱，方称有父风。
> 请观君伯仲，丘壑写胸中。

这首诗称赞胡元振的山水画能继承家风，而又有自己的创造性，所谓"形神各自工"。诗人借此发议论说，从来真正有自己独特见解的人，都是不会一味模仿，求合于前人而丧失自己个性的。诗人由具体事实上升到哲理高度，表达了艺术创作贵在独创、贵在超越前人的思想，其见解是符合艺术创作规律的。

升堂坐阶新雨足，芭蕉叶大栀子肥。

〔**释义**〕芭蕉，多年生草本植物，叶长而宽大。栀子，此处指栀子花，白色，春夏开。

〔**鉴赏**〕此联出自唐代韩愈《山石》一诗。诗的前四句为：

> 山石荦确行径微，黄昏到寺蝙蝠飞。
> 升堂坐阶新雨足，芭蕉叶大栀子肥。

这首诗是韩愈以文为诗的成功之作，它叙写了从"黄昏到寺""夜深静卧"到"天明独去"的所见、所闻、所感，是一篇诗体的山水游记。诗的第二联写诗人坐在堂前的台阶上，于暮色苍茫中欣赏院子里的花木。因为刚下过一场透雨，芭蕉的叶子更阔大，栀子花开得更丰美了。"大""肥"本是极寻常之字，用于此处则突出了芭蕉叶和栀子花在雨后日暮之时特有的光感、湿度和色调，其佳妙堪与"大漠孤烟直，长河落日圆"中"直""圆"二字比肩。纵观此联笔力，颇有大家风范，难怪相形之下，秦观的"有情芍药含春泪，无力蔷薇卧晚枝"

被元好问讥为"女郎诗"了。

手如柔荑，肤如凝脂，领如蝤蛴，齿如瓠犀，螓首蛾眉。

〔释义〕荑，白茅芽。蝤蛴，天牛之幼虫，白且长。瓠犀，芦葫籽，洁白整齐。螓，似蝉而小，额宽广方正。蛾，蚕，细长而曲。

〔鉴赏〕这是《诗经·硕人》（参见"巧笑倩兮，美目盼兮"条）中的名句。这五句旧有"美人图"之称，是中国古代诗歌中最早工笔细致刻画女性容貌美的篇章，运用博喻来描写庄姜的身体细部：双手如白茅芽细嫩柔软，皮肤如凝结的油脂光滑细腻，粉颈如天牛幼虫洁白修长，牙齿如葫芦籽儿细白整齐，前额如小蝉光润方正，眉毛如蚕蛾秀曲细长。这种方式对中国古代文学影响很大，如曹植《洛神赋》中对洛神的大段描写，不论是博喻方式还是工笔细部描绘，均取法于此。

气蒸云梦泽，波撼岳阳城。

〔释义〕云梦泽，洞庭湖北面的大片古泽，江北为云，江南为梦。
〔鉴赏〕这是唐代孟浩然《望洞庭湖赠张丞相》诗中名句。原诗为：

> 八月湖水平，涵虚混太清。
> 气蒸云梦泽，波撼岳阳城。
> 欲济无舟楫，端居耻圣明。
> 坐观垂钓者，徒有羡鱼情。

诗的前四句写景，后四句表现了作者入仕的愿望。三、四句大笔挥洒描写洞庭湖壮丽的景色：湖水烟波浩渺，团团水雾从湖上缓缓升起，弥漫了云梦古泽，波澜涌起，摇撼着湖边的岳阳古城。两句极言洞庭湖之壮阔。

长恨人心不如水，等闲平地起波澜。

〔释义〕等闲，无端，平白。
〔鉴赏〕此乃唐代刘禹锡《竹枝词九首》（其七）诗中佳句。原诗为：

瞿塘嘈嘈十二滩，人言道路古来难。

长恨人心不如水，等闲平地起波澜。

这首诗从瞿塘峡的艰险借景起兴，引发出对世态人情的感慨。说瞿塘之险用"人言"提起，意为尽人皆知；叹人心之险则用"长恨"领出，主语是诗人自己，点出自己在现实的经历和体察中悟出的人情世态。统观全联，命意精警，比喻巧妙，将抽象的道理具体化，是刘禹锡处困顿而弥坚的精神之写照。

长恨此身非我有，何时忘却营营！

〔释义〕身非我有，语出《庄子·知北游》，意谓身处大化迁流而无力自主。营营，为功利而忙碌。

〔鉴赏〕中国古代士人长期苦于生命意识与功利意识的冲突，总是依违于出处进退之间。苏轼这两句词生动地描绘出这一矛盾心态。句出自《临江仙·夜归临皋》，词的下阕写道：

长恨此身非我有，何时忘却营营！夜阑风静縠纹平。小舟从此逝，江海寄余生。

诗人此时贬谪黄州，夜饮醉归不得入门，一时感慨而有此词。结尾两句乃承"长恨"而来，表达自己的理想。由于系醉中所作，故"从此逝"仿佛已经遁世而去。据说地方官读词后大惊，以为犯官潜逃，结果却是虚惊一场。

长相思，摧心肝！

〔鉴赏〕相思之作，缠绵者多，因而李白此句颇显不群。句出乐府诗《长相思》，在描述了秋夜苦思的情态后，诗云：

上有青冥之高天，下有渌水之波澜。天长路远魂飞苦，梦魂不到关山难。长相思，摧心肝！

"上有"四句写梦魂中对所思的追求，上天入地而难如愿。所以，接下来是绝望的呐喊："长相思,摧心肝!"这两句在形式上与上文形成强烈对比。"上有"四句取曼引长歌的形式,表现梦魂的飘荡寻觅。这两句则短促、决绝,表达梦醒后失望的痛苦。短短六字,既诉相思之苦,又念追求之志,执着而有力,深得性情中人之心。

长风破浪会有时,直挂云帆济沧海。

〔释义〕长风破浪,《宋书·宗悫传》记载,宗悫少年时,叔父问他的志向,他说:"愿乘长风破万里浪。"意即志向远大。云帆,高帆。

〔鉴赏〕这是唐代李白《行路难》(其一)的最后两句。《行路难》写于李白被奸佞谗毁,被迫离开长安之际,集中表现了诗人理想与现实的矛盾。全诗用跋涉山川的行路困难,多方比喻了自己要实现济世安民的理想,所遇到的困难、挫折和打击,抒发了内心的苦闷和忧愤。但是,李白在歧路彷徨的心情下,仍然有强烈的自信心和高远的理想,他表示:总有一天要"乘长风破万里浪",去实现自己的远大理想。字里行间充满了昂扬的豪气,千载之下读来仍能令懦者勇、弱者壮!

长风几万里,吹度玉门关。

〔释义〕玉门关,在今甘肃省敦煌市西北,是古代通往西域的重要关口之一。

〔鉴赏〕这是唐代李白《关山月》诗中名句。全诗以边塞的广阔时空为大背景,描写了边关将士思念故乡的情思。开头四句是:

> 明月出关山,苍茫云海间。
> 长风几万里,吹度玉门关。

征人远戍天山之西,翘首东望,看到明月从天山升起,在苍茫的云海间徘徊。山峦雄峻,云海浩瀚,已经壮观至极;但李白大笔如椽,接下来"长风几万里,吹度玉门关",景象更为宏阔。"几万里"夸张得合情合理:将士在月光下遥望故园,但觉长风浩浩,好像掠过几万里中原国土,横度玉门关而吹来。怀念乡土的情思,也会如许长吧!

这样描写，才使全诗意境更为深远，才使结句想象家中妻子"高楼当此夜，叹息未应闲"，感情更为深沉。

今人不见古时月，今月曾经照古人。

〔鉴赏〕这是唐代李白《把酒问月》诗中名句。古代许多诗人企图通过月的永恒来慨叹人生的易逝，去做一番有哲理意味的探求，唯以李白此句为佳。古人今人虽均为"人"，但一已泯灭，一尚生存；古月今月，虽经时间长河的洗礼，但实为一月。说"今人不见古时月"，也意味着"古人不见今时月"；说"今月曾经照古人"，也意味着"古月依然照今人"。可见"月"是亘古如斯，永远不变的；而"人"却转瞬沧桑，不断更迭。月似有情，关注着人世；人怀感慨，思望着明月。这两句妙在于"人"有古今的基础上，强分"月"为古今，使"人"与"月"杂糅、生发，极尽错综、回环之美。

今夕何夕，见此良人。

〔鉴赏〕这是《诗经·绸缪》中的名句，出自其首章：

> 绸缪束薪，三星在天。今夕何夕，见此良人。子兮子兮，如此良人何！

原诗为婚礼晚会的歌曲。第一句本为起兴，紧紧缠束在一块儿的柴薪，既是韵句的起首，也象征一对新人的亲密缠绵。三星在天，点明已是黄昏时候，新人进入洞房。后二句为抒情之辞，意蕴复杂丰富，一是高兴得不知今夕是何年，二是幸福得如在梦中不敢相信。正因为它传达新婚的柔情蜜意生动准确，后世将男女恩爱称为"绸缪"，将丈夫称作"良人"，即出此。

西宫秋怨　　王昌龄

芙蓉不及美人妆　水殿风来

珠翠香　却恨含情掩秋

扇　空悬明月待君王

虎林钱旭

今夕何夕兮搴舟中流？今日何日兮得与王子同舟？

〔释义〕搴，举。此指举棹行舟。

〔鉴赏〕这是古歌《越人歌》中的名句，原载刘向《说苑·善说》。原文为：

> 今夕何夕兮搴舟中流？今日何日兮得与王子同舟？蒙羞被好兮不訾诟耻，心几烦而不绝兮得知王子。山有木兮木有枝，心悦君兮君不知。

这首歌表达的是一位越人舟子对鄂君子晳的爱慕。本二句用了一种特殊的疑问句式表达了自己的兴奋喜悦，手法与《诗经·绸缪》"今夕何夕？见此良人！"如出一辙，而且被后人屡用表达赞叹欣喜之情，如张孝祥用"扣舷一笑，不知今夕何夕！"

今夕为何夕，他乡说故乡。

〔鉴赏〕这是明代袁凯《客中除夕》诗中名句。原诗为：

> 今夕为何夕？他乡说故乡。
> 看人儿女大，为客岁年长。
> 戎马无休歇，关山正渺茫。
> 一杯柏叶酒，未敌泪千行。

春节是中国传统的节日，大年三十，习惯全家欢聚一堂，吃团圆饭，辞旧迎新。而诗人在这除夕之夜，却客居他乡，无法与亲人团聚，看到别人尽享天伦之乐，更感到自己的凄凉难耐，他禁不住自己问自己：今夜是什么夜啊，我竟然在他乡的地方诉说着自己的故乡。这一句明知故问，正是诗人无法忍受离别的痛苦而爆发出的一声呐喊，语言看似平淡无奇，却具有撼人心魄的艺术力量。

今古兴亡犹在眼，大江潮去复潮来。

〔释义〕复，又。

〔鉴赏〕这是清代梁佩兰《粤曲》（其一）诗中佳句。原诗为：

> 春风试上粤王台，锦绣山河四面开。
> 今古兴亡犹在眼，大江潮去复潮来。

　　粤王台即越王台，相传为秦汉时南越王赵佗所建，在广州城北越秀山上。登上粤王台，放眼四望，一片锦绣河山。历史的遗迹就在眼前，令人不能不起兴亡之感，为人事的变迁而慨叹不已。只有珠江潮涨潮落，永远奔流不息。诗人"抚古今于一瞬"，在时间与空间的交汇中展开思路，并将终古不息的江水与朝代的盛衰兴替形成对比，寄寓了自然永恒而人事无常的深沉历史感。

今古兴亡无可问，穹庐高卧醉腾腾。

〔释义〕穹庐，游牧民族居住的毡帐。

〔鉴赏〕这是金元间耶律楚材《己丑过鸡鸣山》诗中名句。原诗为：

> 三年四度过鸡鸣，我仆徘徊马倦登。
> 寂寞柴门空有舍，萧条山寺静无僧。
> 残花溅泪千程别，啼鸟伤心百感生。
> 今古兴亡无可问，穹庐高卧醉腾腾。

　　此诗是作者面对萧寂边关而发出的慨叹。诗人为辽皇后代，先仕金后仕元，扈从西征六万里；然而在政治上他主张以儒治国，以佛治心。面对战争带来的荒凉景象，他怀古伤今，而无由回答的是"自己为什么也违心地卷入征战之中"，于是只有借酒浇愁，自寻一个糊涂而已。这两句是他内心矛盾的外显。思乡不在于边地不美，而全在于对家乡的深情，这不暗含着一定的哲理吗？

今来县宰加朱绂，便是生灵血染成。

〔鉴赏〕这是唐代杜荀鹤《再经胡城县》诗中名句。原诗为：

> 去岁曾经此县城，县民无口不冤声。

今来县宰加朱绂，便是生灵血染成。

这首诗叙述了两件见闻，一是去年县民鸣冤，一是今来县宰加朱绂，这两件事看似不相干，但从朱绂为生灵血染成的揭露可见这两件事紧相关联。原来县民之冤起于县宰，县宰之加朱绂，以其镇压冤民，屠杀百姓。此诗对封建社会的黑暗和统治阶级的罪恶揭露与鞭挞不遗余力，愤激之情溢于言表。最后两句把县宰的朱绂和县民的鲜血这两种颜色相同而性质相反的事物出人意料地结合在一起，有力地突出了封建权力的本质，读来惊心动魄，发人深思。

今夜月明人尽望，不知秋思落谁家？

〔鉴赏〕此联出自唐代王建《十五夜望月寄杜郎中》一诗。原诗为：

中庭地白树栖鸦，冷露无声湿桂花。
今夜月明人尽望，不知秋思落谁家？

从"湿桂花"三字可推知十五夜指的是中秋夜。在这首咏中秋的名篇中，前两句写了月色、晚露，却不带一"月"字，第三句直出望月，可谓水到渠成。可以想见，征人、游子、怨妇等望此明月，不正是愁思满怀吗？众人团圆之际，茫茫的秋思会落在谁的一边呢？第四句委婉的疑问语气的运用，将诗人个人的怀人之情扩展为对沦落离散之人的悲悯之意，这无疑是一种升华。一"落"字，新颖妥帖，给人以形象的动感，仿佛秋思伴着银月的清辉，一同洒向人间似的。有的版本改"落"为"在"，则诗味大减矣。

今看花月浑相似，安得情怀似往时。

〔鉴赏〕这是宋代李清照《偶成》诗中名句。原诗为：

十五年前花月底，相从曾赋赏花诗。
今看花月浑相似，安得情怀似往时。

这是一首悼亡之作，寄托了诗人对死去的丈夫赵明诚的深切追念。前两句是对往昔夫妻恩爱相知的美好时光的回忆，似甜蜜的梦幻历历浮现于诗人眼前。后两句回到现实，情调转入沉痛。国破家亡，伊人永逝，诗人饱经战乱，颠沛流离，今夜又见这花与月，与旧时无异，而那幸福时光与心爱伴侣却已经永远地离开了自己，心中的悲凉和思念可想而知。两句之中，纳今昔之景与今昔之情，以花月之同摄情怀之异，物是人非的沧桑之感含蓄而深沉。

今宵酒醒何处？杨柳岸、晓风残月。

〔鉴赏〕这是北宋柳永《雨霖铃》（参见"寒蝉凄切，对长亭晚，骤雨初歇"条）词中名句。词的上阕主要从正面表现恋人惜别场景，下阕进一步抒写离情：

> 多情自古伤离别，更那堪冷落清秋节。今宵酒醒何处？杨柳岸、晓风残月。此去经年，应是良辰好景虚设。便纵有千种风情，更与何人说？

"今宵"两句选取多种易于触人愁怀的景致，细致入微地刻画了离人漂泊江湖，形影相吊的无限感伤以及对心上人的深挚情意。临行伤别痛饮，酒醒之时，晨风吹拂，眼前唯有如钩残月，萧萧杨柳。词人离别心神、羁旅况味，皆绘进这幅工笔小帧中去了。

今宵剩把银釭照，犹恐相逢是梦中。

〔释义〕剩，只管。银釭，银灯。
〔鉴赏〕这是北宋晏几道《鹧鸪天》词中名句。作品抒写情人重逢之乐。原词为：

> 彩袖殷勤捧玉钟，当年拚却醉颜红。舞低杨柳楼心月，歌尽桃花扇底风。　从别后，忆相逢。几回魂梦与君同？今宵剩把银釭照，犹恐相逢是梦中。

词人从别前欢娱写到别后相思，结尾以"今宵"二句贯穿全篇情

- 114 -

愫，细腻刻画了久别重逢的惊喜之情。别后以梦为真，而今却将真疑梦，故而擎灯照了又照。两句由杜甫《羌村》诗中"夜阑更秉烛，相对如梦寐"脱化而出，情思深厚，笔致轻婉，声韵谐美，造成一种似梦非梦、迷离惝恍之境，富于感染力。

今朝有酒今朝醉，明日愁来明日愁。

〔鉴赏〕此乃唐代罗隐《自遣》诗中佳句。原诗为：

> 得即高歌失即休，多愁多恨亦悠悠。
> 今朝有酒今朝醉，明日愁来明日愁。

这首诗表现了罗隐政治失意后的颓唐情绪，在艺术表现上颇有独到之处，这一点在尾联上尤其突出。首先，不说得过且过，而说"今朝有酒今朝醉，明日愁来明日愁"，将抽象的抒情具体化，一个及时行乐、旷达洒脱的诗人形象呼之欲出了。其次，尾联诗句在重叠中求变化，从而形成绝妙的咏叹。前句是"今朝"两字重叠，后句是"明日愁"三字重叠；但前"愁"字属名词，后"愁"字乃动词，词性又有变化。

公道世间唯白发，贵人头上不曾饶。

〔鉴赏〕当年，丰子恺曾据唐代杜牧此联作一漫画，颇受寒士与民众的喜爱。句出《送隐者一绝》：

> 无媒径路草萧萧，自古云林远市朝。
> 公道世间唯白发，贵人头上不曾饶。

前一联写隐者所居之僻，其生活之清苦自不待言。后一联有隐、显二义。显义是讲，无论贵贱贫富，都难免终归黄土，生命的限度是一视同仁的。隐义则为牢骚语：除白发外，世间再无公道之事。这后一层，则往往为一般读者所忽略。

丹青不知老将至，富贵于我如浮云。

〔释义〕丹青，绘画。

〔鉴赏〕盛唐是艺术大师辈出的时代，画家曹霸便是其中之一。但他命运坎坷，贫困不堪。杜甫作《丹青引赠曹将军霸》，对他寄予深切的同情。诗中写了画家的身世、成就、遭遇，"丹青"一联则表现其人格。前句谓其沉浸迷醉在绘画生涯中，不知老之将至；后句化用《论语》成句："不义而富且贵，于我如浮云。"两句都用了与孔子有关的典故，隐含以圣贤道德相推许之意。而遥遥和篇末的"途穷反遭俗眼白"相映发，表达了对世道不公的谴责。

月上柳梢头，人约黄昏后。

〔鉴赏〕这是北宋欧阳修（一作朱淑贞）《生查子》词中名句。原词为：

　　去年元夜时，花市灯如昼。月上柳梢头，人约黄昏后。　　今年元夜时，月与灯依旧。不见去年人，泪湿春衫袖。

　　这是一首表现元宵时节怀人之思的词作。上阕写记忆中的相会，下阕回到现实。两相对比中，突出了物是人非的悲愁。"月上"两句，于闹中取静，勾画情人幽会景象，话言明快，造境清新，风味隽永。

月出惊山鸟，时鸣春涧中。

〔鉴赏〕这是唐代王维《鸟鸣涧》诗中名句。原诗为：

　　人闲桂花落，夜静春山空。
　　月出惊山鸟，时鸣春涧中。

　　诗中刻画了一个娴雅的抒情主人公形象，春风静夜里独自在山间漫步，沉迷陶醉于自然中，几被融化。三、四句以静夜空山中突发的鸟鸣，反写山林的极静，"动静不二"。一片悠闲的云彩飘走了，明月露出了皎洁的面容，光华四射，在枝头安乐窝中酣眠的山鸟，误以为天已破晓，惊醒过来，不安地发出几声鸣叫。诗人捕捉的这一瞬间新鲜有趣，又包含着无穷的妙谛。

露从今夜白，月是故乡明。

〔鉴赏〕睹明月而思乡，是羁旅之人的常情，也是古代反复题咏的诗材。此类作品中，杜甫的"月是故乡明"允称上乘。这一名句出自《月夜忆舍弟》：

> 戌鼓断人行，边秋一雁声。
> 露从今夜白，月是故乡明。
> 有弟皆分散，无家问死生。
> 寄书长不达，况乃未休兵。

老杜作此诗时，安史之乱未靖，而他的弟弟们都陷身乱军盘踞地，信息难通，故睹月而伤怀。"露从"一句点明初秋的时令，既写清寒，又衬月明。"月是故乡明"，从客观事实论，本无此理；由思乡心切讲，必生此感——叶燮以"不可名言之理"为诗中妙理，正是此意。

月落乌啼霜满天，江枫渔火对愁眠。

〔鉴赏〕此联出自唐代张继《枫桥夜泊》一诗。原诗为：

> 月落乌啼霜满天，江枫渔火对愁眠。
> 姑苏城外寒山寺，夜半钟声到客船。

这是一首咏江南水乡秋夜景色的小诗，全诗呈现一种清丽寒瑟的美。月落写所见，乌啼记所闻，霜满天抒所感，起句即流动着一种寒冷、肃杀的气氛。"江枫"这一意象，自《招魂》中"湛湛江水兮上有枫"化出，暗合全诗羁旅之愁的调子。"对愁眠"三字绝佳。"对"字含"伴"之意，又较为含蓄。闪烁的渔火、黝黑的树影与羁旅愁人相伴，既有对夜景的玩赏，更流露出不尽的乡愁。论起情景的圆融合一，诗之首联可谓典范。

风乍起，吹皱一池春水。

〔鉴赏〕这是五代冯延巳闺怨词《谒金门》中的名句。词一开篇，作者首先从自然景物中摄取了一个特写镜头：春风吹拂，荡起满池细纹微波。这里"皱"字下得贴切、新奇而传神，化静为动，写活了春水。然而两句之精妙不仅限于写景，而更在于形象生动地刻画了人物内心。春风乍起，搅动深闺女子心绪，但因礼教束缚，其情感起伏不大可能取十分剧烈的方式，而正可借池水中那皱起的微波涟漪来象征、比拟。两句以景寓情，揭示人物内心活动手法新颖独到，别开生面。

风老莺雏，雨肥梅子，午阴嘉树清圆。

〔鉴赏〕这是北宋周邦彦《满庭芳》词中名句，描绘江南初夏的可喜景色。前两句分别化用杜牧"风蒲燕雏老"（《赴京补入汴口》）及杜甫"红绽雨肥梅"（《陪郑广文游何将军山林》）诗句，写春光已逝，风雨滋润万物，雏莺在风中长成，梅子在雨中肥大。二句对仗工整，"老""肥"皆以形容词用作动词，状物生动。"午阴"句用刘禹锡"日午树阴正"（《昼居池上亭独吟》）语意，以"清圆"二字写出绿树葱茏、亭亭如盖的景象。三句体物细腻，绘景真切，多处运用唐人诗语隐括入律，炼字琢句运化无痕。

风助群鹰击，云随万马来。

〔释义〕击，指飞翔天空。
〔鉴赏〕这是清代屈大均《云州秋望》诗中名句。原诗为：

> 白草黄羊外，空闻觱篥哀。
> 遥寻苏武庙，不上李陵台。
> 风助群鹰击，云随万马来。
> 关前无数柳，一夜落龙堆。

云州即今山西大同一带。这里是古代的边塞，曾发生过无数次的战争。诗人面对辽阔雄奇的景象，不禁诗兴大发。"风助"两句，便生动地刻画了边塞的壮丽风光，气势磅礴，令人神往。疾风劲吹，更增添了群鹰搏击长空的力量，万马奔腾，天上的白云也似乎与奔马同样飞驰。诗人抓住边塞特有的景物着力描写，极有气势和力度。

风雨如晦，鸡鸣不已。

〔鉴赏〕这是《诗经·风雨》中的名句，出自其末章：

风雨如晦，鸡鸣不已。既见君子，云胡不喜。

原诗写女子等待情人的焦灼心情和见到情人后的无比欢欣。"风雨如晦，鸡鸣不已"，不但写了环境气氛的风雨交加，天色昏晦，不见人踪，唯闻鸡鸣的凄苦寒凉，同时也写了女子心情的沉重惨淡、失望惶惑。主人公心理上由于思念情人而导致的忧心如焚和心潮起伏，甚或懊丧低沉，都由她对于风雨的感受传达无遗。这是典型的"借景抒情"。所以古人称它"善于即景以抒怀，故为千古绝调也。"（方玉润《诗经原始》）后世亦有移用于比喻对恶劣社会环境的抗争。

予室翘翘。风雨所漂摇，予维音哓哓。

〔释义〕翘翘，危险貌。哓哓，恐惧的叫声。
〔鉴赏〕这是《诗经·鸱鸮》中的名句，出自其末章：

予羽谯谯，予尾翛翛，予室翘翘。风雨所漂摇，予维音哓哓。

《鸱鸮》是我国最早的一首寓言诗。古人认为作者是西周初年的周公，但所征牵强，故今人不取。就本诗看，是借小鸟诉说遭鸱鸮（猫头鹰）迫害之苦，抒发了身处逆境的人的悲吟。末章这后三句先写巢室遭倾覆之危，在风雨之中飘摇欲坠，小鸟哓哓哀鸣。"风雨漂摇"乃写景之佳笔，"维音哓哓"则传神之象声词。二者相辅相成，构成一幅惊心动魄的画面。后世写危机之象多用"风雨飘摇"，即本于此。

风萧萧兮易水寒，壮士一去兮不复还。

〔释义〕易水，河流名，源出河北省易县，在当时燕国南界。

〔鉴赏〕这是荆轲离开燕国前去刺杀秦始皇时所唱的歌，后人称为《易水歌》。史载，荆轲此去，提一匕首入不测之强秦，有必死之志。燕太子丹与知其事者，皆白衣白冠于易水之畔为荆轲送行。荆轲好友高渐离击筑，荆轲唱出了这首千古流传的壮烈之歌。当时人们听后瞋目慷慨，怒发冲冠。为什么有这么强大的感染力？一是当时气氛悲壮，二是音乐激昂，三是诗句本身慷慨昂扬壮怀激烈。秋风萧萧，易水凝寒，壮士一去，为国捐躯，血洒虎狼之秦，景象凄恻悲壮，成为千古壮行绝唱。"秋风别苏武，寒水送荆轲"（庾信诗句）也成为永诀的典型意境。

风声一何盛，松枝一何劲！

〔释义〕一，加强程度的语助词。何，多么。

〔鉴赏〕这是三国刘桢《赠从弟》（其二）诗中佳句。原诗为：

> 亭亭山上松，瑟瑟谷中风。
> 风声一何盛，松枝一何劲！
> 冰霜正惨凄，终岁常端正。
> 岂不罹凝寒，松柏有本性。

本诗用比兴咏物之法，通过歌颂松树的坚贞，来勉励从弟并自勉。此二句用青松与狂风的搏斗，来突出青松那贞刚的品格。作者连用两个"一何"，前者渲染狂风横扫万木之凛冽，后者则刻画了青松巍然挺立之刚劲。看似简单单调，却正表现出刘桢诗歌不重雕饰却清刚有力的风格。杜甫直用其法："吏呼一何怒，妇啼一何苦"；顾炎武则用其意："可为百世师，风操一何劲。"

孔雀东南飞，五里一徘徊。

〔鉴赏〕这是汉乐府诗中无名氏《古诗为焦仲卿妻作》中开端的两句。

原诗是中国文学史上最杰出的叙事诗之一,它通过焦仲卿夫妻的悲剧,反映了旧礼教的罪恶。原诗开端二句是用起兴的手法,以孔雀向东南飞去时,因留恋配偶和家而边飞边徘徊顾盼,来比喻刘兰芝被休回母家时,因顾恋焦仲卿和共同生活过的家而犹豫彷徨。这种起兴一是符合于生活现实,因为古代传说,凡是大的鸟兽,都知道留恋自己的巢穴,总是徘徊良久,才舍得离去。二是兴象与本事贴切,孔雀彩羽斑斓,与刘兰芝的美丽巧慧有着互通之处;孔雀的徘徊,与后文刘兰芝离家时"涕泪百余行""举手长劳劳,二情同依依"相符。正因此,这首诗又名《孔雀东南飞》。

书生轻议冢中人,冢中笑尔书生气。

〔释义〕冢,坟墓。这里是说"若曹操在天有灵"将暗自发笑。

〔鉴赏〕这是《三国演义》中的诗句。小说写到曹操身亡,后面有这样一段评论:后人有《邺中歌》一篇,叹曹操云:

> 邺则邺城水漳水,定有异人从此起:
> 雄谋韵事与文心,君臣兄弟而父子;
> 英雄未有俗胸中,出没岂随人眼底?
> 功首罪魁非两人,遗臭流芳本一身;
> 文章有神霸有气,岂能苟尔化为群?
> ……
> 呜呼!
> 古人作事无巨细,寂寞豪华皆有意;
> 书生轻议冢中人,冢中笑尔书生气!

这是对曹操的总体评价,也包含着作者的历史观念与道德观念。自从理学家把《大学》列为"四书","内圣外王"就成为主流意识形态。而用这种观念来评价历史人物,唐宗宋祖没有一个可以及格。这两句诗就是批评、讥讽这种迂腐不切实际的过分道德化的历史观。诗句想象奇特,说理却不刻板,给人留下深刻印象。

书贵瘦硬方通神。

〔释义〕书，书法艺术。

〔鉴赏〕杜甫外甥李潮长于八分及篆书，在巴东向诗人索要题赠。老杜遂作《李潮八分小篆歌》，诗中叙述书法源流，提及秦汉古碑：

> 峄山之碑野火焚，枣木传刻肥失真。
> 苦县光和尚骨立，书贵瘦硬方通神。

峄山之碑为李斯所书小篆，惜焚毁已久，今传刻者体势讹变矣。苦县、光和指两块汉碑，字体骨立劲健，故杜甫赞曰"瘦硬通神"。杜诗虽特指八分与小篆，但下文有"草书非古空雄壮"之语，故可见"瘦硬"作为一种书艺标准，是带有普遍性的——当然，这只是老杜的一家言。

劝君更尽一杯酒，西出阳关无故人。

〔释义〕阳关，古代关名，在今甘肃省敦煌市西南。

〔鉴赏〕这是唐代王维《送元二使安西》诗中名句。原诗为：

> 渭城朝雨浥轻尘，客舍青青柳色新。
> 劝君更尽一杯酒，西出阳关无故人。

这是一首极负盛名的送别诗，因末句入谱乐府后，反复迭唱，又称《阳关三叠》。离别之际，依依惜别的深情是任何语言都难以传达的，只能频频举杯对饮，以珍惜这最后相聚的时刻：一出阳关便没有朋友共饮了。以劝酒来表现别离时刻难以诉说的复杂心情，独出心裁，别有境地。

劝君莫惜金缕衣，劝君惜取少年时。

〔鉴赏〕这是唐代无名氏《金缕衣》诗中名句。原诗为：

> 劝君莫惜金缕衣，劝君惜取少年时。

有花堪折直须折，莫待无花空折枝。

这首诗劝人不负少年，及时行乐，思想无多可取，但艺术上别具特色。这主要表现在重叠复沓的形式和回环往复的语气，给人情意恳切、感慨万端之感。前两句"劝君莫惜""劝君惜取"，叮咛再三，致意殷勤。后两句语词对出，而造意深婉，不觉重复。此外，这首诗表现手法富于变化，前两句直言其意，后两句借用比兴，含意有深致。

五画

汉恩自浅胡自深，人生乐在相知心。

〔鉴赏〕王昭君的故事以其凄艳的色彩以及包含的"失意——命运"母题，千百年间引起无数文人吟唱评说的兴趣。其中，宋代王安石这两句诗特别引人注目，原诗为《明妃曲二首》（其二），略云：

> 明妃初嫁与胡儿，毡车百辆皆胡姬。
> 含情欲说独无处，传与琵琶心自知。
> ……
> 汉恩自浅胡自深，人生乐在相知心。
> 可怜青冢已芜没，尚有哀弦留至今。

这两句立论大胆，指出了胡恩深于汉恩的事实，且提出"相知心"而不必分胡汉之畛域。为此，南宋道学先生斥之为"坏人心术，无父无君"，殊不知，一定程度的"无父无君"正是此联的可贵处。

宁可枝头抱香死，何曾吹落北风中。

〔鉴赏〕这是宋末郑思肖《题菊诗》的结句。原诗为：

> 花开不并百花丛，独立疏篱趣味浓。
> 宁可枝头抱香死，何曾吹落北风中。

菊花向有"花之隐逸者"之称，故高人雅士每多题咏。一般的咏菊诗多就"孤标傲世""迎风耐霜"立意，而郑思肖此篇与众不同。他写得更萧瑟、更沉重：北风凛冽，实无力与其抗争；但宁死也不能降志辱节。北风，显然喻元政权。这是因为当时大势已去，作为回天乏力的遗民，唯一的斗争形式是"匹夫不可夺志"。这两句诗就是"匹夫不可夺志"的艺术化表达。

<h2 style="text-align:center">宁为百夫长，胜作一书生。</h2>

〔**释义**〕百夫长，指军队里的下级军官。

〔**鉴赏**〕这是唐代杨炯《从军行》诗中名句。原诗为：

> 烽火照西京，心中自不平。
> 牙璋辞凤阙，铁骑绕龙城。
> 雪暗凋旗画，风多杂鼓声。
> 宁为百夫长，胜作一书生。

诗中刻画了一个投笔从戎的书生豪气干云的形象。结处两句直白书生的慷慨壮志，既是爱国激情的强烈爆发，又是书生不甘寂寞、求取功名之心的充分流露。一个没有家世背景的书生往往很难与功名富贵有缘，从军便被古代的诗人们当作了一条走向人生高峰的可行之路，但相伴随的也有几分对社会右武轻文的牢骚。

<h2 style="text-align:center">它山之石，可以攻玉。</h2>

〔**释义**〕攻，磨制。

〔**鉴赏**〕这是《诗经·鹤鸣》中的名句。《鹤鸣》一诗，古人大多以为是教诲周宣王求贤之诗。此二句本义为别的山里的石头，也可以用作砺石，来磨制我的玉器。其中寄托之意是，别国的贤才，也可以用作本国的辅佐。由于本句比兴贴切，喻体优美，石可以令人联想到坚强刚直，玉可以使人联想到高贵纯洁，所以成为众口流传的名句。"他山之石"也成为人人皆知的成语，其意义进一步引申为能帮助自己改正错误缺点或提供借鉴的外力。如李贽《复陶石篑》："生因质弱，故尽一生气力与之敌斗，虽犯众怒、被谤讪，不知正是益我他山之石。"

<h2 style="text-align:center">它生莫作有情痴。人无天地着相思。</h2>

〔**释义**〕着，这里是容纳的意思。

〔**鉴赏**〕这是清代况周颐《浣溪沙·听歌有感》词中名句。原词为：

惜起残红泪满衣，它生莫作有情痴。人无天地着相思。　　花
若再开非故树，云能暂驻亦哀丝。不成消遣只成悲。

这首词是听歌兴感而作，抒写词人对于"情痴"的感想。"它生
莫作有情痴"，乃悲极之语，否定它生是为了突出今生今世做情痴已是
难免，可知其对"情"的执着程度。所以"莫作"是因为人间天上都
无法容纳这无穷无尽、铭心刻骨的相思之情。词句从否定的角度落笔，
可以说是加倍强化的抒情法。

立锥莫笑无余地，万里江山笔下生。

〔释义〕立锥之地，形容居住之处极狭小。

〔鉴赏〕这是明代唐寅《风雨浃旬厨烟不继涤砚吮笔萧条若僧因题绝
句八首奉寄孙思和》诗中名句。原诗为：

> 领解皇都第一名，猖狓归卧旧茅衡。
> 立锥莫笑无余地，万里江山笔下生。

从诗题中可知，画家因连日阴雨已厨烟不继了，但他却不为贫穷
而气馁，而是豪情冲天地说，请不要嘲笑画家的贫穷潦倒无立锥之地，
他可是胸有日月，包纳天地，万里江山就从他的笔下源源不断地挥写
出来呢。这两句诗写出了品格高傲、节操清劲的文人画家的铮铮铁骨，
体现了"贫贱不能移"的大丈夫气概，读来令人胆气陡壮，意气顿生。

兰溪三日桃花雨，半夜鲤鱼来上滩。

〔释义〕兰溪，水名，在今浙江省兰溪市西南。

〔鉴赏〕同一类自然景观，因地域不同或作家心境有别，在诗歌中常
有很不同的描写，如春雨。"兰溪三日"这一联与"天街小雨润如酥"
"润物细无声"等名句相比，情味相去何止万里。这是唐代戴叔伦《兰
溪棹歌》之句。诗云：

> 凉月如眉挂柳湾，越中山色镜中看。

兰溪三日桃花雨，半夜鲤鱼来上滩。

首句写新雨后夜色，"凉月"有匠心。"越中山色"从溪中倒影看出，水清山秀别有情韵。这两句写"静"。后文一转，写春雨过后，溪水盈涨，鲤鱼欢跃而涌抢上滩的动态。"半夜"静极，鱼群跃起、鳍尾打水的噼啪声，给山水间平添无限生机。

记得绿罗裙，处处怜芳草。

〔鉴赏〕这是北宋牛希济《生查子》词中名句。词写恋人惜别之情。原词为：

> 春山烟欲收，天淡稀星小。残月脸边明，别泪临清晓。语已多，情未了，回首犹重道："记得绿罗裙，处处怜芳草。"

过片之后，词人绘形绘色，刻画恋人间依依难舍情态，末二句道出女主人公殷殷期望：若记得我穿的这绿色罗裙，你走到哪里都会喜爱芳草。意即希望对方不要将自己忘怀。这里既用借代手法（以"罗裙"代指女子），又有联想、移情（将离情与芳草、芳草与罗裙相联系），亲切自然，委婉深情，生动细腻地刻画出恋人惜别时的内心活动。匠心独运，出语天成。

永忆江湖归白发，欲回天地入扁舟。

〔鉴赏〕这是唐代李商隐《安定城楼》诗中名句。原诗为：

> 迢递高城百尺楼，绿杨枝外尽汀洲。
> 贾生年少虚垂涕，王粲春来更远游。
> 永忆江湖归白发，欲回天地入扁舟。
> 不知腐鼠成滋味，猜意鹓雏竟未休。

这首诗作于开成中李商隐在泾原节度使幕，这时正是诗人意欲建功立业而又备受压抑之时。这两句自言抱负和志趣。诗人早年怀有扭转乾坤的远大抱负，欲使功业成就，垂近暮年之时迢入扁舟，归隐江湖。这种功成身退的思想表现的是诗人不慕荣华、淡于名利的品质，也显示了积极的人生态度。这两句境界阔大，诗人的胸襟亦博大。

平生不借春光力，几度开来斗晚风。

〔鉴赏〕这是清代秋瑾《秋海棠》诗中名句。原诗为：

> 栽植恩深雨露同，一丛浅淡一丛浓。
> 平生不借春光力，几度开来斗晚风。

咏物之作贵在有寄托、意旨遥深。这首诗借咏秋海棠，歌颂了一种自强自立的高尚人格。百花多开于春，而秋海棠却是在与萧瑟秋风的抗争中，依靠自己的奋斗，绽放出凌风傲霜的花朵，装点着万物凋零的秋天，带给人希望和力量。这正是诗人的自我写照。

平生不敢轻言语，一叫千门万户开。

〔释义〕轻，随意。

〔鉴赏〕这是明代唐寅的七绝《画鸡》中的名句。原诗为：

> 头上红冠不用裁，满身雪白走将来。
> 平生不敢轻言语，一叫千门万户开。

这是一首题画诗。前两句写一只满身雪白的雄鸡昂首前行，鲜红的鸡冠十分耀眼。作者化静为动，将静态的画面描绘得逼真形象、栩栩如生。如果说前两句是写雄鸡之"形"，那么后两句就是写雄鸡之"神"。雄鸡矜持而自豪地宣称，我从来不敢随便啼鸣，因为我一叫，便有巨大的号召力，会让千门万户打开，开始一天的劳作。诗句通俗而富于哲理意味。

平生不解藏人善，到处逢人说项斯。

〔释义〕项斯，字子迁，中唐人，官终丹徒尉。

〔鉴赏〕唐杨敬之与项斯为师生关系，心喜其人品及文品，遂揄扬不倦。其《赠项斯》诗云：

> 几度见诗诗尽好，及览标格过于诗。
> 平生不解藏人善，到处逢人说项斯。

杨敬之当时为国子监祭酒，项斯为应试举子。唐代有"温卷"风习，举子们以诗文向达官、闻人投献，求其汲引。项、杨之交即源于此。难得的是，杨敬之并没有虚应故事，而是真诚地评价、表彰。后世便以"说项""逢人说项"为成语，意义拓宽至替他人说好话、讲情。而这首诗也成为研究"温卷"现象的可贵资料。

平芜尽处是春山，行人更在春山外。

〔鉴赏〕这是北宋欧阳修《踏莎行》词中名句。原词为：

> 候馆梅残，溪桥柳细，草薰风暖摇征辔。离愁渐远渐无穷，迢迢不断如春水。　　寸寸柔肠，盈盈粉泪，楼高莫近危阑倚。平芜尽处是春山，行人更在春山外。

这首词表现羁旅情思。结尾遥想家室的离愁，写来细致入微：她要登高望远却又迟疑不决，试想所可望者，一片长满青草的平原而已。即使能将它望到尽头，终究还有春山挡住视线，而行人却在春山之外，不可望，不可及。"平芜"两句笔法有如剥笋，层层深入，委曲达意，境界悠远。词人将情景融合为一，在想象中更进一层，使行者的离愁得以深化。

平畴交远风，良苗亦怀新。

〔释义〕畴，田亩。交，通。
〔鉴赏〕这是晋代陶渊明《癸卯岁始春怀古田舍》（其二）诗中佳句。其中有这样的诗句：

> 平畴交远风，良苗亦怀新。
> 虽未量岁功，即事多所欣。

耕种有时息，行者无问津。
日入相与归，壶浆劳近邻。
长吟掩柴门，聊为陇亩民。

本诗抒发作者从事农业劳动时的喜悦心情。此二句被誉为千古绝唱。为什么呢？首先它表达了作者对农事生活的热爱，在诗人的眼中，平旷的田野，翼翼的新苗，引起他无限欢欣。其次，诗人把自己的感情移情到了没有意识的麦苗上，它们兴致勃勃、欣欣向荣地生长着，把麦苗写得有感情有生机，写活了。最后，诗人完成了物我融一、神景相接的意境创造，并表现出冲淡自然的独特文学风格。

玉颜不及寒鸦色，犹带昭阳日影来。

〔释义〕昭阳，殿名，汉成帝宠妃赵飞燕居处。

〔鉴赏〕这是唐代王昌龄《长信秋词》（其三）诗中佳句。原诗为：

奉帚平明金殿开，暂将团扇共徘徊。
玉颜不及寒鸦色，犹带昭阳日影来。

《长信秋词》是王昌龄写的一组宫怨诗，描写了宫廷女子清冷寂寞的生活。句中"日"指皇帝，"昭阳"，借指皇帝宠幸的佳丽。美女怎么会自认比不上丑陋的乌鸦？只因为乌鸦还能飞过皇帝停留的昭阳殿，自己却独居深宫与皇帝无缘。可谓"羡"屋及乌。不写人不如人，反写人不如物，更表现了其幽怨深沉凄婉。

未见君子，忧心忡忡。

〔释义〕忡忡，心跳不安。

〔鉴赏〕这是《诗经·草虫》中的名句，出自其首章：

喓喓草虫，趯趯阜螽。未见君子，忧心忡忡。亦既见止，亦既觏止，我心则降。

本诗描写女子怀念情人时的忧伤，和与情人会面后的喜悦。此二句描绘的是未见到情人（君子）时的痛苦心情。忧心忡忡，运用直接的心理描写，表达了女子怀人不见时那种忐忑不安、忧心如焚的焦渴心理状态。此四字精练确切，字字珠玑。"忧心"点明心理状态的性质，"忡忡"描绘心脏咚咚乱跳的具体状态。因其准确生动，所以成为形容人心忧虑不安的成语而千古流传。

未谙姑食性，先遣小姑尝。

〔**释义**〕谙，熟悉。姑，丈夫的母亲。

〔**鉴赏**〕此乃唐代王建《新嫁娘词》诗中名句。原诗为：

> 三日入厨下，洗手作羹汤。
> 未谙姑食性，先遣小姑尝。

这首诗通过一个生活细节的描绘，表现了新嫁娘的巧慧。过门三日的新妇，依习俗第一次下厨做饭，但对于不熟悉婆婆口味的她，该怎么办呢？诗之尾联写出了这位新妇的聪明、细心。她将做好的羹汤先给小姑尝尝。之所以选择小姑，是因为小姑自幼与婆婆相处，口味与之一致，由小姑的口味可推知婆婆的口味。此联一出，新妇的慧黠可爱跃然纸上。看似信手拈来的十个字，细思之，易其一而不能，足见作者炼字之工。此联传之后世，亦有了进入一个新环境应先入乡问俗的寓意。

巧言如簧，颜之厚矣。

〔**释义**〕簧，是中国古代管乐器中用竹箬或金属制作的薄片，亦指此片发出的美妙乐声。

〔**鉴赏**〕这是《诗经·巧言》中的名句，出自其第五章：

> 荏染柔木，君子树之。往来行言，心焉数之。蛇蛇硕言，出自口矣。巧言如簧，颜之厚矣。

本诗旨在讥刺君上宠信巧言令色之佞人而致的乱政。五章写小人夸夸其谈，大言不惭。此二句尤为犀利，一用比喻，巧舌如簧，一为直叙，厚颜无耻。因其惊警贴切，故而被用为成语，专门形容用谎言巧言迷惑别人，如"簧口利舌""如簧之舌""簧惑""簧蛊""簧诱""簧谮"等。

巧笑倩兮，美目盼兮。

〔释义〕倩，笑带酒窝。盼，眼睛波光流动。
〔鉴赏〕这是《诗经·硕人》中的名句，出自其第二章：

> 手如柔荑，肤如凝脂，领如蝤蛴，齿如瓠犀，螓首蛾眉。巧笑倩兮，美目盼兮。

原诗赞颂卫庄公夫人庄姜。第二章专写她的美丽。在运用一系列博喻之后，诗人采用了直接描绘的手法，写出了庄姜微笑时一对酒窝娇美可爱，美丽的眼睛波光流盼十分动人。这两句有画龙点睛之妙，整个庄姜写到此完全活动起来了，是传神之笔。前人对此句都赞赏备至，叹为观止。如清人说："《卫风》之咏硕人也……直把个绝世美人活活请出来在书本上晃漾，千载而下犹如亲见其笑貌。"（孙联奎《诗品臆说》）

功名只向马上取，真是英雄一丈夫。

〔释义〕只，仅仅之意。
〔鉴赏〕此乃唐岑参《送李副使赴碛西官军》诗中名句。原诗是一首突破了"儿女共沾巾"模式的送别诗，前面两联叙述路途艰险时暗含了一路珍重的祝愿。诗人接着写道：

> 脱鞍暂入酒家垆，送君万里西击胡。
> 功名只向马上取，真是英雄一丈夫。

饮酒话别，提及的是西行"击胡"的使命。接着直抒胸襟，更是意气豪迈：功名只是向沙场上求取，这才是真正的大丈夫。此联既是对李氏的勉励，又何尝不是诗人自己的理想和壮志呢？它将全诗及诗情推向了高潮，本身也因其横溢的豪气而成为后世无数仁人志士的座右铭。

功名富贵若长在，汉水亦应西北流。

〔释义〕汉水，湖北境内河流，入长江。

〔鉴赏〕此联出李白《江上吟》，是诗人对人生价值的形象化表白。诗的后半写道：

> 仙人有待乘黄鹤，海客无心随白鸥。
> 屈平词赋悬日月，楚王台榭空山丘。
> 兴酣落笔摇五岳，诗成笑傲凌沧洲。
> 功名富贵若长在，汉水亦应西北流。

前四句以四种不同人生方式对比，肯定了任运自然的"海客"与纵情文坛的"屈平"，而二者合一，就是诗人的理想生活。五、六句赞美了这种理想生活的价值。接下来，诗人从反面落笔，批判了世俗的人生价值观：如果功名富贵可以不朽，汉水也就倒流了。当然，汉水绝不会倒流，那么富贵也就必朽。用反说、假设的方式，更加重了对俗见的否定、嘲讽力量。

可怜无定河边骨，犹是春闺梦里人。

〔释义〕无定河，黄河中游支流，在今陕西省北部。

〔鉴赏〕这是唐代陈陶《陇西行四首》（其二）诗中佳句。原诗为：

> 誓扫匈奴不顾身，五千貂锦丧胡尘。
> 可怜无定河边骨，犹是春闺梦里人。

诗中首二句概言战斗之激烈，伤亡之惨重，继则推出一组对比鲜明、反差强烈的画面：一边是春闺清冷，少妇由思入梦，恍惚间丈夫悄然归来。一边是大漠荒烟，阴风呼号，无数士兵的尸首早已在塞外疆场化为白骨。"可怜"之语透出诗人无限同情，"犹是"二字则将河边骨与春闺梦两相勾连，于虚实之间突现少妇情怀之可哀。诗句"用意工妙"，为后人称赏。

可怜身上衣正单，心忧炭贱愿天寒。

〔鉴赏〕此乃唐代白居易《卖炭翁》诗中名句。紧接着对卖炭老人饱经沧桑的外貌白描，诗人写道：

> 卖炭得钱何所营，身上衣裳口中食。
> 可怜身上衣正单，心忧炭贱愿天寒。

设问句的设置，交代了"卖炭得钱"是老人的衣食所系。身上衣单，正常的反应是希望天暖，老人的"愿天寒"显系反常，但反常的背后，是度日的辛酸。这种宁愿忍受加倍寒冷，以便多卖几文钱的心理描写，深刻反映了卖炭老人的悲惨处境。此联将卖炭老人的生活艰辛及复杂的内心活动真切地表现了出来，"可怜"两字倾注了诗人无限的同情。

可怜夜半虚前席，不问苍生问鬼神。

〔释义〕可怜，可惜。虚前席，即在座席上移膝靠近对方。
〔鉴赏〕这是唐代李商隐《贾生》诗中名句。原诗为：

> 宣室求贤访逐臣，贾生才调更无伦。
> 可怜夜半虚前席，不问苍生问鬼神。

此诗描述了谪臣贾谊被召回长安宣室夜对的情形。首联纯从正面着笔，丝毫不露贬义。有了首联的铺垫，结句用"可怜"轻轻一转，汉文帝"夜半"多次"虚前席"，问的不是治国安民之道，却是"鬼神"的本原问题！这意味着什么呢？诗人却未说尽——通过"问"与"不问"的对照，留待读者去做结论吧。全联有讽有慨，犀利辛辣，极尽抑扬吞吐之妙。由于首联的引而不发的正面叙写，结句强烈对照之下形成的贬抑便显得特别有力。点破而不说尽，有论而无断，含蓄委婉，是尾联的特色，亦是它为世人所青睐的重要原因。

可惜流年，忧愁风雨，树犹如此。

〔释义〕树犹如此，《世说新语·言语》载，桓温北征，经金城，见自己过去所种柳树皆已十围，慨然曰："木犹如此，人何以堪。"意谓树已长成这样，人又怎能忍受。表示触景生情，感慨系之。

〔鉴赏〕这是南宋辛弃疾《水龙吟·登建康赏心亭》词中名句。"风雨"暗指南宋政权处于风雨飘摇之中。作者感慨岁月如流，忧虑国势日渐衰微。眼看北伐无期，收复中原的夙愿不能实现，自己空怀一腔报国热忱，这样的处境怎能忍受呢!三句表达作者心中忧惧之情，出语十分沉痛，抒发了爱国者壮志难酬的内心悲愤。

可堪孤馆闭春寒，杜鹃声里斜阳暮。

〔释义〕可堪，岂堪。

〔鉴赏〕这是北宋秦观《踏莎行》词中名句。原词为：

> 雾失楼台，月迷津渡，桃源望断无寻处。可堪孤馆闭春寒，杜鹃声里斜阳暮。　　驿寄梅花，鱼传尺素。砌成此恨无重数。郴江幸自绕郴山，为谁流下潇湘去？

作品以委婉曲折的手法抒写谪居之恨。"可堪"二句正面表现羁旅生活。孤处贬地本已寂寞难挨，何况客舍紧紧封闭于料峭春寒之中。更加之以夕阳惨淡，徐徐西下，耳畔传来杜鹃鸟"不如归去"的阵阵悲鸣，这一切岂堪忍受，两句声情凄厉，景物描写注入浓重的感情色彩。

去年今日此门中，人面桃花相映红。

〔鉴赏〕此联出自唐代崔护《题都城南庄》一诗。原诗为：

去年今日此门中，人面桃花相映红。

人面不知何处去，桃花依旧笑春风。

这首诗通过去年寻春遇艳的经历和今年寻艳不遇的失望相对比，抒发了诗人的思念及无奈惆怅的心绪。首联写寻春遇艳，诗人抓住了这个过程中最动人的一幕，不说人面似桃花，亦不言桃花如人面，却写了两者的交相辉映，别出心裁地突出了少女的光彩照人的明媚，而且含蓄地表露了诗人目注神驰、情摇意夺的情状，下笔如神，意境绝佳。联系尾联的重寻少女不遇，此联的花好人美之境因其成为回忆而走向永远，不仅在诗人的梦中，而且在关于此诗本事的美丽传说中，在《人面桃花》的戏曲中，更在历代读者的赏誉中。

去年今日关山路，细雨梅花正断魂。

〔鉴赏〕这是宋代苏轼《正月二十日往岐亭，郡人潘、古、郭三人送余于女王城东禅庄院》诗中名句。原诗为：

十日春寒不出门，不知江柳已摇村。

稍闻决决流冰谷，尽放青青没烧痕。

数亩荒园留我住，半瓶浊酒待君温。

去年今日关山路，细雨梅花正断魂。

神宗元丰二年（1079），苏轼因反对新法而入狱，险些被杀，后出为黄州团练副使。元丰三年（1080）赴贬所，正值梅花凋谢之时。此次再往岐亭，正好时隔一年，感慨而作此诗。诗的前三联，写的是初春景色和潘、古、郭三人对自己的深厚情谊。尾联回忆去年今日，真是无限凄凉，不堪回首。内含不尽之意，读之令人黯然与之同伤。

去国正当春尽后，登楼多在日斜时。

〔释义〕国，这里是家乡的意思。

〔鉴赏〕这是明代徐熥《送人游吴楚》诗中名句。原诗为：

津亭烟柳绿垂丝，万里关山匹马迟。
去国正当春尽后，登楼多在日斜时。
楚江草长悲鹦鹉，吴苑花深走鹿麋。
话别何须共惆怅，秋风摇落是归期。

这首诗写送别，却又不仅限于写具体的送别，而是将送别的背景典型化，使其具有普遍的意义。颔联便体现了这一点。离别家乡正是在春意阑珊之后，作者虽未写愁，而愁已在其中了；登楼远眺，多在夕阳西下之时。叙事、写景、抒情，三者自然地结合在一起，显示出诗人娴熟的艺术技巧。

古木无人径，深山何处钟。

〔鉴赏〕这是唐代王维《过香积寺》诗中名句。原诗为：

不知香积寺，数里入云峰。
古木无人径，深山何处钟。
泉声咽危石，日色冷青松。
薄暮空潭曲，安禅制毒龙。

王维是历史上有名的参禅的诗人，常以禅入诗。这两句诗写：香积寺高在云峰，诗人独自在人迹不至的山林中攀登，周围古木参天，无法识辨道路，蛮荒幽秘的深林一片沉寂，突然从云峰深处传来了一阵钟声，钟声绵缈悠长，在山林里回响，似乎导引着通往香积寺的道路，钟声里又带着一种神秘的召唤意味，震动着诗人的心灵，成为禅悟的机缘。

古来存老马，不必取长途。

〔鉴赏〕人到暮年，很自然会比况于奔波一生的老马。曹孟德"老骥伏枥，志在千里"便是如此。而杜甫这两句诗与曹设努譬相同，而旨归却迥异。此句出《江汉》：

江汉思归客，乾坤一腐儒。
片云无共远，永夜月同孤。
落日心犹壮，秋风病欲苏。
古来存老马，不必取长途。

首联写客居处境，"乾坤"句极有味道，自鄙而又自负。清龚定盦"苍茫六合此微宫"正用此机杼。中间四句写思归之情与不服老的心态。结句取"老马识途"意，表达了仍思有所作为的愿望。

志士幽人莫怨嗟，古来材大难为用。

〔鉴赏〕古代诗人常有"比德"之笔，松柏竹菊以喻贤士，恶鸟乱草以比奸小。杜甫的《古柏行》正是这种手法的典范。诗人在描写了孔明庙中巨大的古柏的雄伟风姿后，写道：

大厦如倾要梁栋，万牛回首丘山重。
不露文章世已惊，未辞剪伐谁能送？
……
志士幽人莫怨嗟，古来材大难为用。

由树的高大端直，想到堪作栋梁，而大厦正有倾圮之虞，但是，谁能用此绝世奇才呢？最后两句点明题旨：木材如此，人才亦然。实际上，杜甫是以柏自比，故写得古柏栩栩如生，若有灵性。最后结句虽属自慰，却表露出强烈的自负之情。

古来圣贤皆寂寞，唯有饮者留其名。

〔鉴赏〕这是唐代李白《将进酒》（参见"君不见黄河之水天上来""天生我材必有用"条）诗中名句。李白既有生才有用的坚强信念，又有怀才不遇的巨大悲哀。这两句便是这种悲哀的集中体现。试看古来圣贤为国家栖遑奔走，都不免终归寂寞。李白在《行路难》（其三）中就曾说："子胥既弃吴江上，屈原终投湘水滨。陆机雄才岂自保，李斯税驾苦不早。"说古圣贤"寂寞"，其实是李白自我寂寞的写照。"大道如青天，我独不得出"，被深沉的压抑感缠绕着，怎能不"寂寞"呢？那么，只好"且乐生前一杯酒，何须身后千载名。"（李白《行路难》其三）恐怕只有饮酒行乐的人才能够名垂千古吧!这两句正是李白蔑视黑暗仕途、佯狂自我解脱的郁勃激愤之语。

世上岂无千里马？人间难得九方皋!

〔释义〕九方皋，传说中古之相马者。
〔鉴赏〕这是宋代黄庭坚《过平舆，怀李子先，时在并州》诗中名句。原诗为：

> 前日幽人佐吏曹，我行堤草认青袍。
> 心随汝水春波动，兴与并门夜月高。
> 世上岂无千里马？人间难得九方皋!
> 酒船渔网归来是，花落故溪深一篙。

首联前句是说李子先在并州任职卑小，后句言自己在叶县深沦下僚，同是怀才不遇。颔联进一步表现诗人思念故人的深挚感情。颈联表达了诗人怀瑜握瑾而无人赏识的愤懑之情，属对工巧，而以前句之设问逗起后句之感慨，尤显意味深长。尾联描绘了一幅优美图画，是希望李子先能和自己一样，抛弃那微不足道的官位，共度这自由自在的美好人生。

世无洗耳翁，谁知尧与跖!

〔释义〕洗耳翁，指许由。传说尧让帝位于许由，许由认为这话玷污了耳朵，便跪到水边洗耳。尧，传说中古代的贤君。跖，黄帝时的大"盗"，传说中的恶人。
〔鉴赏〕这是唐代李白《古风》（其二十四）中的末两句。唐玄宗后期，宦官专权跋扈，富甲天下；侍奉皇帝的斗鸡徒，也恃宠骄恣，显赫一时。李白这首诗，对这些黑暗现实做了大胆的揭露和抨击。诗的前八句描写了宦官在黄尘滚滚中驱车返回豪华宅第的场景和斗鸡徒冠盖显赫、气焰嚣张、闹得百姓惶恐不安的情状。最后两句设典议论，慨叹世上没有清德之士，定然不辨贤愚，以丑为美，以恶为荣。这两句用典贴切，感情激愤，成为人们常用的愤世嫉俗之语。

世间何物催人老，半是鸡声半马蹄。

〔鉴赏〕这是清代王九龄《题旅店》诗中名句。原诗为：

> 晓觉芳檐片月低，依稀乡国梦中迷。
> 世间何物催人老，半是鸡声半马蹄。

从诗题可知，这是诗人客居旅店时的即兴之作。因是题旅店，故所选景物皆与旅居有关。一声鸡鸣，把客人从温馨甜美的睡梦中唤醒，故乡的景象迷失在朦胧的梦境中，残月西沉，新的一天已经开始，又要在旅途上颠簸奔走了。诗人感慨人生艰难，庸庸碌碌，一年到头总是在为生计营逐奔波。世间什么东西在催人变老？一半是那催人早起的鸡叫声，一半是那带人奔波的马蹄声啊。诗人用形象的语言抒写了时光易逝、流年无情的感喟。

世胄蹑高位，英俊沉下僚。

〔释义〕世胄，世家子弟。下僚，下级属员。
〔鉴赏〕这是晋代左思《咏史八首》（其二）诗中佳句。原诗为：

> 郁郁涧底松，离离山上苗。
> 以彼径寸茎，荫此百尺条。
> 世胄蹑高位，英俊沉下僚。
> 地势使之然，由来非一朝。
> 金张借旧业，七叶珥汉貂。
> 冯公岂不伟，白首不见招。

本诗抒发了作者对西晋门阀制度压抑人才现象的愤慨和不平。此二句以强烈的对比、工整的对仗，写出了世家大族子弟坐至公卿，而英雄贤才却因出身寒门而进身无阶屈沉低位的不平事实，从而揭露了当时"上品无寒门，下品无世族"的黑暗制度，也表现出作者的极度激愤，劲健有力，有独步太康之势。

> 世界无穷愿无尽，海天寥廓立多时。

〔释义〕愿，愿望。

〔鉴赏〕这是清代梁启超《自励二首》（其二）诗中佳句。原诗为：

> 献身甘作万矢的，著论求为百世师。
> 誓起民权移旧俗，更研哲理牗新知。
> 十年以后当思我，举国犹狂欲语谁？
> 世界无穷愿无尽，海天寥廓立多时。

梁启超积极参与变法维新运动，在近代中国有巨大的影响。这两句诗是作者追求真理、充满自信的内心表白。世界是无穷的，所以我追求真理、济世救民的愿望也是永远不会满足的。诗人独立海天之间，更感到历史赋予自己的使命之大，体验到不被人理解的孤独。但"著论求为百世师"，这就是他的宏愿，他对此充满了自信。

> 本是同根生，相煎何太急！

〔鉴赏〕这是三国魏曹植《七步诗》中的名句。原诗为：

> 煮豆持作羹，漉豉以为汁。
> 萁在釜下燃，豆在釜中泣。
> 本是同根生，相煎何太急！

《世说新语·文学》载，曹丕称帝后欲置弟曹植于死地，命曹植在七步之内作诗一首，否则杀头。曹植应声便成，曹丕听后面有惭色，放了曹植。此诗纯用比兴，未言本事，暗含兄弟大义，不应同室操戈之意。尤其后二句，以豆与萁（豆梗）同根而生，象喻丕与植一母同胞，以萁燃煎豆，象喻丕忌害植，妙合无垠，表现了高度的艺术才华。

后世遂以"相煎何急"喻兄弟或内部一方迫害另一方。

东风不与周郎便，铜雀春深锁二乔。

〔释义〕周郎，即周瑜。铜雀，指铜雀台，为曹操晚年作乐之处。二乔，东吴二美女，分嫁孙策与周瑜。

〔鉴赏〕这是唐代杜牧《赤壁》诗中名句。原诗为：

> 折戟沉沙铁未销，自将磨洗认前朝。
> 东风不与周郎便，铜雀春深锁二乔。

诗人由一柄断戟起兴，联想当年赤壁大战周瑜凭借东风侥幸取胜，感喟际遇对人生命运的影响。此句以小见大，不直说双方政治军事情势，而用两个女子的命运间接反映，使读者由此自然生发遐想，若非那场东风，东吴家国沦丧的屈辱及曹操得胜后的骄纵恣肆可想而知。诗人构思之精巧于此可见。

东风夜放花千树。更吹落、星如雨。

〔鉴赏〕这是南宋辛弃疾《青玉案》词中名句。原词为：

> 东风夜放花千树。更吹落、星如雨。宝马雕车香满路。凤箫声动，玉壶光转，一夜鱼龙舞。　　蛾儿雪柳黄金缕，笑语盈盈暗香去。众里寻他千百度，蓦然回首，那人却在、灯火阑珊处。

这是一首元夕词，描绘正月十五热闹景象。开头二句写灯火之盛。两句之妙，在于比喻精致，想象奇美。元宵节令，东风尚未催开百花，却于夜间吹放了地上灯花千树，吹落了天上如雨彩星。词人这里并未直接点出"灯火"二字，但已借纷繁花雨生动形象地渲染了元宵之夜的欢腾气氛。

东边日出西边雨，道是无晴却有晴。

〔鉴赏〕此联出自唐代刘禹锡《竹枝词二首》（其一）。原诗为：

杨柳青青江水平，闻郎江上唱歌声。
东边日出西边雨，道是无晴却有晴。

这是一首民歌体的文人诗，诗的尾联写少女的心理活动：自己暗恋的情郎到底对自己如何呢？她觉得对方的态度有点像黄梅时节的晴雨天，一边出太阳，一边落雨滴，这算是晴呢，还是不晴呢？这里晴雨的"晴"暗指情感的"情"。它是谐声双关语，又是联想比喻。这种表达方式为民间情歌所习用，将纯情少女迷惘、眷恋、猜测、希冀、等待的复杂心情明确而又含蓄地表现出来。

旧山同伴倘相逢，笑尔行藏不如鼠。

〔释义〕尔，你，这里指虎。

〔鉴赏〕这是清代黄景仁《圈虎行》诗中名句。诗中写道：

都门岁首陈百技，鱼龙怪兽罕不备。
何物市上游手儿，役使山君作儿戏。
初舁虎圈来广场，倾城观者如堵墙。
……
汝得残餐究奚补，怅尔羞颜亦更主。
旧山同伴倘相逢，笑尔行藏不如鼠。"

驯虎的杂技是人们乐于观赏的节目。可诗人却从中感受到了更多的东西。老虎本为百兽之王，咆哮山林、威风无比。一旦成为人们娱乐的对象，便失去了往日的威仪，为了得到一点残羹剩饭而甘受人奴役、摇尾乞怜，假如遇到旧日山林中的同伴，它们肯定会笑你连老鼠都不如。诗句表达了对变节丧志者的鄙视和唾弃。

旧时王谢堂前燕，飞入寻常百姓家。

〔释义〕王谢，六朝望族王氏、谢氏的并称，后以王谢为高门世族的代称。

〔鉴赏〕这是唐代刘禹锡《乌衣巷》诗中名句。原诗为：

朱雀桥边野草花，乌衣巷口夕阳斜。

旧时王谢堂前燕，飞入寻常百姓家。

首联以几丛野草、一抹夕阳烘托出了乌衣巷今日的冷落，尾联抛开浅露的抒情，描绘了乌衣巷口归巢的燕子，顺着燕子飞落的方向看到如今的乌衣巷里居住的都是百姓人家了。"寻常"与"王谢"对比，形成了一种强烈的反差，突出了历史变迁的沧桑之感。飞燕意象的设计，看似信手拈来，实则匠心独运。诗人抓住燕子栖息旧巢的特点，加之"旧时"二字，于是燕子便成了乌衣巷昔日繁华与今日荒凉的历史见证，一种沧海桑田的悲凉感便呼之欲出了。几只燕子将此联之意境衬染得如此丰厚深邃，难怪白居易要"掉头苦吟，叹赏良久"了。

旧时天气旧时衣，只有情怀不似旧家时。

〔鉴赏〕这是宋李清照晚年流寓江南时所作《南歌子》词中名句。原词为：

天上星河转，人间帘幕垂。凉生枕簟泪痕滋，起解罗衣聊问夜何其。　　翠贴莲蓬小，金销藕叶稀。旧时天气旧时衣，只有情怀不似旧家时。

词人在秋夜难寐的描绘中抒写孤寂凄苦之情，并借罗衣叙怀。结尾两句巧用三个"旧"字，突出表现今昔巨变、物是人非的痛楚忧伤。"旧时天气旧时衣"勾连着对往昔岁月的深切怀想，然而旧时情怀已一去不返，留下的是深深的惋惜慨叹。两句以寻常言语，写故国之思，字字悲咽，感人至深。

旧时月色，算几番照我、梅边吹笛？

〔鉴赏〕梅花是清高的象征，故赏梅历来被看作高雅之举。咏梅之作，前有林和靖诗，后有姜白石词，俱称绝调。白石的《暗香》词略云：

旧时月色，算几番照我、梅边吹笛？唤起玉人，不管清寒与攀摘。……长记曾携手处，千树压、西湖寒碧。又片片吹尽也，几时见得？

开端三句自为文士所喜，原因在"诸雅毕集"。赏梅，一雅也；月下赏梅，二雅也；倚梅而于月下吹笛，三雅也；此景此情俱往，今日重于月下思量，四雅也；所思者，尚有隐含的赏笛"玉人"，此尤雅也。唯其如此，后世评为："赋梅……真为绝唱。"（张炎语）

旧巢共是衔泥燕，飞上枝头变凤凰。

〔释义〕衔泥燕，比喻平常人。

〔鉴赏〕这是清代吴伟业《圆圆曲》诗中名句。诗中写道：

> 传来消息满江乡，乌柏红经十度霜。
> 教曲技师怜尚在，浣纱女伴忆同行。
> 旧巢共是衔泥燕，飞上枝头变凤凰。

陈圆圆本是苏州歌妓，后来成了吴三桂的夫人，顿时身价百倍。这两句就是从"浣纱女伴"的眼中来看陈圆圆的身世变化的。从前陈圆圆不过同其他姑娘一样，如同衔泥的燕子，过着平常人的生活。一旦得宠，却如同飞上高枝的凤凰，骤贵无比。后来常用这两句来形容那些攀附高枝的女子，带有讽刺意味。

归来宴平乐，美酒斗十千。

〔释义〕平乐，洛阳西门外的平乐观，为汉明帝所造。

〔鉴赏〕这是三国魏曹植《名都篇》诗中名句。原诗写一群洛阳贵族少年的射猎宴饮，借以抒发自己的满怀豪情。诗的前半部极写少年矫健勇武，后半部则铺叙宴会之豪华丰盛：在平乐观大摆宴筵，斗酒万钱，鲤鱼虾子，甲鱼熊掌。这些并非在于突出其豪奢，而是表现其意气风发的豪侠气度，鸣俦啸侣的潇洒逸兴。故此，后世写人逸兴遄飞往往借此意象，李白的"金樽清酒斗十千，玉盘珍馐值万钱"；王维的"新丰美酒斗十千，咸阳游侠多少年。相逢意气为君饮，系马高楼垂柳边"都是以此来表现英勇少年的豪迈气概。

归来笑拈梅花嗅，春在枝头已十分。

〔鉴赏〕以诗境喻禅境，这是宋代禅学的一大特色。然而多数作品顾了说禅便忘了有诗，不免于"押韵语录"之讥。相比之下，某尼的《悟道诗》实为不可多得的佳作：

尽日寻春不见春，芒鞋踏遍陇头云。
归来笑拈梅花嗅，春在枝头已十分。

禅宗讲佛性在我，自足圆成，不假外求。此诗以寻春喻示这一道理，词浅而意深。而作为诗歌，其妙处有二：一为形象鲜明、生动，如"踏遍陇头云""笑拈梅花嗅"俱为传神之笔；二为超越力强，有普遍的象征性。在人生的征途中，向外苦苦求索不得，而蓦然发现于眼前时，那种感受皆与"归来笑拈"的境界相通。

目送归鸿，手挥五弦。

〔释义〕五弦，古乐器五弦琴。
〔鉴赏〕这是三国魏嵇康《赠兄秀才从军》（其十四）诗中名句。原诗为：

息徒兰圃，秣马华山。
流磻平皋，垂纶长川。
目送归鸿，手挥五弦。
俯仰自得，游心太玄。
嘉彼钓叟，得鱼忘筌。
郢人逝矣，谁与尽言。

本诗想象嵇喜在军中的闲情，他射鸟、钓鱼、远眺、弹琴，游心于道，得意忘言。其中"目送归鸿，手挥五弦"被目为千古名句，因为它传神地写出了魏晋名士那种潇洒风神。试想，手中随心地拨弄着古琴，而目光却随意地看着天边的归雁，物我两忘，心境虚彻，神情萧散，恬淡自然。这连画笔都难以表达，无怪乎大画家顾恺之慨叹画"手挥五弦易，目送归鸿难"。

且乐生前一杯酒，何须身后千载名。

〔鉴赏〕这是李白《行路难》（其三）的结句。诗中，他先对伯夷、叔齐饿死首阳的事迹提出质疑，主张"含光混世贵无名，何用孤高比云月"。然后历数了伍子胥、屈原、陆机、李斯功成殒身的教训，吟道：

> 君不见吴中张翰称达生，秋风忽忆江东行。且乐生前一杯酒，何须身后千载名。

张翰，西晋人，见朝政渐萌乱兆，遂托言思乡而辞归。后世以为旷达、见机之代表。李白化用张翰的话，提出了"且乐生前"的人生观，成为后世文人失意时常用的自我宽解用语。此语孤立地看，自有消沉之嫌，但联系封建政治的黑暗事实，其洁身自好、全身远祸之意亦不可断然否定。

且置请缨封万户，竟须卖剑酬黄犊。

〔释义〕请缨，《汉书·终军传》典故，指请求参军立功。酬，同酬，此指购买。

〔鉴赏〕西语有"铸剑为犁"语，辛弃疾有"卖剑酬黄犊"之句，似乎都是企盼和平的意思。细推敲，却大大不然。辛词调寄《满江红》，上阕抒"英雄江左老"之郁愤，下阕转为宽解语：

> 休感慨，浇醽醁。人易老，欢难足。有玉人怜我，为簪黄菊。且置请缨封万户，竟须卖剑酬黄犊。甚当年，寂寞贾长沙，伤时哭？

"且置"两句故作旷达之词——既然报国无门，那么索性终老农桑。其实，骨子里有深沉的不甘与无奈。"卖剑酬黄犊"，抽象地看，是对和平的渴望；但具体到当时，外敌压迫，国仇家恨深重，则非男儿所当为。诗人以"英雄"自命，竟出此拙计，其背后的无奈、牢骚与愤懑不言自喻了。

叩壶自高歌，不顾俗耳惊。

〔释义〕叩壶，敲击玉唾壶，语出《世说新语·豪爽篇》。

〔鉴赏〕这是明代高启的《青邱子歌》诗中名句。全诗较长，诗人以自由奔放的歌行体，淋漓尽致地抒写了自己不羡功名利禄、不为礼法所拘、狂放不羁、恃才傲物的性格。"叩壶自高歌，不顾俗耳惊"，就十分传神地表现了这一点。《世说新语》记载王敦酒后，常常咏诵曹操的诗句"老骥伏枥，志在千里，烈士暮年，壮心不已"，以铁如意击玉唾壶作节奏，把壶口都敲得缺损了。后来常用"叩壶""壶缺"来表现慷慨豪爽的气概。诗人在这里说，叩壶高歌，意气自若，哪里顾得上会引起世俗之人的惊愕和不满呢？

只可自怡悦，不堪持寄君。

〔鉴赏〕这是南朝梁著名隐士"山中宰相"陶弘景《诏问山中何所有赋诗以答》诗中名句。原诗为：

> 山中何所有？岭上多白云。
> 只可自怡悦，不堪持寄君。

本诗传达出作者高蹈遗世的潇洒情怀。诗人通过对白云的"怡悦"，准确地传达了自己弃却尘俗、敝屣轩冕的出世态度，他喜欢白云那卷舒自由毫无挂碍的飘逸，不愿陪君伴主事奉王侯。他与帝王是一种平等的朋友关系，他想让朋友分享他的隐逸之乐，但帝王既不能脱身国事，而代表诗人情怀的白云又不能手持相送，只好遗憾而已。这种构写一种虚不能持但又代表自己性情的东西欲赠人而不能的手法，被后人所采用，张九龄《望月怀远》中说月光"不堪盈手赠，还寝梦佳期"，不就是吗？

翠辇一去暮云萧断

泪烛垂下不见峨嵋

年年夜夜月共人未隐

庚戌仲夏书于

菊花芒芒人自书

只在此山中，云深不知处。

〔鉴赏〕这是唐代贾岛《访隐者不遇》诗中名句。原诗为：

> 松下问童子，言师采药去。
> 只在此山中，云深不知处。

这首诗要表现的是那位并未露面的隐者。这位隐者与青松为邻，以白云为伴，摆脱世事，自由自在，其高洁洒脱情怀自可想见。诗中以诗人与童子的问答侧面表现。"松下"言隐者居处的环境，富有寓意。"只在此山中，云深不知处"两句为童子应答之词，说这位隐者采药于深山，藏形于白云，来去无踪，不知所在，从而把一个不与世事、远离尘嚣的高人逸士的形象不着痕迹地展现出来。

只要姚崇还作相，君王妃子共长生。

〔释义〕姚崇，唐朝开元间的著名贤相。
〔鉴赏〕这是清代袁枚《再题马嵬驿》（其一）诗中名句。原诗为：

> 不须铃曲怨秋声，何必仙山海上行？
> 只要姚崇还作相，君王妃子共长生。

唐玄宗和杨贵妃荒淫误国的故事，引起历代人无数的慨叹。这首诗针对白居易《长恨歌》里所写唐玄宗在杨贵妃死后思念不已的情景展开议论，说唐玄宗既不必"夜雨闻铃"而肠断，也不必"上天入地求之遍"，而相见于虚无缥缈的仙山，只要仍然任用姚崇这样的贤相，而不让李林甫、杨国忠把持朝政，唐玄宗和杨贵妃就会享国久远，共践长生殿上长相厮守的盟誓。诗句表现了诗人任用贤能的历史观点，也微露对玄宗咎由自取的讽刺。

只恐双溪舴艋舟，载不动许多愁。

〔鉴赏〕这是宋李清照晚年遭逢乱离避难金华时所写《武陵春》（参见"物是人非事事休，欲语泪先流"条）词中名句。此为全篇结尾。词人在极言眼前春色之零落，心境之凄苦后，将词意宕开，写自己有心以泛舟双溪排遣苦闷。然而，词人的苦愁之多之浓，岂是一叶小舟所能承载的呢？"只恐"二句以夸张的比喻写愁情，将无形之愁物质化，使之似乎有体积，有重量，再以舟小反衬愁多。想象新颖奇特，言情婉曲幽深，细致入微而又自然妥帖地勾画出人物的内心世界，生动揭示了家国之难给词人带来的愁情之深重。

只恐夜深花睡去，故烧高烛照红妆。

〔鉴赏〕赏花为文人雅事，吟咏佳作甚多，而宋代苏轼这一联尤称其中翘楚。诗出《海棠》：

> 东风嫋嫋泛崇光，香雾空濛月转廊。
> 只恐夜深花睡去，故烧高烛照红妆。

前两句写微风月下海棠之美，后两句写诗人赏玩之兴。"只恐"一联用典而无迹。《太真外传》载玄宗以"海棠睡未足"喻贵妃之醉态。东坡此语以字面解，即普通拟人方法，谓烧高烛相照，驱除海棠睡意，以尽观赏之兴。若深入一层，则以美人之慵倦神态喻海棠之娇美，遂赋花以灵动生气，而爱花惜花之情亦因而加深。故惠洪赞为"造语之工""尽古今之变"。

兄弟阋于墙，外御其务。

〔释义〕阋，争斗。务，侮。
〔鉴赏〕这是《诗经·常棣》中的名句，出自其第四章：

> 兄弟阋于墙，外御其务。每有良朋，烝也无戎。

原诗主题在劝进兄弟之爱。本章讲在关键时刻，兄弟之助胜于朋友。其反映了中国古代宗法社会中血缘关系胜过地缘、业缘关系的现象。兄弟们可能会为一些内部矛盾在家中相争，但一有外侮，马上同心协力一致对外，抗击共同的敌人。此二句很适合中国漫长封建社会的情况，因而久被引用，成为成语。后世将兄弟之争称为"阋墙"，将内争外侮称为"阋侮"，将家庭内部争吵不和称为"阋墙谇帚"，均出于此。

出门一笑大江横。

〔鉴赏〕唐僧皎然论师法前人的途径时，指出有"偷句""偷意""偷势"之不同，而"偷势"乃极高明手段。黄庭坚此句便由杜诗中"偷势"而来。句出《王充道送水仙花五十支》：

> 凌波仙子生尘袜，水上轻盈步微月。
> 是谁招此断肠魂？种作寒花寄愁绝。
> 含香体素欲倾城，山矾是弟梅是兄。
> 坐对真成被花恼，出门一笑大江横。

前六句写水仙之仪态风韵，尾联忽然截断：独对幽卉，意动心摇，振衣出门却见大江横阔涌流，不禁纵声一笑，顿觉天高地广。这与杜甫《缚鸡行》结句"鸡虫得失无了时，注目寒江倚山阁"同一机杼：以广阔悠远境界表现心理的飞跃超脱升华。两相比较，杜诗悠远沉静，黄诗疏狂阔大，而余味悠长则伯仲间耳。

出自幽谷，迁于乔木。

〔鉴赏〕这是《诗经·伐木》中的名句，出自其首章：

> 伐木丁丁，鸟鸣嘤嘤。出自幽谷，迁于乔木。嘤其鸣矣，求其友声。
> 相彼鸟矣，犹求友声；矧伊人矣，不求友生？神之听之，终和且平。

原诗是享宴亲友的乐歌，意在说明交友的重要，在开端以鸟鸣求友起兴。此二句写鸟儿从幽谷中飞到高高的乔木上，寻求朋友。自孟子说诗，把它用为进取向上的象征："吾闻出于幽谷迁于乔木者，未闻下乔木而入于幽谷者。"故后世用"乔迁"代指职位升迁，如唐人张籍诗："满堂虚左待，众目望乔迁。"又以它代指迁居，如贺他人喜迁新居则谓之"乔迁之喜"，即出此。

出师未捷身先死，长使英雄泪沾襟。

〔鉴赏〕此为杜甫《蜀相》（参见"三顾频烦天下计"条）一诗的尾联。诗写诸葛亮胸怀平定天下的绝大谋略，又秉忠贞勤勉的品性，理当成就不世之功业。然后陡地一转：无奈天数与命运，北伐未果而星殒五丈原，千古之下，使英雄思之，无不伤感落泪。"英雄"何指？既指关心国计民生而秉高风亮节者，也包括作者自己在内。英雄洒泪，一则为孔明惋惜，一则为自家壮志难酬伤感。后世引用此联，也往往着意在这两方面。

丛菊两开他日泪，孤舟一系故园心。

〔释义〕他日，向日，前日。

〔鉴赏〕在杜甫的律诗中，《秋兴八首》历来以其恢宏、严整而为论者重视。作为这组诗之"序"的第一首云：

> 玉露凋伤枫树林，巫山巫峡气萧森。
> 江间波浪兼天涌，塞上风云接地阴。
> 丛菊两开他日泪，孤舟一系故园心。
> 寒衣处处催刀尺，白帝城高急暮砧。

诗的前半写登城楼所见秋景，"塞上"这里指夔州一带。在极力渲染了萧森肃杀的悲秋氛围后，自然转向了怀乡思归的主题：滞留此地已两见菊开，中间洒下多少感伤之泪？至今仍如一叶孤舟，为缆绳所系，身不由己，徒为思乡之心愿所苦。这一联属对工稳，意象生动，极凝练。

君看赤壁终陈迹，生子何须似仲谋。

〔**释义**〕仲谋，三国东吴君主孙权之字。

〔**鉴赏**〕中国士人历史意识浓厚，故咏史诗蔚为大观。有趣的是，同一史实，在不同诗人笔下会有完全相反的意味。三国孙权大略雄才，克绍父兄霸业，连敌对的曹操都赞叹："生子当如孙仲谋。"后世多用此典表达对英雄人物的赞颂与向往，如辛弃疾词云："天下英雄谁敌手？曹刘。生子当如孙仲谋。"而宋代陆游《黄州》诗中的这两句则反其意，表达了旷达而略带颓废的情绪。这当然是迫于情势的无可奈何之语。原诗为：

> 局促常悲类楚囚，迁流还叹学齐优。
> 江声不尽英雄恨，无意无私草木秋。
> 万里羁愁添白发，一帆寒日过黄州。
> 君看赤壁终陈迹，生子何须似仲谋。

生女犹得嫁比邻，生男埋没随百草！

〔**释义**〕比邻，近邻。

〔**鉴赏**〕杜甫是一位富有人道主义思想的诗人，一贯反对统治者穷兵黩武的政策。《兵车行》是他的反战名篇，结尾处写道：

> 信知生男恶，反是生女好。生女犹得嫁比邻，生男埋没随百草！君不见，青海头，古来白骨无人收。新鬼烦冤旧鬼哭，天阴雨湿声啾啾。

重男轻女，是中国封建社会的通行观念。现在，残酷的现实迫使人们改为重女轻男，这当然是不正常的。在反常的心态中，反映出战争带给人们的巨大冲击和心灵创伤。

生当作人杰，死亦为鬼雄。

〔**鉴赏**〕这是宋代女诗人李清照《夏日绝句》诗中名句。原诗为：

生当作人杰，死亦为鬼雄。

至今思项羽，不肯过江东。

靖康二年（1126），北宋王朝在金兵大举入侵之下土崩瓦解，徽、钦二帝沦为金人阶下之囚。高宗赵构不思恢复，反如惊弓之鸟，望风南逃。诗人不禁想起垓下战败，因无颜见江东父老而自刎乌江的西楚霸王项羽，崇敬之情溢于言表。前两句，属对极其精工，音节铿锵有力，充满了豪壮之气，言表赞项羽雄杰气概，言外鄙南宋君臣之懦弱无能，诚可谓"微言大义"。这两句诗，传唱千古，成为仁人志士砥砺节操的宝贵箴言。

生男慎莫举，生女哺用脯。

〔释义〕举，抚养。哺，喂养。脯，熟肉。

〔鉴赏〕这是秦始皇时民歌《长城歌》中的名句。据载，秦始皇使蒙恬筑长城，死者相属，民歌曰：

生男慎勿举，生女哺用脯。

不见长城下，尸骸相支拄。

诗歌反映了秦始皇的苛虐暴政以及百姓的深重苦难。此二句抓住了暴政带来的反常现象，显得十分惊警动人：生了男孩切莫抚养，生了女孩要用好食品喂养。在重男轻女、以男子为主要支柱的封建社会，这肯定会引起人们的惊异，继而要探究其原因，后二句就揭示了：男子都死于修筑长城。杜甫"信知生男恶，反是生女好，生女犹得嫁比邻，生男埋没随百草"，即得此意。而白居易"遂令天下父母心，不重生男生女"则反用此法，异曲同工。

生无一锥土，常有四海心。

〔释义〕一锥土，极言其小。

〔鉴赏〕这是清初顾炎武《秋雨》诗中名句。诗中写道：

生无一锥土，常有四海心。
流转三数年，不得归园林。
……
客子何所之，停骖且长吟。
夸父念西渴，精卫怜东沉。
何以解吾怀，嗣宗有遗音。

顾炎武在明亡后，积极参与抗清斗争，后被仇人陷害，被迫离家远行。"身无一锥土"，语意双关。一是说自己破家远游，无处安居，一是身处异族统治之下，普天之下，皆非故国江山。但虽无立锥之地，却常怀拯救天下之心，遂与前句形成鲜明对照，成为表现贫士忧国的壮语。

乍识面人偏入梦，不关心事忽沉思。

〔释义〕乍，刚刚。

〔鉴赏〕这是清代洪亮吉《偶成》（其一）诗中名句。原诗为：

哀乐中年讵可支？未衰恐已鬓添丝。
遭谗真悔知名早，投隙方嫌见性迟。
乍识面人偏入梦，不关心事忽沉思。
平生学行吾能审，岂待悠悠论定时！

当一位正直的人屡屡遭受挫折打击、谗害诋毁时，人生的辛酸苦辣百般况味交织在心头，怎能不感慨万端。这首诗便是写诗人这种心态的。"乍识"两句通过一种矛盾状况的反思，揭示了人物内心世界的复杂，"偏入梦""忽沉思"曲折反映出对国事民生不能忘怀的积极人生态度。

乍见翻疑梦，相悲各问年。

〔鉴赏〕惜别是诗文传统题材，历代多有佳作。在这种情况下，很难翻出新意。唐人司空曙的《云阳馆与韩绅宿别》别具匠心，因而备受论者好评。诗云：

> 故人江海别，几度隔山川。
> 乍见翻疑梦，相悲各问年。
> 孤灯寒照雨，湿竹暗浮烟。
> 更有明朝恨，离杯惜共传。

　　首联写过去的久别，次联写偶然相逢，五、六两句景语暗示联榻夜话，最后落到惜别题旨。由聚首写到离别，相聚之情愈真挚，离别之意愈深厚，这便是司空曙独出心裁的地方。"乍见"一联把老友偶然重逢的欣喜、感慨刻画得栩栩如生，为下文的惜别做了有力的铺垫。

乍暖还寒时候，最难将息。

〔**释义**〕将息，调养、休息。

〔**鉴赏**〕这是宋李清照晚年所作《声声慢》（参见"寻寻觅觅，冷冷清清，凄凄惨惨戚戚"条）词中名句。此词作于秋季。这两句描写秋日清晨朝阳初升、晓寒犹重的情景。作者从眼前生活落笔，叙写愁情。女主人公"最难将息"的原因，原本主要在于处境孤凄，心境难堪，但词人并不直言，而在字面上独归之于天气，含蓄的笔致中隐现愁情。

白下有山皆绕郭，清明无客不思家。

〔**释义**〕白下，即今南京。郭，城郭。

〔**鉴赏**〕这是明代高启《清明呈馆中诸公》诗中名句。原诗为：

> 新烟着柳禁垣斜，杏酪分香俗共夸。
> 白下有山皆绕郭，清明无客不思家。
> 卞侯墓上迷芳草，卢女门前映落花。
> 喜得故人同待诏，拟沽春酒醉京华。

　　诗歌是人们真实情感的表达，而情感的表达贵在含蓄蕴藉，言有尽而意无穷，方有令人回味的韵致。青山本是无生命无情感的自然存在,可是诗人却觉得金陵周围的青山都是那样情深意长地环绕着城郭。而清明时节,身居他乡的游子哪能不思念自己温暖的家呢?一"有",一"无",使自然和心灵达到了一种契合。

白马饰金羁,连翩西北驰。

〔**释义**〕羁,马笼头。连翩,轻捷矫健的样子。

〔**鉴赏**〕这是三国魏曹植《白马篇》诗中名句。原诗一开始是这样的:

> 白马饰金羁,连翩西北驰。
> 借问谁家子,幽并游侠儿。

本诗主要通过歌颂爱国少年的英勇来表达诗人为国建功立业的壮志。起首二句,既警且奇,突兀而起,气势不凡。白色骏马,黄金笼头,色彩鲜明生动。连翩,本是鸟儿飞翔时的轻捷矫健之状,更为飞驰的骏马少年增添了几分勇武英俊。正因如此,它成为描写英雄武将的名句,隋卢思道《从军行》"犀渠玉剑良家子,白马金羁侠少年",李贺"将军驰白马,豪彦骋雄材",均取材于此。

白,也是眼;青,也是眼。

〔**释义**〕白眼,用白眼珠看人,以示轻蔑、憎恶;青眼,用黑眼珠看人,以示尊重、喜爱。

〔**鉴赏**〕这是元代乔吉《中吕·山坡羊·寓兴》中的名句。原曲为:

> 鹏搏九万,腰缠十万,扬州鹤背骑来惯。事问关,景阑珊,黄金不富英雄汉,一片世情天地间。白,也是眼;青,也是眼。

这支小令以超然物外的态度,审视变化无常、冷暖炎凉的世情,表示了对俗世价值标准——功名、豪富、仙游的否定,表达了诗人置毁誉于度外的人生哲学。

白云回望合，青霭入看无。

〔释义〕霭，云气。

〔鉴赏〕这是唐代王维《终南山》诗中名句。原诗为：

> 太乙近天都，连山接海隅。
> 白云回望合，青霭入看无。
> 分野中峰变，阴晴众壑殊。
> 欲投人处宿，隔水问樵夫。

诗人置身终南山上，回观来路，只见白云在身后渐渐聚拢，在脚下弥漫、升腾着，来路已不可辨识；往前看，青云迷蒙，深入其中，云气反而又消失不见了。细看云不是云，远观云还是云，烟云的幻灭带有一种神秘的意味，暗合"见山是山，见水是水……见山不是山，见水不是水……依前见山只是山，见水只是水"的禅家证悟过程。这一联诗有禅味，而无禅语。

白头宫女在，闲坐说庄宗。

〔鉴赏〕这是唐代元稹《行宫》诗中名句。原诗为：

> 寥落古行宫，宫花寂寞红。
> 白头宫女在，闲坐说玄宗。

这里的行宫，即洛阳的上阳宫。玄宗天宝末年，有很多宫女"潜配"上阳宫，此后即幽闭于此，这首诗言数十年后的行宫和宫女的寂寞情形。古行宫是寂寥冷落的，宫花自红，无人欣赏，甚至无人得见，其冷落可知。宫女也是寂寞难耐的，唯以闲坐闲谈消遣日月，打发时光。这首诗以深邃的意境、隽永的语言，倾诉了宫女无限哀怨之情，同时寄托了诗人深沉的兴亡之感。

白发三千丈，缘愁似个长。

〔鉴赏〕这是唐代李白《秋浦歌》（其十五）诗中名句。原诗为：

白发三千丈，缘愁似个长。
　　不知明镜里，何处得秋霜。

　　诗人揽镜自照，看到满头白发已若秋霜，禁不住感喟万分。"白发三千丈"，劈空而来，骇人心目：白发怎么能有三千丈？无法理解。读到下句豁然明白，原来"三千丈"的白发是因愁而生，缘愁而长。文学夸张的成功与否，关键在于感情是否真实。李白才不世出，却一生遭受压抑排挤，鬓染秋霜，壮志未酬，这种拗折心肠的痛苦怎能没有"三千丈"呢？这样写，既恰切地表达了诗人内在感受的真实性，又赋予诗歌外在形象以更大的感染力，收到了出乎常情又入于人心的效果。

　　　　白发无情侵老境，青灯有味似儿时。

〔鉴赏〕读书人一旦得个中三昧，自会终生好此不倦。宋代陆游这一联便是描写这方面体会的名句，出自《秋夜读书每以二鼓尽为节》：

　　　　腐儒碌碌叹无奇，独喜遗编不我欺。
　　　　白发无情侵老境，青灯有味似儿时。
　　　　高梧策策传寒意，叠鼓冬冬迫睡期。
　　　　秋夜渐长饥作祟，一杯山药进琼糜。

　　这首诗描写寒儒夜读情景，亲切自然而有韵致。颔联尤有意味：初生的白发无情地显示已逼近了老境，只有捧起书本时，才觉得兴味盎然不减少年。此联之妙在于两句的反差：前句曰"无情"、曰"侵"，流露出无奈与悲凉；后句曰"有味"、曰"儿时"，则生趣洋溢，愈显书中三昧之可贵。

　　　　金印煌煌未入手，白发种种来无情。

〔鉴赏〕壮志难酬，徒伤老大，是古来才智雄杰之士的共同悲哀。宋代陆游的《长歌行》把这种心情表现得淋漓尽致，略云：

人生不作安期生，醉入东海骑长鲸；
犹当出作李西平，手枭逆贼清旧京。
金印煌煌未入手，白发种种来无情。
成都古寺卧秋晚，落日偏傍僧窗明。
岂其马上破贼手，哦诗长作寒螀鸣？
　……

开篇四句谈人生的理想境界，写得阔大雄壮。接下来，陡然一转，回到现实处境中。"金印煌煌"指事功之权柄，"白发种种"写衰老之容貌。这两句由于形象鲜明，对比强烈，给读者留下深刻印象。下文再以"秋晚""落日""僧窗""寒螀"反复渲染，更增惆怅、无奈之悲哀。

白甚么改了姓、更了名，唤做汉高祖！

〔鉴赏〕这是元代睢景臣《般涉调·哨遍·高祖还乡》中的名句。全套曲由七支曲牌组成，以乡民的口吻淋漓尽致地勾勒了汉高祖刘邦衣锦还乡时的排场与神情，披露了他卑微时的劣行与丑态。这几句曲词出于《尾声》一曲：

少我的钱差发内旋拨还，欠我的粟税粮中私准除。只道刘三，谁肯把你揪摔住？白甚么改了姓、更了名，唤做汉高祖！

全套曲嬉笑怒骂皆成文章，而这几句更成"豹尾"，"急并响亮"。"汉高祖"是什么？不过是"刘三"的改名换姓。这不但撕掉了罩在刘邦身上的神灵的圣衣，还其本来面目，而且对至上的皇权主义表示了无限的轻蔑。

白鸥没浩荡，万里谁能驯！

〔鉴赏〕这是杜甫《奉赠韦左丞丈二十二韵》（参见"读书破万卷""纨绔不饿死"两条）一诗的结尾。此诗是赠尚书左丞韦济的，目的在于得到他的汲引提拔，以摆脱困居长安的窘境。但杜甫毕竟有傲骨，故虽属求援，却无摇尾乞怜之态，而是说：倘不能得到援助，就要飘然远引，如白鸥消逝于万里烟波之间，摆脱社会所加的一切羁绊。鸥鸟的形象隐含有天然自在的意味，《庄子》中用来象征自然纯真的状态。老杜把它放在"万里""浩荡"的广阔背景之上，更赋予其俊爽、逍遥的英姿。

他生未卜此生休。

〔释义〕他生，来世。卜，预知。

〔鉴赏〕来生、转世之说，虽乏实证，但人们往往宁信其有。原因在于人生总是充满了憾事，此生已无奈，只好寄希望于来世，以抚慰失望的心灵。唐代李商隐此句却一反常人心理，指出来世实不可知，而此生之无望乃不可移。句出《马嵬》：

> 海外徒闻更九州，他生未卜此生休。
> 空闻虎旅鸣宵柝，无复鸡人报晓筹。
> 此日六军同驻马，当时七夕笑牵牛。
> 如何四纪为天子，不及卢家有莫愁？

这是题咏玄宗与杨妃悲剧的，首联针对《长恨歌》所涉及的"仙界再结连理"传说而发，指出其缥缈难凭。而"他生未卜"句由于所反映的绝望情绪相当普遍（虽程度有轻重），便超越了诗中的具体对象，成为表达人生遗憾的常用语。

仍怜故乡水，万里送行舟。

〔鉴赏〕这是唐代李白《渡荆门送别》（参见"山随平野尽"条）诗中名句。李白船过荆门，进入楚域，算正式和自己的故乡蜀中告别了。题目"送别"之意，正在于此。诗人初到荆门，充满对新天地的礼赞和陶醉，自然是喜悦感占据了心灵；可是故乡的一片热土，山山水水，是哺育自己成长的地方，又怎能割舍呢？于是一缕对故乡依恋思念之情又不禁涌上心头。"仍怜故乡水，万里送行舟。"诗人不说自己如何思念故乡，而说这长江中的故乡之水，怀着深情厚谊一路送我万里远行。从对面写来，越发显出自己思乡的深情，语似淡婉而情实厚重，言有尽而意无穷。所以王夫之《唐诗评选》云："结二语得象外于环中。飘然思不穷，唯此当之。"

尔曹身与名俱灭，不废江河万古流。

〔释义〕尔曹，你们这些人，蔑称。

〔鉴赏〕杜甫虽被后世尊为"诗圣"，生前在文坛却没有很大影响。他目睹当时"时髦青年"的创作倾向，十分不满，作《戏为六绝句》加以批评。其二云：

> 王杨卢骆当时体，轻薄为文哂未休。
> 尔曹身与名俱灭，不废江河万古流。

王杨卢骆是"初唐四杰"，曾对唐诗发展做出很大贡献。而当代的轻薄子们眼高手低，对他们肆意讥贬。杜甫轻蔑地说：你们这些人百年后形神俱灭，而四杰所代表的诗歌正流将万古奔腾。后世多在政论和史评中借用"尔曹"一联，指斥逆潮流而动的轻薄人物。

外厉贞素谈，户内灭芬芳。

〔释义〕厉，高扬。贞素，纯正。芬芳，高尚的德行。

〔鉴赏〕这是三国魏阮籍《咏怀》（其六十七）诗中名句。其上下文是这样的：

> ……
> 堂上置玄酒，室中盛稻粱。
> 外厉贞素谈，户内灭芬芳。
> 放口从衷出，复说道义方。
> ……

本诗生动地揭露了所谓鸿儒的虚伪行径。此二句以强烈的对比，概括了他们言行不一、口是心非的丑恶嘴脸。他们在外表上高谈冠冕堂皇的名教礼法，在家中却道德沦丧、荒淫无耻。这种强烈的反差，集中在一联之内，力量更其巨大。唐高祖谓苏世长"名长意短，口正心邪"，俗谓"一口仁义道德，满腹男盗女娼"，即此类也。

鸟飞反故乡兮，狐死必首丘。

〔释义〕反，通"返"。首丘，头朝向山丘。

〔鉴赏〕这是屈原《哀郢》中的名句，在全诗末尾。其上下文是这样的：

> 曼余目以流观兮，冀壹反之何时？鸟飞反故乡兮，狐死必首丘。信非吾罪而弃逐兮，何日夜而忘之！

本诗是《九章》的第三篇，是屈原流放后追怀离去郢都时的作品。此二句用鸟兽为喻，表达了至死不渝的思国怀乡之情。据说鸟飞千里终归故林，狐狸临死头向旧丘，诗人借此抒发了自己爱国思乡的强烈感情，极为动人。无怪乎后人评论说"此屈子抚今追昔血泪并落者也。嗟乎，鸟倦飞而知还，狐死犹冀首丘，况人乎哉？行文至此，有一恸而绝之意焉。"

鸟宿池边树，僧敲月下门。

〔鉴赏〕这是唐代贾岛《题李凝幽居》诗中名句。这首诗描写隐士李凝居处的幽寂清冷。其中这两句形象最为生动别致，为全诗之警策，历来为人传诵。这两句写夜晚的宁静，摄取两个画面，皆用反衬。鸟儿栖息在水池旁边的树上，发出断断续续的躁动声，声音之轻微，反衬出环境的安宁闲静。这时，有僧夜归，敲门之声使月下幽居显得更加幽寂。"敲"字颇费锤炼，以响动示静寂，恰到好处。传说，贾岛曾与韩愈讨论此处用"推"或用"敲"之优劣，故而有"推敲"一语形容文章斟酌字句，沿用至今。

对酒当歌，人生几何？

〔**释义**〕当，面对。

〔**鉴赏**〕这是三国魏曹操《短歌行》诗中名句。该诗开端几句是：

> 对酒当歌，人生几何？
> 譬如朝露，去日苦多。

本诗原是抒发诗人叹惜时光流逝和渴求贤才心情的。起首二句，以一疑问方式提出了人生短促的命题。作者先从眼前酒席歌舞说起，对酒当歌，欢娱非常。但第二句马上切入主题，做了一个强有力的转折：人生几何？答案在不言之中：人生无几。那么，怎样对待这短暂有限的人生？是颓废消沉及时行乐，还是积极进取奋发向上？联系全篇来看，诗人显然持后一种态度。这个开端警动人心，十分有力。

对案不能食，拔剑击柱长叹息。

〔**释义**〕拔剑击柱，用《史记·刘敬叔孙通列传》典："群臣饮酒争功，醉或妄呼，拔剑击柱。"

〔**鉴赏**〕这是南朝宋鲍照《拟行路难》（其六）诗中名句。其开端四句云：

> 对案不能食，拔剑击柱长叹息。丈夫生世会几时，安能蹀躞垂羽翼！

原诗写诗人怀才不遇的愤慨心情。刘宋仍实行门阀制度，鲍照出身寒门，被称为"才秀人微"，不被信用，因此写出了这样激愤不平的诗句。其妙在连用几个动作：不能食、拔剑击柱、长叹息，用行为来表现胸中极度愤懑的怒火，十分传神。后世怀才不遇之士多用此意，如李白《行路难》："金樽清酒斗十千，玉盘珍馐直万钱，停杯投箸不能食，拔剑四顾心茫然。"

萧萧数株木，依附石之阯

辟如穷落人，滥得傳

君子冰霜日，夕巖根帶

稿欲死終不羨桃李歲

晚何如耳　唐寅

对潇潇暮雨洒江天，一番洗清秋。

〔鉴赏〕这是北宋柳永《八声甘州》（参见"想佳人妆楼颙望，误几回，天际识归舟"条）词中名句。词的上阕着意描绘异乡秋景：

> 对潇潇暮雨洒江天，一番洗清秋。渐霜风凄紧，关河冷落，残照当楼。是处红衰翠减，苒苒物华休。惟有长江水，无语东流。

这里通过游子目之所及，展现秋天肃杀景象，为下阕抒写离情别绪作烘托。开端两句不仅点明季节、时辰以及凉雨泼洒的自然景致，而且从中透示出游子内心的凄凉悲切之情。一个"对"字，隐然可见词人登高临远、纵目天涯的孤独身影。两句将作者心头之秋与眼中之秋融为一体，气肃神清，境界高绝。

六画

江山代有才人出，各领风骚数百年。

〔释义〕代，这里是代代的意思。风骚，指《诗经》和《楚辞》，这里指文坛。

〔鉴赏〕这是清代赵翼《论诗》（其二）中的名句。原诗为：

> 李杜诗篇万口传，至今已觉不新鲜。
> 江山代有才人出，各领风骚数百年。

李白、杜甫是中国古代最杰出的诗人，他们的诗篇万口传诵、家喻户晓。但时代在发展，表现自己思想感情的诗歌也应该随着时代发展。李、杜再伟大，表达的也是他们自己的感情，不能代替现在人们自己的创造。历史代代相传，每个时代都有杰出的人才出现，他们同样会主持文坛，开创自己时代的新诗风。诗人以发展的眼光看待人才，雄视古今，气魄不凡。

卷土重来未可知，江山亦要伟人持。

〔释义〕持，扶持、支持。

〔鉴赏〕这是清代丘逢甲《离台诗》中的名句。原诗为：

> 卷土重来未可知，江山亦要伟人持。
> 成名竖子知多少，海上谁来建义旗？

丘逢甲是杰出的民族英雄。甲午战争后，台湾被割让给日本，丘逢甲奋起抗日，失败后被迫离台。这首诗便写他离台时的悲愤和立志收复台湾的决心。现在台湾沦陷，我不得不离开，但总有一天我会卷土重来的。大好的江山，还得须有伟大人才出来领导支持。你看那沽名钓誉的小人不知有多少，可有谁想着高举义旗，收复失地呢？"江山亦要伟人持"一句，表现了强烈的期待和自信，警策深刻。

江山如有待，花柳自无私。

〔鉴赏〕杜甫在四川时，曾两次游览新津的修觉寺，第二次写下了《后游》：

> 寺忆曾游处，桥怜再渡时。
> 江山如有待，花柳自无私。
> 野润烟光薄，沙暄日色迟。
> 客愁全为减，舍此复何之？

　　前面四句先述重游之乐，五、六两句写即目所见，最后再写心情与感想。"江山如有待"两句使用了移情的手法：江山已是旧识，仿佛期待着老友的到来；花柳若有情愫，尽呈娇妍之姿。后来常以此联形容与大自然契合融洽的心境。

江天一色无纤尘，皎皎空中孤月轮。

〔鉴赏〕这是唐代张若虚《春江花月夜》（见"春江潮水连海平，海上明月共潮生"一条之说明）诗中名句。诗中描写皎洁的月光流洒于天地之间，千万里春江银波滟滟，江水曲折宛转，像一条银色绸带，花草、树木、沙滩也尽染银辉，空气里都仿佛凝了一层白霜。天地间洁净得没有一丝尘埃，越发显得夜空中的月，那样圆，那样大，深情而专注地凝望着人间。以穹宇衬明月，愈显月之清华皎洁。

江左沉酣求名者，岂识浊醪妙理！

〔释义〕江左，江东，此指南朝。浊醪，酒。
〔鉴赏〕诗中写酒，前有渊明，后有李杜苏辛。宋代辛弃疾此句把酒人的自得、自傲写得淋漓尽致，于酒词中别开一生面。句出《贺新郎》词，下阕道：

- 171 -

一尊搔首东窗里，想渊明《停云》诗就，此时风味。江左沉酣求名者，岂识浊醪妙理！回首叫，云飞风起。不恨古人吾不见，恨古人、不见吾狂耳。知我者，二三子。

词写对陶渊明的遥想之意、仰慕之情。陶渊明诗酒寄傲，自得人生真意。相比之下，那些汲汲于功名利禄者，显得何等可怜可悲。"江左"二句妙在以"沉酣"于名利者与沉酣于浊醪者对比，显示出同为醉心，人生境界之高下大不相同。

江东子弟多才俊，卷土重来未可知。

〔释义〕江东，即长江以南，为项羽举事处。

〔鉴赏〕这是唐代杜牧脍炙人口的咏史佳句，诗为《题乌江亭》：

> 胜败兵家事不期，包羞忍耻是男儿，
> 江东子弟多才俊，卷土重来未可知。

后人多认为，项羽乌江自刎，乃壮烈之举。杜牧却不以为然：胜败兵家常事，无法预料，忍辱负重方是男儿本色。倘若项羽回江东重整人马，那么重新打败刘邦，或未可知。全诗豪迈雄健，激励人们面对失败百折不挠。"卷土重来"一句尤具气势，为历代传唱。此句一反成说，用"江东子弟""卷土重来"这一颇具情势的假想，来批评项羽的半途而废，生动而深刻。

江南无所有，聊赠一枝春。

〔释义〕聊，且。

〔鉴赏〕这是南朝宋陆凯《赠范晔》诗中名句。原诗为：

> 折花逢驿使，寄与陇头人。
> 江南无所有，聊赠一枝春。

作者在千里之外的江南，给身在关陇的朋友寄去一折梅花，诗人不称之为梅，而是把它虚化泛化为一个"春"字，梅开是早春到来的象征，故化实为虚，名之曰"春"，诗就显得空灵。再者，春，可以泛指生机，温暖，其中包含着诗人的深厚友谊和衷心的祝福。千里寄梅，本身就是富有文化意味的行为，比寄实用之物更多几分诗意。王维反用其意，让友人自采红豆，异曲同工："红豆生南国，春来发几枝。劝君多采撷，此物最相思。"

> 江南可采莲，莲叶何田田，鱼戏莲叶间。

〔**释义**〕田田，莲叶在水面上挺秀之貌。

〔**鉴赏**〕这是汉乐府民歌《江南》中的名句。原诗为：

> 江南可采莲，莲叶何田田，鱼戏莲叶间。鱼戏莲叶东，鱼戏莲叶西，鱼戏莲叶南，鱼戏莲叶北。

此诗写江南人采莲时的欢乐情景，是一首优秀的民歌。前三句是全诗主体，写江南的采莲风光，语言单纯稚拙，一片天籁，描绘出一幅清丽喜人的江南水乡画面：碧波荡漾，莲叶挺茂，小船穿行莲叶之中，活泼的游鱼嬉戏于碧水之中……它的好处就在于语言自然清纯，后世写莲叶如周邦彦"水面清圆，一一风荷举"即与此之天然精练不同，而谢朓的"鱼戏新荷动"则显然得启发于此。

> 江南岸，夕阳山外山。

〔**鉴赏**〕这是元代张可久《南吕·阅金经·春晚》中的名句。小令抒写了一位女子伤春惜花怀人的情思。原曲为：

> 惜花人何处，落红春又残。倚遍危楼十二阑。弹，泪痕罗袖斑。江南岸，夕阳山外山。

结尾两句继上文写女子怅盼郎归的情景。"夕阳"点出思妇登楼历时已久，这照应了上句的"遍"与"十二"。两句描述出思妇视线的流态：望"江南岸"言她注视有无载郎的行舟；不见，视线则渐移远山，亦即情郎久滞之地的方向。"山外山"既表明情郎归期之渺茫，又曲写出思妇心神的茫然。诗句蕴含之丰富，由此可见一斑。

江流天地外，山色有无中。

〔鉴赏〕这是唐代王维《汉江临泛》诗中名句。原诗为：

> 楚塞三湘接，荆门九派通。
> 江流天地外，山色有无中。
> 郡邑浮前浦，波澜动远空。
> 襄阳好风日，留醉与山翁。

这一联诗表现了王维诗歌"诗中有画"的独特风格，"诗家俊语，却入画三昧"。"江流天地外"，以画法写江水邈远。"天地外"，在山水画中是以空白来表现的，依靠人的想象来感知画面中的江流绵延不绝地向远方奔腾着，流向画布之外的空间，并无限地延伸，虚实相生。青山作为朦胧的远景，若隐若现，若有若无，与画面中的江流，构成了一幅淡墨写意。

池塘生春草，园柳变鸣禽。

〔鉴赏〕这是南朝宋谢灵运《登池上楼》诗中名句。原诗写病后的诗人登楼观春，并抒发了在政治上进退失据的郁闷。其中描写春色的部分，此二句为最好。后代的诗歌评论家说："池塘春草谢家春，万古千秋五字新"（元好问语），指的就是这二句。那么它的好处在哪里呢？一是自然，毫无斧凿雕琢之迹，故被同时人评为"谢诗如芙蓉出水"。二是准确细腻地表现出春天到来的特征：你看那池塘边的小草，由于近水而受到滋润，已经生出嫩绿的新叶，而园中柳树上也因春暖，迁徙的候鸟已经来到这儿宛转啼鸣了。一幅春意盎然的图画。此诗影响之大，以至今日温州仍有"谢池巷"，据说就是纪念"池塘生春草"的那个池塘的。

兴，百姓苦；亡，百姓苦。

〔鉴赏〕这是元代张养浩《中吕·山坡羊·潼关怀古》中的名句。这支曲借感叹王朝的兴亡来表现同情民生疾苦。原曲为：

> 峰峦如聚，波涛如怒，山河表里潼关路。望西都，意踌躇，伤心秦汉经行处，宫阙万间都做了土。兴，百姓苦；亡，百姓苦。

遥对秦汉古都宫阙都化为尘土的情景，诗人深感伤心，然而他伤心的不是历代王朝衰亡的本身，而是百姓们所遭受的苦难。因为他捕捉到一个经过历史反复验证的真理：每代封建王朝都是建立在广大百姓痛苦之上的，而每一王朝的灭亡又都是以百姓为其殉葬品的。在当时做出如此深切的思考，确实难能可贵。

兴废由人事，山川空地形。

〔鉴赏〕此联名句出自唐代刘禹锡的《金陵怀古》一诗。在这首著名的怀古咏史诗中，前两联点出了与六朝有关的金陵名胜古迹，以暗示千古兴亡之由。后两联写道：

> 兴废由人事，山川空地形。
> 后庭花一曲，幽怨不堪听。

这里，诗人以极其精练的语言揭示了六朝兴亡的奥秘，提出了社稷之存"在德不在险"的卓越见解，可谓思接千里，自铸伟词，直承大儒孟子"地利不如人和"之思想。若说此联名句暗含讽喻唐朝之衰微、示警当世之意，则不能目为牵强。宋王安石《金陵怀古》四首（其二）中的名句"山水雄豪空复在，君王神武自无双"即从此联化出，足见诗人议论之高，识见之卓。

关关雎鸠，在河之洲。窈窕淑女，君子好逑。

〔释义〕关关，鸟鸣声。雎鸠，水鸟名。窈窕，美好的样子。逑，配偶。

〔鉴赏〕这是《诗经》首篇《关雎》的开始四句。《关雎》是描写青年男女由恋爱到成婚的诗歌。诗人于开端四句，运用了"兴"的艺术手法，以自然图景引发出对爱情的赞美。小河之中，沙洲之上，对对雎鸠"关关"和鸣，互觅求偶。诗人由此自然而然地过渡到对君子与淑女爱情的赞美：美丽善良的姑娘啊，确是君子的良伴佳偶。四句之中，既有亲切和谐的自然画面，又有对人类纯洁爱情的歌颂，不仅为全诗定下了热烈祥和的爱情基调，也烘托了青年男女一见钟情的美好氛围，象征比喻十分恰切。所以，"关雎之乐"成为人们形容美满爱情婚姻的成语。

安能摧眉折腰事权贵，使我不得开心颜！

〔鉴赏〕这是唐代李白《梦游天姥吟留别》的结句，也是全诗画龙点睛之笔。诗人描写优美而自由的梦境，是为了与现实形成强烈对比，表现自己的理想与追求。但诗人究竟摆脱不了现实，当他从梦境回到现实的时候，也正是理想破灭、感慨万端的时候。"安能摧眉折腰事权贵，使我不得开心颜！"诗人以愤慨决绝的态度，表示了对权贵的蔑视。这结尾不是凭空添加的豪情，而是感情发展到巅峰的必然结果。可以说，没有梦中幻境，就没有醒后对现实的强烈憎恶，也不会从心底喷吐出对权贵深恶痛绝的诗句。没有这简劲有力、表现诗人傲岸不屈精神的结句，诗中梦游仙境所曲折反映的诗人的精神世界，也难以使人明确地理解。

安得广厦千万间，大庇天下寒士俱欢颜，风雨不动安如山！

〔鉴赏〕唐代杜甫漂泊多年，总算在成都近郊有了数椽茅屋的栖身之所。可好景不长，一场大风卷走了屋顶的茅草，接踵而至的秋雨又使屋漏如筛。这就是诗人在《茅屋为秋风所破歌》中为我们描写的困窘景况。但诗人的思绪并没有停留在个人的命运与牢骚上，而是转向了广阔的世间。诗的结尾处写道：

安得广厦千万间，大庇天下寒士俱欢颜，风雨不动安如山！

呜呼！何时眼前突兀见此屋，吾庐独破受冻死亦足！

这数句诗传诵广远：仁人君子喜其宽广胸怀与人道主义倾向，理想主义者喜其在困境中燃起希望之火，欣赏诗美者喜其气势奔放而顿挫。

安得车轮四角，不堪带减腰围。

〔释义〕安得，怎能得到。带，衣带。

〔鉴赏〕这是朋友间惜别常引的名句，出自宋代辛弃疾的《木兰花慢·席上送张仲固帅兴元》。词上阕抚今怀古，寄报国无门之慨。下阕道：

> 一编书是帝王师，小试去征西。更草草离筵，匆匆去路，愁满旌旗。君思我，回首处，正江涵秋影雁初飞。安得车轮四角，不堪带减腰围。

开端两句是对友人的期许，接下来写惜别。"车轮四角"取唐人陆龟蒙诗意，谓阻止车辆远行。"带减腰围"取东汉古诗意，谓思念友人而消瘦。这两句一经辛弃疾集中化用，便成了惜别常用语。

安得壮士挽天河，尽洗甲兵长不用。

〔鉴赏〕杜甫身处乱世，诗中多反战之作，而其中名句当首推此联。此联出自《洗兵马》，是安史之乱中官军克复两京后，诗人庆功颂德的作品。诗的结尾处写道：

> 田家望望惜雨干，布谷处处催春种。
> 淇上健儿归莫懒，城南思妇愁多梦。
> 安得壮士挽天河，尽洗甲兵长不用。

战乱将平，百废待兴，农民们在盼雨春种，思妇们梦想着团圆。诗人勉励官军健儿们早成大功，以慰民望。最后，他直抒胸臆，奏响了诗篇最强音：何时得大力量者，永远驱除战争的阴影。这一联既浪漫又雄壮，是铸剑为犁的名言中最有诗情、最富想象力的。

妆罢低声问夫婿，画眉深浅入时无？

〔鉴赏〕唐代诗人朱庆馀在科举试前曾有《闺意献张水部》诗赠水部郎中张籍，诗云：

> 洞房昨夜停红烛，待晓堂前拜舅姑。
> 妆罢低声问夫婿，画眉深浅入时无。

　　这首诗细致入微地刻画了新妇的心理状态。古代习俗，新妇于成婚次日清早拜见公婆。这位新妇绝早起床，梳妆打扮，等到天明到堂前行礼。但她不能肯定自己的装扮是否时髦，于是问身旁的丈夫。"妆罢低声问夫婿，画眉深浅入时无"两句把新妇紧张、羞涩的心理表现得细致准确，合情合理。这首诗用比拟手法，以新妇自比，以夫婿比张籍，而以舅姑比主考官，其中以新妇拜见公婆前的心理去表现应试者的试前心理，非常贴切、生动。

恸哭六军俱缟素，冲冠一怒为红颜。

〔释义〕怒发冲冠，语出《史记·廉颇蔺相如列传》。红颜，指女子，这里指陈圆圆。

〔鉴赏〕这是清代吴伟业《圆圆曲》诗中名句。陈圆圆是明末苏州名妓，后归吴三桂。李自成攻入北京后圆圆被俘。当时任辽东总兵的吴三桂闻之大怒，遂降清并引兵入关，夺回陈圆圆。吴伟业在诗中对吴三桂置国家民族的利益于不顾的叛国行径做了不动声色的讥讽：全军服丧悼念崇祯帝之死，将士们本是为国而战的，谁能知道吴三桂冲冠一怒，引狼入室，原来是为了一个美貌的歌妓啊。诗人通过精心组织的场面和细节，来揭示人物的性格和内心世界，不加主观评判而诗人的态度却自然流露出来。

庄生晓梦迷蝴蝶，望帝春心托杜鹃。

〔释义〕庄生，即庄周，晓梦迷蝴蝶，即庄周梦蝶故事，见《庄子·齐物论》。后用来比喻虚幻的事物。望帝，相传战国末年杜宇在蜀称帝，号望帝，后退隐西山，蜀人以为其魂化为杜鹃鸟。

〔鉴赏〕这是唐代李商隐《锦瑟》诗中佳句。原诗为：

> 锦瑟无端五十弦，一弦一柱思华年。
> 庄生晓梦迷蝴蝶，望帝春心托杜鹃。
> 沧海月明珠有泪，蓝田日暖玉生烟。
> 此情可待成追忆，只是当时已惘然。

诗之开头，即点出了诗人思华年之往事而惘怅难言之情。"庄生"一联上承其意，指出庄子在清晓的梦中化为蝴蝶，而不知那只是梦幻中的蝴蝶；望帝无奈而逝，将相思之心寄托在了夜半啼血的杜鹃身上。透过"庄生""望帝"两个典故，诗句中流动着这样的情绪：美好的情境、痴迷的感情都无非是虚渺的梦境。一"托"字，不但写了杜宇之托春心于杜鹃，也写了佳人之托春心于锦瑟，手挥目送之间，花落水流之趣，跃然纸上。

刘郎已恨蓬山远，更隔蓬山一万重！

〔释义〕刘郎，传说东汉时刘晨、阮肇入天台山采药，遇二仙女，留住半年始回，后又往寻，已不可得。蓬山，这里指仙山。

〔鉴赏〕此系唐代李商隐《无题四首》（其一）诗中名句。原诗为：

> 来是空言去绝踪，月斜楼上五更钟。
> 梦为远别啼难唤，书被催成墨未浓。
> 蜡照半笼金翡翠，麝熏微度绣芙蓉。
> 刘郎已恨蓬山远，更隔蓬山一万重！

与其他三首《无题》一样，此诗的主人公是一个非常重情的女子。在以"来是空言去绝踪"这声深长的叹息，点明情人远去再无消息，并浓墨重彩叙写了女子独处的孤寂冷清和对情人的思念后，又以"刘郎已恨"两个感叹句集中抒写天涯阻隔之恨，为全篇更添了令人回肠荡气的力量。

衣带渐宽终不悔，为伊消得人憔悴。

〔鉴赏〕这是北宋柳永《蝶恋花》词中名句。作品抒写怀人之思。原词为：

> 伫倚危楼风细细，望极春愁，黯黯生天际。草色烟光残照里，无言谁会凭阑意。　　拟把疏狂图一醉，对酒当歌，强乐还无味。衣带渐宽终不悔，为伊消得人憔悴。

词人从独倚危栏、无人会意写到当歌强饮，在情景交融的描绘中为结尾处感情的迸发蓄势。《古诗十九首》中有"相去日以远，衣带日以缓"之句，表现相思苦情，此处"衣带"二句则以更为坚定、更为强烈的语气倾诉衷肠：那心上人是值得永远系念的，纵然因之憔悴瘦损，终也无怨无悔！两句为全篇画龙点睛之笔，生动揭示了主人公执着至诚的情爱，极富感染力。

问世间情是何物，直教生死相许？

〔鉴赏〕金代太和年间，元好问去并州赴试，路上遇一捕雁者，称捕杀一雁后，雁侣哀鸣而自尽。元好问遂葬此雁于汾水畔，并赋《迈陂塘》词，其上阕云：

> 问世间情是何物，直教生死相许？天南地北双飞客，老翅几回寒暑。欢乐趣，离别苦，就中更有痴儿女。君应有语，渺万里层云，千山暮雪，只影向谁去？

此词写雁亦是写人，甚至主要是借雁写人，因为严格意义上的"情"，是只有人类才真正具有的。开篇两句以设问单刀直入，给人以警醒。设问包含着两层意思，一是"为何物"，一是"何物竟可使得共生死"。当然，两层都毋须回答，因为"何物"的真义实乃"何等神秘、高尚之物"，是似设问而实赞叹的。

问君能有几多愁，恰似一江春水向东流。

〔鉴赏〕这是五代南唐后主李煜《虞美人》（参见"春花秋月何时了，往事知多少"条）词篇末名句。作品在抒发了浓重的故国之思、亡国之恨以后，结尾处悲慨之情如滔滔江水冲决而出。面对世事人生，词人发出深沉浩叹。两句以问答形式出之，加倍实现了贯穿全词的一个"愁"字。作者以汪洋恣肆、长流不歇的春水比喻人生之愁，形象而自然地写出了愁之弥漫，愁之深浓，愁之绵长，愁之无尽。正由于这两句词极富表现力与感染力，故而千百年来成为不同时代、不同身份和处境中的人们借以吟忧诵愁的名句。

问姓惊初见，称名忆旧容。

〔鉴赏〕这是唐代李益《喜见外弟又言别》诗中名句。全诗描写了诗人同表弟久别重逢又匆匆话别的情形，前两联为：

> 十年离乱后，长大一相逢。
> 问姓惊初见，称名忆旧容。

首联开门见山，点出二人是在幼年分手。经离乱、十年久别后的重逢。下联即正面写二人的相遇。诗人抓住"初见"一瞬间这一典型的细节，从"问"到"称"，从"惊"到"忆"，层次清晰地写出了由初见不识到交谈相认的神情变化，细腻传神，而至亲重逢的深挚情谊，亦从描述中自然地流露出来。此联朴素自然，上承杜甫《赠卫八处士》写久别倏逢之妙，下与司空曙"乍见翻疑梦，相悲各问年"并驾，成为写人生聚散之情的千古名句。

问渠那得清如许？为有源头活水来。

〔鉴赏〕一提起道学先生，人们马上想到迂腐腾腾的形象，岂不知道学家中也有才情不凡者。这两句诗的作者宋代朱熹便是如此。诗句出自《观书有感二首》其一：

> 半亩方塘一鉴开，天光云影共徘徊。
> 问渠那得清如许？为有源头活水来。

从字面看，诗人描绘了一幅小景致：如镜的池水映出蓝天白云，清泉汩汩注入池中。但就诗题观之，作者是借景物寄寓感想的。所以，深入一层分析，此诗表现的是人生修养的道理：人心如镜，统摄万物景象；心境清宁无杂念，靠的是不断学习、修养。这是朱氏"格物致知"说的核心，妙在设喻恰切，描写生动。

论文章他爱咱，睹妖娆咱爱他。

〔释义〕妖娆，娇艳美好。
〔鉴赏〕这是元代姚燧《越调·凭阑人》中的名句。小令描写了一位年轻知识分子同一位少女邂逅时遥顾传情的情景和心态。原曲为：

> 马上墙头瞥见他，眼角眉尖拖逗他。论文章他爱咱，睹妖娆咱爱他。

有关"墙头马上"的故事自白居易《井底引银瓶》乐府诗问世后，在士人中影响极大，此题材后被白朴选用改编成《墙头马上》杂剧，而与白氏诗乃成文坛"双璧"。这支小令其意境显然对上述诗、剧有所取。后两句主要反映了古代文人的一种心态，即他们将才子佳人视为理想的婚恋模式。这两句便是这种心态的凝练与外露。

论画以形似，见与儿童邻。

〔鉴赏〕这是宋代苏轼《书鄢陵王主簿所画折枝二首》（其一）诗中名句。全诗前半为：

> 论画以形似，见与儿童邻。
> 赋诗必此诗，定知非诗人。

诗画本一律，天工与清新。

在诗与画的品评上，苏轼明确反对以"形似"为唯一标准，而主张形神兼备、自然清新。因此，对于王主簿花卉着墨不多而神韵丰足的特点给予了极高的评价。诗的前四句，作为苏轼艺术理论的集中体现，在后世的艺术及理论的发展中具有重要意义和深远影响。

农夫心内如汤煮，公子王孙把扇摇。

〔鉴赏〕这是《水浒传》中的一句诗。小说描写晁盖等好汉，利用夏季高温天气，设下圈套准备劫取生辰纲。杨志等押运的官兵正在黄泥冈口渴难耐之时，"远远地一个汉子挑着一副担桶，唱上冈子来"，其唱道：

> 赤日炎炎似火烧，野田禾稻半枯焦。
> 农夫心内如汤煮，公子王孙把扇摇。

这首诗虽然语言通俗，但描写酷暑、大旱的景象十分准确生动。"半枯焦"，是没有亲身到过农田的人很难写出来的。而后两句写酷暑、旱灾面前的社会不公，一个"如汤煮"，一个"把扇摇"，形象鲜明，感同身受，产生出强烈的对比效果。

西岳峥嵘何壮哉！黄河如丝天际来。

〔鉴赏〕这是唐代李白《西岳云台歌送丹丘子》的首二句，也是体现其浪漫风格的名句。第一句极写华山峥嵘秀伟的气势。据载华山"直上数千仞，基广而峰峻"，"石壁层叠，有如削成"。一个"壮"字，抓住了华山的本质特征，再加上"何"字的强调，"哉"字的惊叹，把华山令人震惊的雄姿全面展现出来。第二句极写黄河千里奔赴的壮美。据载"西岳庙在山顶，望黄河一衣带水耳"，"俯眺三秦，旷莽无际，黄河如一缕水，缭绕其下"。"一衣带""一缕"是实见，"如丝"是夸张。"丝"的特点是洁白闪光，细柔绵长。白波闪烁的黄河，缭绕在华山脚下，望之如丝；而其上源绵绵无尽，遥自天际奔流而来，秀美神奇，气魄宏大。

西窗一雨无人见，展尽芭蕉数尺心。

〔鉴赏〕这是宋代汪藻《即事二首》（其一）诗中名句。原诗为：

> 燕子将雏语夏深，绿槐庭院不多阴。
> 西窗一雨无人见，展尽芭蕉数尺心。

全诗生动地描绘了盛夏时节生机盎然的自然景象。前两句通过燕语槐荫的描写将读者带入一个酣畅宁静的天地。后两句则通过镜头的摇换，向读者展示了一幅意蕴幽远的画面：阵雨过后，芭蕉叶肥。其寄寓的深意虽已无从得知，但内含的神秘意味却可以扣动任何一根敏感的心弦。"无人见"三字乃神秘之源，它勾起了人们对大自然生机律动的好奇之心和无穷遐想；而那个"心"字，则似乎是在物我交会之际所感悟到的自然的灵性。

老夫别有惊心处，新自风波宦海回。

〔释义〕宦海，指官场。

〔鉴赏〕这是清代汪琬《连遇大风舟行甚迟戏为二绝》（其一）诗中名句。原诗为：

> 惆怅篙师色似灰，数重雪浪竞欢陔。
> 老夫别有惊心处，新自风波宦海回。

江行遇风，雪浪排空，航船随时都有被风浪吞噬的危险，驾船人怎能不心惊胆战、万分小心呢？诗人也在船上，心情何尝不紧张恐惧。但这并不是诗歌所要表达的主旨。诗人在写了自然界的惊涛骇浪之后，笔锋一转，写到了官场的险恶黑暗：我另有更感到惊心动魄之处，那就是我刚刚从险恶万分的宦海风波中回来，所以反倒不在乎这江上的风浪了。言外也包含着脱离官场的庆幸和欣慰之意。

老夫聊发少年狂。

〔鉴赏〕这是北宋苏轼贬官密州时期所作《江城子·密州出猎》（参见"会挽雕弓如满月，西北望，射天狼"条）词中名句。其上阕如下：

> 老夫聊发少年狂，左牵黄，右擎苍，锦帽貂裘，千骑卷平冈。为报倾城随太守，亲射虎，看孙郎。

首句突显作者逆境之中依然高涨的报国热情，随后写出猎情景：太守左手牵黄犬，右臂托苍鹰，英姿飒爽。众多随从头戴锦帽、身着皮衣策马奔驰。打猎队伍风驰电掣般占据了平坦山冈。"千骑"极言人马之多，"卷"字生动刻画出龙腾虎跃的非凡气势，场面描写威武雄壮。

老年花似雾中看。

〔鉴赏〕杜甫的嗟老叹穷之作往往引起寒士共鸣，原因在于体认较切，表达较真。如这句写老年人目力减退之句即如此。句出《小寒食舟中作》：

> 佳辰强饮食犹寒，隐几萧条戴鹖冠。
> 春水船如天上坐，老年花似雾中看。
> 娟娟戏蝶过闲慢，片片轻鸥下急湍。
> 云白山青万余里，愁看直北是长安。

这首诗的颔联两句皆为体认、表达真切的典范。"春水"句以"船如天上坐"写春水新涨的水势，甚佳。"老年"句不仅以"雾中看"写出了花眼的感觉，还透过眼花却仍注目看花，表现人老而情趣犹存，故历来深为长者所喜。

老骥伏枥，志在千里。烈士暮年，壮心不已。

〔释义〕骥，千里马。枥，马棚。
〔鉴赏〕这是三国魏曹操《龟虽寿》诗中名句。原诗为：

- 185 -

神龟虽寿，犹有竟时。
腾蛇乘雾，终为土灰。
老骥伏枥，志在千里。
烈士暮年，壮心不已。
盈缩之期，不但在天。
养怡之福，可得永年。
幸甚至哉，歌以咏志。

本诗抒发了作者老当益壮的豪情和积极进取的人生哲学。此四句则笔力雄健，豪气盖世，充溢着一个戎马一生的杰出政治家成功的自信与勃勃的雄心。诗人以识途的千里马自比，又以壮怀激烈的志士自况，发出了"志在千里""壮心不已"的昂扬高唱，表达了对宏伟理想永不停息的追求。相传东晋大将王敦酒后辄咏此句，用如意击打唾壶为节拍，壶口尽缺，可见其折服。

共在人间说天上，不知天上忆人间。

〔鉴赏〕这是明代边贡《嫦娥》诗中名句。原诗为：

月宫秋冷桂团圆，岁岁花开只自攀。
共在人间说天上，不知天上忆人间。

嫦娥奔月是诗人经常歌咏的题材。一般人都羡慕嫦娥的仙去，长生不老，而诗人却舒展想象的翅膀，测度嫦娥的处境和心情：月宫清冷，桂树徒香，嫦娥孤独寂寞，恐怕难得幸福。人们看到天上的月亮，都羡慕住在月宫里的嫦娥，却不知月宫里的嫦娥，也正在天上想念我们人间呢。诗句告诉人们，要珍惜已有的幸福，而不要去幻想那并不存在的虚无的天堂。

耳目所及尚如此，万里安能制夷狄？

〔鉴赏〕这是宋代欧阳修《和王介甫明妃曲二首》（其二）诗中名句。前八句写王昭君不为元帝所识，又被画工所丑化，最终远嫁匈奴，而元帝悔之无及，怒杀画工的故事。接着便写道：

> 耳目所及尚如此，万里安能制夷狄？汉计诚已拙，女色难自夸。明妃去时泪，洒向枝上花。狂风日暮起，飘泊落谁家？红颜胜人多薄命，莫怨春风当自嗟。

"耳目"一句，实全篇之警策。意为连小小汉宫之内的事情尚且不能明察，又何谈制服远在万里之外匈奴呢？诗人借古喻今，看似言汉，实则指宋：借汉之"和亲"讽宋之"岁币"，对北宋王朝乞求和平而不思恢复的做法进行了委婉而有力的批判。结局似劝明妃应自怨薄命，其实却是更为巧妙地讽刺了朝廷的昏庸无能。

机关算尽太聪明，反算了卿卿性命。

〔释义〕机关，心计。如黄庭坚《牧童》诗："多少长安名利客，机关用尽不如君"。

〔鉴赏〕这是《红楼梦》第五回"红楼梦套曲"中的两句，出自套曲中的《聪明累》。曲云：

> 机关算尽太聪明，反算了卿卿性命。
> 生前心已碎，死后性空灵。
> 家富人宁，终有个家亡人散各奔腾。
> 枉费了，意悬悬半世心；
> 好一似，荡悠悠三更梦。
> 忽喇喇似大厦倾，昏惨惨似灯将尽。
> 呀！一场欢喜忽悲辛。叹人世，终难定！

这支曲子预示的是王熙凤的命运。王熙凤精明能干，但又贪婪狠毒。结果种种算计都适得其反，落了个悲惨的结局。这两句诗既是对王熙凤一生的概括，也是对社会上那种精于算计而心术不正的人的嘲讽。

在天愿作比翼鸟，在地愿为连理枝。

〔释义〕比翼鸟，雌雄各有一目一翼，常结合为一体并翅而飞。连理枝，两棵树不同根而枝干结合在一起，与比翼鸟共喻男女相爱。

〔鉴赏〕这是唐代白居易《长恨歌》中的著名佳句。这首长诗的结尾部分，将李、杨的爱情悲剧推向了高潮：

> 临别殷勤重寄词，词中有誓两心知。
> 七月七日长生殿，夜半无人私语时。
> 在天愿作比翼鸟，在地愿为连理枝。

一个道士在海上仙山找到成仙的杨妃，杨妃将昔日与玄宗的私语告知了道士，这私语便是引文的末联。此联是李、杨愿永世为夫妻的一个盟誓，由死后的杨妃口中说出，捎给人间天上苦苦找寻她的玄宗，无疑更深刻地体现了两人爱情的生死不渝。比翼鸟、连理枝两个比喻，于俗中见雅，从一个侧面映衬了李、杨虽身居高位、求为一对普通的恩爱夫妻而不能的悲哀。此联传之后世，成为爱情盟誓的习用语。

十有九人堪白眼，百无一用是书生。

〔释义〕白眼，蔑视之意。

〔鉴赏〕这是清代黄景仁《杂感》诗中名句。原诗为：

> 仙佛茫茫两未成，只知独夜不平鸣。
> 风蓬飘尽悲歌气，泥絮沾来薄幸名。
> 十有九人堪白眼，百无一用是书生。
> 莫因诗卷愁成谶，春鸟秋虫自作声。

黄景仁才高气奇，慷慨悲歌，颇为时人叹赏。可他同时又遭遇坎坷，潦倒一生，壮志难酬。这首诗便是抒写诗人胸中的抑郁不平之气的。"百无一用是书生"是诗人的愤激之语，它高度概括了封建社会压制人才的黑暗现实，而世俗社会看重的是金钱和权力，便纵有满腹诗书，又有何用！自嘲中夹杂着悲愤和无奈。

百年那得更百年，今日还须爱今日。

〔鉴赏〕这是明代王世贞《梦中得"百年那得更百年，今日还须爱今日"句因戏成短歌》诗中名句。诗中写道：

> 昨夜懵腾意超忽，寐时得语醒时述：
> 百年那得更百年，今日还须爱今日。
> 纵能拂衣归故山，农耕社剧亦不闲。
> 何如且会此中趣，别有生涯天地间。

梦中得句，看似奇异，实有所起。正由于诗人常常在思考人生的意义，大脑在积极地运作，所以人虽进入梦乡，思维并没有完全停止活动，方才会有此超悟。人生不过百年，可过了此百年，又哪能再有一个百年呢？今日也是一样，过了今日，又哪能再有一个今日呢？诗人所悟到的，就是要珍惜此生、珍惜今日，顺应自然，即为大乐。

有女怀春，吉士诱之。

〔释义〕怀春，指情欲撩动。吉士，男子的美称。
〔鉴赏〕这是《诗经·野有死麕》中的名句，出自其首章：

> 野有死麕，白茅包之。有女怀春，吉士诱之。

本诗写青年男女，在郊外定情。春日郊野，万物生机勃发。晶莹如玉的姑娘，春心摇荡。更何况有英俊的男青年以猎物为礼来追求呢！"怀春"一语，特为高妙，它把女性心中萌发的强烈青春情思，用大自然的蓬勃春机来象征，同样热烈，同样洋溢而不可遏止。正因为它准确生动，后世才把有关男女的情欲称作"春"，如"春心""春情"，甚至"春药""春宫"，皆源于此。

有约不来过夜半，闲敲棋子落灯花。

〔鉴赏〕以细节描写表现日常生活的情趣，这是晚唐诗一大特色，而被南宋"四灵派"继承光大。此联便是这一特色的成功范例。句出自赵师秀的《约客》：

> 黄梅时节家家雨，青草池塘处处蛙。
> 有约不来过夜半，闲敲棋子落灯花。

前两句写景，以雨声淅沥、蛙鸣聒耳反衬诗人的孤寂无聊。第三句是叙述语，交代深夜枯坐的原因。全诗眼目在结句：久候不至，难免有些焦躁，然亦无可奈何，于是百无聊赖之中，下意识地以棋子敲打着桌面，把灯花震落下来。此句妙在抓住流露无聊焦躁心情的典型动作——无目的地敲击，而又冠之以"闲"，更表现出怅惘失意的神态。

有情芍药含春泪，无力蔷薇卧晓枝。

〔鉴赏〕这是宋代秦观《春日五首》（其一）诗中名句。原诗为：

> 一夕轻雷落万丝，霁光浮瓦碧参差。
> 有情芍药含春泪，无力蔷薇卧晓枝。

全诗句句是景语，但妙在景中有人，景中含情。前两句交代了夜来的一场春雨，后两句转入细微之处，对雨后之花做工笔的描绘：芍药带雨，有似珠泪莹莹；蔷薇柔弱，恰如无力而卧。此景既是诗人静观所得，同时也是其内在情感的外向投射，既相当传神地刻画出花的形象，也真实地反映了诗人怜花惜花之情。体物缘情，在这里得到了有机的结合，而花与人，也是合二为一了。这两句诗，富于柔美，虽有"女郎诗"之讥，但确乎别具一格，细腻可爱。

成也萧何，败也萧何，醉了由他。

〔释义〕萧何，汉初大臣，曾向刘邦推荐韩信为大将，后又觉韩信权重，而建议把他杀掉，故俚俗有"成也萧何，败也萧何"之语。
〔鉴赏〕这是元代马致远《双调·蟾宫曲·叹世》中的名句。此曲借咏史而叹世，实际发泄对现实的不满情绪。在铺叙了刘项的成就与纷争后，曲家继而写道：

韩信功兀的般证果，蒯通言那里是风魔？成也萧何，败也萧何，醉了由他。

这三句呼应全篇无疑体现了曲家的虚无史观，却也揭露了封建统治者出尔反尔的险恶一面。曲家已感到社会之弊积重难返，正直之士难有作为，故借古讽今，写下这三句。其批判时弊的曲意显而易见。唯由叹世转而为避世，思想不免消沉。

死生契阔，与子成说。执子之手，与子偕老。

〔释义〕契，合，聚。阔，离，散。子，指作者之妻。

〔鉴赏〕这是《诗经·击鼓》中的名句，出自其第四章。全诗是卫国一士兵远戍陈宋，久役不归，怀念妻子，忆及临行与妻子的诀别。此四句即当初分手诀别之辞。作者引用当时执手相誓的话："不论生死离合，但愿白头偕老，此言誓死不渝！"不但刻骨铭心地表现了诗作者对妻子执着的爱恋，而且与现时不能践约相比形成强烈的反差，并通过回忆当年执手相看泪眼、信誓旦旦的细节，突出了作者内心的巨大离别之苦，成为后代怀人诗的一种范式。其中"契阔生死""偕老"等语汇，也为后代诗人屡屡称用。

死后是非谁管得，满村听说蔡中郎。

〔释义〕蔡中郎，东汉蔡邕，官拜左中郎将。

〔鉴赏〕诗的魅力在于极简的文字包孕极多的意蕴，如宋代陆游的《小舟游近村，舍舟步归四首》（其四）：

斜阳古柳赵家庄，负鼓盲翁正作场。
死后是非谁管得，满村听说蔡中郎。

诗人描写盲艺人说唱的场面，并抒写自己的感慨。蔡中郎本为品德高尚的名士，而在民间的说唱文学中却成了忘恩无义的负心之辈。民众们都在津津有味地欣赏着，谁也不会去根究是非。放翁这一感慨既有对于社会评价、历史评价的怀疑，又有对自身悲剧命运的无奈与超脱，而更深一层，却仍然是执着于理想抱负而产生的愤懑不平。

过尽千帆皆不是，斜晖脉脉水悠悠。肠断白蘋洲。

〔鉴赏〕这是唐代温庭筠《望江南》词中名句。原词为：

> 梳洗罢，独倚望江楼。过尽千帆皆不是，斜晖脉脉水悠悠。
> 肠断白蘋洲。

开头两句勾勒出思妇形单影孤，自清晨便倚楼眺望的情态。下面则突出刻画主人公内心的失望、惆怅、凄楚。"过尽"可知期盼之久，"千帆"足见江上船多，然却终是空待。斜阳流水亦仿佛融进绵绵离愁。忧伤之中，思妇目光移向当日水边分手之处，但见蘋花摇曳，芳草离离，愈加使人愁肠寸断。三句描写人物心理含蓄细腻，在即景抒情中，又运用拟人手法写夕阳、流水。虽皆以淡笔出之，然却情韵兼胜。

执手相看泪眼，竟无语凝噎。

〔鉴赏〕这是北宋柳永《雨霖铃》（参见"寒蝉凄切，对长亭晚，骤雨初歇"条）词中名句。作品抒发词人离开汴京时与恋人惜别情景。上阕在描写了萧瑟秋景、满怀愁绪和兰舟催发的情势后，以"执手"二句刻画一对恋人难舍难分的动作、神态，真切质朴，生动细腻，不仅写出了人物外在形态，而且暗示了他们复杂微妙的心理活动，恨别之情表达得淋漓尽致。

当此不知谁客主，道人忘我我忘言。

〔鉴赏〕这是宋代王安石《登宝公塔》诗中名句。原诗为：

> 倦童疲马放松门，自把长筇倚石根。
> 江月转空为白昼，岭云分暝与黄昏。
> 鼠摇岑寂声随起，鸦矫荒寒影对翻。
> 当此不知谁客主，道人忘我我忘言。

此诗写的是诗人登宝公塔的见闻与感受。前三联写的是诗人不畏险远，登临塔上所见到的一片荒寒空寂的景象。尾联则是对这番景象的心灵感悟。在那江月岭云、鼠声鸦影之中，诗人究竟体悟到了什么？诗人说不出，也不想说，这正是"思维道断、言语路绝"的境界，而主与客、物与我已是无从分辨，浑然一体了。

当时事，仔细思，细思量不是当时。

〔鉴赏〕这是元代钟嗣成《双调·凌波仙·吊沈和甫》中的名句。原曲为：

> 五言常写和陶诗，一曲能传冠柳词，半生书法欺颜字。占风流独我师，是梨园南北分司。当时事，仔细思，细思量不是当时。

此曲出于钟氏所著《录鬼簿》中，是对其师友沈和甫的吊辞。曲中高度评价了沈氏在诗、曲、书法方面的才能及倜傥性格，而这三句表达了钟氏对这位戏曲家的缅怀之情。这种吊情貌似平淡，却有痛定思痛之哀。"当时事"仍历历在目，其才能与友情是多么值得"仔细思"！然而"细思量"时，一切皆成过去，友人已经作古，心中隐痛非言语可以表达。

当时明月在，曾照彩云归。

〔释义〕彩云，代指美人。

〔鉴赏〕这是北宋晏几道《临江仙》词中名句。作品追念与家妓小蘋的相思之情。原词为：

> 梦后楼台高锁，酒醒帘幕低垂。去年春恨却来时。落花人独立，微雨燕双飞。　　记得小蘋初见，两重心字罗衣。琵琶弦上说相思。当时明月在，曾照彩云归。

词的上阕以春恨透相思，过片追忆小蘋初见形象。"明月"二句回想小蘋踏着月光归去的情景，以虚笔作结，总收词中见、别、忆三层，情味深厚，感喟无穷：如今明月依然，人却流转世间，不知所在……两句以平淡的语言、优美的形象，写出了词人的苦恋情怀。

当时结交何纷纷，片言道合唯有君。

〔鉴赏〕人生的交游，泛泛应酬者多，道义之交乃至可称知己者则甚少。唯其如此，后者方弥足珍贵，一旦遇之而终生难忘。李白的这两句诗便表现了对此的感受。句出《驾去温泉宫后赠杨山人》。该诗先写少年落魄的窘况，再写平步青云的得意，然后写道：

> 王公大人借颜色，金章紫绶来相趋。
> 当时结交何纷纷，片言道合唯有君。
> 待吾尽节报明主，然后相携卧白云。

杨山人所指不详，但从"相携卧白云"看，当是志行高洁、糠秕利禄之士。他与太白契合之"道"，也就是这种人生态度。后世同知交忆旧游，多用太白此句。

晚将末契托年少，当面输心背后笑。

〔释义〕末契，暮年之交。

〔鉴赏〕杜甫在蜀时，曾任节度使严武的幕职，后因种种原因辞去。辞职后写有《莫相疑行》，结尾云：

> 晚将末契托年少，当面输心背后笑。
> 寄语悠悠世上儿，不争好恶莫相疑。

诗的主体部分是忆旧与自伤衰朽，结尾点明题旨。由这四句来看，老杜辞职是与人际关系紧张有关的。似乎幕府中新进少年幕僚轻躁少品，以流言相伤，故作此以告诫之。"晚将"句讲自己良好的初衷，"当面"句写对方的诈伪。由于"世上儿"正复不少，故老杜此联便成为传世的众生写真。

此曲只应天上有，人间能得几回闻。

〔鉴赏〕这是唐代杜甫《赠花卿》的诗句。原作为：

> 锦城丝管日纷纷，半入江风半入云。
> 此曲只应天上有，人间能得几回闻。

此诗明白如话，表面看是赞美音乐的超妙。但若联系创作背景来看，却另有深层含义，是"言在此而意在彼"的讽喻之作。花卿是驻军成都的一员悍将，居功而僭越，享受着超出自己身份的歌舞音乐——这些，在封建礼法中有明确限制。所以杜甫以诗规劝道：这些乐曲是天子享用的"规格"，不宜擅奏。不过，这首诗的真正妙处并不在深层讽喻，而在表面描写得生动传神。前两句写出音乐演奏时的热烈氛围，后两句写赞叹之意。后世便以"此曲"句称扬他人演奏技艺之高。

此时忧国况忧家，不觉红颜坐凋瘦。

〔释义〕坐，因（此）。
〔鉴赏〕这是明代李东阳《风雨叹》诗中名句。全诗较长，诗中写了一场罕见的暴风雨所造成的巨大灾难。诗的第二部分写道：

> 我方停舟在江皋，披衣踞床夜复昼。忽掩青袍涕沾袖，举头观天恐天漏，此时忧国况忧家，不觉红颜坐凋瘦。潼关以西兵气多，簾筋吹尘尘满河。安得一洗空干戈，不然独破柱陵屋，犹能不废啸与歌。世间万事不得意，天寒岁暮空蹉跎，呜呼奈尔苍生何！

诗人由切身的感受中引发出忧国忧家的思想感情，所以"不觉红颜坐凋瘦"也就不让人感到是夸张，而觉得是诗人此刻全身心的真切感受。借愁风苦雨抒忧国忧民之情，是其成功之处。

此身行作稽山土，犹吊遗踪一泫然！

〔释义〕稽山，会稽山，在浙江绍兴市一带。
〔鉴赏〕陆放翁与唐琬的生死恋悲剧，千年来打动了无数有情人之心；

而放翁自写悲悼之情的诗词，也成为传诵千载的名篇。如《沈园二首》
（其二）：

> 梦断香销四十年，沈园柳老不吹绵。
> 此身行作稽山土，犹吊遗踪一泫然！

这首诗作于放翁七十五岁，距其与唐琬诀别于沈园已四十五年，
而唐琬去世亦四十四载矣。故开篇即感伤岁月流逝，景物全非。而"柳
老"双关己身之衰迈。接下去直抒胸臆：尽管已走向生命终点，瞻顾
诀别之地仍不免泫然落涕。"行""犹"二字突出了情感的终生不渝；
"泫然"则包孕了悼惜、伤痛、愧悔的复杂心绪。

此身合是诗人未？细雨骑驴入剑门。

〔**释义**〕剑门，剑门关，在四川剑阁县东北。

〔**鉴赏**〕这是宋代陆游《剑门道中遇微雨》诗中名句，历来被视为"绝
妙行吟图"——细雨蒙蒙、蹄声的的，确是吟咏氛围。但联系身世，
细玩全篇，此解又有不尽然之处。原诗为：

> 衣上征尘杂酒痕，远游无处不消魂。
> 此身合是诗人未？细雨骑驴入剑门。

从表面看，作品中的诗人形象适性自得；深入一层观之，却有无
可奈何之慨叹含蕴其中。当时，陆游是由抗金前线南郑调回内地成都。
而他在南郑本有"提刀独立顾八荒"的非凡之志，这一调，意味着壮
志雄心尽付流水。故"此身合是"一句，实为对命运的诘问之辞。

此情无计可消除，才下眉头，却上心头。

〔**鉴赏**〕这是宋李清照《一剪梅》词中名句（参见"花自飘零水自流。
一种相思，两处闲愁"条）。词写女主人公在丈夫外出日子里的相思情
怀。此为结拍三句。这三句系从范仲淹《御街行》中"都来此事，眉
间心上，无计相回避"点化而来，然能别出巧思，较之范句更胜一筹。
首句直吐胸臆，后二句则具体描绘思念之情的无法排解。"才下"与"却

上"于起伏中写一迅速变化的过程，然而变中有不变者，即离愁之萦绕。"眉头"与"心头"两相对应，由外及内，使词人情感得到进一步渲染。三句以浅近朴实的语言，写出深沉内向的感情，结构工巧，新颖别致。

此情可待成追忆，只是当时已惘然。

〔释义〕惘然，失意貌。

〔鉴赏〕此联佳句出自唐代李商隐《锦瑟》（参见"庄生晓梦迷蝴蝶，望帝春心托杜鹃"条）一诗。在这首极具悱恻哀艳之美的名诗中，佳句迭出，作为结句的"此情"一联，更是其中之佼佼者，它表达了这样的情感：如此情怀，岂待今朝回忆始感无穷怅恨，即在当时早已令人不胜惘然了——虽说"岂待成追忆"，意思却是：今朝追忆，其为怅恨，又当如何！所谓"情已至此，人何以堪"也。全联区区十四字，却表达出了几层曲折，而这几层曲折又只是为了说明那种怅惘的苦痛心情，诗之所以为诗者在于此，玉谿诗之所以为玉谿者，尤在此联也。

早知不入时人眼，多买燕脂画牡丹。

〔鉴赏〕题画诗是我国古典诗歌的一个家族，大体又可分两脉，一脉为文人所题，一脉为画师自题。宋人李唐的《题画》即为后一脉中的佼佼者：

> 云里烟村雨里滩，看之容易作之难。
> 早知不入时人眼，多买燕脂画牡丹。

首句描摹画景，次句即发议论，而三、四句则把议论引向深入，提出了文艺创作中雅与俗、自我表现与社会效应关系的问题，并以反语表明了自己的态度。虽口称"早知"，骨子里却是珍视自己的作品并将其置于"牡丹"之上的。鄙弃俗艳是中国文人画的重要传统，此联以愤激语阐扬的正是这一传统。后世郑板桥"写来竹柏无颜色，卖与东风不合时"即由此一脉传承。

早知潮有信，嫁与弄潮儿。

〔释义〕弄潮儿，指朝夕与潮水周旋的水手或在潮中戏水的少年人。

〔鉴赏〕这是唐代李益《江南曲》诗中名句。原诗为：

> 嫁得瞿塘贾，朝朝误妾期。
> 早知潮有信，嫁与弄潮儿。

在这首颇富民歌气息的商妇闺怨诗中，首联叙写事实，于平实中见情味，尾联则如平地起波，与首联的平实形成鲜明对照。诗人让少妇突发奇想，因潮水有信而后悔没嫁给弄潮之人，深刻地揭示了商妇怨恨之极的苦闷心境。其实，潮有信，弄潮之人未必有信，愿嫁之，既是痴语、天真语，也是苦语、无奈语。这里，诗人通过一种"荒唐之想"（钟惺《唐诗归》）作"急切情至语"（黄叔璨《唐诗笺注》），可谓"无理之妙"（贺裳《皱水轩词筌》）了。

同学少年多不贱，五陵衣马自轻肥。

〔释义〕五陵，汉代五位皇帝陵墓，附近为权贵居游地。

〔鉴赏〕人到中年，每每有伤时叹命之感，而又多与少年同伴之命运相比较，怨天道之不公。杜甫这两句诗十分典型地表现了此种心态。诗句出自《秋兴八首》（之三）（参见"丛菊两开他日泪"条）：

> 千家山郭静朝晖，日日江楼坐翠微。
> 信宿渔人还泛泛，清秋燕子故飞飞。
> 匡衡抗疏功名薄，刘向传经心事违。
> 同学少年多不贱，五陵衣马自轻肥。

前四句写闲坐江楼所见，透露出滞留异乡、百无聊赖之情。后四句自伤身世：欲学匡、刘而不可得，当年同班辈者多飞黄腾达，而我竟潦倒如此！最后一句虽未说出，而读者却尽可以由文字之外感到这一声愤懑的呐喊。

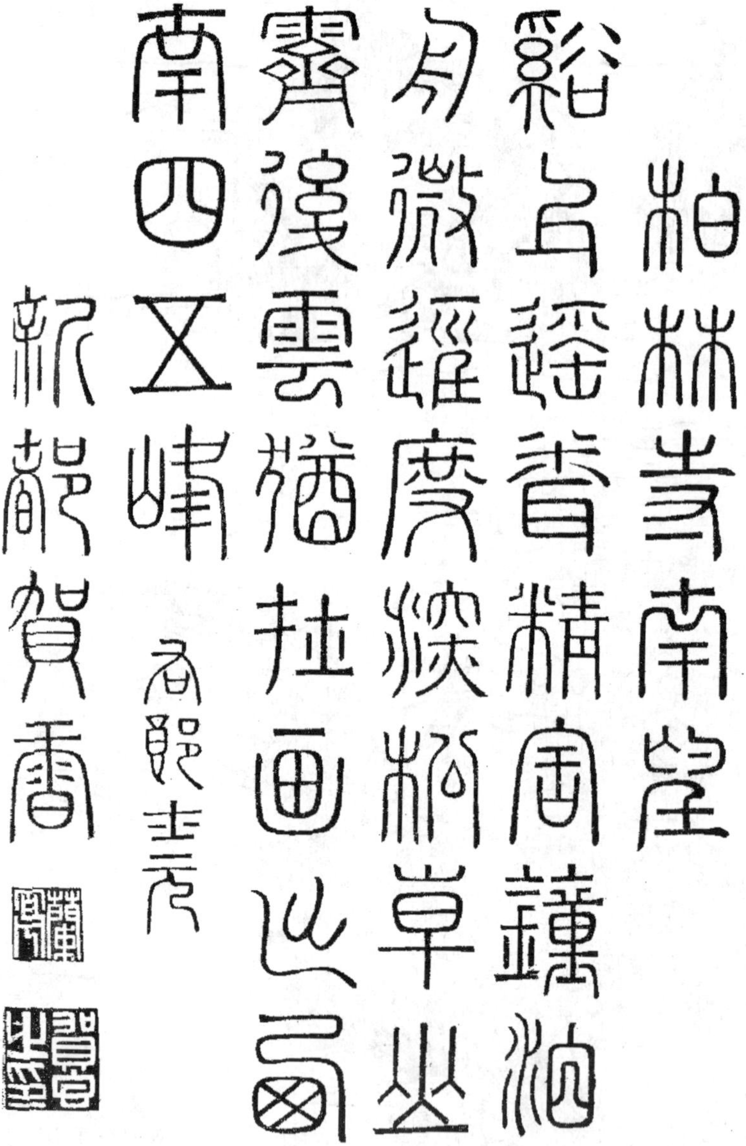

同是天涯沦落人，相逢何必曾相识。

〔鉴赏〕这是唐代白居易《琵琶行》诗中佳句。在诗歌的叙述中，白居易听了歌女的弹奏与自述身世，遂发出了下面的感叹：

> 我闻琵琶已叹息，又闻此语重唧唧。
> 同是天涯沦落人，相逢何必曾相识。

显然，诗人由歌女的身世想到了自己的遭遇。此时的他，谪居卧病，每当良辰美景，往往"取酒独倾"。同病相怜，同声相应，诗人写此诗时的忧愁抑郁之情可想而知。而"相逢何必曾相识"一语则表达出孤独困窘中对友情的渴望。

曲终人不见，江上数峰青。

〔鉴赏〕此乃唐代钱起《省试湘灵鼓瑟》诗之结句。在这首描写湘水女神鼓瑟的试帖诗中，诗人先是渲染了瑟声的神奇力量，然后写道：

> 流水传湘浦，悲风过洞庭。
> 曲终人不见，江上数峰青。

当瑟声在高亢、凄婉的调子中结束之时，诗人抬头四望，只闻余音袅袅，不见鼓瑟伊人，伴着空灵、神妙的感觉而生的，是一种迷离的怅惘。以"江上数峰青"做结，可谓神来之笔。似真如幻、瑰丽多姿的神话世界至此烟消云散，眼前是一川江水，几峰青山，省净明丽却余韵悠然，宋词论家所谓"以景结情最好"也。《旧唐书·钱徵传》称这十个字得自鬼谣，虽有传说之嫌，实是人间无双之证也。

回乐烽前沙似雪，受降城外月如霜。

〔释义〕受降城，指位于唐代灵州的西受降城。灵州治所在回乐县（今甘肃灵武县西南）。受降城即回乐县的别称。

〔鉴赏〕此联出自唐代李益《夜上受降城闻笛》一诗。原诗为：

回乐烽前沙似雪，受降城外月如霜。

不知何处吹芦管，一夜征人尽望乡。

这是一首写成边将士乡情的边塞诗。首联艺术地再现了诗人登城所见之边塞夜景。战争的报警装置——烽火台，因太宗亲临受突厥降而得名的受降城，这两个意象的设置，使作者用省净的笔墨点出了全诗的背景：荒凉的边塞，无休的战争。以雪喻沙，以霜拟月，气象阔大之外，更觉寒气的弥天漫地，凄神伤骨。对于久戍不归的将士，这又是一个寂寞难挨的夜。此联未言及情，却已渗透了诗人感伤衰飒的情思。可以说，有了此联堪称化工的环境铺垫，才出现了下文"一夜征人尽望乡"的石破天惊。

回首向来萧瑟处，归去，也无风雨也无晴。

〔释义〕萧瑟，指风雨。

〔鉴赏〕这是北宋苏轼《定风波》（参见"一蓑烟雨任平生"条）词中名句。词的上阕记"道中遇雨"，下阕写"已而复晴"。此为结拍三句。雨而复晴，本是自然现象。时遭贬谪的词人却由此联想到处世态度。面对人生坎坷、宦途风雨，作者跳出常人望晴、喜晴心理，欲以"归去"（即归隐江湖）求得"也无风雨也无晴"的境界。三句即景生情，因自然而及于人生，表现了词人淡泊宁静、超脱世俗，不愿随物悲喜的旷达襟怀。

回眸一笑百媚生，六宫粉黛无颜色。

〔释义〕粉黛，指美女。颜色，指容貌之美。六宫，古代皇后的寝宫，正寝一，燕寝五，合为六宫；此泛指后宫。

〔鉴赏〕此联出自唐代白居易的《长恨歌》一诗。诗的开头为：

汉皇重色思倾国，御宇多年求不得。

杨家有女初长成，养在深闺人未识。

天生丽质难自弃，一朝选在君王侧。

回眸一笑百媚生，六宫粉黛无颜色。

诗人抓住"回眸一笑"四字，刻画了杨贵妃的千娇百媚——正是这一笑之下，众多浓妆艳抹之妃嫔黯然失色。"回眸一笑"，活画出了杨贵妃的灵动、娇憨之态及卓然独立于众美中的独特气质。

回船上马各归去，多言诮诮师所呵。

〔释义〕诮诮，论争之声。师，僧人参寥。

〔鉴赏〕诗中含佛理禅机者，唐首推王维，宋首推东坡。东坡诗中又以《百步洪》为最典型。其诗略云：

......

君看岸边苍石上，古来篙眼如蜂窠。
但应此心无所住，造物虽驶如吾何！
回船上马各归去，多言诮诮师所呵。

前两句写大化迁流，人寿不永；接下来用《金刚经》"于无所住而生其心"之语，言只需超悟便无碍。最后两句更深一层，谓超悟只可默契于心，"说出即不是"。《维摩诘经》记诸菩萨讨论"如何是'入不二法门'"，而维摩诘默然无言，文殊菩萨赞道："善哉善哉！乃至无有文字语言，是真入不二法门。"苏轼结句即取此意，但联系诗中游历过程甚贴切，使人只觉是朋友分别的极自然场面，仿佛彼此戏谑道：好了，该分手了，不要再讲这些大道理了，否则咱们的大和尚要呵斥了。而把深刻的禅机佛理藏于有余不尽的诗味里，使会心者自得拈花微笑之乐。

岁华尽摇落，芳意竟何成？

〔释义〕华，同"花"。

〔鉴赏〕这是唐代陈子昂《感遇三十八》（其二）诗中名句。原诗为：

兰若生春夏，芊蔚何青青！

幽独空林色，朱蕤冒紫茎。

迟迟白日晚，嫋嫋秋风生。

岁华尽摇落，芳意竟何成？

诗人运用比兴寄托的手法，以幽兰杜若自比，抒发了个人怀才不遇的感慨。秋风摇落了兰若娇柔的花瓣，其芳香也随之消失了。"芳意"，指高洁的志向。"竟何成"三字以悲惋的语气发问：兰若的芳心有谁能理解，有谁能成全呢？诗人嗟叹自己徒有高洁的志向，超众的才华，却无以施展。

岂曰无衣？与子同袍！

〔鉴赏〕这是《诗经·无衣》中的名句，出自其首章：

岂曰无衣？与子同袍！王于兴师，修我戈矛，与子同仇！

这首军中歌谣，是战士们相互鼓励的诗歌。本二句特点在于先用一反问"岂曰无衣"，既反映了军需困难的现状，但更突出地表达了克服困难的决心。"与子同袍"，则更进一步，表现出团结战斗慷慨必胜的意志。从此，"同袍""袍泽"成为战友情谊的代词。

岂伊地气暖，自有岁寒心。

〔鉴赏〕这是唐代张九龄《感遇》（其七）诗中名句。原诗为：

江南有丹橘，经冬犹绿林。

岂伊地气暖，自有岁寒心。

可以荐嘉客，奈何阻重深。

运命唯所遇，循环不可寻。

徒言树桃李，此木岂无阴。

这是一首托物言志的诗歌。诗人赞美丹橘既有岁寒之心，又有累累果实，这正是对坚贞品德和美好才能的礼赞，是自喻自况而又自赞之词。丹橘虽美，但山水阻隔，不为世人所知所赏，故其命运实乖，此中感叹亦含自怜自叹之意。这两句言自有内美而不借外物，体物言志，贴切深婉。

岂意青州六从事，化为乌有一先生。

〔释义〕青州从事，晋人谑语，谓佳酿。乌有先生，司马相如《子虚赋》中虚构人物，此指并不存在之物。

〔鉴赏〕苏东坡作诗随意挥洒，嬉笑怒骂往往皆成名篇。这一联便是与朋友戏谑之作，因其机智幽默而传世。句出《章质夫送酒六壶，书至而酒不达，戏作小诗问之》：

> 白衣送酒舞渊明，急扫风轩洗破觥。
> 岂意青州六从事，化为乌有一先生。
> 空烦左手持新蟹，漫绕东篱嗅落英。
> 南海使君今北海，定分百榼饷春耕。

此时东坡谪居惠州，章质夫为广州知州，遣人送酒六瓶给东坡，不料仆人路上全部打碎。此一懊丧之事，到东坡笔下竟成妙趣横生的诗料，其乐天达观之胸襟，可见一斑。

年年岁岁花相似，岁岁年年人不同。

〔鉴赏〕这是唐代刘希夷《代悲白头翁》诗中名句。诗的前半部分写道：

> 洛阳城东桃李花，飞来飞去落谁家？
> 洛阳女儿惜颜色，行逢落花长叹息。
> 今年落花颜色改，明年花开复谁在？
> 已见松柏摧为薪，更闻桑田变成海。
> 古人无复洛城东，今人还对落花风。
> 年年岁岁花相似，岁岁年年人不同。

花，依稀是去年的花；人，却不是去年的赏花人了。"年年岁岁"

与"岁岁年年"词语的回环往复，既给人以时间流逝，有如穿梭之感，又加强了上下句的对比。诗人慨叹在沧海桑田的巨变之中，人的生命是多么的短暂啊！

朱门几处看歌舞，犹恐春阴咽管弦。

〔释义〕朱门，红漆大门，指贵族豪富之家。

〔鉴赏〕这是唐代李约《观祈雨》诗中名句。原诗为：

> 桑条无叶土生烟，箫管迎龙水庙前。
> 朱门几处看歌舞，犹恐春阴咽管弦。

此诗写观看祈雨的感慨。首联写旱情及百姓为祈雨进行的迎龙娱神的歌舞仪式。尾联一笔宕开，写了另一种场面："几处"豪家在品味管弦，欣赏歌舞。相对于百姓的盼雨心焦，朱门人则是"犹恐春阴"，因为春阴会使丝竹受潮，乐音哑咽。同是面对歌舞，一是为生计而祈雨，一是饱暖之后的闲嬉，诗人只是描述了这两种情形，未置一语，讽刺之意已现。"犹恐"二字，对朱门豪家的鞭挞，可谓入木三分。

朱门沉沉按歌舞，厩马肥死弓断弦。

〔鉴赏〕国家危亡，壮士心忧，而当朝的衮衮诸公却依旧"好官我自为之"。陆游的这两句诗十分形象地描画出当时文恬武嬉的情形，字里行间充溢着愤懑与无奈之情。句出于诗人晚年所作乐府诗《关山月》，诗中说：

> 和戎诏下十五年，将军不战空临边。
> 朱门沉沉按歌舞，厩马肥死弓断弦。
> 戍楼刁斗催落月，三十从军今白发。
> 笛里谁知壮士心，沙头空照征人骨。
> ……

开篇交代背景：朝廷"和戎"的决策十五年矣。接下来描写此决策造成的文恬武嬉局面。后面四句写壮志消磨的悲哀。"朱门沉沉""厩马肥死"的意象不仅准确概括了腐败的朝政时局，同时也传达出作者的压抑心情与批判态度，故称名句。

朱门酒肉臭，路有冻死骨。

〔释义〕朱门，指代富贵人家。

〔鉴赏〕贫富不均、世道不公，历来是重要的社会题材，也曾出现过不少这方面的名言警句。其中最有影响的就是杜甫的这一联。此联出自《自京赴奉先县咏怀五百字》（参见"穷年忧黎元"条），诗中写唐玄宗在骊山享乐奢侈的生活：

> 暖客貂鼠裘，悲管逐清瑟。
> 劝客驼蹄羹，霜橙压香橘。
> 朱门酒肉臭，路有冻死骨。
> 荣枯咫尺异，惆怅难再述。

"酒肉臭"与"冻死骨"两个反差极大的意象组织到一联之中，便产生出震撼人心的力量。

朱楼四面钩疏箔，卧看千山急雨来。

〔释义〕箔，用苇或秫秸编成的帘子。

〔鉴赏〕这是宋代曾巩《西楼》诗中名句。原诗为：

> 海浪如云去却回，北风吹起数声雷。
> 朱楼四面钩疏箔，卧看千山急雨来。

这是一首极富阳刚之美的诗篇。起句写大海起伏汹涌之势，次句状风雷激荡之威，真称得上是笔力千钧了。当此暴雨将至的时刻，若是怯懦之人，恐怕早就"未雨绸缪"甚至心惊胆战了。可是诗人却将朱楼四面的帘子高高挂起，卧看大雨自千山之上驰骤而来，这是何等的胸襟和气魄。这一"钩"一"卧"，将诗人气定神闲的神态、豪迈奔放的情怀简练、生动地表现出来，显示了诗人对崇高之美的向往与追求，确是一字千金，形神兼备。

竹径通幽处，禅房花木深。

〔释义〕禅房，佛徒静习之所。竹径，又作"曲径"。

〔鉴赏〕这是唐代常建《题破山寺后禅院》诗中名句。此诗是一首极具禅悦意味的山水诗，诗的前两联写道：

> 清晨入古寺，初日照高林。
> 竹径通幽处，禅房花木深。

因佛家称僧徒聚集之所为"丛林"，所以起句便暗含了礼颂禅院之意。接着这样的铺垫，下边一联便切入了禅房、曲径的清幽、静美；曲折的小径上落满斑驳的竹影，它的深处，禅房在郁郁的花木丛中若隐若现，好一种毫无人间烟火气的感觉！全诗至此空灵幽美至极，下边深富禅机的"山光悦鸟性，潭影空人心"一联，便水到渠成了。

竹喧归浣女，莲动下渔舟。

〔鉴赏〕这是唐代王维《山居秋暝》（参见"明月松间照，清泉石上流"条）诗中名句。诗的前四句写山中景物的清新纯净，五、六句则是写山中生活的美好可爱。青葱的竹林里传来了阵阵笑语，听那柔甜的语音，脆如银铃的笑声，这是山乡里的洗衣女们洗罢衣裳结伴归来了；她们轻快地撑起掩在荷花丛中的小船，笑着唱着回家了，一路上掀翻了无数翠圆的荷叶，粉红的和雪白的莲花在细长的茎子上摇曳生姿，像在起舞，又像是笑弯了腰的女子。这些乡野里洗衣的女孩儿，她们是那么快乐，不知道什么叫作烦恼和忧愁。

休言女子非英物，夜夜龙泉壁上鸣。

〔释义〕英物，英雄人物。龙泉，宝剑名。

〔鉴赏〕这是近代秋瑾《鹧鸪天》词中名句。原词为：

祖国沉沦感不禁，闲来海外觅知音。金瓯已缺总须补，为国牺牲敢惜身！　　嗟险阻，叹飘零，关山万里作雄行，休言女子非英物，夜夜龙泉壁上鸣！

秋瑾所生活的时代，妇女在社会中的地位是很低下的。秋瑾参加革命，只身万里到日本，引起人们不少非议。但她豪迈地宣称，你们别瞧不起女子，她们同样可以成为杰出的英雄人物，难道没听见吗？那挂在壁间的龙泉宝剑，夜夜都在发出啸鸣，那就是主人"为国牺牲敢惜身"的心声。词句音调铿锵，令人振奋。

休夸你滑，除死甘休罢！

〔释义〕滑，油滑，自作聪明。

〔鉴赏〕这是明代刘效祖《中吕·朝天子》中的名句。原曲为：

惜花，爱花，转眼春光罢。猛然想起俏冤家，半晌丢不下。月底闲情，枕边私话，你如何都当耍？休夸你滑，除死甘休罢！

此曲写一位女子在春的逗逗下思念情人的内心活动，她本听信了情人的爱语，却又毫无根据地推想对方可能食言，很富生活气息。最后的两句曲辞是女子作喃喃自语，却全是对情人的警告，其中以"死"还报其"滑"之谓，乍闻是恨，实际上是因爱发恨，恨中充满了爱。

伐柯如何？匪斧不克。取妻如何？匪媒不得。

〔释义〕柯，斧柄。匪，通"非"。

〔鉴赏〕这是《诗经·伐柯》中的名句。原诗为：

伐柯如何？匪斧不克。取妻如何？匪媒不得。
伐柯伐柯，其则不远。我觏之子，笾豆有践。

关于本诗主题，古人多以为是歌颂周公之作。但晚近的研究者认为它是一首关于媒妁婚姻的诗歌，反映了古代必须通过媒人才能定婚的民俗。此四句用了巧妙得当的比喻，以必用斧头砍伐木枝制造斧柄，譬喻必须经过媒人才能商定婚姻。用具体可见的物质性劳动，形象地比兴了媒妁之事这种复杂抽象的精神性活动。后世，把媒人称为"伐柯人"，把做媒称作"作伐"，即源于此。

任是深山更深处，也应无计避征徭。

〔鉴赏〕这是唐代杜荀鹤《山中寡妇》诗中名句。原诗为：

> 夫因兵死守蓬茅，麻苎衣衫鬓发焦。
> 桑柘废来犹纳税，田园荒后尚征苗。
> 时挑野菜和松煮，旋斫生柴带叶烧。
> 任是深山更深处，也应无计避征徭。

这首诗写一个山中寡妇的悲惨命运。她的丈夫死于战乱，因家中无人耕种，为避征徭，逃到山中，但即使如此，犹不免征徭。"任是深山更深处，也应无计避征徭"两句说明赋税徭役无时不有，无处不在，穷困以至无衣无食，逃避至深山野处，也难以避免。百姓痛苦之深，几不能生。这两句揭露赋税徭役的残酷性，感慨极深。

仰天大笑出门去，我辈岂是蓬蒿人。

〔释义〕蓬蒿人，指默默无闻在草野间终其一生的人。

〔鉴赏〕这是唐代李白《南陵别儿童入京》的末二句，也是体现李白豪迈自信精神的名句。天宝元年（742），李白受诏入京，在南陵与家中的妻儿告别，写下此诗。李白一向怀着"济苍生""安社稷"，为国家建立一番功业的远大抱负，此次奉诏，满以为实现自己政治理想的时机到了，异常欣喜激动，因而烹鸡饮酒、高歌起舞，纵情高呼："仰天大笑出门去，我辈岂是蓬蒿人。""仰天大笑"写出其兴奋得意的神态，"出门去"写出其坚定自信的向往，"岂是蓬蒿人"写出其兀傲自负的心情，把诗人踌躇满志的形象表现得淋漓尽致。

伤心桥下春波绿，曾是惊鸿照影来。

〔鉴赏〕人生大无可奈何之事，莫过于有情而无缘。宋代陆游与爱妻唐琬被迫离异，唐肠断而夭，陆亦心灵受大创伤。此后五十余年间，放翁写下多首悲悼之作，最有名的是《钗头凤》词与《沈园二首》绝句。此联即出自《沈园二首》其一：

> 城上斜阳画角哀，沈园非复旧池台。
> 伤心桥下春波绿，曾是惊鸿照影来。

首句渲染悲凉氛围。次句写星移物换，景色全非。三、四句是全诗眼目：只有桥下春波如昔，当年曾映出心上人的倩影；然而，春波仍绿，伊人永诀，刻骨之痛何堪！诗人虽淡淡写来，而绵绵无尽的隐痛却有动人心魄的力量。

似此星辰非昨夜，为谁风露立中宵？

〔释义〕中宵，半夜。
〔鉴赏〕这是清代黄景仁《绮怀诗》（其十五）中的名句。原诗为：

> 几回花下坐吹箫，银汉红墙入望遥。
> 似此星辰非昨夜，为谁风露立中宵？
> 缠绵思尽抽残茧，宛转心伤剥后蕉。
> 三五年时三五月，可怜杯酒不曾消。

诗中抒写了一种缠绵悱恻、镂骨铭心的相思之情。还是像昨晚那样的星辰，还是像昨晚那样的风光，但已不再是昨天的晚上。风是这样冷，露是这样重，痴情的人儿啊，你是在为谁伫立清夜，暗自心伤？诗人将时光的流逝和相思的缠绵对照起来写，并采用反问的修辞手法，使抒情的力度得到了强化。

似将海水添宫漏，共滴长门一夜长。

〔释义〕宫漏，古代宫中计时器，用铜壶滴漏，故有是称。长门即长门宫，汉武帝陈皇后失宠后的居处。

〔鉴赏〕此乃唐代李益《宫怨》诗中名句。原诗为：

> 露湿晴花春殿香，月明歌吹在昭阳。
> 似将海水添宫漏，共滴长门一夜长。

不同于一般的宫怨诗，此诗是欲写长门之怨，先写昭阳之幸。首联意境佳美，写尽得宠承恩的欢乐。后两句突然转折，描画出另一种气氛：没有花香与歌吹，有的是滴不完的漏声，挨不尽的长夜，与昭阳殿的"春宵苦短"对照，长门宫的不眠人则是"愁觉夜长"。强烈的对比之下，愁怨者愈见其凄苦。

自从老杜得诗名，忧君爱国成儿戏。

〔释义〕老杜，唐代著名诗人杜甫。

〔鉴赏〕这是明代袁宏道《显灵宫集诸公以城市山林为韵》（其二）诗中名句。其诗略云：

> ……
> 自从老杜得诗名，忧君爱国成儿戏。
> 言既无庸默不可，阮家哪得不沉醉？
> 眼底浓浓一杯春，恸于洛阳年少泪。

杜甫生当唐王朝由盛转衰的安史之乱前后，个人身世的坎坷遭遇和万方多难的社会现实，使诗人充满了忧国忧民的思想感情。而后来的模拟效仿者，往往是"为赋新诗强说愁"，为文而造情，满篇忧国忧民之语，而实无真情在内，几同儿戏。袁宏道批评一味仿古拟古，并非不讲忧君爱国，而是说诗必须发之真情方能有感人的力量。

自古圣贤尽贫贱，何况我辈孤且直！

〔鉴赏〕这是南朝宋鲍照《拟行路难》（其六）诗中名句。原诗有这样的句子：

......
> 弃置罢官去，还家自休息。
> 朝出与亲辞，暮还在亲侧。
> 弄儿床前戏，看妇机中织。
> 自古圣贤尽贫贱，何况我辈孤且直！

末二句用引古证今的形式，来解释自己怀才不遇的客观原因。这并非作者的旷达语，而是激愤语，看似自宽自慰，实际上骂尽古往今来的昏上乱相。同时也反映了专制社会的本质痼疾：勇略震主者身危，功盖天下者不赏；忠而被谤，信而见疑；直如弦，死道边，曲如钩，反封侯。后世杜甫《古柏行》："志士幽人莫嗟怨，古来材大难为用"，即用此意。

自古逢秋悲寂寥，我言秋日胜春朝。

〔释义〕寂寥，寂寞空虚，冷落萧索。春朝，春天的早晨，亦泛指春天。

〔鉴赏〕这是唐代刘禹锡《秋词二首》（其一）诗中佳句。原诗为：

> 自古逢秋悲寂寥，我言秋日胜春朝。
> 晴空一鹤排云上，便引诗情到碧霄。

这是一首发抒议论的即兴诗，它一反传统的悲秋情调，唱出了一首高昂的秋歌。首联上句写前人对秋的感想，"悲哉秋之为气也"，次句写自己对秋日的与众不同的感受，虽出语平淡，却给人以极其深刻之印象。结合尾联之"一鹤冲天"的意象，秋之勃勃豪气令人振奋。

自胡马窥江去后，废池乔木，犹厌言兵。

〔鉴赏〕这是南宋姜夔《扬州慢》词中名句。词作写于淳熙三年（1176）冬。当时词人初到扬州，目睹屡遭兵火后的名都一派萧条，不禁为之怆然，在词中抒发了感时伤乱心情。"自胡马"三句借景物描写揭示山河残破之因，表达作者情怀。金兵两次南侵，扬州受到惨重破坏，虽已时过多年，战争之痕依然可见。城池被毁，乔木森森，似乎在对侵略者发动战争发出诅咒。三句化景物为情思，用虚拟手法抒发强烈情感。"废池乔木，犹厌言兵"，物犹如此，何况人乎！词人没有执着于对景物的细致描摹，而是善于摄取事物神理，以少总多，淡笔点染。不尽之意，见于言外。

自是人生常恨水长东。

〔鉴赏〕这是五代南唐后主李煜《乌夜啼》（参见"林花谢了春红"条）词的结句。此词由落花写到春光流逝，好景不再，寄托了作者感伤之情。结句为直露之词，然读者却感到意味深长，其妙处有三：此直露之词为上文的收拾、结穴语，把感伤于落花上升为普遍的人生遗憾，境界拓开了一层；以"水长东"喻人生遗憾之永恒，有绵绵无尽之意；"水长东"的意象含"逝去者永不再来"的遗憾意，与上文"谢了春红""几时重"的意味相通，故同时又可视为"人生常恨"的内容。这样，语虽直露，意味却不简单；而又冠以"自是"，更增感慨之意，遂成多情善感者常吟之句。

自笑平生为口忙，老来事业转荒唐。

〔鉴赏〕人生的价值与意义，是个永恒的问题。当无法彻底解决时，自我嘲讽与调侃便成为心理平衡的需要。宋代苏轼这两句诗是他初贬黄州时所作，正是在人生挫折后重新调节心理的产物。诗题为《初到黄州》：

> 自笑平生为口忙，老来事业转荒唐。
> 长江绕郭知鱼美，好竹连山觉笋香。
> 逐客不妨员外置，诗人例作水曹郎。
> 只惭无补丝毫事，尚费官家压酒囊。

"自笑"，极洒脱，为全诗定下处逆境而超然的调子。"为口忙"，双关。一指因直言而屡得祸，一指为全家糊口而奔波。"老去"句虽自伤却不失调侃意。首句寓旷达于平常，故极易引起一般读书人的共鸣。

自笑年来常送客，不知身是未归人。

〔释义〕客，羁旅之人。

〔鉴赏〕这是明代王越《与李布政彦硕冯金宪景阳对饮》诗中名句。
原诗为：

> 相逢无奈还伤别，尊酒休辞饮几巡。
> 自笑年来常送客，不知身是未归人。
> 马嘶落日青山暮，雁度西风白草新。
> 离恨十分留一半，三分黄叶二分尘。

这里写的是客中送客的惆怅心情。诗人身在异乡，友人相逢，樽酒欢宴，本该高兴。可无奈短暂的相聚之后，便是令人黯然神伤的离别，只能借酒浇愁。好笑的是这些年来常常送别客子，竟然没有意识到自己也是久在他乡的未归之人啊。自嘲里流露的是无法解脱的愁恨和凄凉，语浅而意深。

向使当初身便死，一生真伪复谁知？

〔释义〕向使，犹言果使、假令。

〔鉴赏〕这是唐代白居易《放言五首》（其三）诗中佳句，诗的后两联写道：

> 周公恐惧流言日，王莽谦恭未篡时。
> 向使当初身便死，一生真伪复谁知？

紧接前半部分提出的分辨真伪的方法——时间的考验，第三联则从反面证明如果不用这种方法，往往不能做出正确的判断。于是诗人举出了周公与王莽的例子。尾联是全篇的关键句，假使当初周公、王莽早死，那么周公的忠心王室与王莽的假冒谦恭也就无从辨别真伪了。这里再次强调了时间考验的重要性，警告人们如果过早地下结论，就容易被一时的表面现象所蒙蔽。反问的运用，加强了诗句的说服力。

> 行人欲问前朝事，翁仲无言对夕阳。

〔释义〕翁仲，传说秦代阮翁仲身长一丈三尺，异于常人，始皇命他出征匈奴，死后铸铜像立于咸阳宫司马门外，后因称铜像、石像为"翁仲"。这里指墓前的石像。

〔鉴赏〕这是明代孙友篪《过古墓》诗中名句。原诗为：

> 野水空山拜墓堂，松风湿翠洒衣裳。
> 行人欲问前朝事，翁仲无言对夕阳。

这首诗借凭吊古人，抒写人事沧桑、岁月无情的历史兴亡之感。诗人拜谒古墓，不禁发思古之幽情，感慨良深。墓中的古人生前声名赫赫，可现在已经再也不可能回答我的问题了。只有墓前的石像默默地对着夕阳，引发出行人怅然惘然的无尽幽思。

> 行到水穷处，坐看云起时。

〔鉴赏〕这是唐代王维《终南别业》诗中名句。原诗为：

> 中岁颇好道，晚家南山陲。
> 兴来每独往，胜事空自知。
> 行到水穷处，坐看云起时。
> 偶然值林叟，谈笑无还期。

这两句诗在禅宗中常被用来示法开悟。"云起"，指智慧的云、觉悟的云在心中慢慢升起，即开悟。"行到水穷处"，为的是静坐冥思，摒除尘世的纷扰、喧嚣。这就是禅家所谓的"寂照"。"寂"是禅悟的修行之道，"照"是佛性光辉照耀之下对生命的灵动飞跃的体验。诗人以空灵的精神境界会心到白云的闲适、飘逸、自得，即是开悟。

会当凌绝顶，一览众山小。

〔释义〕会当，一定要。

〔鉴赏〕这是杜甫《望岳》诗中名句。原诗为：

岱宗夫如何？齐鲁青未了。
造化钟神秀，阴阳割昏晓。
荡胸生层云，决眦入归鸟。
会当凌绝顶，一览众山小。

岱宗，即泰山。诗人站在山脚，仰望着、想象着、赞叹着，描画出这五岳之首的伟大气魄。结尾两句则转写自己的心愿，也是想象之辞：一定要登上最高峰，看群山拜倒在脚下。此联既写出泰山俯视群岭的气魄，又表现出诗人不凡的胸襟抱负。后世多用来形容壮心大志。

会挽雕弓如满月，西北望，射天狼。

〔释义〕天狼，星名，比喻西北方入侵者。

〔鉴赏〕这是北宋苏轼《江城子·密州出猎》（参见"老夫聊发少年狂"条）词中名句。词的上阕主要描写猎者形象和行猎场面。下阕以抒情为主：

酒酣胸胆尚开张，鬓微霜，又何妨。持节云中，何日遣冯唐？
会挽雕弓如满月，西北望，射天狼。

词人先写畅饮美酒，突出了胆气之豪迈。接着以汉文帝时云中太守魏尚自许，希望能得朝廷重用。结尾三句为自己勾勒了一个挽弓劲射、刚强壮武的英雄形象，直抒渴望亲临战场杀敌立功的慷慨报国之情。风格豪健，器宇轩昂。

众女嫉余之蛾眉兮，谣诼谓余以善淫。

〔释义〕众女，指邪恶的党人。蛾眉，眉细而长则美，此象征诗人美好的情操。善淫，十分淫荡。

〔鉴赏〕这是《离骚》中的名句。《离骚》是楚国诗人和政治家屈原的长篇抒情诗,其中有很大部分抒写了自己在政治上坎壈不平的遭遇。这两句之所以成为名句,是因为采用了"美人香草"的象征手法,从而开创了中国诗歌"以男女比君臣"的传统。在这里,诗人无疑把楚王视为男子,而把自己视为美女,把党人喻为众女,把党人对自己的诬陷攻击比作妒妇的造谣污蔑。这样实际上抓住了君王与臣下之间主从关系的关键。引而申之,"蛾眉意象"还可应用于上下之间,"妆罢低声问夫婿,画眉深浅入时无"即其例。

众里寻他千百度,蓦然回首,那人却在、灯火阑珊处。

〔释义〕阑珊,冷落。

〔鉴赏〕这是南宋辛弃疾《青玉案》(参见"东风夜放花千树。更吹落,星如雨"条)词中名句。作品以主要篇幅描绘了元宵之夜灯火人流的欢腾景象,然而,结尾这几句表明,那一切都不过是反衬。作者抓住久久寻觅终于发现了意中关切之人的一瞬间,刻画了此时特有的悲喜莫名的复杂感受。与此同时,描写了一个孤高自持的女子形象。四句笔简意丰,千百度的追寻与蓦然间的发现,热闹喧腾与寂寞淡泊,形成强烈对比,创出一个引人联想、耐人寻味的艺术境界。

多见摄衣为上客,几人刎颈送王孙!

〔释义〕摄衣,古时穿长袍,升堂时提起衣摆,防止跌倒,表示恭谨有礼。

〔鉴赏〕这是清代吴伟业《怀古兼吊侯朝宗》诗中名句。原诗为:

> 河洛风烟万里昏,百年心事向夷门。
> 气倾市侠收奇用,策动宫娥报旧恩。
> 多见摄衣为上客,几人刎颈送王孙!
> 死生总负侯嬴诺,欲滴椒浆泪满樽。

这首诗隐括了战国时秦攻赵,魏公子信陵君窃符救赵之事,歌颂了侯嬴重义气、轻死生的志节。常常可以看到恭谨有礼的门客高居堂上，可一遇危难，又有几个人肯捐弃生命报答主人的厚遇之恩呢？这两句表现了对无节操而贪生怕死之人的轻蔑和愤慨。

多情自古空余恨。

〔鉴赏〕人生而多情，究竟为福为祸，实难断言。寡情即近土偶，未免"辜负锦堂风月"；而多情则不免自寻许多烦恼。柳永有"多情自古伤离别"、苏轼有"多情却被无情恼"，皆可为证，然终不如清人史清溪这一句来得沉重。史作并无完篇，只在《随园诗话》保存了一联："多情自古空余恨，好梦由来最易醒。"下句俚俗无味，难与上句相匹。上句写多情人的怨思，层层加深。"多情"本是对幸福的追求，而今却适得其反，落得"余恨"收场，已令人慨叹；却又加一"空"字，强调除了遗憾与怨恨外，别无结果，自令慨叹加深；作者再加"自古"二字，指明向来如此，并无例外，遂使此慨叹深重到了极点。

多情自古伤离别，更那堪、冷落清秋节。

〔鉴赏〕恨别是我国诗文的传统主题。"黯然销魂，唯别而已。"这一伤感曲调，唱了几千年，名句佳篇本已多多，然宋代柳永这两句却仍久传不衰。此句出《雨霖铃·秋别》（参见"今宵酒醒何处"条），语言明白如画，其魅力主要在于层进的语势。"多情自古伤离别"，已将别恨写到十分；而下文又以"更那堪"三字再推进一层：多情伤别，自古而然，乃无可逃避的痛苦事，偏偏适逢萧条肃杀的秋季，此番心灵伤痛如何能够忍受！这种逐步加重的情绪与词的短长变化句势融合一体，就形成了独特的效果，而在恨别之作中卓立不群。

多情却被无情恼。

〔鉴赏〕这是北宋苏轼《蝶恋花》（参见"枝上柳绵吹又少，天涯何处无芳草"条）词中名句。上阕主要描写暮春景色。下阕写人：

墙里秋千墙外道。墙外行人，墙里佳人笑。笑渐不闻声渐悄，多情却被无情恼。

词人先用叙事手法，写一堵围墙，使佳人形藏声露，行人因之而心有所动。结句不仅写出行人的微妙心理，而且诱人产生富于哲理意味的联想。世间人与人的关系，有时不正如斯么？各式各样的"墙"阻隔着人之交流，使当事人时或体验到一种特殊的惆怅烦恼。此中有情与情的矛盾，也有情与理的冲突。词人因事兴叹，以平实而具概括力的语言，揭示了这一并非罕见的生活现象。

寻寻觅觅，冷冷清清，凄凄惨惨戚戚。

〔鉴赏〕这是宋李清照南渡以后所作《声声慢》词中名句。词的上阕如下：

寻寻觅觅，冷冷清清，凄凄惨惨戚戚。乍暖还寒时候，最难将息。三杯两盏淡酒，怎敌他晓来风急？雁过也，正伤心，却是旧时相识。

开篇连下七组叠字，是词人在艺术上大胆新奇的创造，历来为词论者所激赏。"寻寻觅觅"，写人物心神不宁，苦闷孤寂，若有所失之状。"冷冷清清"为肃杀之景，是寻觅之所见。"凄凄惨惨戚戚"刻画人物内心悲愁。三句由浅入深，写出了历经家国之难的词人心灵深处的沉郁凄怆。仅此十四字，已使全篇笼罩在愁惨凄清的气氛中。

尽道便休官，林下何曾见？

〔释义〕林下，指隐士隐居之地。
〔鉴赏〕这是元代薛昂夫《正宫·塞鸿秋》中的名句。原曲为：

功名万里忙如燕。斯文一脉微如线，光阴寸隙流如电，风雪两鬓白如练。尽道便休官，林下何曾见？至今寂寞彭泽县。

这支小令尖锐地嘲讽了那批口口声声叫着归隐，可又追求功名的伪君子。这两句曲辞本从僧灵彻"相逢尽道休官去，林下何曾见一人"诗句化来，用于此而全无斧痕实属难得。下接"至今寂寞彭泽县"一句，更丰富了曲境，似乎陶渊明真的在为虚伪浇薄的士风慨叹。

尘世难逢开口笑，菊花须插满头归。

〔鉴赏〕这是唐代杜牧《九日齐山登高》诗中名句。全诗写重阳登山饮酒之情景，寄托了诗人无限惆怅：

> 江涵秋影雁初飞，与客携壶上翠微。
> 尘世难逢开口笑，菊花须插满头归。
> 但将酩酊酬佳节，不用登临恨落晖。
> 古往今来只如此，牛山何必独沾衣。

三、四两句承上启下，且展示了诗人的内心世界。诗人旷达豪爽，登临之际与友共谋，酩酊大醉，菊花满头而归。此等胸襟可与后世东坡"老夫聊发少年狂"相辉映。而"难逢"二字却在豪爽中掺杂了抑郁的不和谐音。此联言开怀忘情为人生难得，可见人生之艰险、仕途之坎坷。而下文又推而广之，指出此乃古今同然的大无可奈何之事，进一步加强了感慨的意味。诗的魅力往往在于情感体验的内在矛盾，此句正于此见佳。

如切如磋，如琢如磨。

〔释义〕切，切割。磋，刲平。琢，雕刻。磨，磨光。四者均为加工玉器之手段。
〔鉴赏〕这是《诗经·淇奥》中的名句，出自其首章：

> 瞻彼淇奥，绿竹猗猗。有匪君子，如切如磋，如琢如磨。瑟兮僩兮，赫兮咺兮。有匪君子，终不可谖兮。

原诗歌颂卫国不可多得的贤君卫武公。武公年过九十，犹夙夜不息，思闻训道，耻为横暴，乐受批评，故国人歌之。本联连用四个比喻，构成博喻形式，把卫武公的不断进修与美好德行，比作对玉器的精细加工，和加工后的晶莹美好。设譬精警动人，后世形容相互研讨为"切磋琢磨"，即出于此。

　　　　如临深渊，如履薄冰。

〔鉴赏〕这是《诗经·小旻》中的名句，出自其第六章：

　　　　不敢暴虎，不敢冯河。人知其一，莫知其他。战战兢兢，如临深渊，如履薄冰。

　　《小旻》一诗为周大夫所作，讥刺周王任用小人，政治混乱。本章说明人要谨慎小心，不可放肆无惮。要时常如临深渊，如履薄冰，治国立身要戒惧警惕，兢兢业业。由于它以两个具象性极强的喻体，譬喻了人们应持的危机感和应具的敬业精神，所以"临深履薄"成为中国传统的成语。它又与《周易·履卦》中的"履虎尾，咥人，凶"结合，形成"虎尾春冰"和"临深履尾"两个成语。六朝诗"盲人骑瞎马，夜半临深池"亦由此化出。

　　　　如蜩如螗，如沸如羹。

〔释义〕蜩，蝉。螗，大蝉。沸，滚开的水。羹，此指热汤。
〔鉴赏〕这是《诗经·荡》中的名句，出自其第六章：

　　　　文王曰：咨！咨女殷商！如蜩如螗，如沸如羹。小大近丧，人尚乎由行。内奰于中国，覃及鬼方。

　　本诗原旨是借周文王责纣之口气，讥刺当代天子昏暗。本章写内忧外患、国事日非。此二句采用博喻方式，连用四喻，把当时社会动荡不安表现出来，政治黑暗，导致民怨沸腾，人心浮动，如夏蝉聒噪，如滚汤翻腾。因其渲染场面烘托气氛之生动，后世遂以"蜩螗沸羹"为喻世事纷乱的成语，亦以喻小人互诋纷扰不宁，如梁启超文云："民国现状，蜩螗沸羹，事实章章，不可掩蔽！"

好一似食尽鸟投林，落了片白茫茫大地真干净！

〔鉴赏〕这是《红楼梦》第五回"红楼梦套曲"中的两句，出自套曲中的《收尾·飞鸟各投林》。曲云：

> 为官的，家业凋零；……
> 看破的，遁入空门；痴迷的，枉送了性命。
> 好一似食尽鸟投林，落了片白茫茫大地真干净！

这支曲子是对结局的预示。最后这两句使用了比喻的修辞手法，"白茫茫""真干净"既形象又夸张，给读者留下极为深刻的印象。

好雨知时节，当春乃发生。

〔鉴赏〕古人有"诗无达诂"的说法，意思是诗的意义往往不够确定，可能有多种解释。这两句诗字面上很浅显，但也存在"无达诂"的情况。这是杜甫《春夜喜雨》的首联。原诗为：

> 好雨知时节，当春乃发生。
> 随风潜入夜，润物细无声。
> 野径云俱黑，江船火独明。
> 晓看红湿处，花重锦官城。

诗人描绘春夜雨景，表现自己的喜悦心情。中间两联状物传神，很得春雨微妙情状。开端两句是叙述，有两种解法。一种是拟人化的理解：这场好雨似有灵性，知时节已到，便在春季应时而降。另一种则是：这场好雨使我们感知到春的节令气息，正当春天应时而降。从句法上看，二解俱通。若论情味，似以前者略胜些许吧。

好风频借力，送我上青云。

〔鉴赏〕这是《红楼梦》第七十回"史湘云偶填柳絮词"中的两句诗。大观园诸人结了诗社，提出"以柳絮为题，限各色小调"。薛宝钗填了一首《临江仙》，词曰：

白玉堂前春解舞，东风卷得均匀。

蜂团蝶阵乱纷纷。几曾随逝水，岂必委芳尘。

万缕千丝终不改，任他随聚随分。

韶华休笑本无根，好风频借力，送我上青云！

虽是咏物词，但无意之中把个人的人生态度表露了出来。借"好风"以"上青云"，这正是薛宝钗功利主义的处世态度，与林黛玉的"孤标傲世"适成鲜明对照。

纨绔不饿死，儒冠多误身。

〔释义〕纨绔，指代富家子弟。

〔鉴赏〕这是杜甫《奉赠韦左丞丈二十二韵》的首联。此诗为诗人困顿长安时求韦某汲引之作，但由于满腔块垒难平，故劈头便发出这一声"不平之鸣"。两句的特色在于对比。纨绔子弟本为社会赘疣，不学无术，却绝无冻馁之虞。下文更铺排了他们鲜衣肥马、趾高气扬的生活场景。儒冠，在这里不仅指个人身份，兼含有理想、有操守、有才学之意，而这些人生至可宝贵的东西，给自己带来的却只有贫贱。这种手法类似于"朱门酒肉臭，路有冻死骨"，因其反差强烈而给人留下深刻印象。

红尘不向门前惹，绿树偏宜屋角遮，青山正补墙头缺。

〔释义〕红尘，闹市的飞尘，指俗世。

〔鉴赏〕这是元代马致远《双调·夜行船·秋思》中的名句。此曲由七支曲牌连缀而成，抒写诗人远避红尘、超然绝世的生活态度及旷达的心境。这几句出自第六支曲《拨不断》，原曲为：

名利竭，是非绝。红尘不向门前惹，绿树偏宜屋角遮，青山正补墙头缺；更那堪竹篱茅舍。

以家常语抒写妙境为这几句的佳处。隔绝于尘世的生活环境本是异常简淡的，然而绿树填衬、青山补缺，陋室颓垣为大自然所装点、所包围，反映出诗人恬退后自得其乐的心境。

红豆生南国，春来发几枝？

〔释义〕红豆，亦名相思子，豆圆形，长在豆荚里时，全身鲜红，老熟后，上部鲜红色，下部黑色。

〔鉴赏〕这是唐代王维《相思》诗中名句。原诗为：

> 红豆生南国，春来发几枝？
> 愿君多采撷，此物最相思。

诗中借红豆来关合相思之情。传说红豆是一位殉情而死的女子的化身。妩媚的春天又来了，诗人不禁思念起远方的朋友，在风光旖旎的南国，红豆树又发新枝了吧？这种亲昵的揣问语气，也婉转表达了对朋友的亲切问候。树茂子丰，诗人希望朋友多采摘些红豆，以珍藏起这份浓浓的相思之情。

绿杨烟外晓寒轻，红杏枝头春意闹。

〔鉴赏〕这是北宋宋祁《玉楼春》词中名句。原词为：

> 东城渐觉风光好，縠皱波纹迎客棹。绿杨烟外晓寒轻，红杏枝头春意闹。　　浮生长恨欢娱少，肯爱千金轻一笑。为君持酒劝斜阳，且向花间留晚照。

词的上阕从水、树、花几方面描绘明媚的春光。"绿杨"句写初春早晨晓雾萦绕杨柳依依的景致。"红杏"句更将春景点染得极为生动、绚丽。一个"闹"字，下得别致、灵脱，红杏随之人格化，仿佛竞相开放，争鲜斗妍，带给人盎然春意，蓬勃生机。作者因为这一名句，当时即得"红杏枝头春意闹尚书"之雅称。

红酥手，黄縢酒，满城春色宫墙柳。

〔释义〕黄縢酒，即黄封酒。封口贴着黄纸，故名。

〔鉴赏〕这是南宋陆游《钗头凤》词中名句。此词写于陆游迫于母命与爱妻唐琬离异几年后的一个春日，其时两人在绍兴沈园游赏不期而遇。陆游题诗于园壁，其上阕如下：

> 红酥手，黄滕酒，满城春色宫墙柳。东风恶，欢情薄，一怀愁绪，几年离索。错，错，错！

开头三句追忆往昔，在夫妻把酒共赏春色的具体场景的描绘中，表现婚后生活的美好，与后面抒写别离的凄楚形成比照，寄托了深厚的眷恋相思和怨恨愁苦之情。红润的手臂，黄色的酒封和碧绿的柳枝相互映衬，色彩明丽和谐。

七画

沉舟侧畔千帆过，病树前头万木春。

〔释义〕木，树。

〔鉴赏〕此乃唐刘禹锡《酬乐天扬州初逢席上见赠》诗中佳句。原诗为：

> 巴山楚水凄凉地，二十三年弃置身。
> 怀旧空吟闻笛赋，到乡翻似烂柯人。
> 沉舟侧畔千帆过，病树前头万木春。
> 今日听君歌一曲，暂凭杯酒长精神。

这首诗是诗人对白居易赠诗的酬答之作，其中第三联为千古绝唱。在这一联中，诗人以沉舟、病树自喻，虽寓惆怅之情，但更多的是对世事变迁、仕宦穷达的一种豁达的襟怀。此联生动传神，同时代的大诗人白居易颇为欣赏，以为刘氏写时"有神物护恃"（清·乔忆《剑溪说诗》卷下）。传之后世，此联更是脍炙人口，并逐渐被后人赋予了"长江后浪催前浪，一辈新人换旧人"之类的新意。

沉恨细思，不如桃杏，犹解嫁东风。

〔鉴赏〕这是北宋张先《一丛花令》词中名句。词写女主人公在情人离去后深闺独处的怨愁情绪。上阕言白日里伤高怀远，下阕诉夜晚寂寞难挨。这三句出自结尾。少妇独坐无眠百无聊赖，不禁陷入对自身命运的沉思默想之中。所恨所思，则通过具体而新奇的比喻曲折道出。"不如"二句显系怨语，描画少妇心理细腻幽深。词人翻用李贺《南园》"可怜日暮嫣香落，嫁与东风不用媒"诗句，表现少妇惋叹：眼见得岁月空逝青春消磨，自己的命运甚至还不如那嫣香飘零、嫁与东风寻得归宿的桃花杏花啊！三句意深语新，颇富情韵，作者因此而得一雅称——"桃杏嫁东风郎中"。

沧海月明珠有泪，蓝田日暖玉生烟。

〔释义〕沧海，谓海，沧与苍通，指水色而言。蓝田，县名，在陕西省，以产美玉闻名。

〔鉴赏〕此乃唐代李商隐《锦瑟》（参见"庄生晓梦迷蝴蝶"条）诗中名句。"沧海月明"这一意境，虽高旷皓净令人爱赏，但凄寒孤寂，又使人感伤。透过这一意象，诗人复杂难言的怅惘之情不言而喻。"蓝田日暖"这一意象代表美好的理想，而那是不能把握和无法亲近的——因为美玉精气远察如在，近观却无。纵观此联，阴阳冷暖，美玉明珠，境界虽殊而怅恨则一。其中对美之可望而不可即的深沉哀怅具有普遍的人性意义，此联也因为这种永恒的悲哀而在后人心中留下了深深的印记。

穷年忧黎元，叹息肠内热。

〔释义〕穷年，终年。黎元，百姓。

〔鉴赏〕天宝十四年（755）深秋，正当安史之乱前夕，杜甫由长安赴奉先，沿途感慨良深，写下了著名的《自京赴奉先县咏怀五百字》。这首长诗先写自己的理想与遭遇，再写沿途所见政局腐败、民不聊生的情况，最后表达对时局的忧虑。在开篇抒写理想道：

> 杜陵有布衣，老大意转拙。
> 许身一何愚，窃比稷与契。
> ……
> 穷年忧黎元，叹息肠内热。
> 取笑同学翁，浩歌弥激烈。

所谓"愚""拙"，正是老杜人格的可敬之处。为百姓的疾苦而忧叹，而激动，其"愚"、其"拙"不可及也。

床前明月光，疑是地上霜。

〔鉴赏〕这是唐代李白《静夜思》诗中名句。原诗为：

床前明月光，疑是地上霜。
举头望明月，低头思故乡。

这是诗人羁泊异地的思乡之作。不用一个典故，没有任何夸饰，平易浅近，无限深意尽在不言中，堪称"妙绝今古"的佳品。秋夜寂静，月华如水，铺洒在床前，像凝霜一样，是诗作的环境。妙就妙在用了一个"疑"字，写出了诗人在特定环境中一刹那间所产生的错觉。肃杀凄凉，是"疑是地上霜"的心理基础。其一，似是非是，就必然引起追寻，自然牵动着目光由地上转到窗口，由窗口转到天宇，成为"举头望明月"的缘由；其二，若实若虚，就一定启动思索，由肃杀凄凉意识到内心的孤独寂寞，成为"低头思故乡"的契机。全诗把典型的景物、代表性的动作、独特的心灵感受糅合在一起，随意挥洒，沁彻读者心脾。

这次第，怎一个愁字了得？

〔释义〕这次第，这般光景。了得，包括得了。

〔鉴赏〕这是宋李清照南渡后所作《声声慢》（参见"寻寻觅觅，冷冷清清，凄凄惨惨戚戚"条）词中名句。通篇抒写愁怀。此为结尾两句。词人孤身独坐，时光难挨，更何况秋雨凄厉，飘打着窗外梧桐。词中"点点滴滴"所描摹的，不仅仅是自然界的风雨，而且是洒落在词人心头的沉痛泪水。个人苦难，民族深哀，这一切又哪里是一个"愁"字所能包容！结句戛然而止，蹊径独辟，将纷繁思绪、无尽忧伤化为率直情切的一语感叹，豪放纵恣而又情韵悠长。

忧患才成识字才，风霜不上庸人口。

〔鉴赏〕这是清代蒋湘南《反行路难》诗中名句。原诗为：

"出门一日难，在家千日好。"此特食肉人，坐守妻妾老。丈夫有志四方行，一喝青天霹雳声。……忧患才成识字才，风霜不上庸人口。君不见龙门作史游名山，班超投笔来玉关。学书学剑宜如此，乐府莫歌行路难。

诗句说，识字有才之士只有在忧患中才能成长，只有庸人才害怕艰难而从不知旅途风霜。

闲袖手，贫煞也风流。

〔释义〕袖手，指对世事不加过问。贫煞，贫穷到极点。风流，无拘无束、内心充实。

〔鉴赏〕这是元代白朴《中吕·阳春曲·知几》（其一）中的名句。原曲为：

> 知荣知辱牢缄口，谁是谁非暗点头。诗书丛里且淹留。闲袖手，贫煞也风流。

这支曲标题《知几》，写诗人在世态炎凉、风波难测的现实面前远祸全身的处世哲学。虽有批判黑暗现实的意义，却不免过于消极，幸而这两句把他的人格提升起来。诗人不媚俗、不羡富、不重爵，以一种旷达的态度对待生活的贫困，从而表现出了他内心充实和人格高尚的一面。

社稷依明主，安危托妇人。

〔鉴赏〕这是唐代戎昱《咏史》（一作《和蕃》）诗中名句。原诗为：

> 汉家青史上，计拙是和亲。
> 社稷依明主，安危托妇人。
> 岂能将玉貌，便拟静胡尘。
> 地下千年骨，谁为辅佐臣！

这两句是说，国家的治理要依靠英明的皇帝，而执行"和亲"政策实际是把国家的安危托付给有姿色的女子。"明主"和"妇人",形成鲜明的对比,对只图苟安一时的屈辱的和亲政策予以辛辣的讽刺,成为反对屈辱和亲的名句。据说唐宪宗就曾背诵此诗,以批评那些力主和亲的大臣们。

初如食橄榄,真味久愈在。

〔鉴赏〕这是宋代欧阳修《水谷夜行寄子美、圣俞》诗中名句。诗中对名重当时的梅尧臣、苏舜钦的诗歌风格进行了生动、准确的品评。在评价梅诗时,诗人说道:

> 梅翁事清切,石齿漱寒濑。
> 作诗三十年,视我犹后辈。
> 文词愈清新,心意虽老大。
> 譬如妖韶女,老自有余态。
> 近诗尤古硬,咀嚼苦难嘬。
> 初如食橄榄,真味久愈在。

将梅诗比作穿流石间的清冷流泉、风韵犹存的半老美妇、回味绵长的橄榄,既亲切幽默,又极为妥帖,准确、精巧地表达了梅诗工力深谌、古淡硬涩的特点,同时也对其余味无穷的风格表示了推崇之意。

来日绮窗前,寒梅着花未?

〔释义〕绮窗,镂空的有花纹的窗子。着花,开花。
〔鉴赏〕这是唐代王维《杂诗》(其二)中的名句。原诗为:

> 君自故乡来,应知故乡事。
> 来日绮窗前,寒梅着花未?

故乡的事很多,诗中主人公却只问了一个生活细节:老屋窗前的梅树开花了没有?看似极淡的一问中,其实余味无穷,留有极丰富的想象的余地,"以一胜多"。绮窗里、梅树下,有太多值得回忆的青春

- 231 -

旧事，"绮窗""寒梅"是诗中主人公青少年时代成长的伴侣和见证，因此得到了特别的关怀和问候。问得亲切、含蓄。

弄潮儿向涛头立，手把红旗旗不湿。

〔鉴赏〕这是北宋潘阆《酒泉子》词中名句。原词为：

> 长忆观潮，满郭人争江上望，来疑沧海尽成空，万面鼓声中。弄潮儿向涛头立，手把红旗旗不湿。别来几向梦中看，梦觉尚心寒。

词中描写夏历八月中旬杭州观潮盛况和词人感受。上片描绘杭州人争睹钱塘江涨潮的景象和潮势潮声。过片转入对弄潮儿的歌咏。那些敢于在风口浪尖上挺立，出没于鲸波万仞之中，向潮头挑战的健儿是何等勇武！而他们手中所擎红旗竟能不被潮水溅湿，又是怎样的奇观！在词人笔下，弄潮儿的飒爽英姿和大无畏精神活灵活现，令人心动神摇，为之倾倒。

却看妻子愁何在，漫卷诗书喜欲狂。

〔鉴赏〕清人钱牧斋论诗人的气质时说：做人玲珑、精明者，绝写不出好诗；诗人皆有独至、偏诣的气质、性情。读杜甫的《闻官军收河南河北》，可证钱说不诬。诗云：

> 剑外忽传收蓟北，初闻涕泪满衣裳。
> 却看妻子愁何在，漫卷诗书喜欲狂。
> 白日放歌须纵酒，青春作伴好还乡。
> 即从巴峡穿巫峡，便下襄阳向洛阳。

这首诗作于安史之乱后期，当诗人在蜀中听到官军捷报时，禁不住热泪滂沱，放歌纵酒，立即计划起返回故乡的路线来。"却看"一联写他大喜欲狂，忘记了眼前一切愁苦的心情，一个关心国事，真诚而近于痴狂的形象呼之欲出——而正是这份"痴"情，才使杜甫得享"诗圣"之大名。

却原来括乾坤物我总浮沤。

〔释义〕浮沤，浮于水面的水泡，这里比喻微不足道的事物。

〔鉴赏〕这是元代王实甫《商调·集贤宾·退隐》套曲中的名句。这套包括了十一支曲子的散套，尽情倾吐了诗人晚年归隐后的情趣。在《梧叶儿》一曲中，诗人以"退一步乾坤大"句抒写了自己在摆脱了蝇头蜗角名利思想的缠绕后，拥有了一个大世界的感受；而至《尾声》曲中，诗人却将笔锋一转写下了这一句曲辞。原先那种"乾坤大"的感觉，乃是因为自己仍有所需求才产生出来的，而当诗人真正感到宇宙间的一切事物和自我都是微不足道的时候，他才真正"渗透"了，他才以"无为"思想彻底摆脱了尘世的缠绕，从而获得了精神生活的最大自由。

却原来是架上鹦哥不是他。

〔鉴赏〕这是明代沈仕《懒画眉·春闺即事》中的名句。原曲为：

> 东风吹粉酿梨花，几日相思闷转加。偶闻人语隔窗纱，不觉猛地浑身乍，却原来是架上鹦哥不是他。

这支小令通过误把鹦哥学语当作情人说话这个细节，抒写了一位少妇急切盼望情人早归的心情。"偶听人语"之初，少妇喜极，冲动近于惊狂，而这最后一句虽是她清醒后的叙述语，却又充满了怨。是怨"架上鹦哥"？是怨"他"？还是都怨？令读者细细回味。

却将万字平戎策，换得东家种树书。

〔释义〕平戎策，指作者南归后向朝廷提出的《美芹十论》《九议》等抗金意见书。

〔鉴赏〕这是南宋辛弃疾晚年家居时所作《鹧鸪天》词中名句。原词为：

壮岁旌旗拥万夫，锦襜突骑渡江初。燕兵夜娖银胡觮，汉箭朝飞金仆姑。　　追往事，叹今吾，春风不染白髭须。却将万字平戎策，换得东家种树书。

上阕忆旧，气盖万夫；下阕叙今，悲慨淋漓。作者一生高度关注民族命运，但由于朝廷奉行投降政策，只落得投闲置散，岁月空抛。"却将"二句突出刻画爱国理想与政治现实的尖锐矛盾，感情极沉痛，形象极典型。英雄深悲入骨，令人为之扼腕。

更无柳絮因风起，惟有葵花向日倾。

〔鉴赏〕这是宋代司马光《客中初夏》诗中名句。原诗为：

> 四月清和雨乍晴，南山当户转分明。
> 更无柳絮因风起，唯有葵花向日倾。

这首诗是司马光熙宁四年（1071）客居洛阳时所作。首句破"初夏"之题，写雨后初晴的四月天气，二句乘"乍晴"之意，写远景之山由朦胧而渐转分明，三、四句则是写近景，但前虚后实，因为随风飘舞的柳絮此时已经吹尽，而向日的葵花则正是当令之物。如此远、近、虚、实的结合，使全诗洋溢着一丝恬静而清新的气息。不过，三、四句虽为实景，但其中另有深意：当时，诗人与实行变法的王安石政见不合，故退居洛阳。因此他借葵花以自喻，表明自己本性不移，不像柳絮那样随波逐流，人云亦云。不过，这层言外之意表达得极其巧妙，可谓妙合于景，无迹可求了。

更闰一更儿妨甚么！

〔释义〕闰，历法术语，如闰年、闰月、闰日，这里是增加、延长的意思。

〔鉴赏〕这是元代贯云石《中吕·红绣鞋》中的名句。这首小令抒写了一位女子与情人夜间欢愉依恋之情，其后半如下：

四更过情未足，情未足夜如梭。天哪，更闰一更儿妨甚么！

与情人厮守总觉时间过得飞快，时间不够用，这种心理体现了"相对论"。只愿与情人多些欢悦便呼天求祈，表达了女子对情人和情事的珍惜；而从闰年、闰月、闰日的启示中生"闰更"的愿望，自然贴切。这两句可称曲中谑词，谐而不恶。

更能消、几番风雨？匆匆春又归去。

〔释义〕消，经得起。

〔鉴赏〕这是宋辛弃疾《摸鱼儿》词中名句。作品抒发了词人投归南宋政权后，在权奸排挤、压迫下的郁闷感慨。此为开头两句。作者从眼前之景落笔，开端即将读者带进一个深沉的艺术境界。已是暮春天气，还能再经得起几番风雨的摧残呢？这里的"春"，富于象征意味，既暗示作者功业不就，行将半老，又是风雨飘摇的南宋政权的形象写照。词人寓情于景，写出了对个人遭遇的感慨和对南宋朝廷前途的担忧，用笔含蓄，抒情隐曲。

花自飘零水自流。一种相思，两处闲愁。

〔鉴赏〕这是宋李清照《一剪梅》词中名句。原词为：

红藕香残玉簟秋，轻解罗裳，独上兰舟。云中谁寄锦书来？雁字回时，月满西楼。　　花自飘零水自流。一种相思，两处闲愁。此情无计可消除，才下眉头，却上心头。

词写丈夫离家后寂寞情怀。过片处"花自"句承上启下，写景而兼比兴。作者将情感渗透到眼前流水落花的景物之中，由此又自然过渡到以下两句。"一种"与"两处"在人情与时空的矛盾中既写出夫妻异地相思的苦闷忧愁，又表现女主人公对双方情爱之笃所怀有的信赖和欣慰，感情于分合之中得以深化。

花红易衰似郎意，水流无限似侬愁。

〔释义〕侬，我。

〔鉴赏〕此联出自唐刘禹锡《竹枝词九首》（其二）。原诗为：

山桃红花满上头，蜀江春水拍山流。
花红易衰似郎意，水流无限似侬愁。

　　首联写景起兴，以盛开的山桃花象征男子热烈的情爱，以依山而流的江水象征少女对情郎的眷恋，为尾联的设喻埋下了伏笔。"似郎意""似侬愁"纯用比喻，然而设意的中心，均在山花随季节代谢与江水长流不尽的自然形象特征，由之附会以具体人事上的意义，从而升华为完整的艺术境界。纵观尾联，格调清新明朗，虽也言及愁怨，却不过分沉重，反而别添蕴藉情致。"水流无限似侬愁"句以川流不息的春水比喻个人的哀愁，李煜词句"问君能有几多愁，恰似一江春水向东流"即从此联化出。

花径不曾缘客扫，蓬门今始为君开。

〔释义〕蓬门，贫居陋室之门，谦辞。

〔鉴赏〕杜甫是至情至性之人，诗中写做客与待客都有真诚感人的妙语。这两句出自七律《客至》：

舍南舍北皆春水，但见群鸥日日来。
花径不曾缘客扫，蓬门今始为君开。
盘飧市远无兼味，樽酒家贫只旧醅。
肯与邻翁相对饮，隔篱呼取尽余杯。

　　首联写环境的清幽与乡居的寂寞，为下文铺垫。次联紧承上文：唯长期寂寞无友，故客至分外喜悦欢迎。最后四句写待客情景，真诚欢洽之态跃然纸上。"花径"一联因其工切、形象，常用来表达对客人的真诚欢迎之意。

幽居　　王維

山下孤烟遠村天邊獨

樹高原一瓢顏回隨

卷玉柳先生對門

紅綬侶園叩

花谢了三春近也，月缺了中秋到也，人去了何日来也？

〔鉴赏〕这是元代张鸣善《中吕·普天乐·咏世》中的名句。全曲有好景不长之叹，时不我待之慨，同时表达了诗人的人生态度。曲的后半写道：

> 风有盈亏花有开谢，想人生最苦是离别。花谢了三春近也，月缺了中秋到也，人去了何日来也？

这三句言花谢还有重开时，月缺尚有重圆日，而人一离去何日能聚、能否再聚都是未知的了。这三句虽无苏轼"明月几时有"词意的豁达，却有着与苏词类似的人生无常、聚散难测的哲理色彩。

苍龙日暮犹行雨，老树春深更着花。

〔释义〕苍龙，青色的龙，这里也含有老龄的意思。

〔鉴赏〕这是清初顾炎武《又酬傅处士次韵》诗中名句。原诗为：

> 愁听关塞遍吹笳，不见中原有战车。
> 三户已亡熊绎国，一成犹启少康家。
> 苍龙日暮还行雨，老树春深更着花。
> 待得汉朝明诏近，五湖同觅钓鱼槎。

傅山与顾炎武交谊很深。顾炎武在这首诗中，以道义相砥砺，互相勉励要振作斗志，树立抗清复明的信心。苍龙不顾日色将晚还腾空行雨，老树在春深时更发出新花。这两句诗与曹操的"老骥伏枥，志在千里"的诗句一样，表现了老当益壮、雄心不减的精神，很有艺术感染力。

芭蕉不展丁香结，同向春风各自愁。

〔释义〕丁香，灌木名，可为香料及药品。

〔鉴赏〕此系唐代李商隐《代赠二首》（其一）诗中名句。原诗为：

楼上黄昏欲望休，玉梯横绝月如钩。

芭蕉不展丁香结，同向春风各自愁。

这首诗以一女子的口吻，写她不能与情人相会的愁思。全诗采用以景寓情的手法，首联"月如钩"这一意象寄托了一对情人不得会合之情。接下来的尾联进一步揭示了少女的内心情感：蕉心未展的芭蕉，缄结未开的丁香花蕾，同对着黄昏时清冷的春风，哀愁无限。这既是眼前实景，又是借物喻人，喻二人异地同心，都在为不得与对方相会而愁苦。此联景与情融为一体，精心结撰而又毫无雕琢之迹，故历来为人们所称赏。

李白一斗诗百篇。

〔鉴赏〕唐代诗坛最称佳话的是李白和杜甫的交谊，而杜甫以诗句为李白作的白描像，也是最得"诗仙"风神的千古绝唱。杜甫在《饮中八仙歌》中刻画了贺知章、张旭等八位酒中名流的形象。关于李白，他写道：

李白一斗诗百篇，长安市上酒家眠。

天子呼来不上船，自称臣是酒中仙。

诗酒风流，文人大多如此。写诗与酒，而从中展现李白的绝世风姿，就要抓住李白的特色：这就是捷才与狂傲。"一斗诗百篇"写捷才。饮斗酒者有，吟百篇者亦有，而饮斗酒之际即挥洒百篇者，亘古唯太白一人也。后三句写狂傲，尽得其"谪仙"风神。后世常用"斗酒诗百篇"形容豪纵、潇洒的捷逸诗才。

两岸青山相对出，孤帆一片日边来。

〔鉴赏〕这是唐代李白《望天门山》诗中名句。原诗为：

天门中断楚江开，碧水东流至此回。

两岸青山相对出，孤帆一片日边来。

李白乘舟过天门山，先是远望山如中断，后是俯瞰江水漩流。舟行至天门两山之间，自下而上地抬头仰望，但见两岸青山壁立，插入青天，因此说"两岸青山相对出"。一个"出"字，使静止的青山产生了动态美。然后就此向外望去，只见一片孤帆，在晴丽的水天相接的日边驶来，因此说"孤帆一片日边来"。巧妙地把读者的视线引向开阔的远方，蕴含着无穷的韵味。两句有远景，有近景，有动景，有静景，而且青山、绿水、红日、白帆，色彩纷呈，画意盎然。

两情若是久长时，又岂在朝朝暮暮。

〔鉴赏〕这是北宋秦观《鹊桥仙》词中名句。原词为：

> 纤云弄巧，飞星传恨，银汉迢迢暗度。金风玉露一相逢，便胜却人间无数。　　柔情似水，佳期如梦，忍顾鹊桥归路。两情若是久长时，又岂在朝朝暮暮。

词写牛郎织女七夕相会，似真似幻，情意缠绵。及至鹊桥言别，无限悲恨中笔锋突转，结尾二句议论说理掷地有声，使全篇为之一振：只要两心相爱始终不渝，纵不能朝夕相守又有何妨？词人一反世人咏叹七夕多以双星会少离多为恨的传统，独谓情长不在朝暮相依，境界高远，命意超绝。

两岸猿声啼不住，轻舟已过万重山。

〔鉴赏〕这是唐代李白《早发白帝城》诗中名句。李白流放途中，在白帝城遇赦，出峡东归，船行迅捷，心情轻快。原诗为：

> 朝辞白帝彩云间，千里江陵一日还。
> 两岸猿声啼不住，轻舟已过万重山。

据《水经注》载："三峡一带常有高猿长啸，属引凄异，空谷传响，哀转久绝。"可见诗人是把握住三峡的典型景物来写的。两句必须连贯地看，意谓后山猿声尚在耳边回响，前山猿声又冲入耳底，逼真地表达了船在飞快行驶的情景。假如通篇写船行迅速，未免单调。诗人加入"两岸"一句，用景物衬垫，缓和了语势，造成了起伏波澜，给人留下无穷余味。

坑灰未冷山东乱，刘项元来不读书。

〔释义〕山东，太行山以东广大地区。刘项，刘邦、项羽。元来，原来。

〔鉴赏〕这是晚唐章碣咏史诗《焚书坑》中的名句。原诗为：

> 竹帛烟销帝业虚，关河空锁祖龙居。
> 坑灰未冷山东乱，刘项元来不读书。

秦始皇为巩固统治而焚书坑儒，然而事与愿违，暴政使秦二世而亡。诗人对着当年焚书的坑穴，慨叹道：书籍烧尽了，王朝也垮台了，空自有险要的关河卫护着秦廷。坑中灰烬尚有余热，山东义军已蜂拥而起，他们的首领原来并非读书之人。末句讽刺秦始皇虽机关算尽，却错打了主意，揶揄味道十足。后世或反用其意，感叹"粗人"成事的社会现象。

医得眼前疮，剜却心头肉。

〔鉴赏〕此句出自唐代聂夷中《伤田家》一诗。原诗为：

> 二月卖新丝，五月粜新谷。
> 医得眼前疮，剜却心头肉。
> 我愿君王心，化作光明烛。
> 不照绮罗筵，只照逃亡屋。

这首五言古诗，以简练的语言，真实生动地反映了晚唐社会的典型情况。二月蚕种始生，五月秧苗始插，却不得不预先低价抵押。颔联以"剜肉补疮"的贴切比喻加深了这种惨象。"眼前疮"固然比喻眼前急难，"心头肉"固然比喻丝谷等农家命根，但这个比喻所取得的惊人效果绝非"顾近不顾远"的概念化表述能及其万一。唯有这样的比喻，才能入骨三分地揭示血淋淋的现实，使人读后有刻骨铭心之记忆。此联因其情感之深刻，而流传千古，成语"剜肉补疮"即从此联化出。

还君明珠双泪垂，恨不相逢未嫁时。

〔鉴赏〕此乃唐代张籍《节妇吟》诗中名句。《节妇吟》借咏男女之情寓政治态度，通篇用比兴手法。诗中女主人公与夫同生死的誓言空洞无力，而对追求者则是脉脉含情。但她最后还是屈从于道义，将爱情的信物送还了。在矛盾的心境中，一句话几乎冲口而出：我为什么没有在未嫁时遇到你！惋惜与对命运的不甘在此联中一泄无余。传之后世，此联已成了表达已婚女子对倾慕对象的爱恋及相逢恨晚之情的一句颇为流行的习语了。

投我以木桃，报之以琼瑶。

〔释义〕琼，赤玉。瑶，美石。

〔赏析〕这是《诗经·木瓜》中的名句。原诗为：

> 投我以木瓜，报之以琼琚。匪报也，永以为好也。
> 投我以木桃，报之以琼瑶。匪报也，永以为好也。
> 投我以木李，报之以琼玖。匪报也，永以为好也。

本诗是情人赠答的诗歌。诗人对自己情人的爱，用一典型的赠还礼物的方式表现出来。这不是简单的投桃报李，而是受之木桃，报之琼瑶，巨大的价值差别，反映了诗人浓烈深挚的恋情。后世则成为典故，用来反映"滴水之恩涌泉相报"的高尚行为，也用来表现爱恋的一往情深。如东汉秦嘉的《赠妇诗·其三》："诗人感木瓜，乃欲答琼瑶。"即出于此。

投我以桃，报之以李。

〔鉴赏〕这是《诗经·抑》中的名句，出自其第八章：

辟尔为德，俾臧俾嘉。淑慎尔止，不愆于仪。不僭不贼，鲜不为则。投我以桃，报之以李。彼童而角，实虹小子。

《抑》是卫武公九十五岁时的作品，主要是劝告周王室应修德守礼，谨言慎行。第八章强调应该慎威仪，戒骄盈。此二句意为，只要你言行合礼，别人也会同样有礼地对待你。就如同你给人桃子，人家就会回赠你李子一样。这个比喻之所以恰切，一是在于抓住了桃与李价值的等同，二是揭示了人与人之间对等行为的重要。故后世传为成语，用来指礼尚往来，或互相赠答，称为"投桃报李"。

把吴钩看了，栏杆拍遍，无人会、登临意。

〔释义〕吴钩，吴地所造的钩形刀，喻锐利兵器。

〔鉴赏〕这是南宋辛弃疾《水龙吟·登建康赏心亭》词中名句。词的开端为："落日楼头，断鸿声里，江南游子。"接下去便是"把吴钩看了"云云。"落日"三句景中寓情。"落日"既是自然景色，又是南宋国势衰微的象征。"断鸿"则兼喻自己身世飘零心境孤寂。"游子"为作者自指，含有投归江南政权后不能见容于统治者的悲慨。"把吴钩"三句选取富于特征的典型动作，抒发英雄无用武之地的悲愤抑郁。六句写景与写人相结合，强烈的爱国情感寓于看似寻常的笔墨中，内涵十分丰厚。

报道先生春睡美，道人轻打五更钟。

〔鉴赏〕身处政治斗争漩涡，往往出言贾祸。唐代刘禹锡因"玄都观中桃千树"一语远谪千里，苏东坡则为此联发遣天涯。此联出《纵笔》：

> 白头萧散满霜风，小阁藤床寄病容。
> 报道先生春睡美，道人轻打五更钟。

此诗作于贬官惠州时。苏轼虽处瘴疠之地而未改乐观旷达之性情，于是，啖荔枝而有"不辞长作岭南人"之语，无所事事却有此"春睡美"之句。语虽浅易，闲适自得的情态溢于言表。此诗传到京城，其政敌章惇见而发怒道：此老过于安稳！于是把苏轼再贬而至海南——天涯海角，不可能更远了。然而，东坡先生在那里依旧"春睡美"，章惇之流反倒噩梦不断了。

吴楚东南坼，乾坤日夜浮。

〔鉴赏〕诗人游佳山水，是诗人幸事；山水得大诗人游，亦是山水之幸。名家手笔，往往一语道破山水精灵所在，千秋万世成为她的标识。杜甫此联之于洞庭湖，便是如此。此联出自《登岳阳楼》：

> 昔闻洞庭水，今上岳阳楼。
> 吴楚东南坼，乾坤日夜浮。
> 亲朋无一字，老病有孤舟。
> 戎马关山北，凭轩涕泗流。

洞庭的特色在于湖面广阔，水势浩渺。"吴楚"句正是抓住了这一点：湖面把吴地与楚地隔成两块，日月星辰全在湖水中升落，天地仿佛全漂浮于其中。虽未及具体情状，洞庭之神魂已尽得。

男儿何不带吴钩，收取关山五十州？

〔释义〕吴钩，兵器，形似剑而曲，也泛指宝剑或利器。
〔鉴赏〕此句出自唐代李贺《南园十三首》（其五）。原诗为：

> 男儿何不带吴钩，收取关山五十州？
> 请君暂上凌烟阁，若个书生万户侯？

这首诗直抒胸臆，淋漓酣畅地表达了男儿雄心。首句是泛问，亦是自问，含有"国家兴亡，匹夫有责"的豪情。紧连"收取关山"句，犹如悬流飞瀑，气势磅礴。"何不"二字极富表现力，它的反诘语气，增强了诗句的力量。十四字一气呵成，与诗人昂扬的情绪和紧迫的心情十分契合，千百年来成为与"万里封侯""投笔从戎"并用的名句。

男儿爱后妇，女子重前夫。

〔鉴赏〕这是汉代辛延年《羽林郎》诗中名句。作者采用民歌的铺张手法，刻画了高尚纯洁、鄙视豪门的酒家女胡姬的形象。这两句是胡姬面对羽林军郎官冯子都的利诱调戏给予的回击，原诗上下文是这样的：

> 不惜红罗裂，何论轻贱躯！
> 男儿爱后妇，女子重前夫。
> 人生有新旧，贵贱不相逾。

"男儿爱后妇"，是诗人借胡姬之口对贵族子弟荒淫豪侈的讽刺鞭挞，也反映了在以男性为主的社会中，男子由于其社会地位的优越可以喜新厌旧、见异思迁；"女子重前夫"，不但表达了胡姬忠于爱情的高尚节操，也反映了古代社会中妇女的从属地位所形成的对丈夫的依赖关系。唐诗"花红易衰似郎意，水流无限似侬愁"，即得此意。

别日何易会日难，山川悠远路漫漫。

〔鉴赏〕这是三国魏曹丕《燕歌行》（其二）诗中名句。其首四句为：

> 别日何易会日难，山川悠远路漫漫。
> 郁陶思君未敢言，寄声浮云往不还。

本诗是代言体，作者借一个思妇的口吻，抒发了对远方丈夫的思念之情。此二句妙处在于它准确生动地传达了人生的体验，一种由于感情作用而产生的错觉。离合聚散，本无所谓难易。但亲人之间盼望团聚时，总觉得相会太难了；而由于不愿离别，所以又觉得分别太易。但是这种深切的感情非由此错觉不能传达。第一句直抒胸臆专作情语，而第二句则借景抒情，不但说明了别易会难的客观原因，而且山高路远之景也传达出一种悠悠思念。李商隐巧翻新意，也写出了"相见时难别亦难，东风无力百花残"的名句。

桃花流水窅然去，别有天地非人间。

〔释义〕窅然，深远的样子。

〔鉴赏〕这是唐代李白《山中问答》诗中名句。原诗为：

> 问余何意栖碧山，笑而不答心自闲。
> 桃花流水窅然去，别有天地非人间。

抒写"碧山"的景物和自己的感受，正是对"何意栖碧山"的"不答"而答的答案。灼灼桃花，淙淙碧水，落花水面，窅然远逝，勾画出一种莹洁、宁静、幽远、自在的自然美。这种境界，没有人世的污浊，没有衰飒和忧伤，不汲汲于荣，不寂寂于迁逝。这样超然物外的"天地"，绝非"人间"所能比。没有故意去做对比，对功名利禄的淡泊，对现实世界的不满，自然地融涵在一片闲适之中。

别有幽愁暗恨生，此时无声胜有声。

〔释义〕别，特殊，另。

〔鉴赏〕此乃唐代白居易《琵琶行》诗中名句。这首著名的长篇叙事诗描绘歌女弹奏琵琶时声音情感的变化，诗人写道：

> 间关莺语花底滑，幽咽泉流冰下滩。
> 冰泉冷涩弦凝绝，凝绝不通声暂歇。
> 别有幽愁暗恨生，此时无声胜有声。

琵琶的演奏，由"冷涩"到"凝绝"是一个"声渐歇"的过程。这里，诗人赋乐声描写以感情色彩，把乐声描写和弹者、听者的心声描写结合起来，这样就使此联佳句具有了浓郁的抒情色彩。声音听不到了，人们的心绪已被曲调牵动，似乎在无声之处听到了更为哀切的声音。此联佳句描绘了余音袅袅、余意无尽的艺术境界，令人拍案叫绝。"此时无声胜有声"则成了家喻户晓的成语。

<h3 align="center">别时容易见时难。</h3>

〔鉴赏〕这是南唐后主李煜《浪淘沙》（参见"落花流水春去也"条）词中名句，与李商隐的诗句"相见时难别亦难"正相反对。然而细体会，字面相反意旨实近，都是抒写聚散之际的感伤情怀。《浪淘沙》是诗人作为亡国君主思念故土之作。其中写道："独自莫凭栏！无限江山，别时容易见时难。"他的哀思，既包括对故土、故人的思念，也包括对王国基业的痛惜，还包括对失政败降的悔恨。而后世引用"别时"句，则只取其第一层意思了。

<h3 align="center">吟到恩仇心事涌，江湖侠骨恐无多。</h3>

〔鉴赏〕这是清代龚自珍《己亥杂诗》（之一）中的名句。原诗为：

> 陶潜诗喜说荆轲，想见停云发浩歌。
> 吟到恩仇心事涌，江湖侠骨恐无多。

陶渊明被称为"古今隐逸诗人之祖"，他的诗自然平淡，表达远离社会的隐士生活的乐趣，静穆邈远。但龚自珍却看到了陶诗的另一面。《咏荆轲》的慷慨悲凉，《停云》诗的沉郁深挚，不都说明了诗人并不能忘怀世事吗？当诗人吟咏到无法忘却的深恩大仇时，心事涌动、不能自已，可叹江湖上仗义任侠之士已难寻觅。这是陶潜的慨叹，也是龚自珍的慨叹，更是恩仇未了的世人普遍的心声。

<h3 align="center">吟诗作赋北窗里，万言不直一杯水。</h3>

〔鉴赏〕现代某政治家把文人与统治者的关系比作毛与皮，以"皮之不存，毛将焉附"来强调文人的依附地位。姑不评此说是否令人愉快，其揭示的事实却是古已有之。李白这两句诗正是有感于此的哀叹，出自《答王十二寒夜独酌有怀》，略云：

> 君不能狸膏金距学斗鸡，坐令鼻息吹虹霓。君不能学哥舒，
> 横行青海夜带刀，西屠石堡取紫袍。吟诗作赋北窗里，万言不直

一杯水。世人闻此皆掉头，有如东风射马耳。

"斗鸡""哥舒"代指一切不义而富且贵者，皆为诗人所鄙弃。但是，维护自己的人格尊严，清介自守，却又被社会所鄙弃。这就道出了正直之士千古同悲的社会现实。

时人不识余心乐，将谓偷闲学少年。

〔鉴赏〕道学家常给人严肃古板的印象，而号称"北宋五子"之一的程颢，竟写出如此诗句，初读未免意外。这首诗题作《偶成》：

> 云淡风轻近午天，傍花随柳过前川。
> 时人不识余心乐，将谓偷闲学少年。

程老夫子力主心性修持须"静"、须"敬"，此时忽然赏花玩柳起来，无怪乎旁观者以为"偷闲学少年"了。诗中，夫子自称"余心"别有所"乐"，而他人不知——这乃是读懂此诗的关键。孔门论做人境界，历来有"洒落"与"敬畏"之别，前者依据是孔子曾以"浴乎沂，风乎舞雩，咏而归"为理想人生。程颢所咏其实是寻找这种洒落的体验，故只能有会于心而他人不识。后世引用，当然不会顾及这层深意，而是中年人自陈生活情趣罢了。

时穷节乃见，一一垂丹青。

〔释义〕时穷，时局艰危。见，同"现"。丹青，本为绘画，此指史册。
〔鉴赏〕宋末文天祥被元军俘虏，备受威逼利诱而凛然不屈，终于从容就死，为古今士人留一段正义，树一个楷模。他在土牢中，历数古代节义之士以自励，写下了传诵千古的《正气歌》，略云：

> 天地有正气，杂然赋流形。
> 下则为河岳，上则为日星。
> 于人曰浩然，沛乎塞苍冥。
> ……

时穷节乃见，一一垂丹青。

　　他认为，人的节操是充塞于天地的浩然正气之体现，在时局艰危时便在忠贞之士身上表露出来，从而彪炳于史册。此句后世或作自励语，或作史论之词。

余霞散成绮，澄江静如练。

〔释义〕绮，锦缎。练，白绸。

〔鉴赏〕这是南朝齐谢朓《晚登三山还望京邑》诗中名句。原诗通过描绘首都建业（今南京）的景色，抒发了留恋的情思。前半部分是：

　　　　瀚涘望长安，河阳视京县。
　　　　白日丽飞甍，参差皆可见。
　　　　余霞散成绮，澄江静如练。
　　　　室鸟覆春洲，杂英满芳甸。

　　"余霞"二句，乃写日暮江景的千古名句。属对精工，譬喻奇丽，文采华美：晚霞灿烂布在空中，像散开了五彩斑斓的锦缎；澄澈的长江静静流淌，像一匹白绸带铺在南国大地上。通过诗人画笔般描绘的江南美景，我们也能感受到作者去国离乡的惆怅眷恋，真正做到了景中有情。无怪李白说："解道澄江静如练，令人长忆谢玄晖（朓字玄晖）。"

坐觉苍茫万古意，远自荒烟落日之中来。

〔释义〕坐，因，遂。

〔鉴赏〕这是明代高启《登金陵雨花台望大江》诗中名句。诗中写道：

　　　　我怀郁塞何由开？酒酣走上城南台。坐觉苍茫万古意，远自
　　　　荒烟落日之中来。

　　诗人内心郁闷，于是乘着酒兴登上雨花台，远眺解忧。荒野旷远，苍烟迷漫，落日衔山，余晖满天，这深邃辽远、苍茫萧飒的景象，一

下子使诗人沉浸到一种怀古的幽思慨叹之中。这两句诗气势雄伟、感情深沉，把景物的描绘与情感的抒写有机地结合起来，时间的久远悠长同空间的辽阔无垠构成时空一体的审美境界，具有摄人心魄的巨大力量。

坐感岁时歌慷慨，起看天地色凄凉。

〔鉴赏〕这是宋代王安石七律《葛溪驿》中的名句。原诗为：

> 缺月昏昏漏未央，一灯明灭照秋床。
> 病身最觉风露早，归梦不知山水长。
> 坐感岁时歌慷慨，起看天地色凄凉。
> 鸣蝉更乱行人耳，正抱疏桐叶半黄。

诗的首、颔两联，描写了诗人客宿异地，于秋夜的残月孤灯之下思念故乡的情景。颈联"坐感""起看"之语，形象地刻画了一位忧国之士心潮起伏、夜不成眠的形象。这两句诗，属对精工，气象阔大，充满沉郁色彩，抒发了诗人对积弱不振的国势的忧虑和关切之情，同时也是诗人豪壮情怀的自然流露，有极强的艺术感染力。

乱石穿空，惊涛拍岸，卷起千堆雪。

〔鉴赏〕这是北宋苏轼《念奴娇·赤壁怀古》（参见"大江东去，浪淘尽、千古风流人物"条）词中名句，用以正面描摹赤壁风光。三句江山合写，而以写江为主。"乱石穿空"，勾出山之奇峭险峻。"惊涛拍岸"，绘出水之汹涌澎湃。"卷起"句则进一步写出长江巨波滚滚，雪浪千层的壮观景象。词人写来有声响，有色彩，从不同角度诉诸读者听觉、视觉上的感受。"乱""穿""惊""拍""卷"等字下得极富动感而又精确形象。短短三句笔健墨浓，勾出一幅雄奇壮丽的长江胜景图。

乱烘烘你方唱罢我登场，反认他乡是故乡。

〔鉴赏〕这是《红楼梦》中的一句诗。小说的一个配角甄士隐，在天

- 251 -

灾人祸的打击下家业凋零，"渐渐露出那下世的光景来"。这一天，偶然听到一个道士在街头唱《好了歌》，心有感悟，便把自己的心得作成一首诗，其中唱道：

> 陋室空堂，当年笏满床；
> 衰草枯杨，曾为歌舞场；
> ……
> 因嫌纱帽小，致使锁枷杠；
> 昨怜破袄寒，今嫌紫蟒长：
> 乱烘烘你方唱罢我登场，反认他乡是故乡。
> 甚荒唐，到头来都是为他人作嫁衣裳！

这首诗描写了人生的浮沉无常，以及世人醉心名利迷失人生的真谛的乱象。"乱烘烘"一句，写世态十分形象生动，接下来一句当头棒喝，警醒迷人。两句相连，前热后冷，产生强烈的思想张力。

独在异乡为异客，每逢佳节倍思亲。

〔释义〕佳节，指九月九日重阳节。

〔鉴赏〕这是唐代王维《九月九日忆山东兄弟》诗中名句。原诗为：

> 独在异乡为异客，每逢佳节倍思亲。
> 遥知兄弟登高处，遍插茱萸少一人。

此诗作于王维十六七岁时，当时诗人正在长安求取功名。诗人独自离家，行走于贵胄王侯之间，固然风光，却也初尝仕途的艰辛和人世的冷暖。适逢佳节来临，忧伤、孤独、寂寞的情绪就更加强烈了，也就加倍地思念故乡的亲人。句中以"独""客"和两个"异"字叠积来强化游子的孤独寂寞，以"佳节"为触媒，顺理成章，思念也是加倍的了。"每逢佳节倍思亲"，千百年来传诵不已。

我与青山是旧游，青山能识旧人不？

〔释义〕不：否。

〔鉴赏〕这是清代宋湘《贵州飞云洞题壁》诗中名句。原诗为：

> 我与青山是旧游，青山能识旧人不？
> 一般九月秋红叶，两个三年客白头。
> 天上紫云原幻相，路边泉水亦清流。
> 无心出岫凭谁语，僧自撞钟风满楼。

大自然的奇丽风光，总是能激发起诗人浓厚的兴趣。特别是旧地重游时，那种既陌生又熟悉的感觉更会使人兴奋不已。此诗的头两句就是诗人这种兴奋而又亲切的感情的自然流露。我同青山是老朋友了，一见如故，可青山你能认出老朋友来吗？这种拟人化的手法使得人和大自然的距离一下子拉近了，变得融洽无间。

我心匪石，不可转也。

〔释义〕匪，通"非"。

〔鉴赏〕这是《诗经·柏舟》中的名句。全诗主题是说自己被"群小"所制而不能奋飞，但内心的坚定意志却牢不可移。学者们大多认为是士大夫借女子口吻而作的政治失意之诗。其中表达自己要坚守志操的第三章原文为：

> 我心匪石，不可转也；我心匪席，不可卷也；威仪棣棣，不可选也。

诗人在这里连用了两个巧妙的"反喻"，表明我的心志不是石头般的能随便被扳动，不像席子一样随便被卷舒，而是坚持正义与高尚情操，毫不屈挠与退让。因为它突破了正喻的直露，用一反折更坚定地表达了决心，所以成为屡被引用的名句，如汉秦嘉的"忧来如循环，匪席不可卷"陶渊明的"我心固匪石，君情定如何？"

我见青山多妩媚，料青山见我应如是。

〔鉴赏〕这是南宋辛弃疾《贺新郎》词中名句。作品抒写落职后的寂寞心情和政治理想无法实现的怨愤。"我见"二句为全篇警策。作者此时谪居多年，故交零落，深感世态炎凉，只好将深情倾注于自然物。于是，不仅觉得眼前的青山妩媚含情，而且感到青山对自己似乎也情有所动，以词人为妩媚了。这一物我交融的手法与李白《独坐敬亭山》诗中"相看两不厌，惟有敬亭山"颇相似。其特点在于作者首先移情于物，进而借染有特定情感色彩的客体形象与主体相交流，在两者的融汇中使审美主体的内在感情揭示得更为深刻、生动，富于感染力。

我手写我口，古岂能拘牵？

〔释义〕口，此处指心里想说而自然表达出的语言。拘牵，束缚。
〔鉴赏〕这是清代黄遵宪《杂感》诗中名句。诗中写道：

> 我手写我口，古岂能拘牵？
> 即今流俗语，我若登简编，
> 五千年后人，惊为古烂斑。

"我手写我口"是"诗界革命"的著名口号。我用自己的手，自由地表达心中所想口中所说的东西，古人的清规戒律怎么能束缚住我呢？诗歌创作应该遵循什么样的原则来发展？这是诗歌创作中继承与革新关系的大问题。一味追求古雅，代古人立言，必然束缚自己的思想。诗人用浅显的语言，表达了深刻的思想。

我劝天公重抖擞，不拘一格降人材。

〔释义〕抖擞，奋举、振作精神。
〔鉴赏〕这是清代龚自珍《己亥杂诗》（之一）中的名句。原诗为：

> 九州风气恃风雷，万马齐喑究可哀。
> 我劝天公重抖擞，不拘一格降人材。

作者自注："过镇江，见赛玉皇及风神、雷神者，祷词万数，道士乞撰青词。"作者就眼前赛神会的玉皇、风神、雷声，巧妙地联系到"天公""风雷"进行构思，表达了打破死气沉沉的局面，进行巨大的社会变革的深刻思想。我劝天公重新振作起精神，打破黑暗的制度对人们思想的压抑和束缚，使大批的具有新思想的人才出现，来掀起社会变革的风雷吧。诗思的深刻性使之成为清诗传诵最广的名句之一。

我本淮王旧鸡犬，不随仙去落人间。

〔释义〕淮王，《神仙传》云："淮南王好道，白日升天，时药置庭下，鸡犬舐之，尽得升天。"
〔鉴赏〕这是清代吴伟业《过淮阴有感》诗中名句。原诗为：

> 登高怅望八公山，琪树丹崖未可攀。
> 莫想阴符遇黄石，好将鸿宝驻朱颜。
> 浮生所欠只一死，尘世无由识九还。
> 我本淮王旧鸡犬，不随仙去落人间。

吴伟业本为明朝旧臣，入清后被迫出任国子监祭酒，后归乡。诗人晚年一直为自己失节而仕而感到悔恨不已，这首诗便表达了诗人的这种心情。我本是明朝的旧臣，为世事所累，未能以身殉国，以致失节受辱，心中的愧悔真是无法言说啊。

我自横刀向天笑，去留肝胆两昆仑。

〔释义〕肝胆，指肝胆相照的知己。
〔鉴赏〕这是近代谭嗣同《狱中题壁》诗中名句。原诗为：

> 望门投止思张俭，忍死须臾待杜根。
> 我自横刀向天笑，去留肝胆两昆仑。

戊戌变法失败后，谭嗣同立志以血醒民，不肯离去。这就是他在狱中写的绝命诗。"我自横刀向天笑"，语气极豪，表现了诗人视死如归的气概。"去留"中的"去",指康有为,他在政变前夕,亡命出京,继续斗争;"留"指作者自己。"两昆仑",指康有为和作者自己。他认为康有为的去和自己的留,都是光明磊落、气壮山河的。诗中所指人物,说法分歧,此取一种。

我是个蒸不熟、煮不烂、捶不扁、炒不爆、响当当一粒铜豌豆。

〔释义〕铜豌豆,元代妓院中对老狎客的切口。

〔鉴赏〕这是元代关汉卿《南吕·一枝花·不伏老》中的名句。此套曲由四支小令组成,此句为尾曲的开头。全曲以第一人称口吻极其夸张地描写了"我"的狎妓风月生活,同时表现了调侃人生、调侃自我的心态。这句曲辞一语双喻,既以"铜豌豆"比喻狎妓老手,又以此比喻"我"的性格,其中"响当当"和"蒸不熟"等"四不"修饰语,把抒情主人公坚韧性格极充分地体现了出来。这句带有"痞子文学"味道的曲辞中的"我",虽以关汉卿自身为模特,却又不等同于诗人,可以说是诗人以漫画式手法所作的自画像,既突出了个性,又有所变形。

我是清都山水郎,天教懒慢带疏狂。

〔释义〕清都,指天上仙宫。

〔鉴赏〕宋人朱敦儒享寿九十余,大半生放浪山水之间,其《鹧鸪天》词自我写照道:

> 我是清都山水郎,天教懒慢带疏狂。曾批给露支风敕,累奏留云借月章。   诗万首,酒千觞,几曾着眼看侯王?玉楼金阙慵归去,且插梅花醉洛阳。

寄情山水,笑傲侯王,太白诗中已有尽情歌咏。此篇之特色在于作者为自己幻设的特殊身份:天帝的"山水官"。于是,一切行为、态度都有了最高层的保障:懒慢疏狂是天赐特权,侯王自不屑一顾,游戏人间是履行"天职"。"我是"两句妙在率直，把世人非议的"懒慢疏狂"一下子提高到上天特许的地步，十分自信又十分疏狂。

我寄愁心与明月，随风直到夜郎西。

〔鉴赏〕这是唐代李白《闻王昌龄左迁龙标遥有此寄》诗中名句。原诗为：

> 杨花落尽子规啼，闻道龙标过五溪。
> 我寄愁心与明月，随风直到夜郎西。

王昌龄因"不护细行"被贬，引起李白的同情；贬到荒远的"夜郎西"，又加重了李白对友人的担忧。这同情、担忧、怀念的"愁心"，无可告诉，只能托诸眼前的一轮明月；月照中天，千里可共，恰可架起沟通感情的桥梁；而明月皎洁无瑕，"玉壶冰心"，又是纯洁友情的象征。诗人运用寄情于物并使物人格化的手法，使本来无知的明月，成为有生命、通性灵、具有同情感的信使，真是神来之笔。末句"直"字，更写出了诗人那种急切前往抚慰友人的执着深情。

我欲因之梦吴越，一夜飞渡镜湖月。

〔鉴赏〕这是唐代李白《梦游天姥吟留别》诗中名句，是全诗承上启下，由现实描写转入梦境描写的关键句子。"我欲因之梦吴越"，"因之"，是指受了越人对天姥山高大雄奇的叙述的启迪，这启迪成为诗人入梦的向导，于是潜藏已久、清醒时难以显现的梦境形象朝着"吴越"的方向延展开了。入梦伊始，诗人便以惊人的想象力塑造出一个神奇的形象："一夜飞渡镜湖月"。月光皎洁，湖水平静，在无边的透彻玲珑中，天空中飘过了诗人泠然欲仙的身影，为梦境披上了神奇而朦胧的色彩，增添了无限美感。

我欲乘风去，击楫誓中流。

〔释义〕乘风，《南史·宗悫传》记宗悫少年言志，有"愿乘长风破万里浪"之语。击楫，《晋书·祖逖传》载，祖逖统兵北征，渡江，中流击楫而誓曰："祖逖不能清中原而复济者，有如大江！"

〔鉴赏〕这是南宋张孝祥《水调歌头·闻采石战胜》词中名句。绍兴三十一年（1161），虞允文督建康诸军击溃金主完颜亮于东采石（今安徽马鞍山）。捷报传来，时年三十岁的作者为之欢欣鼓舞，赋词以表意。此为结尾二句。词人借古代英雄宗悫、祖逖事迹，表现自己欲乘风破浪，廓清中原，大建功业的政治理想。二句激情飞扬，慷慨豪放，用典浑化无痕，生动映现出一位热血青年矢志报国的英雄形象。

我欲乘风归去，又恐琼楼玉宇，高处不胜寒。

〔鉴赏〕这是北宋苏轼《水调歌头》（参见"明月几时有？把酒问青天"条）词中名句。词的上阕在对月饮酒中表现了作者内心情感的起伏变化。其中"我欲"三句被前人评为"奇逸之笔"。词人不仅把酒问天，且要"乘风归去"，却又怕难以禁受月宫凄冷，高处清寒。一"欲"一"恐"之间，深刻揭示了作者内心出世与入世的矛盾。"归去"颇有飘然若仙意味，写出了东坡特有的精神状态。三句从新颖奇特的想象，将千思万绪聚于笔端，超逸绝尘，跌宕有致。

我最怜君中宵舞，道"男儿到死心如铁"。看试手，补天裂。

〔鉴赏〕这是南宋辛弃疾落职闲居期间，与爱国志士、友人陈亮唱和之作《贺新郎》词中名句。词的上片即事叙景，抒发英雄坐老、壮志不酬的奔放郁怒之情，过片后直泄胸臆，表达对苟且偷安的南宋统治者的强烈批判，此为结尾四句。四句之中，两用典故。一则借晋代祖逖与刘琨闻鸡起舞之事比喻志士的及时奋发，二则以神话中女娲氏炼石补天的传说抒发对完成祖国统一大业的坚定信念。四句格调高昂，力重千钧，用典浑化无迹，生动表现了一位爱国志士的铮铮气骨，勃勃英气，浩瀚胸襟。

我愿平东海，身沉心不改。

〔**释义**〕我，指精卫鸟。

〔**鉴赏**〕这是明末清初顾炎武《精卫》诗中名句。原诗为：

> 万事有不平，尔何空自苦？长将一寸身，衔木到终古。我愿
> 平东海，身沉心不改。大海无平期，我心无绝时。呜呼，君不见
> 西山衔木众鸟多，鹊来燕去自成窠。

本诗借咏精卫填海的神话，表达作者始终不渝的抗清复明的心志，并对那些只图自己安乐的燕雀之辈，做了辛辣的讽刺。精卫虽小，填海的心志却终古不移，诗句在鲜明的对比中，表达了坚定的信念和顽强的精神。

我醉欲眠卿且去，明朝有意抱琴来。

〔**释义**〕卿，你，这里是朋友间的昵称。

〔**鉴赏**〕这是唐代李白《山中与幽人对酌》诗中名句。原诗为：

> 两人对酌山花开，一杯一杯复一杯。
> 我醉欲眠卿且去，明朝有意抱琴来。

知音相对，快意痛饮，杯杯不停，以至沉醉。诗人竟然以"我醉欲眠"为理由，以"卿"直呼，打发朋友先走，可见相知已到忘形尔汝的程度。继而复有"明朝"之约，可见对此饮的惬意与流连；"抱琴来"，则更加一番幽人雅兴，寄意深远。诗中所表现的率直呼唤的声口，随心所欲的神情，不拘礼节的态度，生动地塑造了诗人高度个性化的艺术形象。

身无彩凤双飞翼，心有灵犀一点通。

〔**释义**〕灵犀，两头相通之犀角，喻两心相通。

〔**鉴赏**〕此系唐李商隐《无题二首》（其一）诗中名句。诗的前四句为：

昨夜星辰昨夜风，画楼西畔桂堂东。

身无彩凤双飞翼，心有灵犀一点通。

该诗抒写对一位女子的深切怀想。开头两句追忆昨夜情境，三、四句由昨夜回到现境。彩凤比翼双飞，本是比喻美满爱情的常用语，诗人反其意而用之，写出与相爱的人不能相依相伴的苦恼；"心有灵犀"一句，则完全是诗人的独创和巧思。"身无"与"心有"相互映照、生发，一方面写出爱情受阻的苦涩，一方面写出身不能相接心灵却相通带来的莫大慰藉。同时，心灵的相通也因爱情的受阻而更显珍贵。此联将这种矛盾的感情表现得深刻细致、层次分明，突现出主人公的高贵心灵，因而成为千古传诵的爱情绝唱。

身多疾病思田里，邑有流亡愧俸钱。

〔鉴赏〕此联出自唐代韦应物《寄李儋元锡》一诗。该诗是一首寄赠朋友的诗，它以"去年花里逢君别"开篇，叙述了与好友的分别，继而抒发了国乱民穷之下内心的矛盾和苦闷。接下来诗人写道：

身多疾病思田里，邑有流亡愧俸钱。

闻道欲来相问讯，西楼望月几回圆。

这是诗人内心矛盾的具体抒写。正因为有志无奈，所以多病之身促使他归隐；正因为忠于职守，所以面对百姓的穷困流亡惭愧自己枉食国家俸禄。说这联名句将平庸的全诗点铁成金，实不为过。由于它真实地再现了一个清廉正直的封建官员身逢乱世的内心矛盾与苦闷，所以范仲淹叹为"仁者之言"，朱熹盛称"贤矣"。

身经贵贱知交态，事到安危忆古人。

〔释义〕交态，交友的世态。

〔鉴赏〕这是明代何景明《春兴》诗中名句。原诗为：

东风回首即残春，日日清江愁白蘋。

北去云霄无道路，西来天地有烟尘。

身经贵贱知交态，事到安危忆古人。

却喜故园桃李树，花开又见一回新。

这两句诗表达了诗人一种深刻的人生体验。只有当自己亲身经历了荣华富贵与贫困潦倒的生活变化，才能深切地感受到世态炎凉，人情冷暖。而一到关涉安危利害的时刻，才真正感受到古人重友情的可贵。诗人没有直斥小人的恶劣品质，含蓄不露，可感慨却是深沉而强烈的。

身既死兮神以灵，魂魄毅兮为鬼雄。

〔释义〕神以灵，神灵显赫，指精神不死。魂魄，古人认为人的精神分阴阳两部分，即魄和魂。

〔鉴赏〕这是屈原《九歌·国殇》里的名句，《国殇》是祭祀为国捐躯的战士们的诗歌。这两句是写英勇的将士虽然战死疆场，但他们的勇敢精神却不消失，死后的灵魂在冥界亦能为群鬼之雄。它写得气势宏大，措辞豪迈，以死后之雄壮衬托生前之勇烈，别出心裁，显示了强烈的浪漫主义色彩与飞驰的想象力，生动地表现了卫国将士的高大形象，从而流传千古。宋代大诗人李清照的《夏日绝句》："生当作人杰，死亦为鬼雄。至今思项羽，不肯过江东"即由此化出。

何方可化身千亿？一树梅前一放翁。

〔鉴赏〕宋人周敦颐作《爱莲说》，指出不同花卉可象征不同德行、品格，并声明"予独爱莲"。比他稍晚的陆游则爱梅成癖，每有咏梅佳作，《梅花绝句》即其中佼佼者。诗云：

闻道梅花坼晓风，雪堆遍满四山中。

何方可化身千亿？一树梅前一放翁。

上联写梅花盛开的景致，下联写诗翁赏梅之情。"何方"句奇想天外：四山遍梅，株株皆堪赏玩，若能化身千亿，遍布四山之梅前，真大快意之事也。而细究起来，何以与梅花如此相亲？自然是二者精神的相通。于是，由爱花、赏花的奇想中，自然透出诗人自己清高孤傲的标格来。

何不策高足，先据要路津。

〔释义〕高足，良马的代称。策高足，指捷足先登。要路津，冲要的道路与渡口，此指政治上的重要位置。

〔鉴赏〕这是《古诗十九首·今日良宴会》诗中名句。本诗写诗人对酒听歌的感慨。最后四句是"何不策高足，先据要路津。无为守贫贱，轗轲长苦辛"。表面上看，诗人极力要图取富贵，这是传统知识分子所不齿的。但是，实际上这里既有对汉末"法禁屈挠于势族，恩泽不逮于单门"黑暗现实的强烈讽刺，也反映了失意文人在政治经济生活中倍受压抑的切身苦痛，说出了虚伪之士所不敢言的真情实感。因此，王国维在《人间词话》里评此二句说："可谓淫鄙之尤，然无视为淫词鄙词者，以其真也。"

何处合成愁？离人心上秋。纵芭蕉不雨也飕飕。

〔鉴赏〕这是南宋吴文英《唐多令》词中名句。词写羁旅情怀，此为开篇三句。首二句继承前人用字技巧，以离合法道出愁情。从字面看，愁字拆开上"秋"下"心"，故词人以"心上秋"写离人之愁。虽近于字谜游戏，却似信手拈来，自然浑成。两句一问一答，语带双关，既言悲秋之意，又衬别离之情。第三句则将萧瑟秋景、难堪离情做进一步烘染。"纵芭蕉不雨"含蓄点出先时曾有雨至，而离愁之唱叹也便正由蕉雨惹起。"飕飕"状秋风吹过芭蕉叶的凄然声响，生动具体。三句用笔别致，紧扣秋思离愁主题。

何当共剪西窗烛，却话巴山夜雨时。

〔释义〕巴山，大巴山的省称，此处泛指绵延川东的山地。

〔鉴赏〕这是唐李商隐《夜雨寄北》诗中名句。原诗为：

君问归期未有期，巴山夜雨涨秋池。

何当共剪西窗烛，却话巴山夜雨时。

这是一首以常见的怀人思归为题材的小诗，但抒情别致，富于创造性，故而赢得千古传诵。诗的一、二句，抒写思归念远的愁怀，以"巴山夜雨"的景致，渲染出忧郁愁闷的气氛。第三句，远行的诗人在对友人的思念中，想象出重逢时的情境，"剪烛"的细节，真切感人；第四句中，诗人大胆地重复运用了在第二句中出现过的"巴山夜雨"，既进一步推进了想象的内容，又使虚幻的重逢欢乐与实际的孤寂难耐形成鲜明对照，虽未直接抒写思念情怀，然景中有情，境界全出。

何事春风容不得？和莺吹折数枝花。

〔鉴赏〕这是宋代王禹偁《春居杂兴二首》（其一）诗中名句。原诗为：

两株桃杏映篱斜，妆点商州副使家。

何事春风容不得？和莺吹折数枝花。

此诗作于诗人贬居商州的次年春上。前两句写居所环境之寒陋：仅有一桃一杏生于篱旁，但也算给宦途失意、心境孤寂的诗人带来一丝慰藉。谁料春风也欺人，一日间吹断了树上的几根花枝，连鸣啭其间的黄莺也惊走了。诗人不禁感慨万千，对那剥夺了自己最后一点感情寄托的春风发生了气愤的质问。此句之妙处，在于寄意言外，看似恼恨于春风，但通过暗含的拟人手法，对自己的遭遇抒发了不平之鸣。

何意百炼刚，化为绕指柔！

〔释义〕百炼刚，千锤百炼后最坚硬的钢。

〔鉴赏〕这是晋代刘琨《重赠卢谌》诗中名句。此诗写于拘囚之中，意在激励卢谌早树功勋，并抒发了自己功业未建的沉痛心情。末几句是：

功业未及建，夕阳忽西流。

> 时哉不我与，去乎若云浮。
> 朱实陨劲风，繁英落素秋。
> 狭路倾华盖，骇驷摧双辀。
> 何意百炼刚，化为绕指柔！

此段以此兴之法叙说诗人屡遭挫折的痛苦，尤其末二句，比喻新奇、生动贴切。上句用"百炼刚"来追忆自己过去的英俊豪爽和战斗岁月，下句用"绕指柔"来概括自己当前身陷缧绁之穷窘境地，表达了英雄末路的幽愤和悲哀。它不但被后世人屡用于诗中，如白居易反用其意："可使寸断，不能绕指柔"，而且流行为成语。

但见新人笑，那闻旧人哭！

〔释义〕但，只。

〔鉴赏〕弃妇题材古已有之，如《诗经》中的《氓》，汉乐府中的《上山采蘼芜》《古诗为焦仲卿妻作》都属此类。杜甫的《佳人》也是其中名篇：

> 绝代有佳人，幽居在空谷。
> ……
> 夫婿轻薄儿，新人美如玉。
> 合昏尚知时，鸳鸯不独宿。
> 但见新人笑，那闻旧人哭。
> ……

与过去同类题材相比，《佳人》除了同情弃妇、谴责薄幸的表层意义外，还有作者自伤身世的意味。作品结尾"天寒翠袖薄，日暮倚修竹"的形象，便含有诗人人格理想在内。"但见"两句虽浅白直露，但对比强烈，怨艾、谴责俱在其中，故久为人们传诵。

但用东山谢安石，为君谈笑静胡沙。

〔释义〕谢安石，谢安字安石，曾隐居会稽东山，后为东晋大都督，破前秦苻坚百万之众于淝水。胡沙，胡人兵马扬起的沙尘。

〔鉴赏〕这是唐代李白《永王东巡歌》（其二）诗中名句。原诗为：

> 三川北虏乱如麻，四海南奔似永嘉。
> 但用东山谢安石，为君谈笑静胡沙。

　　安史乱起，永王李璘奉诏协助平叛，后率师东下，李白被召为幕府，一心实现自己靖敌安邦的抱负。此诗首二句极写叛乱的嚣张气焰和人民遭受的苦难，为后二句申述从容平叛的宏图大略做衬托。后二句用典极为精审切当。当年谢安成竹在胸，棋弈自若，大破苻坚胡兵百万；而今自己也应像谢安一样，在谈笑之间一扫胡尘，宁静宇内。"但用"与"为君"连用，笔势飞动，风度潇洒，一种豪迈的气概、乐观的情绪和必胜的信念跃然纸上。

但使主人能醉客，不知何处是他乡。

〔鉴赏〕这是唐代李白《客中作》诗中名句。原诗为：

> 兰陵美酒郁金香，玉碗盛来琥珀光。
> 但使主人能醉客，不知何处是他乡。

　　人在客中，必有羁旅之思、怀乡之愁，而此诗却反其意而用之，特别耐人寻味。在主人美酒玉碗、琳琅华宴的盛情款待下，宾至如归之感冲淡了诗人的羁旅乡愁；诗人在友情的愉悦之中竟然流连忘返，乐而不觉其为他乡了。"但使主人能醉客，不知何处是他乡"，言下大有"盛情之下，处处皆吾乡也"的豪迈气概。这两句集中表现了李白率直、豪爽、狂放不羁的性格，也从侧面反映出盛唐所特有的时代气息。

但使龙城飞将在，不教胡马度阴山。

〔释义〕龙城飞将，汉朝痛击匈奴的"飞将军"李广。阴山，在今内蒙古一带。

〔鉴赏〕这是唐代王昌龄《出塞》（其一）诗中名句。原诗为：

> 秦时明月汉时关，万里长征人未还。
> 但使龙城飞将在，不教胡马度阴山。

前两句回顾了漫长历史岁月中无数守卫边塞的士兵牺牲了生命，一代一代地重演着征夫怨妇的悲剧。三、四句诗人称赞了英勇善战、令敌人闻风丧胆的汉代名将李广，也渴慕今天边地能有李广这样的良将来抵御外敌，使边地安宁，国家和平，家庭幸福。

但看古来盛名下，终日坎壈缠其身。

〔释义〕坎壈，坎坷。

〔鉴赏〕杜甫在蜀时，结识了画家曹霸，钦佩其高超技艺，同情其不幸命运，遂作《丹青引》（参见"一洗万古凡马空""丹青不知老将至"条）相赠，篇末写道：

> 途穷反遭俗眼白，世上未有如公贫。
> 但看古来盛名下，终日坎壈缠其身。

当读者把曹霸的艺术成就与其"穷""贫"命运对比时，必为天道之不公而愤愤不平。对此，诗人写下了宽解之辞：不过自古至今，有造诣享大名的人，都免不掉命运的坎坷。这是对曹霸的安慰，也是给读者的解释，更是诗人自宽之辞——因为杜甫本自与曹霸同病相怜。

但得众生皆温饱，不辞羸病卧残阳。

〔鉴赏〕这是宋代李纲《病牛》诗中名句。原诗为：

> 耕犁千亩实千箱，力尽筋疲谁复伤？
> 但得众生皆温饱，不辞羸病卧残阳。

此诗作于诗人为相七十天即被罢免而谪居武昌之时。李纲一生力主抗金，反对媾和，因而屡遭打击排挤，心怀抑郁，壮志难酬。这首诗看似咏物，实是诗人明志之作。前两句写牛的不公正待遇，内蕴孤愤之气。三、四两句逆而振起，将病牛人格化，借牛之口道出诗人忠义情怀。夕阳之下，病牛生命之光正在暗淡下去，但是它无怨无悔，念念不忘的仍是众生的温饱。这是何等高贵而伟大的胸怀！

但愿人长久，千里共婵娟。

〔释义〕婵娟，指美好的月色。

〔鉴赏〕这是北宋苏轼《水调歌头》（参见“人有悲欢离合，月有阴晴圆缺，此事古难全”条）词中名句。词中表现了作者在仕途失意并与其弟苏辙别离多年的境遇里中秋对月的感怀。此为结尾二句。词人寄情明月，倾诉了内心的良好祝愿：唯愿兄弟二人彼此珍重，在远别的日子里，共赏这美好的月色。两句系脱胎于谢庄《月赋》“美人迈兮音尘阙，隔千里兮共明月”之语，但写来更为凝重，注入了积极乐观的精神，突出表现了作者开朗的性格和洞达人生的处世态度，堪为全篇画龙点睛之笔。它也成为后世人们在经受种种别离之际，借以表达相互深情的佳句。

作诗火急追亡逋，清景一失后难摹。

〔释义〕亡逋，逃亡者。

〔鉴赏〕诗人自言创作心得，往往真切、生动。最长此道者，唐代推老杜，宋代则有苏东坡、陆放翁。这两句便是东坡对创作灵感的体会，出自《腊日游孤山访惠勤惠思二僧》。我国古代灵感论肇自陆机与刘勰，苏轼此句的见识并没有超出二者。但他以追捕逃亡来比喻灵感状态的突发性与瞬时性，设譬新奇，把握准确，且以诗句形式出现，故给人以深刻印象。清王渔洋以“兔起鹘落”比喻灵感，实由此句化生。

低回愧人子，不敢叹风尘。

〔释义〕人子，儿子。

〔鉴赏〕这是清代蒋士铨《岁暮到家》诗中名句。原诗为：

爱子心无尽，归家喜及辰。
　　寒衣针线密，家信墨痕新。
　　见面怜清瘦，呼儿问苦辛。
　　低回愧人子，不敢叹风尘。

　　这首诗写母子间的骨肉情深。诗人岁暮赶回家团圆，母亲见到爱子归来，欣喜不已，一见面便连声叹惜儿子瘦了，询问在外的辛苦情状。面对慈母的怜惜问话，诗人为自己奔波在外，不能恪尽人子孝亲之道而深感惭愧，一点也不敢叹诉自己旅途的困顿劳累。诗句描写了一种面对慈母的关怀又温暖又惭愧的复杂心理，毫不雕饰而亲切感人。

近人积水无鸥鹭，惟见归牛浮鼻过。

　〔鉴赏〕诗的魔力在于语至简而意至深。细玩宋代黄庭坚此联，可悟斯理。句出《病起荆江亭即事十首》（其一）：

　　翰墨场中老伏波，菩提坊里病维摩。
　　近人积水无鸥鹭，惟见归牛浮鼻过。

　　这是诗人晚年作品。首联既写了自己老病而心雄的精神状态，又表现了晚年以诗、禅为寄托的心态。尾联表面为景语：所居近人，无鸥鹭相伴，非幽僻隐居之地，门前塘水只有暮归水牛露着鼻子渡过。就写景而言，此句已臻妙境，把水乡小景一语写活。但再推敲，更有深意在。牧牛为佛家常用之喻，指收心驯性。而牵牛归佛更有彻悟之意。且维摩乃居人间而得道之大圣。联系起来，"近人"一联实含如下深意：我虽处俗世而无隐居山野之幽境，但此心彻悟，恰似维摩之游戏人间。当然，这层意思非常隐蔽，即使不解亦无妨诗境之美。有禅意而无禅语，寄佛理而若无痕迹，此等自然浑成之境，正见出诗人的不凡功力。

近乡情更怯，不敢问来人。

　〔鉴赏〕这是唐代宋之问《渡汉江》诗中名句。原诗为：

岭外音书断，经冬复历春。
近乡情更怯，不敢问来人。

　　这两句诗表面看似有悖常理，但却真实细致地刻画了诗人独特的心境：牵挂到极点，反没有勇气倾听任何有关家乡亲人的消息——借此来逃避可能的坏消息。后也形容浪迹天涯海角的游子，行近家乡之时，惊于家乡物事的变化，想到将要与亲朋好友重逢欢聚，喜悦之中夹杂着几分羞怯、慌乱。

近水楼台先得月，向阳花木易为春。

〔鉴赏〕据宋代俞文豹《清夜录》载，范仲淹镇守钱塘时，部下很多人都得到提拔，唯独巡检苏麟未得录用，于是苏麟献诗一首，以示不满。其中便有这么两句。这两句诗，形式上颇见工巧，用意也相当精妙。属对工稳而不露凿痕，意味深长而自然合理。楼台唯靠近水边而能先睹水月之姿，花木唯向阳而得长势茂盛，此情理之必然。但移诸人事，却近情而不近理了。因为用人之道，应当以公平为原则，外不避仇，内不避亲，更遑论空间距离的远近和一般的亲疏关系了。诗句巧用譬喻，意精语工，向为后人引用。尤以"近水楼台"四字，成为表示因便得利的成语。

饮马长城窟，水寒伤马骨。

〔释义〕长城窟，长城脚下的泉眼，可以饮马。
〔鉴赏〕这是汉代陈琳《饮马长城窟行》诗中名句。本诗反映了修筑长城的劳役给人民造成的深重灾难。此二句乃发端之辞，其妙在于本伤人民之苦，却先从马落笔。在北方长城脚下的山泉中饮马，寒水冰冷刺骨，健壮的战马都被伤骨。马比人要耐寒，那么修筑长城的人夫呢，可想其苦寒难支的惨状了。借马之伤骨衬托出人之苦痛，而首句点题，显示出拟乐府的特点。故此二句久为传诵，影响深远。隋卢思道《从军行》"流水本自断人肠，坚冰旧来伤马骨"，即用此典。

狂风吹我心，西挂咸阳树。

〔鉴赏〕这是唐代李白《金乡送韦八之西京》诗中名句。诗的前四句是：

客自长安来，还归长安去。
狂风吹我心，西挂咸阳树。

李白送友人回长安，自己怀念友人的情思，自然也跟着归客飞到长安去了。但诗人在这里却化虚为实，竟然说自己的一颗心可以离开身体，被狂飙吹卷着，向西飞往长安，而且高高地挂在咸阳城内的树枝上。"狂风"写出心情的飞越和激动，"挂"字写出心情的恳切和执着。这样一来，使抽象的情思实体化、形象化了。这种新颖奇特的艺术构思，确实是前人所未道也不敢道的，真可谓"想落天外"。

君不见黄河之水天上来，奔流到海不复回！

〔鉴赏〕这是唐代李白《将进酒》诗中名句。天宝十一载（752），李白与友人岑勋、元丹丘登嵩山饮宴，借酒来宣泄胸中的郁闷。诗一开始，便用呼告的口吻，骈排的句式，响遏行云，气势磅礴："君不见黄河之水天上来，奔流到海不复回！君不见高堂明镜悲白发，朝如青丝暮成雪！"黄河源远流长，滔滔而来，不见端倪，故云"天上来"；滚滚走下，东归大海，但见逝去，莫能穷极，故云"不复回"。这是对空间博大的极度夸张。下句则是对人生短暂的极度夸张：人生由青春到衰老的全部历程，竟然如朝暮之间的事。二句既以黄河的伟大永恒反衬生命的脆弱渺小，又以河水的流去比喻人生的易逝。这种对人生巨大悲憾的承认，成为下面"天生我材必有用"的自信自豪的有力铺垫，从而造成了全诗大开大阖的壮阔气势。

君看一叶舟，出没风波里。

〔鉴赏〕这是宋代范仲淹《江上渔者》诗中名句。原诗为：

江上往来人，但爱鲈鱼美。
君看一叶舟，出没风波里。

此诗质朴如口语，全无雕凿之痕，但寄意深长，情感颇为真切。前两句写岸上之人，只知鲈鱼味美，为口腹之欲所驱而往来求之。后两句写渔人的艰辛与危险：为了满足人们的嗜欲，驾一叶扁舟，出生入死于险恶的风浪之中。前后之间形成了极为强烈的对比，表现了诗人对渔者的深挚的关怀与对民生艰难的感慨，同时隐含着对世人的规劝之意。此诗可与诗人在《岳阳楼记》中所抒发的"先天下之忧而忧，后天下之乐而乐"的伟大情怀相比照。

君看随阳雁，各有稻粱谋。

〔释义〕随阳雁，随气候冷暖迁徙的候鸟。

〔鉴赏〕此联为借鸟写人的伤时骂世之语，出自杜甫的《同诸公登慈恩寺塔》。这首诗是他在天宝十一载（752），同诗友高适、岑参等同登长安慈恩寺塔的感怀之作。诗中先写塔的高峻；再写登临所见所感，对昏乱的时局表示担忧；最后感叹身世道：

黄鹄去不息，哀鸣何所投？
君看随阳雁，各有稻粱谋。

黄鹄，为志向高远的大鸟，这里喻世之君子兼自喻；随阳雁则喻庸碌小人。小人卑琐而常得势，君子高洁而常失所——故老杜此联传诵千古而不衰。

君莫舞，君不见、玉环飞燕皆尘土！

〔释义〕玉环，唐玄宗宠妃杨玉环。飞燕，汉成帝宠妃赵飞燕。

〔鉴赏〕这是南宋辛弃疾《摸鱼儿》词中名句。作品抒发壮志未酬身将老的感慨。"君"之所指，是朝廷内那些善妒邀宠之人。作者警告奸小不要得意忘形，正如当年红极一时的杨玉环、赵飞燕，到头来只落得委于尘土而已。暗喻手法的运用，使句意显得委婉含蓄，但其中情感又相当强烈。词人并非仅从个人仕途得失着眼，而是联系到宋室兴衰、国家前途，一吐郁愤不平之气。两句寓激情于婉约，行文中透出凛然正气。

君不见天道幽且深，败亡未必尽荒淫。

〔**释义**〕天道，指天命，天的意志。

〔**鉴赏**〕这是清初顾炎武《骊山行》诗中名句。诗中写道：

> 君不见天道幽且深，败亡未必皆荒淫。亦有英君御区宇，终日忧勤思下土。贤妃助内咏鸡鸣，节俭躬行迈往古。一朝大运合崩颓，三宫六市横豺虎。

骊山是历史的见证者，周幽王、秦始皇、唐玄宗，或荒淫，或残暴，皆导致国家败亡的后果。但作者认为，天道是幽深莫测的，亡国之君并非都是由于荒淫。崇祯皇帝就是一位英明果毅、节俭躬行的君主，可是终未挽回大明王朝的颓势。历史的发展有其内在的规律，一代王朝的败亡，有着复杂的因素在起作用。诗人感觉到了这一点，却将其归于幽深的天道。

忍死待郎三十载，归鞍驮得小妻回。

〔**释义**〕小妻，年轻的妾。

〔**鉴赏**〕这是清代吴镇《韩城行》诗中名句。原诗为：

> 良人远贾妾心哀，秋月春花眼倦开。
> 忍死待郎三十载，归鞍驮得小妻回。

反映思妇哀怨的诗歌历代不衰，就在于封建制度下妇女的命运是最悲惨的。这首诗所写的题材是带有普遍性的，但诗人的构思却是独特的，所以仍然写出了新意。前二句写良人出门做生意长久不归、闺中思妇望眼欲穿。第三句收束前两句，极写等待的时间之长和痛苦的程度，谁料想等来的却是"归鞍驮得小妻回"。诗人抓住久别相见时一霎时的心理感受来写，通过三十年的苦苦等待与相见时的突然打击的强烈对比，突出了思妇希望变成绝望的痛苦心情，造成强烈的悲剧效果。

忍把浮名，换了浅斟低唱。

〔鉴赏〕这是曾决定一个诗人命运的词句，出自宋代柳永的《鹤冲天》。原作略云：

> 黄金榜上，偶失龙头望。明代暂遗贤，如何向？未遂风云便，争不恣狂荡？何须论得丧。才子词人，自是白衣卿相。……青春都一晌，忍把浮名，换了浅斟低唱。

这是诗人科举失利后，到风月场中寻求安慰，并填此词自我宽解。"忍把"即"怎忍把"，表现出藐视功名、及时行乐的态度。此词传入宫廷，宋仁宗大怒道："且去浅斟低唱，何须浮名。"于是，断送了柳永的正常仕途。而诗人就此自号"奉旨填词"，终于在"白衣卿相"生涯中实现了人生价值。

鸡虫得失无了时，注目寒江倚山阁。

〔鉴赏〕杜甫集中有一首寓言诗——《缚鸡行》：

> 小奴缚鸡向市卖，鸡被缚急相喧争。
> 家中厌鸡食虫蚁，不知鸡卖还遭烹。
> 虫鸡于人何厚薄，吾叱奴人解其缚。
> 鸡虫得失无了时，注目寒江倚山阁。

厌鸡食虫而卖，此恐无其理，所以应看作是老杜借题发挥的寓言诗，目的在于"解缚"——破除偏执的人生态度，代之以通达超脱之见。"鸡虫得失无了时"是感叹，谓人生充满了是非难断的纠葛；"注目寒江倚山阁"写心态：我自超然，我自悲悯。后世引用"鸡虫"句，在彼此是非的"齐物"观之外，又往往加上了琐屑、无聊的意味。

鸡声茅店月，人迹板桥霜。

〔鉴赏〕这是唐代温庭筠《商山早行》诗中名句。原诗为：

> 晨起动征铎，客行悲故乡。
> 鸡声茅店月，人迹板桥霜。
> 槲叶落山路，枳花明驿墙。
> 因思杜陵梦，凫雁满回塘。

这首诗首尾两联言羁旅之愁，中间两联写早行所见，其中"鸡声茅店月，人迹板桥霜"历来脍炙人口。这两句紧扣"早行"，以具有特征性的景物构成意象，将旅中所见描绘得鲜明如画。同时，这些意象的组合反映出诗人起床、离店、上路的早行过程，条理清晰。两句无一动词，全以名词排列，而人物动作隐含在这些名词所显现的意象中，可知可感，呼之欲出。

纵被春风吹作雪，绝胜南陌碾成尘。

〔鉴赏〕句出宋代王安石《北陂杏花》，原诗为：

> 一陂春水绕花身，花影妖娆各占春。
> 纵被春风吹作雪，绝胜南陌碾成尘。

杏花艳而不俗，风韵独绝。春水环绕杏花，似亦爱其高洁。诗人移情入景，正见其人格情操。花美，水中之花影也自有其独特的美，各具神韵，不相高下。这一、二两句，道出杏花之可爱以及诗人爱杏花的情怀。第三、四句忽作转折，由树上花、水中花而转写落花，情调也由欢喜而转入悲壮。在诗人看来，纵然被春风吹落，似雪花片片漂流水上，也比生于大道之旁，最终被辚辚车马碾作尘土要好得多。"雪"象征高洁，而"尘"象征污浊，宁作雪而不为尘，表现了诗人的高风亮节与守正不屈的精神。

涯底　愁度

叫遍佰事法夢崖去

木言孤盞飄水玉時呈

孔高筆

悅懌紙

阳春无和者，巴人皆下节。

〔**释义**〕阳春，即《阳春白雪》，高级乐曲名。巴人，即低级易会的乐曲《下里巴人》。下节，打拍子。

〔**鉴赏**〕这是晋代张协《杂诗十首》（其五）中的名句。诗写高才大贤不能被世俗接受理解的悲哀。诗末六句运用宋玉《答楚王问》的典故：

> 不见郢中歌，能否居然别。
> 阳春无和者，巴人皆下节。
> 流俗多昏迷，此理谁能察！

此二句言阳春白雪，和者盖寡；下里巴人，流行者众。以曲高和寡说明流俗不能理解贤才，用典巧妙，文字工美。比左思直言"何世无奇才，遗之在草泽"，要高明几分。后世李白《答王十二寒夜独酌有怀》亦用此典，"巴人谁肯和阳春，楚地犹来贱奇璞"，即此意也。

八画

泾以渭浊，湜湜其沚。

〔释义〕湜湜，清澈。沚，静水。

〔鉴赏〕这是《诗经·谷风》中的名句，出自其第三章：

泾以渭浊，湜湜其沚。宴尔新婚，不我屑以。毋逝我梁，毋发我笱。我躬不阅，遑恤我后？

全诗以弃妇的口气诉述前夫的无情和自己的痴心。第三章写到新妇把自己挤走，采用了十分精警的比喻。自己是清白的，就如同清澈的泾水；新妇是不良的，如同混浊的渭水。泾渭合流后（泾水是渭水支流），因浊渭而搅乱了清泾。但自己的纯洁本质如故，好像泾水之流沉静之后，还是明澈的。因其以泾清渭浊的自然现象恰切地比喻了人类的善恶，故"泾清渭浊"后来成为评判人类品质的习用成语。

泪痕不学君恩断，拭却千行更万行。

〔鉴赏〕这是唐代刘皂《长门怨》（其一）诗中名句。原诗为：

雨滴长门秋夜长，愁心和雨到昭阳。
泪痕不学君恩断，拭却千行更万行。

长门宫为汉武帝陈皇后失宠幽居之所，此诗借此为题写失宠宫妃的哀怨之情。前两句以秋夜秋雨的绵长无边衬托宫妃的寂寞难耐，以情写景，情景交融。后两句继写其悲怨，泪流之欲止不能，正反映出哀怨之不可消歇。君恩虽断而泪水长流的自白亦寓自怜自爱、期待君王之意。泪痕、君恩，一具象一抽象，而以通感联系对比，想象新奇。泪痕"千行""万行"的夸张把宫妃深长的感恨表现得无以复加，有强烈的艺术感染力。

空山不见人，但闻人语响。

〔鉴赏〕这是唐代王维《鹿柴》诗中名句。原诗为：

> 空山不见人，但闻人语响。
> 返景入深林，复照青苔上。

前一句写山野的静谧、虚空，后一句写深山中远远传来的人声，山旷声远，愈发衬托出空山的幽寂。动而极静，是为禅趣。"禅是动中的极静，也是静中的极动……动静不二，直探生命的本原。"（宗白华《美学散步》）静能使人返回自我，观照内心；内心空灵澄明，才能倾听到"世界深秘的回音"，体尝生命律动的喜悦。

空将汉月出宫门，忆君清泪如铅水。

〔鉴赏〕这是唐代李贺《金铜仙人辞汉歌》诗中名句。诗的后半部分写道：

> 魏官牵车指千里，东关酸风射眸子。
> 空将汉月出宫门，忆君清泪如铅水。
> 衰兰送客咸阳道，天若有情天亦老。
> 携盘独出月荒凉，渭城已远波声小。

在这首交织着家国之痛和身世之悲的情感的诗中，"空将"一联用拟人法直接抒发了金铜仙人的思想感情：在魏官的驱使下离开汉宫，伴随着"我"的唯有天上旧时的明月而已。"汉月"二字带有一种浓重的怀旧之感。"忆君"句中"泪如铅水"，比喻奇妙不凡，绘声绘色地写出了金铜仙人当时的悲痛之态——泪水涔涔，落地有声。这种感怀旧事、恨别伤离的神情与人无异，是"人性"的表现。而"铅水"一词又与铜人的身份相适应，婉曲地显示了它的"物性"，造句奇峭而又妥帖。

京华结交尽奇士，意气相期共生死。

〔鉴赏〕中华民族多历劫难，遂造就了士人中"天下兴亡，匹夫有责"的传统。每至存亡之际、危难之秋，这种传统便光华四射。宋代陆游的《金错刀行》（参见"楚虽三户能亡秦"条）正是体现此传统的名作。诗开篇描写志在报国的英雄形象，然后笔锋一转，回忆当年结交同志矢誓报国的情景：

> 京华结交尽奇士，意气相期共生死。
> 千年史册耻无名，一片丹心报天子。

这两句诗因其豪情侠气而为后世热血男儿所喜爱。

夜深更饮秋潭水，带月连星舀一瓢。

〔鉴赏〕这是清代郑燮《访青崖和尚和壁间晴岚学士虚亭侍读原韵》诗中名句。原诗为：

> 渴疾由来亦易消，山前酒旆望非遥。
> 夜深更饮秋潭水，带月连星舀一瓢。

这首诗写住在山上寺庙里夜深口渴喝水的一件小事，但诗人却从寻常中发现了不平常，挥笔写来，便成了脍炙人口的名句。月亮星光倒映在水中，这是常见的自然现象，当诗人舀起一瓢时，却看到瓢中也倒映着月亮星光，禁不住忽发奇想，这一瓢水是连星带月一起舀啊，似乎星月也被一口喝了下去。读来真让人有气吞星河、胸有乾坤之感，清新超逸，极富艺术的感染力。

夜阑更秉烛，相对如梦寐。

〔释义〕夜阑，夜深。

〔鉴赏〕安史之乱爆发后的第三年，杜甫在左拾遗任上触怒了唐肃宗，被放还探家。他的家人侨居鄜州羌村，彼此已分别两载。到家后，诗人写下了著名的《羌村三首》，其一描写与家人初相见的情景：

妻孥怪我在，惊定还拭泪。
世乱遭飘荡，生还偶然遂。
邻人满墙头，感叹亦嘘欷。
夜阑更秉烛，相对如梦寐。

作者纯用白描，而深得人情三昧，非亲身深历绝写不出。"夜阑"句，用一"更"字，表现出惊喜已过而欣慰无尽的心情。"如梦寐"，则准确表现出大喜过望反疑其真的反常心态。正因为这两句写久别初逢的情态真切传神，所以屡屡被后世作者化用，如宋词人晏几道的"今宵剩把银釭照，犹恐相逢是梦中"。

夜阑卧听风吹雨，铁马冰河入梦来。

〔释义〕阑，深。

〔鉴赏〕曹孟德有诗云："老骥伏枥，志在千里；烈士暮年，壮心不已"，用来形容宋代陆游的老年心态，最为恰切。而放翁六十八岁时写下的《十一月四日风雨大作二首》（其二），则是这种心态的集中表露：

僵卧孤村不自哀，尚思为国戍轮台。
夜阑卧听风吹雨，铁马冰河入梦来。

前两句写晚景之凄凉与心志之昂扬，正是伏枥老骥的境况。接下来两句极有气势。"卧听风吹雨"，既是自然风雨的写照，又是心头"风雨"的反映。正是心中这股激荡难平之气，才使边塞破敌景象闯入梦境。"铁马冰河入梦"，意味颇复杂：是"壮心不已"的颂赞，也是"心在天山，身老沧洲"的哀词。

变白以为黑兮，倒上以为下。

〔鉴赏〕这是战国楚屈原《九章·怀沙》中的名句。原诗上下文是：

玄文处幽兮，矇瞍谓之不章。离娄微睇兮，瞽以为无明。变白以为黑兮，倒上以为下。凤皇在笯兮，鸡鹜翔舞。

一般认为本诗是屈原临死前所作，诗中揭露了国家的黑暗与党人的胡作非为，表达了自己不惜以生命来保持节操的决心。此二句运用了强烈对比，来譬喻楚国国君是非不分、社会上善恶不辨的事实。黑与白、上与下是截然分明的不同，但却被党人歪曲得黑白颠倒、以下为上。后世以"黑白"指称"是非""善恶"，而以"黑白颠倒""黑白混淆"喻指颠倒是非，制造混乱。

庙不灵狐狸漾瓦，官无事乌鼠当衙。

〔释义〕庙，庙神。漾瓦，摔瓦。

〔鉴赏〕这是元代乔吉《双调·折桂令·荆溪即事》中的名句。曲中所写的荆溪在今江苏宜兴县南，其两岸曾被宋梅尧臣描写成恬静而富生机的佳境，而诗人眼下的荆溪岸边却是"老树支门，荒蒲绕岸，苦竹圈笆"之地了，再无半点生气。这两句曲折地回答了导致这种恶变的缘由。这两句对仗工整的曲辞，较好地运用了比喻，首先以前句之"庙不灵"比喻后句之"官无事"，这是明喻；其次以后句中的"乌鼠"比喻隐于字面之外的吏役和社会渣滓，这是暗喻。有此明暗两喻，便自然揭示出地方官府的法纪败坏与民生凋敝的关联。

子陵一钓多高兴，闹中取静。

〔释义〕子陵，东汉严光的字，他少时与光武帝同游学，光武即位后找他做官，他隐居不出。

〔鉴赏〕这是元代马致远《双调·拨不断·看潮》中的名句。此曲借钱塘江潮与西山长青的对比，赞赏严子陵对隐居生活的正确选择。原曲为：

　　　浙江亭，看潮生，潮来潮去原无定，惟有西山万古青。子陵一钓多高兴，闹中取静。

　　"闹"字紧扣上文的"潮来潮去原无定"，是对宦海无常、人情冷暖的概括；"静"字紧扣上文的"西山万古青"，是对平静、安宁的隐逸生活的缩写。诗人通过对子陵选择了"闹中取静"生活道路的赞美，表达自己对世态人情的清醒认识和对隐居生活的向往。

试玉要烧三日满，辨材须待七年期。

〔**释义**〕辨，判别。

〔**鉴赏**〕此乃唐代白居易《放言五首》（其三）诗中佳句。该诗的前两联为：

> 赠君一法决狐疑，不用钻龟与祝蓍。
> 试玉要烧三日满，辨材须待七年期。

这是一首富有理趣的好诗。此联用通俗的语言道出了一个极宝贵的真理：要认识人、事的真伪优劣，只有让时间去考验；经过一定时间的观察比较，人、事的本来面目终会呈现的。这个"决狐疑"之法的提出，并不是开门见山，而是在否定了卜筮之后，又用了"试玉""辨材"这两个比喻委婉地介绍给读者的。诗意极为明确，出语却纤徐含蓄，且寓哲理于形象之中，是以议论为诗的一联成功之作。

诗家清景在新春，绿柳才黄半未匀。

〔**释义**〕清景，清丽的景色。

〔**鉴赏**〕此联乃唐代杨巨源《城东早春》诗中名句。原诗为：

> 诗家清景在新春，绿柳才黄半未匀。
> 若待上林花似锦，出门俱是看花人。

这首描写早春景色的小诗，起句便直切主题，明言对于诗人来说，最清丽的景色是在初春。乍暖还寒之际，放眼望去，纷披的柳枝尚无绿意；近前凝视，枝上的叶芽参差不齐，竟已染上了深浅不一的鹅黄！"半未匀"三字逼真地再现了早春柳枝绽黄的情态，可谓化工之笔。此联与"小荷才露尖尖角"有异曲同工之妙，均蕴含了新生事物生机勃勃、前途无可限量之意。

诚知此恨人人有，贫贱夫妻百事哀。

〔鉴赏〕这是唐代元稹《遣悲怀三首》（其二）（参见"昔日戏言身后事，今朝都到眼前来"条）诗中名句。这首诗寄寓了深切而强烈的悲恨。"诚知此恨人人有，贫贱夫妻百事哀"两句则推进一层，说明强烈悲恨之所由。夫妻死别，固为人生所不免，但对于贫贱相依患难与共的夫妻来说，一旦永诀，悲哀之情，自然甚于常人。诗人始终对往昔贫困而又充满恩爱感情的夫妻生活念念不忘，这种情动于衷的悲怀哀叹，十分真挚动人。

青云衣兮白霓裳，举长矢兮射天狼。

〔释义〕衣，上衣。裳，下衣。天狼，恶星，主侵掠。

〔鉴赏〕这是战国楚屈原《九歌·东君》中的名句，《东君》是祭日神的诗歌。东君作为太阳的化身，不仅把光明和温暖送给人间，而且还是翦除侵略者的英雄。此二句就是用浪漫辉煌的语言把东君的英雄形象凸现出来。你看他以青云为衣，以白虹为裳，旭日丽空，云霓辉映，多么壮丽辉煌。他又举起金光闪闪的长箭（比喻太阳光线）射向那侵掠灾祸的渊源——天狼星。这里"天狼"又暗喻秦国，因秦国地处天狼星之分野，又被称为"虎狼之国"。诗句反映了诗人的爱国精神，后世苏东坡豪放词《江城子》"会挽雕弓如满月，西北望，射天狼"，即化用此典。

青山一道同云雨，明月何曾是两乡。

〔鉴赏〕这是唐代王昌龄《送柴侍御》诗中名句。原诗为：

> 流水通波接武冈，送君不觉有离伤。
> 青山一道同云雨，明月何曾是两乡。

远去的朋友不会孤独，有青山为伴，云雨同行，明月相随。青山、云雨、明月就是多情的诗人的化身，诗人的思恋陪伴着远去的友人。虽暂分离，却近如比邻。与李白诗"我寄愁心与明月，随风直到夜郎西"（《闻王昌龄左迁龙标遥有此寄》），有异曲同工之妙。

青山无大小，总隔郎行路。

〔鉴赏〕这是明代谢榛《古意》诗中名句。原诗为：

> 青山无大小，总隔郎行路。
> 远近生寒云，愁恨不知数。

诗中写女子对情郎久盼不归的心情。"古意"是乐府诗体，诗人模仿乐府诗的写法，语言质朴自然而情味深长。游子远行，音信杳杳。女子在家独守空闺，相思与日俱增。不知有多少次，她伫立窗前，渴望能见到情郎的身影，可重重叠叠的青山，遮住了她的视线，满腔的希望一次次变成失望。她禁不住把怨恨移向了那大大小小的青山，而她真正怨恨和强烈思念的，却是那远行不归的游子啊。

青山尚且直如弦，人生孤立何伤焉。

〔释义〕直如弦，汉桓帝时童谣云："直如弦，死道边；曲如钩，反封侯"。直，指正直。

〔鉴赏〕这是清代袁枚《独秀峰》诗中名句。原诗为：

> 来龙去脉绝无有，突然一峰插南斗。
> 桂林山水奇八九，独秀峰尤冠其首。
> 三百六级登其巅，一城烟水来眼前。
> 青山尚且直如弦，人生孤立何伤焉。

独秀峰在桂林市中心王城内，孤峰挺秀，为桂林名胜之一。诗人由独秀峰的孤直峭拔，联想到人生社会：青山为大自然中的无情之物，尚且如此峭直特立，人生在世，如果持身正直，即使孤立，又有什么值得伤感的呢？诗句表达了对不苟合时俗、正直坚贞的人格美的歌颂。

青山依旧在，几度夕阳红。

〔鉴赏〕这是明代杨慎的长篇弹词《廿一史弹词》第三段开场词《临江仙》中的名句。原词为：

> 滚滚长江东逝水，浪花淘尽英雄。是非成败转头空。青山依旧在，几度夕阳红。　　白发渔樵江渚上，惯看秋月春风。一壶浊酒喜相逢。古今多少事，都付笑谈中。

这首词是在概括秦汉以来无数兴亡史实的基础上所抒写的深沉的历史感慨，境界阔大而邈远。江水滚滚，无数英雄和他们的业绩都已一去不复返，消融在历史的长河中了。唯有两岸青山依然存在，夕阳如火，正是历史的见证。词句表现了人事迅即而宇宙永恒的吊古伤怀之情。此词被毛纶父子移作《三国演义》的卷头词，大大提高了它的知名度。

青山遮不住，毕竟东流去。

〔鉴赏〕这是南宋辛弃疾《菩萨蛮·书江西造口壁》词中名句。原词为：

> 郁孤台下清江水，中间多少行人泪。西北望长安，可怜无数山。　　青山遮不住，毕竟东流去。江晚正愁余，山深闻鹧鸪。

此词抒写家国兴亡感慨。上片隐括惨痛往事，指出中原沦亡国耻未雪的现状，忠愤之气，拂拂指端。过片两句语气坚决，含蓄道出作者对全民族抗敌意志所抱有的坚定信念，江水东流喻正义所向不可阻挡。两句用比兴手法，拥情入景，于惜山怨水中寄托深沉感慨，健拔宕逸，神理高绝，不仅写出词人一怀襟抱，而且可以借喻某种历史规律。

青眼高歌俱未老，向尊前、拭尽英雄泪。

〔释义〕青眼，亦作"青目"，语出《世说新语》，本为以友善、尊重态度待人的姿态。这里指代挚友之间的相互欣赏。

〔鉴赏〕这是清初词人纳兰性德词作《金缕曲·赠梁汾》中的一句。其词上阕为：

> 德也狂生耳！偶然间、淄尘京国，乌衣门第。有酒惟浇赵州土，谁会成生此意？不信道、遂成知己。青眼高歌俱未老，向尊前、拭尽英雄泪。君不见，月如水。

纳兰性德出身贵胄，却毫无纨绔子弟的习气。他结交了不少肝胆相照的朋友。顾梁汾是其中之一。这首"赠梁汾"的词有个戏剧性的背景：顾梁汾的朋友吴汉槎被流放宁古塔，顾欲救而无力，填词《金缕曲》寄赠，表达同情与无奈。纳兰读到后大为感动，遂作此词，并决心帮助救赎，最终如愿成为文坛佳话。

"青眼"两句极为传神，写尽狂狷、自负的神态，和好友之间彼此相得的痛快。

青青子衿，悠悠我心。

〔释义〕子，指女子所想念的情人。衿，衣领。

〔鉴赏〕这是《诗经·子衿》中的名句，出自其首章：

> 青青子衿，悠悠我心。纵我不往，子宁不嗣音！

全诗以一女子口吻，写她等待情人不至的悠长思念和焦急心情。本二句采用了生动的借代法，不言思念情人，而说思念其青衿的悠悠深情，含蓄委婉，且把情人具象化：一个身着青衣的少年。这样"悠悠我心"便有了着落。故后世怀人之诗，多用此典，而不限于男女恋人。如曹操《短歌行》直用此语："青青子衿，悠悠我心，但为君故，沉吟至今"，表达了对贤才的无限渴慕。

青枫江上孤舟客，不听猿声亦断肠。

〔释义〕青枫江，这里指长江。

〔鉴赏〕这是明代何景明《竹枝词》诗中名句。原诗为：

> 十二峰头秋草荒，冷烟寒日过瞿塘。
> 青枫江上孤舟客，不听猿声已断肠。

清猿啼鸣的声音，自从南北朝时"巴东三峡巫峡长，猿鸣三声泪沾裳"（郦道元《水经注·江水》）的歌声出现后，便与羁旅之愁结下了不解之缘，历代相沿，成了诗歌中表现旅愁的传统意象。在这首诗中，诗人将三峡秋日的气氛描绘得十分荒寒凄凉，一叶孤舟独行江上，使人悲凉伤痛到了极点，即使不听猿声，早已断肠；更何况猿声并不因为游子的主观意愿而断绝，其心情的愁怨程度可以说是无以复加了。

青箬笠，绿蓑衣，斜风细雨不须归。

〔释义〕箬笠，用竹篾、箬叶编的斗笠。

〔鉴赏〕这是唐代张志和所作《渔父》词中名句。原词为：

> 西塞山前白鹭飞，桃花流水鳜鱼肥。青箬笠，绿蓑衣，斜风细雨不须归。

词的开头两句勾画出一幅色彩明丽、生机勃勃的太湖春景，而作为这画面中心的，则是后三句所描绘的渔父形象。他头戴青箬笠，身披绿蓑衣，怡然垂钓于烟波妙境。"斜风细雨"将整个画面笼罩在浑然缥缈之中。于是，天地间的一切皆归于平淡，具有了绝尘脱俗的意味。"不须归"则揭示了人物内心遁迹江湖、回归万物的高情远意。词人因忤世、傲世而避世的"真意"藉渔父形象得以展现。

妻子好合，如鼓瑟琴。

〔鉴赏〕这是《诗经·常棣》中的名句，出自其第七章：

> 妻子好合，如鼓瑟琴。兄弟既翕，和乐且湛。

原诗主题在于劝兄弟友爱。本章以夫妇关系比衬兄弟关系，意在说明兄弟应像夫妻一样亲近和好。此二句以琴与瑟合奏时的高度协调和谐，譬喻夫妻关系的融洽和睦，设譬贴切，形象生动。鼓瑟弹琴，是一种高难度的复杂艺术，二人合奏就更不易，如达到谐和，说明双方的心思、技巧诸方面都十分接近水乳交融。正如夫妻在气质、学养、情趣各方面都相合无间一样。后世以"琴瑟"代称夫妻感情和谐，如"琴瑟之欢""琴瑟之好"，而以"琴瑟不调"代指夫妻不合，即出于此。

抽刀断水水更流，举杯销愁愁更愁。

〔鉴赏〕这是唐代李白《宣州谢朓楼饯别校书叔云》诗中名句。这两句集中表现了诗人在饯别中的深沉感慨。理想和现实的矛盾，使李白陷入难以自拔的烦忧苦闷之中。"抽刀断水水更流"，比喻新颖奇特而自然贴切。谢朓楼前的宛溪水长年不尽地流淌，宛如剪不断、理还乱的愁绪，很自然地引发出诗人"抽刀断水"的强烈欲念；然而利刃的劈击对浩荡的流水是无济于事的，一击过后只能徒唤奈何。这就形象地显示出诗人力图摆脱精神苦闷而终归沉溺不拔的心理状态。"举杯销愁愁更愁"，切合着喻体来写现实，饯别饮酒，本为宽解愁怀，反而更增添了愁绪。二句中，二"水"粘连，两"更"重叠，三"愁"复现，把诗人既大且深而绵绵不绝的愁情，宣泄得不遗点滴，淋漓尽致。

轮台九月风夜吼，一川碎石大如斗，随风满地石乱走。

〔释义〕轮台，古县名，唐贞观中置，治所在今新疆米泉境内，贞元中地入吐蕃。

〔鉴赏〕这是唐代岑参《走马川行奉送出师西征》诗中名句。其开端为：

君不见走马川行雪海边，平沙莽莽黄入天。轮台九月风夜吼，一川碎石大如斗，随风满地石乱走。

在这首为军队出征而作的送别诗中，雄浑壮美的主旋律得到了极致的渲染。一"吼"字，写出了边寒夜风惊天动地的猛烈；一"乱"字，更加深了风的狂暴，突出了环境的险恶。如果说诗人炼字之工已臻化境，那么密集的韵位则表现出一种急促有力的节奏，使诗句的形式与内容达到了浑然合一。

卧龙跃马终黄土，人事音书漫寂寥。

〔释义〕卧龙，指诸葛亮。跃马，指汉末蜀地割据称帝的公孙述。漫，任便，由他。

〔鉴赏〕杜甫自称"老年渐趋诗律细"。这在他的夔州所作律诗中，表现得特别明显，如号称"法律细入毫芒"的《阁夜》：

> 岁暮阴阳催短景，天涯霜雪霁寒宵。
> 五更鼓角声悲壮，三峡星河影动摇。
> 野哭千家闻战伐，夷歌数处起渔樵。
> 卧龙跃马终黄土，人事音书漫寂寥。

此诗为老杜夜宿夔州西阁所见所闻所感。"五更"一联写闻见，也是历代传诵的"伟丽"之句。结尾则是所感：远望武侯庙与白帝庙，想到这两位一世之雄，功业格天动地而终归黄土；我目前在人事与音讯等方面所扰心挂怀的种种，相比之下，何值一提，且任他去吧。这种心态与苏东坡《前赤壁赋》所写客人之言可相印证发明。

卧看满天云不动，不知云与我俱东。

〔鉴赏〕唐诗以意境、气势见长，宋诗则以理趣为特色。所谓理趣，是含哲理而有情趣。北宋晚期诗人陈与义的这两句诗，堪称理趣典型。此句出于《襄邑道中》：

> 飞花两岸照船红，百里榆堤半日风。
> 卧看满天云不动，不知云与我俱东。

诗写作者赴京候选途中的情景。诗人此时二十七岁，仕途方展，心境轻松愉悦。作品前两句写春天的繁花，写顺风顺水的疾行，都是这种心境的反映。后两句则写诗人仰卧船头，注目蓝天白云，心地平和而宁静，忽然间意识到一个道理：那些看似静止的云朵其实正和飞舟一同东行。这便是物理学"相对静止"之理，而出自诗人笔下，在道理之上就有了闲适的情趣。

居高声自远，非是藉秋风。

〔鉴赏〕这是唐代虞世南《蝉》诗中名句。原诗为：

> 垂绥饮清露，流响出疏桐。
> 居高声自远，非是藉秋风。

清人沈德潜评论此诗说："咏蝉者每咏其声，此独尊其品格"，精当有力。诗句中隐含着作者对人生独到的品味：德馨才俊超脱流俗之士，无须倚仗皇帝的恩宠、权贵的眷顾，自然能声名远播、流芳后世。这两句诗亦表现了诗人的孤高自赏。

屈平词赋悬日月，楚王台榭空山丘。

〔释义〕悬日月，如日月高悬，光照千古。司马迁、班固评价屈原的《离骚》，均有"虽与日月争光可也"的说法。楚王台榭，台上的房屋叫榭，史载楚灵王有章华台，楚庄王有钧台等。

〔鉴赏〕这是唐代李白《江上吟》诗中名句。全诗以江上遨游起兴，表现了诗人追求自由理想、藐视功名富贵的兀傲精神。这一联是诗中的警辟之句。泛舟江汉，自然会想到屈原和楚王。屈原尽忠爱国，遭遇虽然不幸，但他创作的诗篇，可与日月争光，永垂不朽；楚王穷奢极欲，生活虽然豪华，但他的宫观台榭，早已荡然无存，只剩下荒凉的山丘。把两种截然不同的人生典型，鲜明地摆在读者面前，形象地说明了势位终不可恃，文章贡献乃不朽之大业。作者所追求的理想也就不言而喻了。

昔日戏言身后意，今朝都到眼前来。

〔鉴赏〕唐代元稹有《遣悲怀三首》悼念亡妻韦丛。这三首诗铺叙日常生活情事，从生前写到身后，感情真挚动人。其二如下：

> 昔日戏言身后意，今朝都到眼前来。
> 衣裳已施行看尽，针线犹存未忍开。
> 尚想旧情怜婢仆，也曾因梦送钱财。
> 诚知此恨人人有，贫贱夫妻百事哀。

这首诗写韦氏逝后诗人对她追怀和思念。"昔日戏言身后意，今朝都到眼前来"两句总起全篇。诗人由身后之意想到生前之事。那时夫妻恩爱，曾戏言预想身后之意，岂料当时无心之言，今朝竟成事实。诗人抚今追昔，悲怀愁思不能自已。这两句写夫妻情事真切，忆念之意浓重，故为悼亡名句。

昔去雪如花，今来花似雪。

〔鉴赏〕这是南朝齐范云《范广州宅联句》诗中名句。全文是：

> 洛阳城东西，长作经时白。
> 昔去雪如花，今来花似雪。

这是一首写别后重逢之情的诗。诗的末二句，尤其体现了南朝诗注意新巧的特点。诗人抓住雪与花的可以互拟相似之点——缤纷烂漫之状，以及二者的不同之点：寒冬飘雪而离别，使人伤感；新春花放而重逢，使人欣喜，以"雪"与"花"相连相比，反复吟哦，给读者以新鲜奇丽之感。这种手法影响后人，如苏轼《少年游·润州作》："去年相送，余杭门外，飞雪似杨花；今年春尽，杨花似雪，犹不见还家"，即袭用其意而又有所创新。

昔如埋剑常思出，今作闲云不计程。

〔鉴赏〕古诗多用典。拙者"掉书袋"，诗意全无；妙者化用无痕，在若有若无间增加了作品的深厚。宋代陆游这一联便堪称入妙之作，原诗为：

五丈原头刁斗声，秋风又到亚夫营。
昔如埋剑常思出，今作闲云不计程。
盛事何如观北伐，后人谁可继西平？
眼昏不奈陈编得，挑尽残灯不肯明。

题为《秋夜思南郑军中》，是老年忆旧之作。首联用诸葛亮与周亚夫喻自己当年参与的北伐军旅。颔联上句用西晋雷焕之典：丰城有紫气冲天，雷焕循踪挖得龙泉、太阿两口久埋地下的宝剑。下句用五代贯休之典：贯休以"一剑霜寒十四州"赞吴越王，王出于野心令改为"四十州"，贯休拒绝，并自称"闲云野鹤"，飘然而去。显然，用了这两个典故使诗句意蕴丰厚了许多，使人联想到放翁才略如旷世名剑，虽经埋压而光华难掩，而其品格则如贯休之拒吴越王，等等。但是，即使不知这些故实，句中似旷达而实感伤的况味，仍可由"埋剑""闲云"两个意象表现出来。用典而似无典，如此便称高手。

昔我往矣，杨柳依依。今我来思，雨雪霏霏。

〔释义〕霏霏，雪飞的样子。

〔鉴赏〕这是《诗经·采薇》中的名句。原诗写戍边作战的士卒归途中百感交集的心情。这四句诗被誉为千古名句的原因，一是以简洁精确的形容词写出了感人的意境，"依依"把杨柳之态传达得情貌无遗。二是在诗歌美学上创造了"以乐景写哀，以哀景写乐，一倍增其哀乐"（王夫之语）的艺术境界：春风杨柳的美丽春日，作者却因战争而离别亲人踏上征途，令人何其感伤，而如今战罢归来，思乡心切，恨不得一步跨回田园，却正遭霖雨泥途，长路坎坷，虽然霰雪扑面，但诗人心中何尝不欣喜若狂呢！强烈的对比，造成了浓郁的艺术氛围，所以许多大文学家都十分欣赏它，认为"真情实景，感时伤事，别有深情，非可言喻"（方玉润语）。

苦雨终风也解晴。

〔释义〕苦雨，久下成灾的雨。终风，大风，暴风。

〔鉴赏〕苏轼一生屡遭贬谪，最远到过海南岛。宋代的海南岛，生存条件极端恶劣，谪宦至此无一生还。而东坡岛中四年，终不改其乐，写下了一批传世诗篇。此句即其遇赦离岛所作，诗题为《六月二十日夜渡海》：

> 参横斗转欲三更，苦雨终风也解晴。
> 云散月明谁点缀，天容海色本澄清。
> 空余鲁叟乘桴意，粗识轩辕奏乐声。
> 九死南荒吾不恨，兹游奇绝冠平生。

"苦雨终风"句既为当时天气变化的写实：整整一个白天的风雨至夜半方止；又暗喻自己的厄运终于有了转机。后世便用此句勉励身处逆境者，以顽强乐观的态度面对横逆。

若问闲愁都几许？一川烟草，满城风絮，梅子黄时雨。

〔鉴赏〕这是北宋贺铸《青玉案》词中名句。作品表面似写眷恋佳人的相思痴情，实则抒发悒郁不得志的"闲愁"。此为结尾四句。词人以"若问"句呼起，随之接连三喻，在叠答中具体形容闲愁情状。三句分别选取颇具江南暮春特征的烟草、风絮、梅雨作比，形象生动地写出了闲愁之多之广，之纷繁杂乱，之缠绵不尽。三种景致并非各自孤立，而是复合在同一画面上。天地迷蒙，色调灰暗，恰与身处其间的失意人心境相谐。词人即景抒情，多方取譬，将无迹可求的抽象情感转化为具体生动的景物，亦景亦情，韵味悠长。因其造语新奇工巧广为传诵，作者由此得享别名——贺梅子。

茅檐低小，溪上青青草。

〔鉴赏〕这是南宋辛弃疾晚年隐居乡村时所作《清平乐》词中名句。原词为：

> 茅檐低小，溪上青青草。醉里吴音相媚好，白发谁家翁媪？
> 大儿锄豆溪东，中儿正织鸡笼，最喜小儿无赖，溪头卧剥莲蓬。

这首小令描绘农村生活中一个恬静闲适的侧面。词之开端写望中所见，只淡淡几笔，便勾勒出环境的清新秀丽。一所低小的茅草屋，紧靠潺潺流水，溪边长满碧绿的青草。作者在构思上选取乡村中若干常见之景，组合在同一幅画面里，色彩鲜明而和谐，虽纯用白描手法，却写出了诗情画意，为以下描写老小五口之家朴素雅静的生活提供了空间背景。

英雄不失路，何以成功名！

〔释义〕失路，指不得志。

〔鉴赏〕这是清初屈大均《赠朱士稚》诗中名句。诗的前半写道：

> 神虬乐泥蟠，鸿鹄安紫荆。
> 飞腾亦何难，所贵忘吾形。
> 子房久破产，一身如浮萍。
> 英雄不失路，何以成功名！

在这首赠人诗里，诗人毫无凄切哀怨之意，以神虬、鸿鹄设喻，以张良作比，鼓励友人失路而不失志。张良在成就功业之前，曾漂泊困顿了多年。可知若不经受种种艰辛和磨难，英雄怎能成就巨大的功业呢？诗句蕴含着一种催人奋发的力量。

英雄气短莫须有，明哲保身归去来。

〔释义〕莫须有，或许有的意思。抗金英雄岳飞被秦桧以"莫须有"的罪名杀害。归去来，指隐居。陶渊明有《归去来辞》。

〔鉴赏〕这是清代尤侗《题韩蕲王庙》诗中名句。原诗为：

> 忠武勋名百战回，西湖跨蹇且衔杯。
> 英雄气短莫须有，明哲保身归去来。
> 夜月灵旗摇铁瓮，秋风石马上琴台。
> 千年遗高还香火，杜宇冬青正可哀。

韩蕲王，就是与岳飞同时的抗金名将韩世忠。他为抗金立下了盖世功勋，却同样以"莫须有"的罪名被罢了兵权，怎不令英雄气短呢？他闲居后，闭门谢客。"明哲保身"是不与奸佞同流合污，独善其身，以待东山再起。只是没等到这一天他便抱恨辞世了。诗人对韩世忠深为敬慕，故于史事的评述中探究英雄的心志，深微得体，可谓英雄之知音。

苟利国家生死以，岂因祸福避趋之！

〔释义〕苟，假如。

〔鉴赏〕这是清代林则徐《赴戍登程口占示家人》诗中名句。原诗为：

> 力微任重久神疲，再竭衰庸定不支。
> 苟利国家生死以，岂因祸福避趋之！
> 谪居正是君恩厚，养拙刚于戍卒宜。
> 戏与山妻谈故事，试吟断送老头皮。

林则徐虎门销烟，打击了侵略者的嚣张气焰，后来他被谪戍新疆伊犁。这两句诗的意思是，假如对国家民族有利的事，不管生死、也要去做，哪里能因为个人的得失而趋福避祸呢？诗句表达了作者以国家民族利益为重的崇高精神境界，历来为人们传诵。

直如弦，死道边。曲如钩，反封侯。

〔鉴赏〕这是汉桓帝即位时童谣《京都谣》中的名句。此段童谣虽短，却反映了东汉王室斗争和政治动荡的事实，以及人民对当时政治的态度。东汉质帝死后，正直的李固主张迎立年长贤明的清河王刘蒜为帝，大将军梁冀为了专权，力主立年幼昏庸的刘志为帝。刘志（即汉桓帝）即位后，梁冀即于狱中暗杀李固，暴尸路边，而把附和谄媚自己的胡广等封侯拜爵。京师人民同情李固正直被杀，蔑视胡广等阿曲封侯。此四句仅十二字，简短精练，形象生动，以绷紧的弦喻正直，以弯曲的钩喻曲意阿附，比喻贴切，对比强烈，震人心弦。而且由于它说出了专制社会的一种痼疾，所以成为警世之言。

枕上片时春梦中，行尽江南数千里。

〔鉴赏〕此联出自唐代岑参《春梦》一诗。原诗为：

> 洞房昨夜春风起，遥忆美人湘江水。
> 枕上片时春梦中，行尽江南数千里。

这是一篇写梦之作。首联是梦前之思：春风拂面之际，忆起远方的美人。结句写思后之梦。诗人夜眠洞房，浓浓的思念化成春梦，枕上瞬间的功夫，梦中已走完去江南数千里的路程了。"片时"与"数千里"比照，借时间的速度与空间的广度，强调了情感之深挚。醒时多年的凤愿，梦中片刻就实现了，虽嫌迷离，终觉美好。宋晏几道"梦入江南烟水路，行尽江南，不与离人遇"即从此联化出，足见其影响之深远了。

林花谢了春红，太匆匆。无奈朝来寒雨晚来风。

〔鉴赏〕这是五代南唐后主李煜《相见欢》词中名句。原词为：

> 林花谢了春红，太匆匆。无奈朝来寒雨晚来风。 胭脂泪，留人醉，几时重？自是人生长恨水长东。

这首小令作于李煜由一国之君沦为阶下之囚以后，充满对人生痛苦的尝味。前三句看似明白如话，却又吞吐悲咽，抒写出千回百转的情怀。曾经明艳的春林红花而今零落凋谢，若是由于时序推迁的自然变化，虽令人惋惜却尚可开解于心，然而眼下却是由于寒雨凉风的无情摧残。"太"与"无奈"之中，透出词人心中之恸。更深一层，则还含有对南唐灭亡的悲恸。

林壑敛暝色，云霞收夕霏。

〔释义〕暝，暮。霏，雾气。

〔鉴赏〕这是南朝宋谢灵运《石壁精舍还湖中作》诗中名句。原诗写诗人流连于巫湖山水间的情景，其中有这样的句子：

> 昏旦变气候，山水含清晖。
> 清晖能娱人，游子憺忘归。
> 出谷日尚早，入舟阳已微。
> 林壑敛暝色，云霞收夕霏。
> 芰荷迭映蔚，薄稗相因依。

"林壑"二句，久负盛名，李白曾说："顿惊谢康乐，诗兴生我衣。襟前林壑敛暝色，袖上云霞收夕霏。"可见其艺术魅力。其妙在于诗人赋予客观景物以感情色彩：林峦山壑本欲与诗人相依，但却被浓重的暮色隐去；白云晚霞本欲伴诗人同乐，却被暗淡的雾氛收走。既细致地描绘了山光水色，也传达了诗人留恋它们的深情。

枝上柳绵吹又少，天涯何处无芳草。

〔鉴赏〕这是北宋苏轼《蝶恋花》（参见"多情却被无情恼"条）词中名句。词的上阕写景而兼抒情：

> 花褪残红青杏小。燕子飞时，绿水人家绕。枝上柳绵吹又少，天涯何处无芳草。

词人首先描写暮春时节秀丽的水乡景色。"枝上"二句，于惜春之情中注入乐观疏朗的气氛。絮飞花落，意味春之将逝，不免带给人几分伤感意绪，然而，正所谓"此心安处是吾乡"（苏轼《定风波》），词人又以"天涯"之语自慰。此句系从屈原《离骚》"何所独无芳草兮，又何怀乎故宇"语意化出，表现了一种旷达阔远的襟抱。两句张弛自然，深致婉约。

画家不解渔家苦，好作寒江钓雪图。

〔释义〕好，喜欢。

〔鉴赏〕这是明代孙承宗《渔家》诗中名句。原诗为：

> 呵冻提篙手未苏，满船凉月雪模糊。
> 画家不解渔家苦，好作寒江钓雪图。

自从《楚辞》中出现渔父的形象后，渔父便成了隐士的象征。柳宗元的《江雪》中的渔父，"孤舟蓑笠翁，独钓寒江雪"，寄寓了作者对孤高傲俗、清远坚贞人格的追求，更为人熟知。这首诗却完全换了一个角度，从渔家生活的现实景况着眼，表达了对劳动人民艰难生活的关心和同情。画家全不知渔家生活的辛苦，总喜欢画那些寒江钓雪的画图。诗句也反映了不同阶层人们之间思想的隔阂和难以沟通。

画船儿载将春去也，空留下半江明月。

〔释义〕画船儿，装饰华丽的行舟。
〔鉴赏〕这是元代卢挚《双调·寿阳曲·别朱帘秀》小令中的名句。原曲为：

> 才欢悦，早间别，痛煞煞好难割舍。画船儿载将春去也，空留下半江明月。

这是一支表达离愁别恨的送别曲。春是温暖的、明媚的，画船儿无情地将情人朱帘秀载将而去，不就是夺走了诗人心中的春吗？眼前的江"空"，实言人"空"，言因人空而产生的内心的空虚与孤独。"半江""明月"，既言眺望追踪，又言低头沉思；既言空间（目送之遥），又言时间(诗人一直到明月中空仍滞留于江边)。这便是这两句的诗意。又正因为有此两句高雅之词，方使全曲于本色之中见文采。

画栋朝飞南浦云，珠帘暮卷西山雨。

〔鉴赏〕这是唐代王勃《滕王阁诗》中的名句。原诗为：

> 滕王高阁临江渚，佩玉鸣鸾罢歌舞。
> 画栋朝飞南浦云，珠帘暮卷西山雨。

闲云潭影日悠悠，物换星移几度秋。

阁中帝子今何在？槛外长江空自流。

句中写：滕王的画栋楼阁高倨江边，清晨，南浦而来的流云悠悠飞过门前；黄昏，西山酝酿的如梦细雨飘进半卷的珠帘。朝云暮雨，幻化无穷，却是"良辰好景虚设"，赏云赏雨的滕王阁主人已作千古，画栋、珠帘、南浦云、西山雨及槛外长江唯有空自落寞。这一出色的对偶句，纂组工丽，足见王勃这个骈文高手的功力。"飞""卷"二字极妙，赋予了诗句流动之美。

拣尽寒枝不肯栖，寂寞沙洲冷。

〔鉴赏〕古代咏物之作有两大类，一类为物而咏，力求肖似，一类为人而咏，意在寄托。苏东坡这两句咏孤雁之词即属后者。调寄《卜算子》：

缺月挂疏桐，漏断人初静。谁见幽人独往来，缥缈孤鸿影。惊起却回头，有恨无人省。拣尽寒枝不肯栖，寂寞沙洲冷。

作品写离群孤雁，既写了它的孤独，更写了它的清高。"拣尽"句充分表现了孤雁不与世俗合流、清高自赏的心态——当然，这实际是东坡本人的心态。后世或有指孤雁为某少女，把此词解作东坡追述恋情之作，则属明显附会。

势家多所宜，咳唾自成珠。

〔鉴赏〕这是东汉赵壹《刺世嫉邪赋》中托名鲁生所作之歌。原诗为：

势家多所宜，咳唾自成珠。

被褐怀金玉，兰蕙化为刍。

贤者虽独悟，所困在群愚。

且各守尔份，勿复空驰驱。

哀哉复哀哉，此是命矣夫。

原诗主题是讥刺汉末社会的黑暗，门阀政治使世家大族把持了一切，出身寒门的贤者被视为粪土。此二句上句感情激愤，直抒胸臆，下句用典巧妙，比喻妥帖，被目为名句。上句说有势力的贵族世家因为权势地位，而永远正确，错了也可以说成正确。下句用《庄子·秋水》之典："子不见夫唾者乎？喷则大者如珠，小者如雾。"庄子不过是用珠比喻喷出唾液的形状大小，而此句却变用其意，比拟世家唾液的价值，讽刺他们连痰涎唾沫都被社会奉为至宝，可谓妙语。

尚有陆生坑不尽，留他马上说诗书。

〔释义〕陆生，陆贾，汉初政论家。从汉高祖定天下，官至大中大夫。曾向高祖提出："马上得之，宁可以马上治之乎？"（见《史记·陆贾列传》）。

〔鉴赏〕这是清代陆次云《咏史》诗中名句。原诗为：

> 儒冠儒眼委丘墟，文采风流化土苴。
> 尚有陆生坑不尽，留他马上说诗书。

　　秦始皇焚书坑儒，以此来钳制天下人之口，求万世相传。可高压残暴的政策并不能保有天下。诗人说儒生并没有被坑尽，脱劫者如陆贾乃是新王朝的中坚。他向汉高祖讲马上得天下而不可以马上治之的道理，使得汉朝的政权稳固下来。诗中寄寓着以武力镇压人民必定灭亡的意思。

非必丝与竹，山水有清音。

〔释义〕丝竹，弦乐与管乐。

〔鉴赏〕这是晋代左思《招隐二首》（其一）诗中名句。原诗意思是招寻隐士欲与之同隐，表现了与世俗决绝的态度。诗人在诗中把山林之幽境写得十分优美：

> 白云停阴冈，丹葩耀阳林。
> 石泉漱琼瑶，纤鳞或浮沉。

> 非必丝与竹，山水有清音。

　　"非必丝与竹"讥刺批判了富贵庸俗的宴席女乐，把它们视为聒耳乱心的浊音。"山水有清音"则说明自然天籁之天然清美，是使人心境澄澈品格高洁的清越之音。所以此后士人多以此二句为情趣高雅的象征。据载梁太子萧统泛舟后池，有人建议奏女乐，太子咏此二句，其人惭愧无言。可见其影响。

国家本为求才计，谁知道变作了欺人计。

〔鉴赏〕这是清代徐大椿《道情·时文叹》中的名句。此曲前后几句如下：

> 读书人，最不济，烂时文，烂如泥。国家本为求才计，谁知道变作了欺人计。……教他骗得高官，也是百姓朝廷的晦气。

　　这支曲无情地抨击了明清时期腐朽的科举制度，辛辣地嘲讽了八股先生的假学问。这两句曲辞，直面八股考试的"欺人"性，可谓一针见血。在文字狱严酷的清代，诗人如此锋芒毕露地指摘时弊，确实不易，这不仅表明他有识，而且也见出他有胆。

国破山河在，城春草木深。

〔鉴赏〕杜甫在安史之乱中，一度困于沦陷的长安城。其时正值暮春，诗人便写下了《春望》：

> 国破山河在，城春草木深。
> 感时花溅泪，恨别鸟惊心。
> 烽火连三月，家书抵万金。
> 白头搔更短，浑欲不胜簪。

　　开篇即写春望的总体印象：国家衰败，京城残破，而山河犹存；春临大地，草木苍苍，而人迹罕见。虽是写景，却饱含诗人的无限惆怅。这两句言浅意深，历来为人所称道。这一方面表现在隐义上："山河在"隐有"唯余山河"之义,"草木深"隐有"荒芜少人"之义。另一方面表现在巧妙的对比结构中:"国破"与"城春"相对,自生感慨意味;"国破"与"山河在"相接,亦流露出复杂的心绪。

昆山玉碎凤凰叫,芙蓉泣露香兰笑。

〔释义〕昆山,昆仑山的省称。芙蓉,荷花的别名。香兰,指飘香的盛开的兰花。

〔鉴赏〕此联出自唐代李贺《李凭箜篌引》一诗,该诗与白居易的《琵琶行》、韩愈的《听颖师弹琴》均被誉为"摹写声音至文"。诗的第三、四联写道:

> 昆山玉碎凤凰叫,芙蓉泣露香兰笑。
> 十二门前融冷光,二十三丝动紫皇。

第三联是对乐声的正式描写。"昆山"句以声写声,着重表现了乐声的跌宕起伏,"芙蓉"句则以形写声,刻意渲染了乐声的优美动听。此联想象奇特,形象鲜明。后一句用"泣露"摹写琴声的滞涩哀沉,借"香兰笑"显示琴声的飘忽轻快,以目睹之物状耳闻之声,颇具形神兼备之妙。统观全联,因其意象的幽奇瑰丽而显示了与白、韩诗迥异的风格,正是这种风格使此联得以独绝千古。

明月几时有?把酒问青天。

〔鉴赏〕这是北宋苏轼《水调歌头》词中名句(参见"但愿人长久,千里共婵娟"条)。词的上阕写对月饮酒:

> 明月几时有?把酒问青天。不知天上宫阙,今夕是何年。我欲乘风归去,又恐琼楼玉宇,高处不胜寒。起舞弄清影,何似在人间。

起笔两句面对神奇永恒的宇宙陡然发问,奇思妙语,破空而来。词人从把酒问月开始,描写人在月下的情感起伏,胸襟高旷,笔力奇崛，豪迈清雄之风中又具飘逸空灵之致。此前李白虽已有"青天有月来几时？我今停杯一问之"（《把酒问月》）诗句，但其语调舒缓，东坡于此则以峭拔之风，写出另一番情韵。

<blockquote>明月不谙离别苦，斜光到晓穿朱户。</blockquote>

〔鉴赏〕这是北宋晏殊《蝶恋花》词中名句。原词为：

> 槛菊愁烟兰泣露，罗幕轻寒，燕子双飞去。明月不谙离别苦，斜光到晓穿朱户。　　昨夜西风凋碧树，独上高楼，望尽天涯路。欲寄彩笺兼尺素，山长水阔知何处！

词由写景开始，至"明月"两句点出离恨。明月本无知，夜间临照出于自然。词人偏却以责怪语气写它不通人情，借此无理之怨生动表现了思妇之情浓、情痴。"斜光到晓"既是对月出月落过程的形象描绘，同时又含蓄刻画了思妇通宵未眠的情景。二句明写月光，暗叙离情，意境深婉。

<blockquote>明月松间照，清泉石上流。</blockquote>

〔鉴赏〕这是唐代王维《山居秋暝》诗中名句。原诗为：

> 空山新雨后，天气晚来秋。
> 明月松间照，清泉石上流。
> 竹喧归浣女，莲动下渔舟。
> 随意春芳歇，王孙自可留。

这两句诗写：雨后的青松愈显苍翠挺拔，明月的银辉在林间自然流洒，松针上的点点水珠钻石般晶亮；一道银练样的清泉在林间蜿蜒穿行，曼妙的流响犹如琴音叮咚。"深林人不知，明月来相照"（王维《竹里馆》），明月深情地注视着山林，泉水轻声唱着无词的歌儿。无言的静默和美妙的流水构成了一个清幽美丽的世界。

老妻畫紙為棋局

稚子敲針作釣鈎

江紹祜

明月照积雪，朔风劲且哀。

〔鉴赏〕这是南朝宋谢灵运《岁暮》诗中名句。原诗为：

> 殷忧不能寐，苦此夜难颓。
> 明月照积雪，朔风劲且哀。
> 运往无淹物，年逝觉已催。

此诗写诗人岁暮即景生情所发的沉重感慨。"明月"二句历来被评为"古今胜语"。皎皎明月清冷的寒光映照在皑皑白雪上，北风强劲地呼啸声如同悲凉的呜咽。景中传达了诗人孤寂悲凉的思绪。而且，诗人用美学上的移情法，把自己的悲哀情绪加到北风之上，谓之"哀"，使之带上感情的色彩，更为动人。诗人在语言的运用方面，高朗古直，有其特色，与后世"千树万树梨花开"之秀丽，"燕山雪花大如席"之飘逸，均有不同。

明年此会知谁健？醉把茱萸仔细看。

〔释义〕茱萸，植物名，民俗重阳节所佩。

〔鉴赏〕这是抒写老人情趣怀抱的名句，出自杜甫的《九日蓝田崔氏庄》：

> 老去悲秋强自宽，兴来今日尽君欢。
> 羞将短发还吹帽，笑倩旁人为正冠。
> 蓝水远从千涧落，玉山高并两峰寒。
> 明年此会知谁健？醉把茱萸仔细看。

老友们重阳聚会，既有逸兴别趣，又有伤感悲凉。故诗人细写老态、秋景之后，自然流露出一丝忧虑：岁月无情，明年此时，不知诸君仍可无恙否？不甘老迈，而又无奈老迈的复杂心态，尽在"醉把茱萸仔细看"一语流露。之所以"仔细看"，是因为来日无多，而"看"茱萸是且乐今日，掩饰伤感——老年心态于此毕现矣。

易水萧萧人去也，一天明月白如霜。

〔**释义**〕易水萧萧，荆轲《易水歌》："风萧萧兮易水寒，壮士一去兮不复还。"

〔**鉴赏**〕这是近代苏曼殊《以诗并画留别汤国顿》（其二）诗中名句。原诗为：

> 海天龙战血玄黄，披发长歌览大荒。
> 易水萧萧人去也，一天明月白如霜。

这首诗是苏曼殊十九岁时写的。当时他在日本因参加革命活动而受到注意，被迫回国。前两句写帝国主义列强不断发动侵略战争，天下战乱频仍，诗人东渡日本寻求真理，以拯救祖国。后两句说这次被迫回国自己抱定了壮士一去不复还的决心，这颗爱国之心如同天上的明月一样圣洁清冽。诗句大气磅礴、凛然慨然，读来为之心壮。

易求无价宝，难得有情郎。

〔**鉴赏**〕这是唐代女道士鱼玄机《赠邻女》诗中名句。原诗为：

> 羞日遮罗袖，愁春懒起妆。
> 易求无价宝，难得有情郎。
> 枕上潜垂泪，花间暗断肠。
> 自能窥宋玉，何必恨王昌。

此篇为何而作，记载不一。鱼玄机之行事，似亦不乏可议之处。这且置而不论。可以肯定的是，鱼玄机是一个婚恋失意的女性。以此身份，作此情语，自与男性作者的代庖之词不同。"无价"之宝，必为难求之物，而此言"易求"，乃衬托"有情郎"之加倍难求也。语虽夸张，内心的怨思与渴望却得以真实表现。而"无价宝"对"有情郎"，造语别致，亦助其传诵也。

呼儿烹鲤鱼，中有尺素书。

〔释义〕尺素，古代以竹木简写信，称人简。后改用绢帛，又称尺素。

〔鉴赏〕这是汉代乐府民歌《饮马长城窟行》中的名句。全诗写一思妇怀念客行在外的丈夫。后半部分写她得到来信的情况：

> 客从远方来，遗我双鲤鱼。
> 呼儿烹鲤鱼，中有尺素书。
> 长跪读素书，书中竟何如？
> 上言加餐饭，下言长相忆。

双鲤鱼是我国古代藏信的鱼形木函，分为两片，将信夹在里面。诗人生动地把拆开鱼形函称为"烹鲤鱼"，新巧可喜，广为流传，"鱼"和"尺素"遂成为书信的代称。秦观词"驿寄梅花，鱼传尺素"，庾信文"鱼肠尺素，凤足数行"，甚至简称"鱼素"，方回诗"溢浦释鱼素，阳山杳雁程。"

呦呦鹿鸣，食野之苹。我有嘉宾，鼓瑟吹笙。

〔释义〕呦呦，鹿的叫声。苹，扫帚草。鼓，敲击。

〔鉴赏〕这是《诗经·鹿鸣》中的名句，出自其首章：

> 呦呦鹿鸣，食野之苹。我有嘉宾，鼓瑟吹笙。吹笙鼓簧，承
> 筐是将。人之好我，示我周行。

这是周代君王宴会群臣的诗歌，在酒筵上演唱。诗中前二句以鹿食野苹召唤同伴共享为喻，来写君王与臣同乐的心怀。后二句则正面描写宴会的热烈场面：嘉宾满座，贤才如云，吹笙击瑟，其乐陶陶。一侧一正，相得益彰。后世多在乡举试后，由州县长官宴请得中举子，称为"鹿鸣宴"，即出于此。

采菊东篱下，悠然见南山。

〔释义〕南山，指庐山。

〔鉴赏〕这是晋代陶渊明《饮酒二十首》（其五）诗中名句。原诗为：

> 结庐在人境，而无车马喧。
> 问君何能尔，心远地自偏。
> 采菊东篱下，悠然见南山。
> 山气日夕佳，飞鸟相与还。
> 此中有真意，欲辨已忘言。

本诗抒发一种安贫乐道悠然自得的心情。其中"采菊东篱下"二句，历来被誉为写得静穆淡远，是达到无我之境的名句。陶渊明深恶世俗及官场的污浊黑暗，躬耕退隐返归自然，因而特重与大自然的和谐统一。他随意地在园中采摘菊花，偶然抬头，南山悠然入于目中。一切都是自然的而非强求的，人的生命与自然的生机完全是交融为一的。一本"见"作"望"，苏轼说不对，"望"是有心追求，而"采菊而见山，境与意会，此句最有妙处"，就是指无心而见，得其天然。

采得百花成蜜后，为谁辛苦为谁甜？

〔鉴赏〕这是晚唐诗人罗隐一首寓言诗中的名句，诗题为《蜂》：

> 不论平地与山尖，无限风光尽被占。
> 采得百花成蜜后，为谁辛苦为谁甜？

前两句写蜜蜂采蜜无所不在，暗含"辛苦"之意。第三句写采花成蜜，暗含"甜"意。最后收拢起来提出了意味深长的问题：为了谁？这首诗的寓意有两种解释。一种以蜂喻汲汲于利禄者，那么"采得"句就是嘲讽。另一种以蜂喻诚实劳动者，那么"采得"句就是同情与惋惜。度人论世，罗隐原意似偏重于前者；但今人援引则以取后者之意为多。

知否？知否？应是绿肥红瘦。

〔鉴赏〕这是宋李清照《如梦令》词中名句。原词为：

昨夜雨疏风骤，浓睡不消残酒。试问卷帘人，却道海棠依旧。知否？知否？应是绿肥红瘦。

一夜风雨过后，词人惋惜春光将尽，惦记园中海棠，不料"试问"得到的回答却是那样淡漠，于是引出结句。"知否"两句重叠，既是对卷帘侍女的反问，也是作者自慨，它突出了情感的婉转缠绵。"应是"在推测口吻中包含无奈。"绿肥红瘦"写叶之茂盛与花之凋谢，状物鲜明生动，用字寻常而造语新奇，意味隽永，从中透出词人惜春怜花的淡淡感伤。

物是人非事事休，欲语泪先流。

〔鉴赏〕这是宋李清照《武陵春》词中名句。原词为：

风住尘香花已尽，日晚倦梳头。物是人非事事休，欲语泪先流。　闻说双溪春尚好，也拟泛轻舟。只恐双溪舴艋舟，载不动许多愁。

此词写于作者晚年避难浙江金华时。开端表现暮春之景和凄楚之情，笔致蕴藉。"物是"二句由含蓄转为纵笔直抒，揭示一切悲苦皆因物是人非所致。"事事休"的叹惋中，不仅有个人生活的深哀巨痛，也融入国家、民族蒙受的苦难。"欲语"句描摹人物外部动作、神态，语言平易。感情深沉。两句出语凝重，富于概括力地表现了动乱时代在人们心灵中的投影。

佳节久从愁里过，壮心偶傍醉中来。

〔鉴赏〕这是宋代苏洵《九日和韩魏公》诗中名句。原诗为：

晚岁登门最不才，萧萧华发映金罍。
不堪丞相延东阁，闲伴诸儒老曲台。
佳节久从愁里过，壮心偶傍醉中来。
暮归冲雨寒无睡，自把新诗百遍开。

此诗作于英宗治平二年（1065）重阳节参加宰相韩琦家宴之时，是年苏洵已五十七岁。半年之后诗人就病逝了。首、颔两联，回顾与韩琦的十年交谊并对自己不用于世、皓首穷经的遭遇而深自叹惋。颈联写自己终生忧苦，而仍怀烈士暮年之心。"佳"与"愁""久"与"偶"几个字用得十分精到，向为后世所称赏。尾联描绘了白发老人在寒冷的夜雨中抚诗自叹，不能成眠的形象，读来令人深感同情。

往者不可谏，来者犹可追。

〔释义〕往者，过去的事。谏，劝止。

〔鉴赏〕这是春秋隐士楚狂接舆所唱歌中的名句。《论语》载，接舆歌而过孔子曰：

> 凤兮凤兮，何德之衰。往者不可谏，来者犹可追。已而已而，今之以政者殆而。

接舆是佯狂的隐士，他对春秋末年的时政不满，故避世隐居。他这首歌原旨是告诫孔子不要像过去一样奔波从政，太危险了。此二句颇富哲理性，故传为名句。任何事情都是如此：过去的便已成为历史，不可更改追悔无及；未来之事的出处行藏，却可以选择、可以把握，因此要掌握时机做好判断。如李大钊文——"九世之深仇未复，十年之胆薪何在！往者不谏，来者可追，愿我国民，从兹勿忘此弥天之耻辱可耳。"

彼黍离离，彼稷之苗。行迈靡靡，中心摇摇。

〔释义〕离离，繁茂的样子。靡靡，步行迟缓貌。摇摇，心神不定。

〔鉴赏〕这是《诗经·黍离》中的名句，出自其首章：

> 彼黍离离，彼稷之苗。行迈靡靡，中心摇摇。知我者，谓我心忧；不知我者，谓我何求。悠悠苍天，此何人哉！

旧说此诗是东周大夫到西周故都镐京，见宗庙宫殿经西周末战乱尽被毁坏，已夷为平地并长出了庄稼，故不胜兴亡之感而作。诗人抓住了典型的景象：昔日繁华，变为荒凉，抒发了心中的无限悲凉，因而后世"黍离"被用作感慨亡国，触景生情之辞。如宋姜白石《扬州慢》写扬州之废，"千岁老人以为有黍离之悲"即是。

念腰间箭，匣中剑，空埃蠹，竟何成！

〔鉴赏〕此句出南宋张孝祥《六州歌头》。当时词人任建康（南京）留守，目睹中原沦陷，北伐失败的可悲时局，忠愤填膺而填此词。词中描写敌势方张：

看名王宵猎，骑灭一川明。笳鼓悲鸣，遣人惊。

然后以"念腰间箭"四句写自己壮志难酬的悲慨。这四句排比而下，前面迫促，后面跌宕，句势、声调之变化与心潮之起伏相应，故极有感染力。接下去，又写了中原遗老的期待，以"行人到此，忠愤气填膺，有泪如倾"结束。据《朝野遗记》，大将张浚听此后激动异常，中途罢席。无怪乎清人称"读之令人起舞"。

金风玉露一相逢，便胜却人间无数。

〔释义〕金风，即秋风。玉露，指白露。
〔鉴赏〕这是北宋秦观七夕词《鹊桥仙》（参见"两情若是久长时，又岂在朝朝暮暮"条）中的名句。"金风"二句虚写牛郎织女相会场面，并抒发作者感喟。"金风玉露"用李商隐《辛未七夕》诗中语，描写七夕相会的时节风光，与此同时，更借秋风的高爽、露水的纯白，来烘托两颗相爱心灵的圣洁。在如此美好的背景下，天上佳侣的一次欢聚，抵得上人间千回万回。作者于此热情歌颂了一种情高意真、不为世俗所污的理想爱情，叙议中带有浓重的情感色彩。

肥水东流无尽期，当初不合种相思。

〔鉴赏〕这是南宋姜夔《鹧鸪天·元夕有所梦》词中名句。原词为：

肥水东流无尽期，当初不合种相思。梦中未比丹青见，暗里忽惊山鸟啼。　　春未绿，鬓先丝，人间别久不成悲。谁教岁岁红莲夜，两处沉吟各自知。

这首记梦词抒写对旧日情人的怀念。首句兴中含比，意蕴丰富，不仅点明初恋之地合肥而且以东流之水象征悠悠岁月、无尽离愁。次句写相思而曰"种"，使之极富形象感和生命力，暗示出情感的铭心刻骨、坚执不消。"不合"之语貌似怨悔，实则写出别后岁月相思情愫对心灵的痛苦折磨，更见其情感之深挚。

炙手可热势绝伦，慎莫近前丞相嗔。

〔释义〕丞相，指杨国忠。

〔鉴赏〕天宝年间，唐玄宗宠爱杨贵妃，杨氏兄妹"鸡犬升天"，杨国忠遂操政柄，朝政日趋腐败。杜甫作《丽人行》，写杨氏兄妹的骄奢荒淫，篇末云：

> 后来鞍马何逡巡，当轩下马入锦茵。
> 杨花雪落覆白苹，青鸟飞去衔红巾。
> 炙手可热势绝伦，慎莫近前丞相嗔。

"后来"者即杨国忠。"杨花""青鸟"皆有隐意，喻指杨氏兄妹的淫乱关系。结尾两句正面讥讽，写其豪横及龌龊，而以旁观者的感受来表现，使读者有如亲见。

鱼戏新荷动，鸟散余花落。

〔鉴赏〕这是南朝齐谢朓《游东田》诗中名句。原诗为：

> 戚戚苦无踪，携手共行乐。
> 寻云陟累榭，随山望菌阁。
> 远树暧阡阡，生烟纷漠漠。
> 鱼戏新荷动，鸟散余花落。

不对芳春酒，还望青山郭。

诗人由于政治上的不得意而忧心，于是游玩泻忧，写下了这首纪游之作。"鱼戏"二句，便是写景之名联。鱼儿在碧澈的湖水里游来游去，嬉戏于亭亭的新荷之间，晃动了清圆的荷叶。用一"戏"字，赋予鱼儿以活泼的人格色彩，十分生动。小鸟在枝头跳跃啁啾，它们飞走后，振动而下的缤纷落英在无声地飘落。此联属对精工，意境清新，语言自然清丽，众口传诵，影响很大。唐诗"人闲桂花落""莲动下渔舟"都有它的痕迹。

忽见陌头杨柳色，悔教夫婿觅封侯。

〔释义〕陌头，大路边。觅封侯，指从军。
〔鉴赏〕这是唐代王昌龄《闺怨》诗中名句。原诗为：

> 闺中少妇不知愁，春日凝妆上翠楼。
> 忽见陌头杨柳色，悔教夫婿觅封侯。

望着春天路边的青青杨柳，少妇忽然思念起丈夫来了。这杨柳引起了多少深情的回忆啊！自己曾亲手折下杨柳枝为丈夫送行，那时候真为他骄傲——好男儿就要有建功立业的追求！如今，大好春光却无人共享，悔恨啊，那遥不可及的功名富贵怎比得上相依相伴的平凡幸福生活！

忽见黄花倍惆怅，故园明日又重阳。

〔释义〕黄花，菊花。重阳，农历九月初九。
〔鉴赏〕这是明代徐祯卿《济上作》诗中名句。原诗为：

> 两年为客逢秋节，千里孤舟济水旁。
> 忽见黄花倍惆怅，故园明日又重阳。

重阳节是中国传统的民间节日，人们往往亲友团聚、登高赏菊，领略美丽的秋色。自从唐代王维写了"独在异乡为异客，每逢佳节倍思亲"(《九月九日忆山东兄弟》) 的诗句之后，重阳节更和"思亲"紧密地联系在一起了。徐祯卿的这首诗借菊花兴起思乡思亲之情，含蓄而又自然。忽然看到了菊花，这才意识到明日又是重阳节，可自己孤身在外已两年了，回乡无期，团聚无望，怎能不让人倍感惆怅呢？

忽如一夜春风来，千树万树梨花开。

〔鉴赏〕此联出自唐岑参《白雪歌送武判官归京》一诗。诗的前半部分写道：

> 北风卷地白草折，胡天八月即飞雪。
> 忽如一夜春风来，千树万树梨花开。
> 散入珠帘湿罗幕，狐裘不暖锦衾薄。

这是一首咏雪送人之作。不同于一般送别诗的咏离别，此诗侧重表现了胡地雄奇瑰丽的雪景。开篇即以入声起韵，陡促的节奏与风狂雪猛的画面极为契合。接下来，韵调却转入了轻柔舒缓，作者以春风吹绽梨花比拟雪团缀满枝条，新奇而又贴切。"千树万树"，形容雪花团团压冬林之景，突出了胡地雪景之壮美。

忽闻河东狮子吼，拄杖落地心茫然。

〔释义〕河东，柳氏郡望，此指某柳姓人物。狮子吼，禅门用语，喻佛说法之威如狮吼。

〔鉴赏〕朋友间以诗为戏，竟产生千百年不衰的影响，遍观我国诗坛，怕只有宋代苏轼这两句诗了。句出《寄吴德仁兼简陈季常》，其中描写陈季常的四句为：

> 龙丘居士亦可怜，谈空说有夜不眠。
> 忽闻河东狮子吼，拄杖落地心茫然。

陈季常，即陈慥，号龙丘居士，为东坡居黄州时好友。"忽闻"两句，按照一般解释，是戏嘲陈慥惧内（陈妻柳氏，故云"河东"）。

由于陈慥喜谈禅，故借佛语相谑，见出东坡之幽默。后世遂以"河东狮吼""季常之癖"作惧内代用语，相沿至今。

忽然一夜清香发，散作乾坤万里春。

〔鉴赏〕这是元代王冕《白梅》诗中名句。诗云：

> 冰雪林中着此身，不同桃李混芳尘。
> 忽然一夜清香发，散作乾坤万里春。

诗人兼为画家，喜画梅，曾题白梅诗八十五首，此为其中一首。前两句咏梅之耐寒和不俗，实寄托诗人之高洁，此为咏梅之常例，并不足称道；关键在后两句，以白梅之香散万里，象征诗人兼善天下的志怀，则将诗境进一步净化，诗旨也得到进一步提升。"忽然"反言诗人为兼善天下所做的长期准备。"散作"则言香飘之广，喻广济之志。

昏昏灯火话平生。

〔鉴赏〕诗有以精巧取胜者，有以平实取胜者。宋代王安石《示长安君》中的这一名句即属后者典范。原诗为：

> 少年离别意非轻，老去相逢亦怆情。
> 草草杯盘供笑语，昏昏灯火话平生。
> 自怜湖海三年隔，又作尘沙万里行。
> 欲问后期何日是，寄书应见雁南征。

长安君是作者大妹，出嫁多年而相逢。当时，王安石即将使辽，暂聚还别，相顾彼此朱颜早谢，故有"怆然"之说。颔联写兄妹聚首情景，妙在营造出了至亲骨肉久别重逢那种特有的氛围——亲切、自然，欢乐与感伤共生。特别是"昏昏灯火"四字，极普通而极贴切，非亲身经过者难言。

孤标傲世偕谁隐，一样花开为底迟？

〔鉴赏〕这是《红楼梦》第三十八回"林潇湘魁夺菊花诗"中的两句诗。大观园诸人结了诗社，设计出十二个和菊花有关的题目，贾宝玉、林黛玉、薛宝钗、史湘云等各选两个来作。林黛玉选了一个"咏菊"一个"问菊"，《问菊》诗云：

> 欲讯秋情众莫知，喃喃负手叩东篱。
> 孤标傲世偕谁隐，一样花开为底迟？
> 圃露庭霜何寂寞，鸿归蛩病可相思？
> 休言举世无谈者，解语何妨片语时。

"孤标傲世"两句借花写人，写出自己不肯趋炎附势、随波逐流的人格理想。这种问话方式，把菊花当作知音朋友，比起一般的议论来，更有情趣。

孤帆远影碧空尽，惟见长江天际流。

〔鉴赏〕这是唐代李白《黄鹤楼送孟浩然之广陵》诗中名句。原诗为：

> 故人西辞黄鹤楼，烟花三月下扬州。
> 孤帆远影碧空尽，惟见长江天际流。

在绿柳如烟、繁花似锦的春色里，李白伫立黄鹤楼头，望着离去的故人的航船。江上船只来往频繁，而诗人眼里只见"孤帆"，可见关切之情的专注。离船由"远影"到消失，形象地写出目送时间的长久，惜别之情的深挚。帆影已"尽"，诗人还在翘首凝望天际的滚滚浪涛。只见江水，不见故人，诗人心中有无限的失落感，关念故人的心潮也同滔滔江水一样起伏不歇。这和李白《江夏行》的"眼看帆去远，心逐江水流"是同一意境。

孤愤何关儿女事？踏青争上岳王坟。

〔释义〕孤愤，这里指岳飞的爱国精神。踏青，游春。

〔鉴赏〕这是清代黄任《西湖杂诗》（其二）中的名句。原诗为：

> 画罗纨扇总如云，细草新泥簇蝶裙。
> 孤愤何关儿女事？踏青争上岳王坟。

岳飞是南宋著名民族英雄，这首诗写人民对岳飞的怀念。历史已经过了许多年，小儿女虽然不尽理解岳飞当年的孤愤心情，但也争相来拜扫岳坟，可见公道自在人心。诗句以设问蓄势，却不作答，只是用具体的场面来显示，故蕴藉而深沉。

细雨梦回鸡塞远，小楼吹彻玉笙寒。

〔释义〕鸡塞，朔方鸡鹿塞之简称。此以代指边塞远戍之地。
〔鉴赏〕这是五代李璟《山花子》词中名句。原词为：

> 菡萏香消翠叶残，西风愁起绿波间。还与韶光共憔悴，不堪
> 看。　　细雨梦回鸡塞远，小楼吹彻玉笙寒。多少泪珠何限恨，
> 倚阑干。

全词写思妇愁怀。过片二句重在抒发念远之悲。思妇梦中得与征人相见，而梦醒时分，征夫仍远在天涯。细雨惊梦，使人幻想破碎，而雨声不绝，又足以添人愁思。小楼凄清，孤寂难挨，玉笙吹彻，苦情愈浓。此二句情意悲切而造境优美。

细雨鱼儿出，微风燕子斜。

〔鉴赏〕描摹物态，也是诗歌的功能之一。高手讲究"字无虚设，形神兼备"，杜甫《水槛遣心二首》中的"细雨"一联，就堪称这方面的典范。其诗云：

> 去郭轩楹敞，无村眺望赊。
> 澄江平少岸，幽树晚多花。
> 细雨鱼儿出，微风燕子斜。
> 城中十万户，此地两三家。

这是杜甫定居草堂后，暂得安稳，心地宁静所作的写景小诗。五、六两句皆写细物，而以准确生动取胜。细雨轻洒水面，鱼儿欢跃地游了上来——无雨或雨大时，都无此景观；微微和风中，燕子斜着翅膀轻盈掠过——也只有微风中如此。当然，诗人之所以这样生动、准确地描摹燕子与鱼儿，是因为自己心境的平和、忻悦，这才是全诗的旨趣所归。

细看来，不是杨花，点点是离人泪。

〔鉴赏〕这是北宋苏轼《水龙吟·次韵章质夫杨花词》中的名句。上阕将杨花人格化，写春日思妇形象。下阕直接抒发感想：

> 不恨此花飞尽，恨西园、落红难缀。晓来雨过，遗踪何在，一池萍碎。春色三分，二分尘土，一分流水。细看来，不是杨花，点点是离人泪。

词人先抒惜花之情与春去之恨，接着以超凡脱俗之笔就春归无迹展开奇妙想象。煞拍三句为全篇点睛之笔，情中写景，景中见情，既总收上文，又引人遐思。离人泪似的杨花侵天盖地，无所不在，杨花般的离人泪纷纷扬扬，无尽无穷。三句虚实相生，于"似花还似非花"之间，将杨花与泪水融而为一，境界迷离惝恍。

细较十年衣上泪，不如慈母线痕多。

〔鉴赏〕这是元代贯云石《思亲》诗中名句。这首七绝所抒发的亲子之情恻然感人，诗云：

> 天涯芳草亦婆娑，三釜凄凉奈我何。
> 细较十年衣上泪，不如慈母线痕多。

"三釜"喻低级官吏之俸禄。这两句从立意到题材显然脱胎于唐孟郊《游子吟》诗，而孟诗语露，此诗意隐。"十年"表明诗人长期穿着母制的衣裳，"线痕多"则写母爱。泪痕掩住线痕，泪多也即情多。

而"衣上泪"既可理解为母亲缝衣时思子而落，又可理解为儿子思母所洒。模糊性的语言，给人以无限的遐想。

细数落花因坐久，缓寻芳草得归迟。

〔鉴赏〕宋代王安石变法失败后，退居钟山，诗歌的风格、情调皆趋于闲逸，此联堪称代表。句出自《北山》：

> 北山输绿涨横陂，直堑回塘滟滟时。
> 细数落花因坐久，缓寻芳草得归迟。

坐久无事而细数落花，归途从容可赏玩芳草——这是何等闲暇安逸，又是何等百无聊赖。这就把脱离宦海的宁静与英雄迟暮的悲哀同时表现出来了。可注意的是，唐人有"坐久落花多""芳草独寻人去后"之句，王句分明脱胎于此。但是也应注意到，比较之下，当数此联最为生动传神，故而不妨以之作"点铁成金"的佐证。

枭骑战斗死，驽马徘徊鸣。

〔释义〕枭骑，此指骁勇的战士。驽马，劣马。

〔鉴赏〕这是汉乐府民歌《战城南》中的名句。原诗是描写战场上激战后的悲惨情景。此二句属于第二部分，即描写战后沙场的凄凉荒寂：

> 水深激激，蒲苇冥冥。枭骑战斗死，驽马徘徊鸣。

激战之后，战斗之声阒寂了，阵云消散，河水清冷地流淌，蒲草芦苇一片苍苍。英勇剽悍的战士们阵亡了，他们血洒疆场，如今已长眠在野，幸存的驽马，在荒野上孤寂地徘徊嘶鸣，是哀悼死去的战友，还是回忆方才激烈的厮杀？此二句对仗工整，以动写静，突出了战场此时的荒凉死寂，反映了战争的残酷性质，在艺术上十分成功。

凭谁问：廉颇老矣，尚能饭否？

〔释义〕廉颇，战国名将，为赵立有大功，后被谮去国。赵王思复用，时廉颇已老，为示尚勇，一饭斗米及肉十斤。而由于奸人作梗终未见用。

〔鉴赏〕这是宋代辛弃疾怀古伤今之词《永遇乐》的结句。其词略云：

> 千古江山，英雄无觅、孙仲谋处。舞榭歌台，风流总被、雨打风吹去……凭谁问：廉颇老矣，尚能饭否？

廉颇的故事有两层意义：一层表现烈士暮年的不已雄心，一层表现英雄报国无门的悲哀。辛词使用典故，兼取此二义，而冠以"凭谁问"三字，便突出了后者，在"一片赤诚竟无人过问"的悲凉调子中结束全篇。

九画

洛阳亲友如相问，一片冰心在玉壶。

〔鉴赏〕这是唐代王昌龄《芙蓉楼送辛渐》诗中名句。原诗为：

> 寒雨连江夜入吴，平明送客楚山孤。
> 洛阳亲友如相问，一片冰心在玉壶。

这是一首很特别的送别诗，旨在披露自己的内心世界，而不是表达对友人的关怀慰藉之情。玉壶，澄空无瑕；壶中冰，莹洁清润。玉壶冰心，表里俱澄澈。诗人用冰心玉壶比喻自己冰清玉洁的操行。"一片冰心在玉壶"，是托付友人捎给亲友的话，也是对整个世界的自白及对自己的慰勉，表明了诗人虽屡遭谗毁，仍保持自己高洁的人格。

宣父犹能畏后生，丈夫未可轻年少。

〔释义〕宣父，唐代对孔子的尊称。
〔鉴赏〕此联为李白《上李邕》的结尾，原诗为：

> 大鹏一日同风起，扶摇直上九万里。
> 假令风歇时下来，犹能簸却沧溟水。
> 时人见我恒殊调，见余大言皆冷笑。
> 宣父犹能畏后生，丈夫未可轻年少。

前四句是李白的自我估价，五、六句写与社会的矛盾，结尾则是对此矛盾的态度。这首诗若以一言蔽之，便是个"狂"字。"宣父"句是用《论语》的"后生可畏"典故，而插入"犹能"二字，则借孔子以责时人，强调世俗之见的偏狭无理。此联为少年英杰吐气，然亦不免增其骄狂。

客久高吟生白发，春来归梦满青山。

〔鉴赏〕这是明代李攀龙《初春元美席上赠谢茂秦得关字》诗中名句。原诗为：

> 凤城杨柳又堪攀，谢朓西园未拟还。
> 客久高吟生白发，春来归梦满青山。
> 明时抱病风尘下，短褐论交天地间。
> 闻道鹿门妻子在，只今词赋且燕关。

李攀龙是明代后七子的代表诗人，论诗宗法盛唐，提倡格调高华雄浑。这首诗便体现了他的创作主张。久客他乡，难免羁旅之愁；白发渐生，容易触发人生短暂的悲哀。可是诗人以"高吟"来显示人物的个性，便淡化了悲愁的意绪。"春来归梦满青山"尤为神来之笔，把归思写得那样浩大而并不悲伤，充满了浑灏之气，得盛唐气象之三昧。

客路远随残月没，乡心半向早寒生。

〔释义〕乡心，思乡的情绪。

〔鉴赏〕这是清代赵执信《晓过灵石》诗中名句。原诗为：

> 晓色熹微岭上横，望中云物转凄清。
> 林收宿雾初通日，山挟回风尽入城。
> 客路远随残月没，乡心半向苦寒生。
> 惊鸦满眼苍烟里，愁绝戍楼横吹声。

离家远行的游子，那浓浓的乡愁总如苍烟一样笼罩在心头。羁旅辛苦，客子早行，残月如钩，晨星黯淡，怎能不使人惆怅满怀呢？"客路"两句，对仗工整而意境凄清，颇见工力。崎岖的山路一直伸向天边，消失在残月下坠的地方；思乡的情绪却随着苦寒变得越来越浓。二句把游子的生活和心境写得真切感人。

举杯邀明月，对影成三人。

〔鉴赏〕这是唐代李白《月下独酌四首》（其一）诗中名句。在花开月皎的春夜，诗人只能"独酌"，举目当世，很难找到知音相伴。于是，诗人通过高超的想象，把天上的明月和身边的影子当作知心朋友，"举杯邀明月，对影成三人"，和它们同享欢乐。在李白眼里，"明月"一直是光明和纯洁的象征，诗中用了"邀"，而且"举杯"，对月亮的感情是多么殷切，多么真挚；无人可"对"，只有对"影"，诗人的内心又是多么孤独、多么苦闷。这样写，不仅表现出诗人对社会、对权贵的厌恶与轻蔑，也真实地展现出他孤单、凄凉的身影，和上文"独酌无相亲"句照应。并且，给诗歌蒙上了一层浓厚的浪漫主义色彩，给人一种奇异的审美感受，使诗人孤独的心境暂得到一种豪迈不羁的摆脱。

种桃道士归何处，前度刘郎今又来。

〔释义〕前度刘郎，相传东汉永平年间，刘晨、阮肇在天台桃源洞遇仙，还乡后，又重到天台，后因称去而重来者为"前度刘郎"。

〔鉴赏〕此联佳句出自唐刘禹锡《再游玄都观》一诗。原诗为：

> 百亩庭中半是苔，桃花净尽菜花开。
> 种桃道士归何处？前度刘郎今又来。

表面看来，此诗只是写玄都观中桃花之盛衰；其实由花事之变迁，关合到诗人仕宦之迁谪：种桃道士已杳如黄鹤，上次因看花题诗而被贬的刘郎，如今又回到长安，旧地重游了。"道士"暗指当年跋扈的权贵，而对权贵的讥讽之意，由于反问的设置予以深化。诗人不屈的品格及乐观精神，则由一个刘阮重入天台的典故——诗人与刘晨同姓的巧合使这个典故的运用，臻于化境，颇有余韵地表达了出来。

为人性僻耽佳句，语不惊人死不休。

〔释义〕耽，沉迷。

〔鉴赏〕杜甫一生献给了诗歌艺术，曾自称"诗是吾家事""文章千古事"。这两句便是对这种心态的描述，出自《江上值水如海势聊短述》：

> 为人性僻耽佳句，语不惊人死不休。
> 老去诗篇浑漫与，春来花鸟莫深愁。
> 新添水槛供垂钓，故着浮槎替入舟。
> 焉得思如陶谢手，令渠述作与同游。

这是一首闲适之作，大意是讲面对"水如海势"的景观，诗思偶滞，而老来已不耐雕镂，故思高才文友来同游。而"语不惊人死不休"遂被后世广泛用来形容某种创作态度。

冠盖满京华，斯人独憔悴！

〔释义〕冠盖，高冠华盖，指代权贵人物。
〔鉴赏〕这是杜甫《梦李白二首》（其二）（参见"故人入我梦"条）中的句子，哀叹世道对李白的不公正。全诗在记述梦见李白时的情境后写道：

> 告归独局促，苦道来不易，
> 江湖多风波，舟楫恐失坠。
> 出门搔白首，若负平生志。
> 冠盖满京华，斯人独憔悴！

前三联是梦中李白辞别时的话语、神态，"局促""骚白首"表现了落魄的情状，所以接下来诗人发出了"斯人独憔悴"的长叹。后世常在代人抱不平时，使用此语——但"斯人"以才高命蹇者为宜。

音尘绝，西风残照，汉家陵阙。

〔鉴赏〕这是传为唐代李白所作《忆秦娥》词中名句。原词为：

> 箫声咽，秦娥梦断秦楼月。秦楼月，年年柳色，灞陵伤别。
> 乐游原上清秋节，咸阳古道音尘绝。音尘绝，西风残照，汉家

陵阙。

词之上、下阕一写春柔之情，一绘秋肃之境。箫声幽咽，素月凝霜，闺中少妇登楼远眺，想灞陵泣别风烟万里，叹月光柳色音尘断绝。结拍三句之妙，在乎将秦娥一人一时寂寞怅惘之思，升而发为炎黄子孙千秋万古崇伟、阔大之情。离人虽不归，汉陵却长在。苍茫天地，无极时空，负载着的是民族之魂。词作因之由婉丽入豪旷。三句笔力千钧，成就了千古绝调。

闻道朔方多勇略，只今谁是郭汾阳。

〔释义〕朔方，郡名，汉武帝时设立，治所在今宁夏灵武。郭汾阳，唐代名将郭子仪。

〔鉴赏〕这是明代李梦阳《秋望》诗中名句。原诗为：

> 黄河水绕汉边墙，河上秋风雁几行。
> 客子过濠追野马，将军弢箭射天狼。
> 黄尘古渡迷飞挽，白日横空冷战场。
> 闻道朔方多勇略，只今谁是郭汾阳。

这首诗又作《出使云中》，诗中写北方边塞的苍凉和怀古忧国的情怀。明代中期，北方边患严重。诗人眺望荒凉萧瑟的古战场，不禁感慨万分。听说朔方自古以来就是英雄建功立业的地方，可当今谁是能以勇略保卫边疆的郭汾阳呢？以怀古作结，表现了作者对国事的忧虑。

郎骑竹马来，绕床弄青梅。

〔释义〕骑竹马，儿童游戏，将短竹竿置胯下，手执一端，奔跑作骑马状。床，井床，井上的栏杆。弄青梅，以投掷青梅为游戏。

〔鉴赏〕这是唐代李白《长干行》（其一）诗中名句。《长干行》是以商妇的爱情和离别为题材的富于民歌风味的作品。全篇用女子的口吻，叙述了与丈夫从儿时相处，到结婚，到离别的过程和别后的思忆心情，凄婉细腻，真挚动人。诗的开头即截取了主人公孩提时代生活的典型片断，勾起了人们美好的回忆：

> 妾发初复额，折花门前剧。
> 郎骑竹马来，绕床弄青梅。
> 同居长干里，两小无嫌猜。

儿时忘情嬉戏，耳鬓厮磨，不受任何礼数约束。三、四句生动状写出主人公和丈夫童年时代在一起玩耍的情景。形象天真烂漫，语言清新自然。后演为成语"青梅竹马"，形容男女之间幼年时的亲密情谊。

神女生涯原是梦，小姑居处本无郎。

〔释义〕神女，即巫山神女。传说楚怀王游于高唐，昼寝梦见与神通，自称是巫山之女。小姑，见乐府《神弦歌·清溪小姑曲》："小姑所居，独处无郎"。

〔鉴赏〕此系唐代李商隐《无题二首》（其二）诗中名句。原诗为：

> 重帷深下莫愁堂，卧后清宵细细长。
> 神女生涯原是梦，小姑居处本无郎。
> 风波不信菱枝弱，月露谁教桂叶香？
> 直道相思了无益，未妨惆怅是清狂。

有了首联幽怨气氛的烘托，颔联写女主人公对自己爱情的回顾便十分自然。诗人化"巫山神女""清溪小姑"二典入诗却了无痕迹，可谓驱典故如己出。"原""本"二字佳妙，前者暗示主人公在爱情上曾有过短暂的遇合，如今已逝如梦；后者暗示了人们对她颇有议论，似乎含有某种自我辩解的意味。流动于全联中的是一种一切终归空寂的怅惘之情。而"神女"句，后人亦泛指各种际遇之空幻。

前不见古人，后不见来者。

〔鉴赏〕这是唐代陈子昂《登幽州台歌》诗中名句。原诗为：

前不见古人，后不见来者。念天地之悠悠，独怆然而涕下！

诗人独立幽州高台，极目浩渺无际的苍穹，迷失在绵长无尽的时间长河之中，深刻体验到人类的绝对孤独和渺小无依的感觉，满怀凄怆，热泪滚滚而下。诗句敏感地触到了永远纠缠着人类的悲怆情结，因而具有恒久的艺术魅力。这两句诗也常用来形容科学、艺术等方面空前绝后的成就。

前日风雪中，故人从此去。

〔鉴赏〕这是汉无名氏《古诗·步出城东门》中的名句。原诗为：

> 步出城东门，遥望江南路。
> 前日风雪中，故人从此去。
> 我欲渡河水，河水深无梁。
> 愿为双黄鹄，高飞还故乡。

本诗主题是客居他乡的游子在故人先行回乡后所产生的沉重乡愁。此二句的特点是语言自然朴素，然而意境却极高妙。前日风雪弥漫之中，故人由此通向江南的大路回乡了。而诗人却在这大雪纷飞的寒冬仍羁留于北方的异乡。遥望此路，顿生无穷的归思与旅愁。这其中有对故人的羡慕，也有对他风雪归途的惦念，更有自己被牵动的缕缕乡情。后人也从意境创造上汲取了此二句——"柴门闻犬吠，风雪夜归人"即得力于此，不过有一去一归之不同罢了。

春心莫共花争发，一寸相思一寸灰。

〔释义〕春心，指男女之间相思爱慕的情怀。

〔鉴赏〕此联佳句出自唐代李商隐《无题四首》（其二）。原诗为：

> 飒飒东风细雨来，芙蓉塘外有轻雷。
> 金蟾啮锁烧香入，玉虎牵丝汲井回。
> 贾氏窥帘韩掾少，宓妃留枕魏王才。

春心莫共花争发，一寸相思一寸灰。

这首诗写一位深锁幽闺的女子追求爱情而失望的痛苦，是一篇伤春之作。在描写了女子居处的幽寂及她追求爱情的愿望无法抑止后，尾联陡转，迸发出内心的郁积与悲愤：向往美好爱情的心愿切莫和春花争荣竞发，因为寸寸相思都会化成灰烬！这是深锁幽闺、渴望爱情的女主人公相思无望的痛苦呼喊。以"春心"喻对爱情之向往，平常之极，但将"春心"与"花争发"相联系，则是点石成金，妙绝千古。诗人由香销成灰生出联想，创造出"一寸相思一寸灰"之奇句，不但化抽象为形象，而且用强烈对照的方式显示了美好事物的毁灭，从而使全联具有了一种动人心弦的悲剧美。

春风十里扬州路，卷上珠帘总不如。

〔鉴赏〕这是唐代杜牧《赠别二首》（其一）诗中名句。原诗为：

娉娉袅袅十三余，豆蔻梢头二月初。
春风十里扬州路，卷上珠帘总不如。

诗人赠别一位相好的歌妓，全诗刻画人物层次分明：起首两句从正面盛赞歌妓的年轻貌美，并以花喻人，使读者可以想见她的娇柔可爱。三、四句则用烘云托月之法，运思精巧。繁华的扬州城十里长街美女歌妓无数，而在卷起珠帘的时候"总不如"她。那么，其美貌可想而知。这种写法与白乐天的"六宫粉黛无颜色""三千宠爱在一身"有异曲同工之妙。

春风又绿江南岸，明月何时照我还？

〔鉴赏〕这是宋代王安石《泊船瓜洲》诗中名句。原诗为：

京口瓜洲一水间，钟山只隔数重山。
春风又绿江南岸，明月何时照我还？

诗的前两句，写的是诗人从京口乘船至瓜洲，一水之隔，舟行甚速，而回首钟山，也不过相隔几重山而已。这两句诗已暗含了诗人内心深处在仕与隐之间的矛盾心理。三、四句转写江岸明月，更为婉曲地流露了这种矛盾复杂的心绪。尤其是一个"绿"字，用得极其精妙，以具象写抽象，化静态为动态，尽传春风过处万木葱茏的神韵，同时隐含着东山再起的喜悦心情。而末句的设问，表达了对山林生活的留恋和对未来前途的疑虑。

羌笛何须怨杨柳，春风不度玉门关。

〔**释义**〕玉门关，在今甘肃敦煌西北小方盘城，因西域输入的玉石取道于此而得名。

〔**鉴赏**〕这是唐代王之涣《凉州词》诗中名句。原诗为：

> 黄河远上白云间，一片孤城万仞山。
> 羌笛何须怨杨柳，春风不度玉门关。

这两句诗曲折委婉地表现了塞外征夫的哀怨心理。玉门关外是何等荒凉啊，春风不来，杨柳不绿，听那幽怨的笛声，是谁在吹奏着《折杨柳》的哀伤曲调？征夫的心理活动是通过笛怨杨柳，杨柳怨春风，含蓄地折射出来的。苍凉的景色，悲冷的笛音，诉不尽心中的伤痛。"何须怨"三字，于哀伤中有婉讽。

春风不相识，何事入罗帏？

〔**鉴赏**〕这是唐代李白《春思》诗中名句。原诗为：

> 燕草碧如丝，秦桑低绿枝。
> 当君怀归日，是妾断肠时。
> 春风不相识，何事入罗帏？

本篇写丈夫远戍燕地，妻子留居秦中，对着春天景物思念远人的深情。前四句写燕地碧草芊芊如丝，秦中桑枝低绿凄迷，尽管两地春来迟早不同，春光撩起的缠绵情思却是一样的。"春风不相识，何事入罗帏？"把断肠的相思又推进了一层。当一缕春风漾起了脉脉情思，又撩动那昔日温馨今番凄凉的罗帐之际，更加深了在执着相思中挣扎的妻子的苦恼，她不禁忘情地埋怨并申斥春风。这两句诗既以明志，又以自警，表现了她忠于所爱、坚贞不二的情操。巧妙运用反诘语气，比古乐府中"春风复多情，吹我罗裳开""微风吹闺闼，罗帏自飘扬"，更觉真挚活泼。

春风来不远，只在屋东头。

〔鉴赏〕这是明代于谦《除夜宿太原寒甚》诗中名句。原诗为：

> 寄语天涯客，轻寒底用愁？
> 春风来不远，只在屋东头。

这是一首借景言情的小诗。从诗题看，作者当时在太原为官，本来是写北方除夜的严寒气候的。但诗中所表现的，却是面对困难所持的乐观向上的精神。诗中的"天涯客"，其实也包括作者自己。那远在天涯的客子，你何必为这点微不足道的寒冷发愁呢？和煦的春风马上就要来了，近得简直就在屋的东头。诗句语言朴素而富于哲理，使人很容易想起雪莱的名句："冬天来了，春天还会远吗？"

春风知别苦，不遣柳条青。

〔鉴赏〕这是唐代李白《劳劳亭》诗中名句。原诗为：

> 天下伤心处，劳劳送客亭。
> 春风知别苦，不遣柳条青。

劳劳亭建于三国吴时，是古代送别的地方，在今江苏南京市南。分别时折柳枝赠给行人，是我国的传统习俗。而此番送别，正值春风料峭、柳条未青、无枝可折的景况。诗人据此便展开了丰富的想象，移情于景，托物言情。本来无情的春风被人格化了，它深知人们离别的苦恼，不忍看到折柳惜别的凄惨场面，因此送寒不送暖，故意不让柳条发青。春风尚且如此"知别苦"，送别之人的"伤心"，则尽在不言中了。

春风得意马蹄疾，一日看尽长安花。

〔鉴赏〕此乃唐代孟郊《登科后》诗中佳句。原诗为：

> 昔日龌龊不足夸，今朝放荡思无涯。
> 春风得意马蹄疾，一日看尽长安花。

这是孟郊中进士后得意忘形之作。诗之首联直抒胸臆；金榜题名的欢乐扫荡了以往的郁闷，眼前大道空阔，似乎只待他纵马四蹄生风了。接下来的结句即活灵活现地描绘出诗人神采飞扬之态，将他心花怒放的得意之情演绎得酣畅淋漓，且妙在情与景会，意到笔到，无理有情。此联佳句使平庸的全诗顿生风采，得以流传后世，亦因给后人留下"春风得意""走马观花"两个成语而成为家喻户晓的名句。

春风疑不到天涯，二月山城未见花。

〔释义〕山城，宋时峡州夷陵，今湖北宜昌。

〔鉴赏〕这是宋代欧阳修《戏答元珍》诗中名句。原诗为：

> 春风疑不到天涯，二月山城未见花。
> 残雪压枝犹有桔，冻雷惊笋欲抽芽。
> 夜闻归雁生乡思，病入新年感物华。
> 曾是洛阳花下客，野芳虽晚不须嗟。

仁宗景祐三年（1036），诗人被贬为夷陵县令。次年春二月，写了这首诗以应答友人（元珍）的赠诗。首联明为写景，但暗喻地处偏远，皇恩难至，"戏"言之中，别含怨意。颔、颈两联因景生情，更露心曲，表达了伤时自叹之情。结句别开生面，于失落之中自加宽解，表现了诗人乐观开朗的性格和积极向上的生活态度。

春未绿，鬓先丝，人间别久不成悲。

〔鉴赏〕这是南宋姜夔《鹧鸪天·元夕有所梦》（参见"肥水东流无尽期，当初不合种相思"条）词中名句。词写对旧日恋人的眷念之情。写此词时，作者四十多岁，羁旅漂泊的生涯中，自感渐入老境。"春未绿"二句为流水对，感叹芳春时节尚未到来，自己鬓发却已先白。两相对照之中寓含凄凉况味。"人间"句凝重深沉，写出了久经情感磨难的中年人特有的人生体验。真挚的情感，入骨的相思，总是历久弥深，然而随时光推移，表面上会越来越少有热烈的爆发，别离之苦似被冲淡，心灵近乎麻木而"不成悲"。可是，这外在的迟钝所掩藏的，却是沉淀于内心的深哀。此种感情状态往往更具悲剧色彩。作者以"不成悲"写悲，语淡意深，情味隽永。

春江水暖鸭先知。

〔鉴赏〕这是宋代苏轼《惠崇春江晓景二首》（其一）诗中名句。惠崇是一位工诗善画的僧人。此诗便是苏轼观赏他所作的《春江晓景图》之后写的两首题画诗之一。原诗为：

> 竹外桃花三两枝，春江水暖鸭先知。
> 蒌蒿满地芦芽短，正是河豚欲上时。

题画之诗，贵在既能即景画中，又能别开新意于画外，既与原画有机地结合，又能自成面目，成为具有独立的艺术生命的欣赏对象。苏轼这首题画诗，就很好地做到了这一点。诗中之景，既有据实而发的成分，但同时也注入了诗人自己的创造性想象。画提供给观者的，只是视觉，而"暖"则写出了温度感觉，"知"则更是一种想象性的推理。如此一来，便使静止的画面忽地具有灵动、丰富的韵味，读来兴趣无穷。

春江潮水连海平，海上明月共潮生。

〔鉴赏〕这是唐代张若虚《春江花月夜》诗中名句。这首诗以月升——

月在中天——月斜——月落为线索，描绘了月光流洒千里春江的美景；诉说了江月年年、江水易逝、人生短暂的感伤情怀；以低回宛转的笔调，抒写了江船游子、妆楼佳人月夜下的相思离别之苦。语句清丽，音韵宛转优美。这两句诗描写了春宵江上明月初升的景象：江潮连着海潮，千万里春潮浪涛滚滚，一轮明月从潮水中央涌了出来，仿佛浪潮托着明月，又仿佛明月浮动在浪潮之上，月愈高，潮愈盛。

春色恼人眠不得，月移花影上栏干。

〔鉴赏〕宋人作诗有"脱胎换骨""点铁成金"之说，意谓袭取前人诗句而改造之。王安石这一联即此法之成功范例。句出《夜直》：

> 金炉香烬漏声残，翦翦轻风阵阵寒。
> 春色恼人眠不得，月移花影上栏干。

这是诗人身为翰林学士"值夜班"时所作，"春色"一联备受称道。殊不知晚唐罗隐先有"春色恼人遮不得"之句。两相比较，王诗之优显而易见。王安石此时正受神宗器重，准备一展改革雄图，"眠不得"准确表现出他兴奋振作之情。"春色恼人"系双关，一方面直写轻风微寒、花影月色的逗引，一方面隐喻政局之喜人。而"月移花影"句则补写"眠不得"之所见。此联写景幽美，传神准确，故可算得已"成金"矣。

春色满园关不住，一枝红杏出墙来。

〔鉴赏〕这是宋代叶绍翁《游园不值》诗中名句。原诗为：

> 应怜屐齿印苍苔，小扣柴扉久不开。
> 春色满园关不住，一枝红杏出墙来。

首句是对次句原因的说明，同时暗示出园林的清幽，第二句点题，写园门未开而不得入，此大憾也。虽然如此，诗人却获得了一个意外的惊喜，柴扉似乎想把春色关在门内，把诗人关在门外，但那盎然的春意却根本不受这种束缚，探出墙来的一枝红杏仿佛是生命之欢悦的象征，给诗人以安慰和振奋。三、四句之所以为后人传诵，其妙处就在于真正把握了春之神韵，并能以小见大，将春色描写得极其灵动。

春花秋月何时了，往事知多少？

〔鉴赏〕这是五代南唐后主李煜《虞美人》词中名句。原词为：

> 春花秋月何时了，往事知多少？小楼昨夜又东风，故国不堪回首月明中。　　雕栏玉砌应犹在，只是朱颜改。问君能有几多愁？恰似一江春水向东流！

词中以纯真深挚的情感抒写亡国之恨。开端两句奇语劈空，为全词定下悲恨激楚的基调。春花秋月本为自然界中之美景，但在已陷入绝望的阶下囚眼中却只是使人更添忧烦。往事如烟，化作虚幻，唯留下无尽悲慨、一腔苦愁。宇宙之永恒守常与人生之短暂无常在此形成鲜明对比。浓重强烈的愁怨、悲苦、悔恨、追思之情寄于其中，溢于言外。

春城无处不飞花，寒食东风御柳斜。

〔释义〕寒食，古代节日名，在清明前一日或二日，习俗为禁火、冷食。

〔鉴赏〕这是唐代韩翃《寒食》诗中名句。原诗为：

> 春城无处不飞花，寒食东风御柳斜。
> 日暮汉宫传蜡烛，轻烟散入五侯家。

全诗描写了寒食日清丽的春色，记述了皇家在这个节日中"传烛示恩"的例行故事，写景省净，言情委婉。首联于林林总总的春景中，选取了"御柳飞花"这一独特的视点，写出了人人眼中俱见，人人笔下所无的景致。"春城"指春日的长安城，含"满城春色"之意，造语新颖独特。"无处不飞花"用双重否定的句式来渲染无边的春意，是此联特色所在。"柳"前加一"御"字，点明叙写的是宫苑之柳，自然引出下句的"汉宫"，继而引出日暮时五侯家的袅袅轻烟，转换绝妙。返观首联之写景，淡淡之笔中意蕴绵绵，可谓得含蓄之三昧了。

春宵一刻值千金，花有清香月有阴。

〔鉴赏〕这是宋代苏轼《春宵》诗中名句。原诗为：

> 春宵一刻值千金，花有清香月有阴。
> 歌管楼台声细细，秋千院落夜沉沉。

　　古来有所谓"四美"之说，即良辰、美景、赏心、乐事。苏轼这首诗，可谓四美俱足。春夜里，月色朦胧，花香袅袅，身处其中，如梦如幻，怎不令人陶醉？侧耳倾听，远处的亭台楼阁中，似有笙管歌讴之声远远传来，细若游丝，不绝如缕。白日里充满欢乐的庭院中，秋千曾荡来荡去，现在却静静地停在那里。在这无比静谧、温馨的夜晚，诗人沉浸在美的遐想之中：春天的夜晚，一切都是那样的美好，真称得上是一刻千金啊，且让我尽享这大好光阴，莫让它白白地流逝啊！

春蚕到死丝方尽，蜡炬成灰泪始干。

〔释义〕蜡炬，即蜡烛。
〔鉴赏〕此联佳句出自唐代李商隐《无题》（参见"相见时难别亦难"条）一诗。"春蚕"一联乃全诗之颔联，它写的是深深的情，痴痴的情。"丝（思）尽蚕亡"与"泪干蜡尽"两个比喻，将情思的缠绵与爱心的坚贞发挥到了极致：思恋伊人直到地老天荒。这一联两句，看似重叠，实则各有侧重之点，上句情在缠绵，下句语归沉痛，合则两美，不觉其复。"丝"字乃民歌中谐声之手法，诗人随手拈来，自然之极。杜甫尝言"诗成泣鬼神"。用于此联，可谓当之无愧。应当指出的是，作为写情名句的此联，传之后世，亦可用来形容为子女、手足、国家民族、人民而终生奉献牺牲的人间至爱。

春眠不觉晓，处处闻啼鸟。

〔**鉴赏**〕这是唐代孟浩然《春晓》诗中名句。原诗为：

> 春眠不觉晓，处处闻啼鸟。
> 夜来风雨声，花落知多少。

这是孟诗中广为流传的诗篇，幼童都能记诵。诗句清新朴素，富有情趣。四季之美，美不过春天，春天之美，最美在清晨。诗人正是捕捉住了这个美好的瞬间：从甜美的睡眠中醒了过来，不觉天已大亮，夜雨已过，天气晴好，空气滋润新鲜，鸟儿也格外欢畅。"处处"虽平平二字，却写出了春意已深。

春潮带雨晚来急，野渡无人舟自横。

〔**鉴赏**〕此乃唐代韦应物《滁州西涧》诗中名句。原诗为：

> 独怜幽草涧边生，上有黄鹂深树鸣。
> 春潮带雨晚来急，野渡无人舟自横。

这首著名的山水诗，描写了春游西涧赏景和晚雨野渡所见。在首联深幽意境的铺垫之下，尾联展示了春雨夜来时荒寂渡口之景象。一"急"字，描绘出骤雨狂潮之情状，间接传递出雨打潮拍的音响效果，反衬渡口无人之静。一"横"字，形象再现了孤舟一任雨打潮击、自在浮泊、悠然漠然的情状。强烈的动感并没有破坏诗中的幽寂意境，反而使这一意境更加深厚含混，与"月出惊山鸟，时鸣春涧中"有异曲同工之妙。

赳赳武夫，公侯干城。

〔**释义**〕赳赳，雄健勇武之状。干，通"闬"，墙垣屏障。
〔**鉴赏**〕这是《诗经·兔罝》中的名句，出自其首章：

> 肃肃兔罝，椓之丁丁。赳赳武夫，公侯干城。

这是一首赞美武士之勇猛为国的诗歌。前两句狩猎之认真的情景，引起下文。末二句则为诗中的点睛之笔。上句直写武士之状貌：威武雄壮，勇猛剽悍。下句写武士之功能：国家王侯的坚固屏障。妙在化虚为实，化抽象为具体，把国家捍卫者的抽象性质，具体化为坚固的墙垣和城防。故后世赞美卫国将士为"国之干城"，至今不衰。

草枯鹰眼疾，雪尽马蹄轻。

〔鉴赏〕这是唐代王维《观猎》诗中名句。原诗为：

> 风劲角弓鸣，将军猎渭城。
> 草枯鹰眼疾，雪尽马蹄轻。
> 忽过新丰市，还归细柳营。
> 回看射雕处，千里暮云平。

这一联诗摄取了一个飞动的瞬间，描写了狩猎的快捷顺利，动作衔接漂亮传神。荒原上野草枯死，盘旋在高空的猎鹰，锐眼一览无余，迅疾发现了猎物，猛冲而下，随后猎人骑着快马倏忽而至，冰雪溶尽，骏马飞驰，马蹄轻点地面，仿佛凌空纵跃，神姿秀洒。"疾"字，"轻"字，俱臻化境，历来受人称道。

南登霸陵岸，回首望长安。

〔释义〕霸陵，汉文帝刘恒之墓，在今陕西长安区东。长安，西汉都城，今陕西西安。

〔鉴赏〕这是汉代王粲《七哀诗》（其一）诗中名句。本诗是建安优秀诗人王粲的杰作，被后人评为"冠古独步"，抒发了诗人在李郭之乱中离开长安时所见之悲惨景象，此二句则表达了诗人无限的哀思和忧伤。诗人登上霸陵前赴荆州，对故都充满依恋之情。更深层的意义是，诗人想到汉文帝时天下安定，"刑措四十年不用"，想到著名的"文景之治"，那时"民则人给家足，都鄙廪庾皆满"，而现在则是"出门无所见，白骨蔽平原"，诗人感喟良深。所以，此二句以其"直举胸臆，非傍诗史"（沈约评语）见誉，而以其"沉痛悲凉，寄哀终古"（方东树语）被评为千古名句。谢朓诗"霸陵望长安"即直用其典。

城头一片西山月，多少征人马上看。

〔释义〕征人，出征的士卒。

〔鉴赏〕这是明代李攀龙《塞上曲·送元美》诗中名句。原诗为：

> 白羽如霜出塞寒，胡烽不断接长安。
> 城头一片西山月，多少征人马上看。

这是一首拟古乐府诗。《塞上曲》是乐府旧题，写边塞战争和戍边士卒的生活。白羽指羽书，古代征调军队或用于军事的文书。诗中首二句先写边事紧急，报警的羽书快马疾行在传递。后二句借景言情，含蓄动人。诗人选取了将士出征时回首望月的情景表现征人复杂的思想感情，颇得唐人边塞诗之神。月亮是团圆的象征，可将士们为了保家卫国，却不得不离开亲人。无限乡思和报国的壮志，可以说都在这一望之中。

汉开边，功名万里，甚当时健者也曾闲？

〔鉴赏〕怀才不遇，壮志蒿莱，是千载"健者"同悲之事。《史记·李将军列传》写飞将军李广才略盖世、功勋绝代而终不得封侯，寄托了司马迁的无限感慨。辛弃疾从李广身上看到了自己的影子，于是把他的事迹隐括到《八声甘州》词中，其下阕为：

> 谁向桑麻杜曲？要短衣匹马，移住南山。看风流慷慨，谈笑过残年。汉开边，功名万里，甚当时健者也曾闲？纱窗外，斜风细雨，一阵轻寒。

"汉开边"句，写并非英雄无用武之地，时势本需英雄，然而英雄终归于寂寞，原因究竟何在？答案是默然的"一阵轻寒"。言外之意昭然：君昏而臣佞，"健者"自当闲置了。

梅棄人家盡掩扉
廻孤撫話常逢絕
人俱枕屋香生時
星斗青聲 孫字
晴一 習慧

甚霎儿晴，霎儿雨，霎儿风。

〔释义〕甚，正。霎儿，一会儿。

〔鉴赏〕这是宋李清照《行香子》词中名句。作品托事言情，咏叹离恨。其下阕如下：

> 星桥鹊驾，经年才见，想离情别恨难穷。牵牛织女，莫是离中。甚霎儿晴，霎儿雨，霎儿风。

牛郎织女终年分别，只得七夕相聚。然而正当人们为之悲慨时，刚刚团圆的他们，大约又在经历别离了。"甚霎儿晴"三句，用天气的瞬息万变，隐喻人物的复杂情感。三个"霎儿"的连用，成功地提炼了口语，写出人物内心的烦闷、幽怨，读来凄恻缠绵，且富于音乐美。

故人入我梦，明我长相忆。

〔释义〕明，知道。

〔鉴赏〕这是杜甫《梦李白二首》（其一）中的句子。时李白流放夜郎，杜甫因想得梦，诗中有如下之句：

> 死别已吞声，生别常恻恻。
> 江南瘴疠地，逐客无消息。
> 故人入我梦，明我长相忆。
> ……
> 君今在罗网，何以有羽翼。

不写我因想而梦友，而写友人知我想念而来入梦，这样就把梦境写活了。接下去的疑问之辞"何以有羽翼"，便似乎是与友人对面谈话，彼此问询了。

故乡何处是？忘了除非醉。

〔鉴赏〕这是宋李清照南渡以后所作《菩萨蛮》词中名句。作品抒发故国之思。原词为：

风柔日薄春犹早，夹衫乍着心情好。睡起觉微寒，梅花鬓上残。　　故乡何处是？忘了除非醉。沉水卧时烧，香消酒未消。

上片写早春心情，笔致舒缓。过片情调突变，乡关之思喷涌而出。"故乡"句的诘问中饱含辛酸，隐现词人日夜悬想心系故园的愁情苦态。"忘了除非醉"语极沉痛，刻画了词人铭心刻骨的家国之思。二句在凝重乡情的抒发中包含对北方入侵者的愤恨，对苟且偷安的南宋统治集团的谴责，渗透强烈浓郁的爱国情感。

故乡篱下菊，今日几花开？

〔鉴赏〕这是南朝陈江总《于长安归还扬州，九月九日行微山亭》诗中名句。原诗为：

> 心逐南云逝，形随北雁来。
> 故乡篱下菊，今日几花开？

本诗写归途中的诗人对家乡的怀念。末二句尤为精巧，他不言思乡，却只言关心故园篱下的菊花。秋季是菊花盛开的季节，重九登高赏菊又是古老的传统习俗。诗人想念和关切菊花开放的多少，暗含想念亲人、家园的深切情思。诗人的这种手法，给后人以很大启发，仅以王维而言，他的"遥知兄弟登高处，遍插茱萸少一人"，即从江总念菊之意，发展出想象重九登高。王维的《杂诗》"君自故乡来，应知故乡事。来日绮窗前，寒梅着花未"则是以梅换菊而已。

胡未灭，鬓先秋。泪空流。此生谁料，心在天山，身老沧州。

〔鉴赏〕这是南宋陆游暮年闲居山阴所作《诉衷情》词中名句。词的上阕回顾早年从军戍边，豪雄飞纵的军旅生活，此为词之下阕。"胡未灭"三句抒写理想与现实的矛盾。敌寇依然嚣张，功业尚未建成，岁月却已无多，忧国之泪黯然流淌。"空"字带出无尽悲慨。结尾三句进一步抒发报国无方壮志难酬的郁愤情怀。"此生谁料"包含对苟且偷安的统治者的失望、不满，"心在天山"与"身老沧州"先扬后抑，构成强烈转折。永不衰竭的爱国热情与沉重的压抑感形成千回百折的悲剧情调，令人回肠荡气。六句幽咽而不失开阔，沉郁而不乏悲壮，堪称时代风雨、人生之秋中的英雄浩叹。

枯桑知天风，海水知天寒。

〔鉴赏〕这是汉乐府民歌《饮马长城窟行》中的名句。原作是一首妻子怀念丈夫的诗。诗中写梦见出门在外的丈夫，由此盼他来信，后又写得信读信。其中忽然宕开，插入这二句，以妙喻见深情。枯桑虽然已经落叶，但仍能感到天上的风吹，海水虽未结冰，但仍能感到天气的寒冷。言外意为，我虽远离丈夫，但仍思念不已；而那远道之人，也应知我此心吧！深衷浅貌，以习见之事物与朴实之用语出之，使人感到分外的可亲可信，充分体现出汉乐府民歌自然古朴之风格特点，也反映了中国古代妇女情感专一深厚。

枯藤老树昏鸦，小桥流水人家，古道西风瘦马。

〔鉴赏〕这是元代马致远《越调·天净沙·秋思》中的名句。这支小令抒发了一位游子漂泊天涯途中的悲苦秋思之情。原曲为：

> 枯藤老树昏鸦。小桥流水人家，古道西风瘦马。夕阳西下，断肠人在天涯。

这三句选取了暮秋所特有的几种景物，从而创造出一种萧瑟凄凉的意境。从表面上看，句中所描写的全是"空间"景物，而细品所用的"枯""老""昏""西"等修饰语，便会意识到所绘之景带上了"时间"态，从而组成了一幅悲凉的秋景图。而"瘦马"行于"古道"更增加一层穷途乏力之感。唯"小桥流水人家"还显些生活气息，却又逗起抒情主人公的思乡之情。总之，以景语造氛围、意境，乃此三句的特色。

相见时难别亦难，东风无力百花残。

〔鉴赏〕此为唐代李商隐《无题》诗中名句。原诗为：

> 相见时难别亦难，东风无力百花残。
> 春蚕到死丝方尽，蜡炬成灰泪始干。
> 晓镜但愁云鬓改，夜吟应觉月光寒。
> 蓬山北去无多路，青鸟殷勤为探看。

　　李商隐特别擅长使用叠字，造成一咏三迭低迷回旋的效果。一开篇以两个"难"字，极写情人分离、相会无期的痛苦。此句当来自古语"别易会难"，诗人将古语加以变化运用，在含义上翻进了一层，更强调离别时的无奈、伤感、悲痛，使全句语调、句意更为沉重、低回。紧接着下一句，不仅以景抒情，写出伤别之人，偏值暮春，备加感怀的心绪，更在有意无意之间，对自己坎坷多舛的命运身世，发出了深长的叹息。故此二句，由普通的离情别绪，升华到对人生命运的感怀叹惋，之所以博得千古文人的击节感叹，其秘密便在此中。

相见无杂言，但道桑麻长。

〔鉴赏〕这是晋代陶渊明《归园田居》（其二）诗中名句。原诗有这样的句子：

> 白日掩荆扉，虚室绝尘想。
> 时复墟曲中，披草共来往。
> 相见无杂言，但道桑麻长。

　　本诗描绘了诗人摒绝尘俗杂念，专心农事并与农民往来的淳朴生活。其中"相见无杂言"二句，尤被传为名句。它写得自然朴素，但却传达出深广的含义。一来表现了诗人对官禄富贵等尘杂之言的极度厌恶，称之为"杂言"；二来表现了诗人对劳动生活的热爱；三来传达出诗人与朴素的农民息息相通，共同关心劳动的成果："桑树和麻长得怎样了？"此二句成为后世田园生活的典型情境，如"开轩面场圃，把酒话桑麻""黄叶拥篱埋药草，青灯煨芋桑麻。"

相如逸才亲涤器，子云识字终投阁。

〔释义〕相如，司马相如，西汉辞赋家。子云，扬雄，西汉末辞赋家、学者。

〔鉴赏〕此句出自杜甫《醉时歌》（参见"诸公衮衮"条）。杜甫在这首诗中，一方面为好友郑虔大放不平之辞，一方面为自己的处境大发牢骚。两方面合在一起，就是对才智之士被冷落的社会现实表示强烈的愤懑。此句连用两典，意在说明这种社会不平古已有之。司马相如才华绝代，而与卓文君卖酒为生，文君当垆做"老板娘"，相如则"跑堂"兼洗盘子。扬雄身处末世，王莽篡权时，被迫投阁寻死。老杜隐含以相云、子云自命之意，而后世则成为读书人伤时骂世或自我宽解的常用语。

相思本是无凭语，莫向花笺费泪行。

〔鉴赏〕这是北宋晏几道《鹧鸪天》词中名句。原词为：

> 醉拍春衫惜旧香。天将离恨恼疏狂。年年陌上生秋草，日日梦中到夕阳。　　云渺渺，水茫茫。征人归路许多长。相思本是无凭语，莫向花笺费泪行！

词写男女离情。上阕叹息昔日歌酒场中的相悦女子风流云散，下阕借登楼远望所见之云水渺茫无边，喻指征人归路遥远难寻。结尾更以决绝的语气道出情至之语。身处异乡，相思之情溢满胸怀，然而长路漫漫，云水相隔，这一切无由倾诉，无可投寄。"莫向"句暗藏已往情事，当是曾向花笺空抛泪行。而"泪行"又双关文字与泪水之成行。两句写出离恨深重，无以言表。

相思欲寄无从寄，画个圈儿替。

〔鉴赏〕这是清代梁绍壬《仙吕·寄生草·圈儿信》中的名句。曲略如下：

> 相思欲寄无从寄，画个圈儿替。话在圈儿外，心在圈儿内。……单圈是我，双圈是你。整圈儿团圆，破圈儿是别离……

曲前小序云："有妓致书于所欢，开函无一字，但有单圈、双圈、整圈、破圈，最后画有数小圈。有好事题一曲于其上云。"其曲意旨，显而易见。这两句看似平淡无奇，却把女性渴求表达感情的心态生动表现了出来。以"圈儿"作为感情传达的中介符号，其想不可谓不奇。

相看两不厌，只有敬亭山。

〔鉴赏〕这是唐代李白《独坐敬亭山》诗中名句。原诗为：

> 众鸟高飞尽，孤云独去闲。
> 相看两不厌，只有敬亭山。

李白离开长安后漫游到宣城，他独坐敬亭，悄然看山，感情专注到出神入化的程度。仿佛只有这敬亭山，才和诗人心息相通。山似有情，人更有意，因此能够"相看两不厌"。人与自然的和谐统一，是我国民族文化的传统心态，山的精神品格即是人的精神品格。鸟飞山空，云去山孤，山的外在孤寂形象和人的内在孤寂情感互相契合，成为人的心灵的物化形态。在人与山默默的感情交流中，诗人的孤独感被驱散了，漂泊失意的心绪也得到了莫大的抚慰。

相逢意气为君饮，系马高楼垂柳边。

〔鉴赏〕这是唐代王维《少年行》诗中名句。原诗为：

> 新丰美酒斗十千，咸阳游侠多少年。
> 相逢意气为君饮，系马高楼垂柳边。

这两句诗传神地刻画了尚气使酒、豪放不羁的少年游侠形象。相逢——系马——饮酒，一气呵成，片刻间的几个连续动作，恰好表现了少年侠客直率豪爽的性格。相遇虽然短暂，但是彼此一见倾心，遂成知己，纵横天下、舍生报国的壮志也已经不言而明。英雄结义不可无酒，两个少年站在路边，相对举杯，而以"高楼垂柳"为背景，更表现了少年游侠的豪情。

柳生离别酒生愁，不如不去觅封侯。

〔释义〕柳，古人常以折柳枝表达别情。酒，指践行酒。觅封侯，求取做大官。

〔鉴赏〕这是清代金农《自度曲·送远曲》中的名句。此曲表达了抒情主人公送别时的真挚感情。原曲为：

> 津头车马，柳边花下，鞭丝帽影太匆匆，他日再相逢。人折柳，花劝酒，柳生离别酒生愁，不如不去觅封侯。

这两句曲辞写抒情主人公目送旅人挥鞭远去，眼前只留下刚刚折下的柳枝。然而见柳别情更苦，酒意亦难抵别愁，于是心中泛起轻易放走旅人的悔意。无理的遐想所表达的却是情之至深。

残花酝酿蜂儿蜜，细雨调和燕子泥。

〔鉴赏〕这是元代胡祗遹《中吕·阳春曲·春景》中的名句。原曲为：

> 残花酝酿蜂儿蜜，细雨调和燕子泥。绿窗春睡觉来迟。谁唤起，窗外晓莺啼。

这首小令以春睡衬托春景的美好。开头这两句大意说：花虽残了，蜜蜂却从中酿出蜜；春雨撒下，恰为燕子调和了建筑的泥。暮春往往给一些诗人带来伤感，人们也往往喜爱晴春，但这两句曲辞把暮春写得何等美好，把春雨写得何等喜人！不仅如此，曲辞还暗寓了启迪人生的哲理，"残花"不有着那种"蜡烛"精神吗？

残杯冷炙有德色，不如著书黄叶村。

〔释义〕德色，这里是施恩与人的脸色的意思。

〔鉴赏〕这是清代敦诚《寄怀曹雪芹》诗中名句。诗的最后四句写道：

> 劝君莫弹食客铗，劝君莫扣富儿门。
> 残杯冷炙有德色，不如著书黄叶村。

敦诚是曹雪芹的好友。这里表现了对朋友真诚的劝告和期待。曹雪芹身历了贵族大家庭由盛转衰的变化，饱尝世间的辛酸和悲凉，生活潦倒、食不果腹。敦诚劝他不要做仰人鼻息的食客，不要丧失自己的志气。与其得到一点"残杯冷炙"，还要看主人恩赐的脸色，不如安于贫困，从事著述来留给后人。这两句诗是正直的知识分子贫贱不能移、不向权贵低头的崇高人格的写照，对人颇有激励作用。

战士军前半死生，美人帐下犹歌舞。

〔释义〕半死生，生死机会各半，指出生入死。

〔鉴赏〕这是唐代高适《燕歌行》诗中名句。这两句是诗中最富有揭露性的描写。诗句用简练的语言描绘了两个典型场面：一方面是战士在前线拼死苦战，浴血沙场；一方面是将帅在帐中听歌赏舞，恣意逸乐。虽无一字褒贬，但在对比中鲜明地表露出将士间的苦乐不均，反映了军中深刻的矛盾，也暗示出战争所以受挫、不得凯旋归里的原因，批判了将帅不恤士卒、纵情享乐的腐败行为，成为诗的结尾"至今犹忆李将军"的思想基础和感情基础。

战士食糟糠，贤者处蒿莱。

〔释义〕蒿莱，野草。

〔鉴赏〕这是三国魏阮籍《咏怀》（其三十一）诗中名句。原诗为：

> 驾言发魏都，南向望吹台。
> 箫管有遗音，梁王安在哉？

战士食糟糠，贤者处蒿莱。
歌舞曲未终，秦兵复已来。
美林非吾有，朱宫生尘埃。
军败华阳下，身竟为土灰。

本诗借古事以慨时政。此二句对仗工整，形象鲜明，明说战国时代魏王婴只顾行乐，不知养兵用贤，实指曹魏明帝末年荒淫歌舞，而将士父母妻子饥寒，贤者在茅屋之中生活贫困。此二句是以咏史形式讥刺时政的名句。这是当时政治形势所迫，也是专制社会绝对君权使然。

拼将十万头颅血，须把乾坤力挽回。

〔释义〕将，语助词。

〔鉴赏〕这是近代秋瑾《黄海舟中日人索句并见日俄战争地图》诗中名句。原诗为：

万里乘风去复来，只身东海挟春雷。
忍看图画移颜色？肯使江山付劫灰！
浊酒不销忧国泪，救时应仗出群才。
拼将十万头颅血，须把乾坤力挽回。

这首诗作于 1905 年底。当时日俄战争刚结束，帝国主义列强又一次对中国领土进行了瓜分。诗人眼看祖国遭受凌辱，心情十分悲愤。"拼将"两句表达了作者不惜牺牲、誓死拯救祖国的决心。诗人决心力挽乾坤的气概体现了中华民族的伟大精神。

虐人害物即豺狼，何必钩爪锯牙食人肉？

〔释义〕虐人，对人苛暴。

〔鉴赏〕这是唐代白居易著名的讽喻诗《杜陵叟》中的佳句。全诗通过一个家住京城东南的老农的不幸遭遇，描绘了一幅天灾加人祸造成的农村惨景。"天灾"的叙写后，诗人将笔伸向了"人祸"：

典桑买地纳官租，明年衣食将如何？剥我身上帛，夺我口中粟。虐人害物即豺狼，何必钩爪锯牙食人肉？

诗中写到老农下一年的衣食无着，诗句由第三人称的叙述急转为第一人称的痛斥，表现出诗人对百姓真切的同情，对地方官吏的痛恨，爱憎分明，感情激切，奏出了唐诗乃至整个古代文人诗中罕见的强音。

是岁江南旱，衢州人食人！

〔释义〕是，这。衢州，在今浙江省西部。

〔鉴赏〕此乃唐代白居易《轻肥》诗之尾联。诗之前四联通过宦官们"夸赴军中宴"的场面，着重揭露其意气之骄，接下来诗人写道：

> 樽罍溢九酝，水陆罗八珍。
> 果擘洞庭橘，脍切天池鳞。
> 食饱心自若，酒酣气益振。
> 是岁江南旱，衢州人食人！

诗作展开一幅典型的豪宴图，既揭示了权贵生活之奢，又为尾联的异峰突起做了铺垫。同时异地，景象迥异："丈夫""将军"们酒醉肴饱，意气愈骄；衢州百姓走投无路，人在吃人。同是旱灾之下，乐悲判若天壤。对比方法的运用，不着一句议论，而结论自明。

星垂平野阔，月涌大江流。

〔鉴赏〕宋人论诗，常持"句眼"之说，认为好的诗句，应有一个关键字眼，使全句因之而有灵气、生机。这种观点，在杜甫诗中往往得到印证，《旅夜书怀》就是这方面的典范：

> 细草微风岸，危樯独夜舟。
> 星垂平野阔，月涌大江流。
> 名岂文章著，官应老病休。
> 飘飘何所似，天地一沙鸥。

此诗是杜甫离开成都草堂，携眷东行时所作。时友人严武初丧，杜甫在蜀无所依，出蜀无所投，正处在困顿之中。诗的前半写景，"星垂"一联极其阔大：明星低垂更显平野广阔无垠，月影晃动似随大江涌流。"垂""涌"即为其中的"诗眼"。用"垂"字、"涌"字有十分生动的视觉想象效果，试换其他字，意味迥然不同。这两句写壮观景色，与全诗的凄苦调子有何关联呢？若同《登楼》（参见"锦江春色来天地"条）等诗对照，就会发现这是杜甫常用手法。景愈开阔壮观，愈显己之孤寂渺小，其中便隐隐透出心绪万端之状。

昨夜西风凋碧树，独上高楼，望尽天涯路。

〔鉴赏〕这是北宋晏殊《蝶恋花》（参见"明月不谙离别苦，斜光到晓穿朱户"条）词中名句。作品抒写离愁别恨，此为过片三句。词人在描写了主人公一夜相思难以入眠的情态后，转叙清晨所见。她独自一人登楼望远，只见绿树叶凋，一片空阔，漫漫长路通向天边。寂寞之情，寒凉之感，更还有对离人的殷殷思念，皆寓于其中。然而，词格并未因之隐于忧伤低回，纤柔颓靡，而是在对广远空间的骋望中，写出了寥廓的境界、高远的情致。因其意象虚涵，后来曾被王国维借以用作对古今成大事业、大学问的第一种境界的描述。

昵昵儿女语，恩怨相尔汝。

〔释义〕昵，亲热。尔汝，即你我，是古代关系亲密之人对话时使用的称呼。

〔鉴赏〕这是唐代韩愈《听颖师弹琴》中的首联。全诗描绘了诗人听琴时的感受，突出了颖师高超的琴技。诗的前四句写道：

> 昵昵儿女语，恩怨相尔汝。
> 划然变轩昂，勇士赴敌场。

起句即不同凡响，既未提及弹琴者，亦未交代时间、地点，而是紧扣诗题中的"听"字，单刀直入地将读者引入了一个柔情蜜意的境界。用小儿女间缠绵纠结的情态比喻轻柔细碎的琴声，恰切之至。中间着一"怨"字，便觉平地生波，姿态横生，更突出了琴声的柔细。此联中"女""语"和"尔""汝"声音相近，读起来有些绕口。这种奇特而有意的音韵安排，亦从形式上、音调上衬托了琴声的细屑缠绵。

思君如流水，何有穷已时。

〔**鉴赏**〕这是汉代徐干《室思》（其三）诗中名句。原诗为：

> 浮云何洋洋，愿因通我辞。
> 飘飘不可寄，徙倚徒相思。
> 人离皆复会，君独无返期。
> 自君之出矣，明镜暗不治。
> 思君如流水，何有穷已时。

本诗是代思妇抒发思念客游丈夫的绵绵情意。"思君如流水"二句，因其取喻自然贴切，而被历代诗人所称誉。试想，那绵绵不断的流水，岂不酷似妻子缠绵无尽的愁绪；那水的清莹柔润，岂不恰似妻子体贴惦念的柔情。所以钟嵘《诗品》说："吟咏性情，亦何贵于用事！思君如流水，既是即目"，称之为"胜语"。而后人用此意者屡屡不穷。李白"请君试问东流水，别意与之谁短长？"即是一例。

思君如满月，夜夜减清辉。

〔**鉴赏**〕这是唐代张九龄《赋得自君之出矣》诗中名句。原诗为：

> 自君之出矣，不复理残机。
> 思君如满月，夜夜减清辉。

这首著名的闺怨诗，三、四句是其诗眼。诗句直接把思念丈夫的闺中人比作天空中的明月，月由圆而缺，一天一天光辉递减，少妇娇艳的容颜也日渐憔悴。月不再是撩人情怀的身外之物，已化作了思妇自身的形象。这使诗歌的意象更加美丽而哀伤。比之柳永的"衣带渐宽终不悔，为伊消得人憔悴"，更为含蓄、清丽。

> 思牵今夜肠应直，雨冷香魂吊书客。

〔**释义**〕香魂，指美人之魂。

〔**鉴赏**〕此乃唐代李贺《秋来》诗中佳句。诗的后半部分为：

> 思牵今夜肠应直，雨冷香魂吊书客。
> 秋坟鬼唱鲍家诗，恨血千年土中碧。

　　这首诗抒发了秋天来临时诗人的愁苦情怀，第三联突出了这种世无知音、英雄无主的沉痛情绪，用笔极其诡谲多姿。李贺一反用"肠回""肠断"表示悲痛欲绝之情的传统套子，自铸新词。他别出心裁地用了"肠直"二字，谓愁思萦绕心头，把纡曲百结的心肠都牵直了，从而将愁思渲染到了极致。凭吊之事只见于生者对死者，诗人却说鬼魂来凭吊自己这个不幸的生者，真可谓诗中奇笔。

> 亦余心之所善兮，虽九死其犹未悔。

〔**鉴赏**〕这是《离骚》中的名句。《离骚》是战国时期楚国诗人屈原的一首长篇抒情诗，诗中反映了诗人的坎坷际遇与高尚情操，以及为了政治理想坚持斗争的精神。此二句就是诗人坚定的自誓之言：为了我的理想与祖国的前途而奋斗是有价值的，即使牺牲生命也在所不惜。九死，是夸张的说法。九，是自然数的最高数，因而代表"多"，而一个人是不能死多次的。但是，艺术不是生活的照相，它源于生活又高于生活，这里的"九死"就显示了诗人不屈不挠的斗争决心。这种说法虽不合生理现实，却合于情感真实，因而也就被人们所认可而流传久远，至今"九死不悔"仍是人们表达坚定意志的成语。

> 虽是我话儿嗔，一半儿推辞一半儿肯。

〔**释义**〕嗔，怒。

〔**鉴赏**〕这是元代关汉卿《仙吕·一半儿·题情》中的名句。原曲为：

碧纱窗外静无人，跪在床前忙要亲。骂了个负心回转身。虽是我话儿嗔，一半儿推辞一半儿肯。

这支曲描写了一对情侣在幽静环境中亲热的场面。这两句曲辞既是女子的内心独白，又是她想要明告却又不好意思直吐出的话：我刚才的"嗔"是故意做出来的，"骂"你"负心"是个"推辞"，其实我心里已经答应了你。读前三句，读者还以为碧纱窗内出现了风波；读完这两句，才恍然大悟：原来这房间正演着一折颇富情趣的情爱喜剧呢！

复恐匆匆说不尽，行人临发又开封。

〔释义〕复，又，再。

〔鉴赏〕此乃唐代张籍《秋思》诗中佳句。原诗为：

> 洛阳城里见秋风，欲作家书意万重。
> 复恐匆匆说不尽，行人临发又开封。

此诗借助寄家书时的思想活动和细节描写，表达了对家乡亲人的怀念之情。有了首联写家书过程的铺垫，结句只剪取了这样一个细节：家书临发出时诗人的重又拆封。此举与其说是为了添写几句匆匆未说尽的内容，不如说是为了验证一下自己生怕漏掉什么的疑惑和担心。"复恐"二字，刻画心理入微。正是这毫无定准的"恐"，促使诗人做出了临发拆封的决定，流露出对这封家书的高度重视，同时又表现出思乡念亲的万千思绪。

剑求一人敌，杯中万虑冥。

〔释义〕一人敌，用项羽之典。《史记·项羽本纪》说，羽少时曾谓"剑，一人敌，不足学，学万人敌"。冥，这里是消解的意思。

〔鉴赏〕这是清初傅山《秋径》诗中名句。原诗为：

> 伙颐真高兴，留侯太有情。

篇章想不死，蝴蝶定长生。

剑求一人敌，杯中万虑冥。

悠然篱菊老，可不咏荆卿？

诗中表现的是一位抗清志士的忧愤慷慨的情怀。他希望建立奇勋，而时局变化，壮志难酬，只好借杯酒消解胸中的无限忧愤。诗句显示出人物自宽自慰，无奈又不甘的复杂内心世界。

俱怀逸兴壮思飞，欲上青天揽明月。

〔鉴赏〕这是唐代李白《宣城谢朓楼饯别校书叔云》诗中名句。既然在著名的谢朓楼饯别，主客自然会怀着对诗人谢朓的崇敬和赞美的心情，来抒发自己的豪情逸兴。诗中写道：

蓬莱文章建安骨，中间小谢又清发。

俱怀逸兴壮思飞，欲上青天揽明月。

遒劲刚健的建安风骨、清新秀发的谢朓风格，不仅为主客同时思慕和学习，而且都已融注到他们的创作实践中去了。因此，他们在登楼评说之际，彼此都怀有超逸不群的兴想，豪壮的诗思郁勃奋发，飞腾洋溢，简直要泠然飞上青天，去摘取、抱持那皎洁的月亮了。上天揽月，是诗人酒酣兴发时的豪壮之语。这飞动健举的形象，仿佛涤荡了周围现实的黑暗污浊，使读者鲜明地感到诗人对高洁光明的理想境界的强烈追求。

怒发冲冠，凭阑处，潇潇雨歇。

〔鉴赏〕这是宋岳飞《满江红》词中名句。上阕抒发作者抗金雪耻、精忠报国的宏愿：

怒发冲冠，凭阑处，潇潇雨歇。抬望眼，仰天长啸，壮怀激烈，三十功名尘与土，八千里路云和月。莫等闲，白了少年头，空悲切。

词一开头，即用司马迁写蔺相如"怒发上冲冠"之奇语，勾勒出一位热血沸腾、义愤填膺的抒情主人公形象。当此之时，风雨初歇，词人独自凭栏，纵目乾坤，不禁仰天长啸，一抒英雄襟抱。五句写来声情激越，气壮山河，作者碧血丹心一腔忠愤皆由肺腑倾出，爱国情怀光辉日月。

重湖叠巘清嘉，有三秋桂子，十里荷花。

〔释义〕重湖，指杭州西湖的里湖和外湖。叠巘，重叠的山峦。

〔鉴赏〕这是北宋柳永《望海潮》词中名句。词的上阕由"东南形胜，三吴都会，钱塘自古繁华"展开对杭州都市风光的描绘，下阕以"重湖"三句引出对西湖美景的歌咏。词人先用"清嘉"二字概括湖山之美，进而又推出山上桂子湖中荷花，以高度凝练的语言将不同时节的两种花融于一联，富于代表性地展现了西湖乃至杭城最美的景物，令人陶醉，引人神往。

重帘不卷留香久，古砚微凹聚墨多。

〔鉴赏〕陆放翁诗既长于壮语，又善作雅词。其刻画文士雅趣的联句细腻工巧而富书卷气，历来为人称道、摘赏。此联出自《书室明暖……戏作长句二首》（其二）：

> 美胜宜人胜按摩，江南十月气犹和。
> 重帘不卷留香久，古砚微凹聚墨多。
> 月上忽看梅影出，风高时送雁声过。
> 一杯太淡君休笑，牛背吾方扣角歌。

这首诗把小园、书斋一些生活小景与片断感想串联起来，而处处流露出高雅恬淡的情趣。"垂帘"一联妙在两个意象并不复杂，而产生的宁静、平和、恬适的氛围、况味却十分含蓄深厚。

雨沾春水潤

山帶夕陽明

沈巴荣書

秋风生渭水，落叶满长安。

〔鉴赏〕这是唐代贾岛《忆江上吴处士》诗中名句。原诗为：

> 闽国扬帆去，蟾蜍方复圆。
> 秋风生渭水，落叶满长安。
> 此地聚会夕，当时雷雨寒。
> 兰桡殊未返，消息海云端。

　　这首诗写对远方友人的怀念，以往昔的聚会表现现实的分离，感情虽不强烈却深厚真挚。在诗里，诗人由眼前秋风落叶的景象想到过去雷雨交加之夕与友人聚会的情景。"秋风生渭水，落叶满长安"正是诗人联想触发的现实环境。这两句写秋天景象，虽萧瑟衰败却境界开阔。这首诗其他几联殊觉平平，而赖此两句以雄阔的意境振作全篇，豪壮之情一寓于此。

秋风吹不尽，总是玉关情。

〔释义〕玉关，玉门关。

〔鉴赏〕这是唐代李白《子夜吴歌》（其三）诗中名句。原诗为：

> 长安一片月，万户捣衣声。
> 秋风吹不尽，总是玉关情。
> 何日平胡虏，良人罢远征？

　　古时裁衣必须先捣布帛。秋凉已至，妻子为丈夫赶制征衣。一派皎洁的月光照耀着长安城，柝柝的捣衣声，随着阵阵秋风飘荡。"秋风吹不尽"，是说秋风吹不断连续传来的捣衣声，吹不散怀念丈夫的相思之情。捣衣声、相思情和瑟瑟秋风，融合交织，始终不能停歇，一样绵绵无尽。

秋风萧萧愁杀人。

〔释义〕萧萧，寒风之声。

〔鉴赏〕这是汉乐府民歌《古歌》中的名句。原诗为：

> 秋风萧萧愁杀人！出亦愁，入亦愁。座中何人？谁不怀忧？
> 令我白头。胡地多飙风，树木何修修。离家日趋远，衣带日趋缓。
> 心思不能言，肠中车轮转。

此诗是客居胡地的中原游子或戍卒的思乡之作。开头"秋风萧萧愁杀人"一句，突然而来，感情浓重，给全诗写下了凄凉忧愁的主调。诗人抓住萧萧秋风这一典型的引人愁思的事物，很好地表现出"愁杀人"的心情。试想，秋风落叶，最能引起人对于生命凋零的思考，何况又是胡地的秋风，怎能不勾起客子的归心呢！

秋风萧瑟天气凉，草木摇落露为霜。

〔鉴赏〕这是三国魏曹丕《燕歌行》（其一）诗中名句。该诗写一女子于凄凉的秋夜思念客游的丈夫。诗的开首四句写道：

> 秋风萧瑟天气凉，草木摇落露为霜。
> 群燕辞归雁南翔，念君客游思断肠。

此二句被誉为室妇秋思的名句。其妙处一是以景托情，试想秋风飒飒，万物萧索，天气寒凉，砭人肌骨，草木凋零，清霜凄凄，一派萧条冷落的衰飒秋景，不正是茕茕独居的思妇那悲戚心境的写照么？二是善于用典，化古为今，脱胎换骨。宋玉《九辩》"萧瑟兮草木摇落而变衰"，《诗经·蒹葭》"白露为霜"，尽入其中。后世写悲秋之诗，多袭此意，如陈子昂"八月高秋晚，凉风正萧瑟"，赵嘏"杨桃风多潮未落，蒹葭霜冷雁初飞"，皆是。

秋来何处最销魂？残照西风白下门。

〔释义〕白下，即今南京。

〔鉴赏〕这是清代王士禛《秋柳》诗中名句。原诗为：

> 秋来何处最销魂？残照西风白下门。

他日差池春燕影，只今憔悴晚烟痕。

愁生陌上黄骢曲，梦远江南乌夜村。

莫听临风三弄笛，玉关哀怨总难论。

诗中咏柳，使典用事，句句切合题面。秋天一来，什么地方最让人黯然销魂呢？是那西风衰飒，蒙上一层夕阳余晖的金陵城啊。诗人借咏秋日衰柳来表达一种朦胧哀怨、凄清悲凉的情绪，是凭吊故国沦亡，还是慨叹流年易逝，抑或是叹息佳人憔悴沦落，皆不明言，只是留给读者想象的余地，故有含蓄蕴藉、摇曳不尽的韵味。

便北海探吾来，道东篱醉了也！

〔释义〕便，即使。北海，汉末孔融别号。东篱，作者别号。

〔鉴赏〕这是元初马致远《双调·夜行船·秋思》中的名句。这组套曲描写作者看破红尘后的闲适生活与旷达心境，文笔清丽洒脱，有"万中无一"之誉。全曲由七支曲牌连缀而成，此句出自结尾的《离亭宴歇指煞》。这支曲子的后半写道：

> 裴公禄野堂，陶令白莲社。爱秋来那些：和露摘黄花，带霜烹紫蟹，煮酒烧红叶。人生有限杯，几个登高节？嘱咐俺顽童记者：便北海探吾来，道东篱醉了也！

此句写摆脱尘嚣、适情任性的人生态度，妙在使用了"加一倍法"。孔融为汉末名士，有"座上客常满，樽中酒不空"之称。作者欲自娱陶情，便带三分醉意地吩咐僮仆：即使贤如孔北海亦要挡驾，言外之意是"遑论他人哉"。生动描画出诗人的狂态，又有浓厚的大解脱味道。

侯门一入深如海，从此萧郎是路人。

〔释义〕侯门，诸侯之门，此处指显贵之家。萧郎，指女子爱恋的男子，此处乃诗人崔郊自谓。

〔鉴赏〕此乃唐代崔郊《赠婢》诗中名句。原诗为：

公子王孙逐后尘，绿珠垂泪滴罗巾。

侯门一入深如海，从此萧郎是路人。

这首诗写诗人因所爱之人被劫夺而产生的悲哀之情，尾联突出了诗人的哀怨痛苦，含蓄而蕴藉。侯门"深如海"的形象比喻，"一入""从此"两词所表达的绝望与无奈，比起直露的抒情无疑更凄婉动人，读者的同情也油然而生。此联传于后世，备受青睐，并衍生出成语"侯门似海"。

须高举，教弋人空慕，云海茫然。

〔释义〕弋人，射鸟者。

〔鉴赏〕这是明代高启《沁园春·雁》词中名句。词的下阕写道：

> 相呼共宿寒烟，想只在、芦花浅水边。恨呜呜戍角、忽催飞起；悠悠渔火，长照愁眠。陇塞间关、江湖冷落，莫恋遗粮犹在田。须高举，教弋人空慕，云海茫然。

元末时，高启曾在张士诚手下任职。朱元璋夺取政权后，高启应诏出仕。但在以猜忌、滥杀闻名的朱氏控制下，他时时感到一种危机存在，不能不心怀畏惧。他借咏雁抒怀，说你可别贪恋地上的遗落的粮食而陷入险境，应该高高飞入那茫茫云海，使"弋人"空自叹惋、无所施其技。词句反映了作者全身远祸的心境。

退一步乾坤大，饶一着万虑休。

〔鉴赏〕这是元代王实甫《商调·集贤宾·退隐》中的名句。全曲描绘了抒情主人公退隐田园追求精神解脱的心理过程和生活情状。这篇散套由十一支曲牌组成，此二句出自第八曲《梧叶儿》中。两句曲辞概括了诗人逃出险恶官场后总结的人生经验。前句"乾坤大"是相对于蝇头蜗角之小而言的。诗人从名利争斗的旋涡中退出后，顿觉天高地阔。后句则言让他一步（围棋术语），便会避免种种谋虑机心，心地自宁静。这两句虽不免消极成分，却在一定程度上具有指导人生的意义。

胜固欣然，败亦可喜。

〔鉴赏〕这是北宋苏轼《观棋》诗中名句。原诗有序，言"游庐山白鹤观，观中人皆阖户昼寝，独闻棋声于古松流水之间，意欣然喜之"。其中有这样的诗句：

> 纹枰坐对，谁究此味？
> ……
> 胜固欣然，败亦可喜。
> 优哉游哉，聊复尔耳。

中华精神文化以更生动、更感性的形式呈现在"琴、棋、书、画"等艺术之中，而围棋由于蕴藏着极为繁复的变化与深刻的内涵，便具有了超越竞技的文化意味。"谁究此味"正是指的这一点。"独闻棋声于古松流水之间"，这是何等清幽脱俗的境界！而"胜固欣然，败亦可喜"，更是道出了围棋超越竞技的文化属性，成为千古传诵的名句。类似境界在白乐天的笔下也曾一见，其《池上诗》："山僧对棋坐，局上竹阴清。映竹无人见，时闻下子声。"比较之下，意味相近，而东坡境界之清美差胜一筹。

独下千行泪，开君万里书。

〔鉴赏〕这是集南北诗风之大成的诗人庾信《寄王琳》诗中名句。原诗为：

> 玉关道路远，金陵信使疏。
> 独下千行泪，开君万里书。

本诗抒发了对故国和友人的深远思念，以及有国难归的悲痛心情。后二句用了大幅度的夸张，来表现自己极度哀恸的心绪。人只有两行热泪，诗人却说"千行泪"，不如此则不能传神地写出诗人接到信后泪水滚滚而下的情状。当时诗人所在长安，与王琳相隔远非万里，但不用"万里书"，则不能表现诗人对故国的深切思念，对故人的高度关切，以及对此信的无限珍视。此法诗中多有，像"白发三千丈""家书抵万金"，是不可坐实解意的。

独立小桥风满袖，平林新月人归后。

〔鉴赏〕这是五代南唐冯延巳（一作欧阳修）《蝶恋花》词中名句。原词为：

谁道闲情抛弃久？每到春来，惆怅还依旧。日日花前常病酒，不辞镜里朱颜瘦。 河畔青芜堤上柳，为问新愁，何事年年有？独立小桥风满袖，平林新月人归后。

全篇写春愁，从不同角度反复渲染。结尾二句如一幅幽静的画面：月上林梢，夜色渐起，路上已不见行人。四周一片寂寥之中，孤零零一个人伫立在无所荫蔽的小桥之上，凉风鼓荡着他的衣裳。词人于此虽未着一字刻画人物内心，然其孤寂怅惘已跃然纸上，极尽情态。

独立东风看牡丹。

〔鉴赏〕古人作诗，有"以哀景写乐，以乐景写哀"之法，宋陈与义的这一名句正用此法。这是《牡丹》诗中的结句。原诗为：

一自胡尘入汉关，十年伊洛路漫漫。
青墩溪畔龙钟客，独立东风看牡丹。

前两句写金兵入寇以来，自己抛闪家园已有十载，思乡情切，故有"路漫漫"之遥望情态。青墩溪在浙江，是诗人寓居之地。沐春风而看牡丹，本为盛世乐事，但加上"独立"二字，情味大有变化。一方面，透露出孤独寂寞之意；另一方面，隐含思乡忆旧的酸楚——牡丹本盛产于洛阳，今却只能于异乡观之，能不怅然！西人主张诗句中以彼此矛盾情辞造成情感张力，陈氏此句庶几近之。

骨朽人间骂未销。

〔鉴赏〕宋人之诗常以"直说"取胜，刘子翚的《汴京纪事》组诗便是如此。其七云：

> 空嗟覆鼎误前朝，骨朽人间骂未销。
> 夜月池台王傅宅，春风杨柳太师桥。

此诗斥骂北宋末年专权误国的奸臣王黼（"王傅"）、蔡京（"太师"）。"空嗟"寓诗人的愤慨，"骨朽"句写憎恶之情。末两句以景语表现讥嘲、鄙弃——奸臣得势时穷奢极欲、气焰熏天，到头来一切成空，徒留万载骂名。由于历朝历代颇不乏王、蔡之流，"骨朽人间骂未销"便总能够在忠直之士与民众中得到共鸣。

十画

流水落花春去也，天上人间。

〔鉴赏〕这是五代南唐后主李煜《浪淘沙》词中名句。原词为：

> 帘外雨潺潺，春意阑珊。罗衾不耐五更寒。梦里不知身是客，一晌贪欢。　独自莫凭栏，无限江山。别时容易见时难。流水落花春去也，天上人间。

词人用白描手法将梦境与现实、欢乐与愁恨交织在一起，抒发了深沉悲怀。结尾两句写寂寞零落的残春景象和天上人间的两相阻隔，在唱叹水流花落、春无觅处的同时，暗示了囚居生涯中的危苦之情和自己面临的厄运。两句含思凄宛，造语清隽，看似信手拈来，却包蕴了难与人言的苦情深衷。

酒入愁肠，化作相思泪。

〔鉴赏〕这是北宋范仲淹《苏幕遮》（参见"碧云天，黄叶地，秋色连波，波上寒烟翠"条）词中名句。词的上阕在对秋景的描绘中暗透乡思，下阕转而直抒胸臆：

> 黯乡魂，追旅思，夜夜除非，好梦留人睡。明月楼高休独倚。酒入愁肠，化作相思泪。

词人先叙乡魂、旅思缠绕下的难堪心境。结拍两句，构思新颖，联想巧妙，为全篇之警策。喝下的是酒，流出来的是泪，这一转化源于愁肠，而相思之情也正在其中凝聚。词人于此将"举杯消愁愁更愁"生动具体地表现出来，愈加突出了离情之浓重难遣。

酒到醒时愁复来，书堪咀处味逾久。

〔释义〕咀，这里是品味的意思。

〔鉴赏〕这是清代陶士璜《买书歌》中的名句。诗中写道：

> 十钱买书书半残，十钱买酒酒可飨。
> 我言舍酒僮曰否，咿唔万卷不疗饥。
> 斟酌一杯酒适口。我感僮言意良厚。
> 酒到醒时愁复来，书堪咀处味逾久。
> ……

读书人嗜书如命，宁可不喝酒也要买书，宁可饿肚皮也要买书，这从僮仆的眼光来看真是不可理解。但作者的解释却显得颇为警策：借酒固然可以浇愁，但酒醒后感到的是更深重的忧愁；读一本好书却可以带给人美妙的精神享受，而越是反复咀嚼品味，其味越加醇厚深长。此语非"书痴"不能言，亦非"书痴"不可解。

消得春风多少力，带将儿辈上青天。

〔释义〕消得，耗费掉的意思。将，语助词。

〔鉴赏〕这是明代徐渭七绝《风鸢图诗》三十七首之一中的名句。原诗为：

> 柳条搓线絮搓棉，搓够千寻放纸鸢。
> 消得春风多少力，带将儿辈上青天。

风鸢，即风筝，俗称鹞子。这首诗写放风筝的情景，却不落俗套，构思新奇，在常见的事物里寄寓了深刻的思想。作者从纸鸢凭借春风而飘飞天空的景象受到启发，不禁深深地慨叹：要耗费掉春风多少气力，才能使那一群群的风筝飞上天啊。作者以风筝喻子女，而以春风喻父母，从而巧妙地表达了对父母不惜耗费心血精力培养子女成才的奉献精神的歌颂。

浮云游子意，落日故人情。

〔鉴赏〕这是唐代李白《送友人》诗中名句。全诗写诗人于青山白水之间和友人挥手告别，此是颈联，尤为惊警。浮云飘摇，落日徜徉，正是依依惜别时的眼前景色。诗人信手拈来，以之作比，比得非常贴切：浮云的漫天飘忽、不知抵至，写出了游子四处漂泊、行踪不定的黯然感伤；落日的奄奄将暮、欲去不去，写出了居者的无限失落、无限依恋的怅惘情怀。两句对仗工整，比喻妥帖，情景交融，扣人心弦。

浮云蔽白日，游子不顾反。

〔释义〕反，通"返"。

〔鉴赏〕这是《古诗十九首·行行重行行》一首里的名句。这是一首汉末动荡年代中思妇想念远游他乡的丈夫的诗。这两句是写由于思夫心切，致使妻子怀疑和猜测丈夫在外是否另有新欢，以致乐不思归。由于诗人运用了隐喻的手法，用浮云象征他乡的女子，用白日象征自己的丈夫（亦即游子），就使诗歌显得含蓄温和，而不是直指明说，也因此获得了"温柔敦厚"的评价，被认为符合中国文学的"中和之美"。比较元杂剧《西厢记》中莺莺对张生的直言嘱咐："你休忧文齐福不齐，我则怕你停妻再娶妻。……此一节君须记：若见了那异乡花草，再莫似此处栖迟。"风格之不同显然可见。

海上生明月，天涯共此时。

〔鉴赏〕这是唐代张九龄《望月怀远》诗中名句。原诗为：

> 海上生明月，天涯共此时。
> 情人怨遥夜，竟夕起相思。
> 灭烛怜光满，披衣觉露滋。
> 不堪盈手赠，还寝梦佳期。

这两句诗化用了张若虚《春江花月夜》中的"海上明月共潮生"和谢庄《月赋》中的"隔千里兮共明月"。圆月，是团圆的象征。句中写不得团圆的有情人，只能凭借着明月寄托那令人黯然销魂的相思之情。明月，唤起了心底的似水柔情，唤醒了往昔欢乐美好的回忆，月光带着缠绵的相思之情，灼烧着两颗隔着遥遥长路为爱情悸动的心。后人亦常用这两句诗表达海外游子与故乡亲人互为思念，共度佳节的感情。

海内存知己，天涯若比邻。

〔释义〕海内，古人以为我国疆土四面环海，所以把国境以内称作海内。

〔鉴赏〕这是唐代王勃《送杜少府之任蜀州》诗中名句。原诗为：

> 城阙辅三秦，风烟望五津。
> 与君离别意，同是宦游人。
> 海内存知己，天涯若比邻。
> 无为在歧路，儿女共沾巾。

这是一首送别友人的名作。五、六句写对离别的态度：只要是真正的知己，即使远在天涯海角也如同近邻一般。因为真正的知音，能超越时空相偕相伴、相互倾诉。诗人极力把广阔的空间和磊落的胸襟融为一体，讴歌了友谊的温暖和永恒。

请君莫奏前朝曲，听唱新翻杨柳枝。

〔释义〕杨柳枝，乐府曲名。本为汉乐府横吹曲辞《折杨柳》，至唐易名《杨柳枝》。至白居易依旧曲作辞，翻为新声。当时诗人相继唱和，均用此曲咏柳抒怀。七言四句，与《竹枝词》相类。

〔鉴赏〕这是唐代刘禹锡《杨柳枝词》（其一）诗中名句。原诗为：

> 塞北梅花羌笛吹，淮南桂树小山词。
> 请君莫奏前朝曲，听唱新翻杨柳枝。

在这首论诗之作中，诗人表现了自己在诗歌创作上的革新主张：

《梅花落》《招隐士》这两个乐府旧题均是前朝之曲，不要再模仿、吟唱了，还是听我改旧翻新的《杨柳枝》吧。后人便用来表示倡导创新、反对陈辞的主张。

请君试问东流水，别意与之谁短长？

〔鉴赏〕这是唐代李白《金陵酒肆留别》诗中名句。原诗为：

> 风吹柳花满店香，吴姬压酒劝客尝。
> 金陵子弟来相送，欲行不行各尽觞。
> 请君试问东流水，别意与之谁短长？

满店是柳絮卷着酒香，粉白黛绿的吴姬殷勤劝酒，金陵一行年轻朋友赶来相送。开怀"尽觞"之际，连"欲行"之人也滋生了"不行"之意。这时，诗人加重笔墨，把惜别之情淋漓地挥洒出来："请君试问东流水，别意与之谁短长？"滚滚长江，浩荡地向东流去；咱们大家的惜别之情，比起这长江流水，到底哪个短哪个长啊！悠扬跌宕，一唱三叹，惜别的主题，至此才抒发得饱满酣畅。

诸公衮衮登台省，广文先生官独冷。

〔释义〕台省，指中枢要职。广文先生，指郑虔，时任广文馆博士。
〔鉴赏〕这是杜甫《醉时歌》开篇之辞。此诗是写给忘年交郑虔的。郑是才华出众的饱学之士，诗、书、画有"三绝"之称，但仕途坎坷，清寒潦倒。杜甫为他抱不平道：

> 诸公衮衮登台省，广文先生官独冷。
> 诸公纷纷厌粱肉，广文先生饭不足。
> 先生有道出羲皇，先生有才过屈宋。
> 德尊一代常坎坷，名垂万古知何用！

接下去，又有同病相怜的自伤之词："杜陵野客人更嗤"云云。此联传于后世，通常用作才高命蹇的牢骚语；前句亦用来讽刺庸才得志、所用匪人。

谁向孤舟怜逐客，白云相送大江西。

〔释义〕逐客，此指被放逐之人。

〔鉴赏〕这是明代李攀龙七绝《于郡城送明卿之江西》中的名句。原诗为：

> 青枫飒飒雨凄凄，秋色遥看入楚迷。
> 谁向孤舟怜逐客，白云相送大江西。

这是一首送别友人之作。前两句写送别的季节、地点和环境气氛。作者选取了富有秋季特征的景物来写，飒飒秋风中料峭独立的青枫，寒气侵人、淅沥凄迷的秋雨，既刻画了送别时的场景气氛，又暗寓了依依惜别的凄怆之情。在此暗淡混沌、秋色迷蒙的背景之下，送别的双方都心情沉重，愁绪满怀。有谁能怜惜同情驾一叶孤舟远徙的逐客呢？只有天边飘浮的白云伴他直到大江之西。以景结情，令人含味不尽。

谁言千里自今夕，离梦杳如关塞长。

〔鉴赏〕此乃唐代女诗人薛涛《送友人》诗中名句。原诗为：

> 水国蒹葭夜有霜，月寒山色共苍苍。
> 谁言千里自今夕，离梦杳如关塞长。

这是一首送别之作。不同于一般送别诗的凄苦，此诗写得哀而不伤，深厚蕴藉。首联写别浦晚景，巧妙化用《秦风·蒹葭》之诗意，成功地渲染了送别的气氛。下联则因景生情，委婉地表达了诗人绵长的思绪、起伏的情感。人隔千里，自今夕始。于"千里"前加"谁言"二字，一反李益"千里佳期一夕休"的遗憾，表现出一种自我慰勉的洒脱，更反衬出对友人情谊的执着。最后一句虽是推想却极真切：空间遥遥，会面无期，退而求相会于梦中，梦魂恐怕亦难以度越迢迢的关塞。纵观尾联，跌宕起伏，曲折有致，可谓"语近情遥"之佳句也。

谁言寸草心，报得三春晖。

〔释义〕三春晖，春天的阳光，喻母爱。

〔鉴赏〕此联出自唐代孟郊《游子吟》一诗。原诗为：

> 慈母手中线，游子身上衣。
> 临行密密缝，意恐迟迟归。
> 谁言寸草心，报得三春晖。

　　这是一首唱给母亲的颂歌。全诗清新流畅，深挚的母爱在为将行的游子缝衣这个细节的描写中流溢而出，自然而感人。最后两句用形象的比兴，贴切地表现了游子难报慈母厚爱而深感歉疚的情感，反问的句式深化了这种情感的表达。苏轼对孟郊的评价"诗从肺腑出"用之此联，堪称恰切。成语"寸草春心"即从此联化出，亦从一个侧面反映出此联名句千百年来的盛传不衰。

谁知营中血战人，无钱得合金疮药！

〔鉴赏〕将帅骄奢，士卒苦痛，以军旅生活为题材的诗文每涉及于此，如"壮士军前半死生，美人帐下犹歌舞"等。但专题写此而刻画入微的，则要推南宋刘克庄的《军中乐》：

> 行营面面设刁斗，帐门深深万人宋。
> 将军贵重不据案，夜夜发兵防隘口。
> 自言虏畏不敢犯，射麋捕鹿来行酒。
> 更阑酒醒山月落，彩缣百段支女乐。
> 谁知营中血战人，无钱得合金疮药！

　　中间六句写将军射猎、饮酒、赏乐，确是一派"军中乐"气象。然而"谁知"两句一出，意味全变，句句俱含讥讽，字字皆化针砭。原来，将军之享乐是靠了士卒"血战"来维持的；而"血战"者不仅未得奖赏，连伤药也须自买，而竟无钱去买！写至此，军政之腐败不言自见。

谁知盘中餐，粒粒皆辛苦。

〔鉴赏〕此乃唐代李绅《悯农二首》（其二）一诗中脍炙人口的佳句。原诗为：

> 锄禾日当午，汗滴禾下土。
> 谁知盘中餐，粒粒皆辛苦。

这是一首讽喻诗，诗之尾联指出，本来粒粒粮食滴滴汗，妇孺皆知，但那些朱门大族"水陆罗八珍"地任意糟蹋粮食之时，又有谁意识到它的来之不易呢？此联言语通俗，但含义警拔，李瑛《诗法易简录》所谓："纯以意胜，不在言语之工也。"

谁道人生无再少？门前流水尚能西，休将白发唱黄鸡。

〔释义〕唱黄鸡，指发出衰老之叹。

〔鉴赏〕这是北宋苏轼《浣溪沙》词中名句，也即词之下阕。此词作于苏轼贬居黄州时期。"谁道"句以反诘语气对古人所云"花有重开日，人无再少时"提出质疑，随之"门前"句以借喻作答，表达不服衰老、青春长驻的乐观信念。结句充满对生活的热爱与执着。三句既是勉人，也是自励。作者积极的人生态度，处逆境而不自伤的超旷精神，令人感奋，催人自强。

谁谓含愁独不见，更教明月照流黄。

〔释义〕流黄，黄色丝织品，诗中指帷帐。

〔鉴赏〕这是唐代沈佺期《独不见》诗中名句。原诗为：

> 卢家少妇郁金堂，海燕双栖玳瑁梁。
> 九月塞砧催木叶，十年征戍忆辽阳。

白狼河北音书断，丹凤城南秋夜长。
谁谓含愁独不见，更教明月照流黄。

诗中刻画了一个秋夜不眠的闺中思妇的形象。丈夫一去十年，音讯全无，生死难卜，少妇只有在思念、回忆、等待中生活。遥遥无期的等待，愁煞了闺中人。圆月的清辉又偏偏照在帷帐上，本已辗转反侧的少妇更清醒了——月团圆人却不团圆！这月光真是惹人更加烦恼啊！

谁谓河广，一苇杭之。

〔释义〕河，黄河。杭，渡过。
〔鉴赏〕这是《诗经·河广》中的名句。原文为：

谁谓河广？一苇杭之。谁谓宋远？跂予望之。
谁谓河广？曾不容刀。谁谓宋远？曾不崇朝。

这首诗是侨居卫国的宋人的思乡之作。黄河到卫宋之间，已经汇合百川，其流之大，两岸渚崖之间，不辨牛马。但诗人却用自己强烈的主观色彩使浩渺宽阔的黄河变了形，变成了乘一苇枝就能渡过的窄沟小洫，并带有高度夸张性质。却更浓烈地表现了诗人思乡的急切心情。正如雪莱所说："在艺术上，对于某些生活现象加以改变的描写，对于不容易一目了然的、引起观众怀疑的现象用变形和夸张的方式来描写，为的是更清晰地显示它的实质。"

家家扶得醉人归。

〔鉴赏〕这是晚唐诗人王驾（一作张演）《社日》诗中名句。原诗为：

鹅湖山下稻粱肥，豚栅鸡栖半掩扉。
桑柘影斜春社散，家家扶得醉人归。

这首小诗是写农家乐的名篇，虽短短四句，却把丰收在即，田园祥和欢乐的景象描画无遗。作者深得绝句以虚驭实、以少总多三昧，对热烈欢乐的春社场面不做正面描写，而以社事散后的"家家醉归"来暗示，便显得余味悠长。后世便以"家家扶得醉人归"来形容娱乐性聚会的欢快。

高山仰止，景行行止。

〔释义〕止，语气词。景行，大道。

〔鉴赏〕这是《诗经·车舝》中的名句，出自其末章：

> 高山仰止，景行行止。四牡骓骓，六辔如琴。觏尔新婚，以慰我心。

原诗作者抒写自己娶妻的喜悦心情。第五章写他看到巍巍高山，荡荡大路，联想到妻子德行如高山令人景仰，如大路令人遵循。高山大道由于诗人的移情作用，都染上了感情的色彩。也就是方玉润所评的"写思慕之怀，却用兴体"。因为它恰切地表达了诗人仰慕之情，因而屡被引用，司马迁借以表达对孔子的景仰之情："《诗》有之：'高山仰止，景行行止。'虽不能至，然心向往之。"后世遂有"景仰"一词。

高岸为谷，深谷为陵。

〔释义〕岸，崖。陵，大土山。

〔鉴赏〕这是《诗经·十月之交》中的名句，出自其第三章：

> 烨烨震电，不宁不令。百川沸腾，山冢崒崩。高岸为谷，深谷为陵。哀今之人，胡憯莫惩！

《十月之交》，古人多以为周幽王大夫所作，谴责幽王无道，滥用民力，日食地震也不以为意。本章写地震情景，雷鸣电闪，河水沸腾，山崩地裂。"高岸"二句写地震后的结果，高山塌陷，变为梁谷；深谷隆起，耸为高陵。用一形象的状态说明地震带来的变化如沧海桑田之巨大，而且用自然现象隐喻了社会的巨大动荡，惊心动魄，震撼人心。

这次地震的时间据推算是在周幽王六年（前776）。

高树多悲风，海水扬其波。

〔鉴赏〕这是三国魏曹植《野田黄雀行》诗中名句，位于原诗开端，前四句如下：

> 高树多悲风，海水扬其波。
> 利剑不在掌，结友何须多！

本诗是借黄雀投网来表达作者对朋友们被害的无限悲愤心情。开端运用比兴形式，出语惊人。高树多悲风，乃树大招风之意，但作者在此不是指斥树，而是同情像高树一样的俊彦之才被狂风所摧折，故冠一"悲"字。海水扬其波，则是对以曹丕为首的执政集团所制造的险恶政治形势的象征概括：海深莫测，风险浪恶，正如政局的昏暗不明，宦海的风涛险阻一样。两句奇警的比兴，把形势的险急、作者的悲愤烘托得淋漓尽致，不愧为八斗之才。

离恨恰如春草，更行更远还生。

〔鉴赏〕这是五代南唐后主李煜《清平乐》词中名句。原词为：

> 别来春半，触目愁肠断。砌下落梅如雪乱，拂了一身还满。
> 雁来音信无凭，路遥归梦难成。离恨恰如春草，更行更远还生。

此词抒写离恨。作者在情景合一的深婉境界中写出离人愁肠欲断的情怀。结拍二句以物喻情，比拟贴切、生动而又曲折多致。春草细碎浓密，随处而生漫无边际，象征离恨盘曲萦绕绵绵而远浩渺无垠。词人以白描兼比兴的手法创出妙境，末尾并以一波三折的特殊句式强化离愁的渲染。意蕴深厚，引人遐思。

庭院深深深几许？杨柳堆烟，帘幕无重数。

〔鉴赏〕这是北宋欧阳修（一说冯延巳）《蝶恋花》词中名句。原词为：

庭院深深深几许？杨柳堆烟，帘幕无重数。玉勒雕鞍游冶处，楼高不见章台路。　雨横风狂三月暮。门掩黄昏，无计留春住。泪眼问花花不语，乱红飞过秋千去。

词中借歌妓迟暮之情抒写作者志不得酬的感慨。开篇三句如一组电影镜头，由远而近，推移之中将庭院里丛丛杨柳、层层雾气、重重帘幕一一摇入，不仅写出环境的幽深、冷寂，而且从中透露了人物内心的惆怅、苦闷。首句三个"深"字叠用，含蓄蕴藉，耐人寻味。三句情思绵邈，景致幽深，以婉曲之笔创出了优美而完整的意境。

悄立市桥人不识，一星如月看多时。

〔释义〕市桥，街市中的桥。
〔鉴赏〕这是清代黄景仁《癸巳除夕偶成》诗中名句。原诗为：

> 千家笑语漏迟迟，忧患潜从物外知。
> 悄立市桥人不识，一星如月看多时。

诗人的心灵是异常敏感的，他最能感觉到时代的氛围和人们不易觉察的东西。黄景仁生当乾隆盛世，而他的这首诗却写出了盛世背后的巨大危机给诗人带来的忧患感。千家笑语不知愁，诗人却"忧患潜从物外知"，形成鲜明对照。他悄立市桥、置身人海之中却无人理解他内心的忧患，只有那如月的明星高悬夜幕，默默地注视着诗人。诗人是在写自己的感受，同时也就写出了时代和社会的氛围。

料应厌作人间语，爱听秋坟鬼唱诗。

〔释义〕料，料想，估计。秋坟鬼唱，指鬼魅题材的故事。
〔鉴赏〕这是清代王士禛《题聊斋志异》诗中名句。原诗为：

> 姑妄言之姑听之，豆棚瓜架雨如丝。
> 料应厌作人间语，爱听秋坟鬼唱诗。

蒲松龄的《聊斋志异》描述花妖狐魅、鬼怪异物的故事，借此寄寓了作者对社会的揭露批判和对真挚爱情的歌颂。王士祯的题诗，通过推测作者的创作意图，点出了作者的爱憎。料想讲故事的人"厌作"人间语，听故事的人也"厌听"人间事，因为人间太黑暗了；反倒是在阴间鬼域有许多善良和正义的人和事，令人神往。这种批判社会的手法是很巧妙的。

粉骨碎身浑不怕，要留清白在人间。

〔鉴赏〕这是明代于谦七绝《石灰吟》中的名句。原诗为：

> 千锤万击出深山，烈火焚烧若等闲。
> 粉骨碎身浑不怕，要留清白在人间。

这是一首咏物言志诗。全篇以象征的手法，以石灰这一平凡的事物自喻，表面上是说石灰石由开采、烧炼到产生用途的过程，实际上是写作者宁肯经受"千锤万击""烈火焚烧"，直至"粉身碎骨"的考验，也决不向恶势力低头，誓死保持清白高洁品格的浩然正气。全诗将咏物和言志完美地结合在一起，热情地歌颂了石灰，也充分地展现了自己的人格。语言朴实而音调铿锵，是后世广为流传、用于自勉自励的名言。

朔气传金柝，寒光照铁衣。

〔释义〕金柝，煮饭报更兼用之铜器。铁衣，铁片制成的战衣。
〔鉴赏〕这是北朝乐府民歌《木兰诗》中的名句，写的是一位女子木兰代父从军屡立战功的故事。其中描写战斗的部分有这样的诗句：

> 万里赴戎机，关山度若飞。
> 朔气传金柝，寒光照铁衣。
> 将军百战死，壮士十年归。

三十个字概括了漫长的岁月和激烈的战斗。"朔气"二句，写出了战争的艰苦与战士的坚强。寒冷的北风吹送着刁斗，北方的冷月照耀着战士们身着的铁甲。此后，"铁衣"一词成为写战斗艰苦的典型细节，"将军角弓不得控，都护铁衣冷难着""一身转逐随刁斗，百战曾经碎铁衣""深闺莫道秋砧冷，寒光闪闪照铁衣"都能看出此联之影响。

朔风动秋草，边马有归心。

〔释义〕朔风，北风。边马，边塞的战马。

〔鉴赏〕这是晋代王瓒《杂诗》中的名句。原诗为：

> 朔风动秋草，边马有归心。
> 胡宁久分析，靡靡忽至今？
> 王事离我志，殊隔过商参。
> 昔我仓庚鸣，今来蟋蟀吟。
> 人情怀旧乡，客鸟思故林。
> 师涓久不奏，谁能宣我心！

本诗抒发在边寒行役之人的岁暮思乡之情。此二句是南朝广为传诵的名句。它上句以景言情，萧萧北风吹动漫野的秋草，又一年过去了，怎能不勾起行役之人的归心？下句更妙，从侧面衬托，它不言人有归心，而言马有归心。马尚如此，人何以堪！此取《离骚》末段"仆夫悲余马怀兮，蜷局顾而不行"之法。所以刘勰说：此二句"气寒而事伤，此羁旅之怨曲也。"

烟销日出不见人，欸乃一声山水绿。

〔释义〕欸乃，摇橹声。

〔鉴赏〕这是唐代柳宗元《渔翁》诗中名句。原诗为：

> 渔翁夜傍西岩宿，晓汲清湘燃楚竹。
> 烟销日出不见人，欸乃一声山水绿。
> 回看天际下中流，岩上无心云相逐。

这首诗描写了一个自由自在、独往独来的渔翁形象，颇有自况之意。"烟销日出不见人，欸乃一声山水绿"两句，写景似幻似真，写人若隐若现，富有奇趣。渔翁本在湘水边汲水烧竹，但日出烟消时分，已悄然离去。"欸乃一声"而不见其人，所见唯青山绿水而已，从而把渔翁如岩上流云般的闲逸形象表现得超旷洒落而略带神秘之感。

伤心秦汉，生民涂炭，读书人一声长叹！

〔鉴赏〕这是元代张可久《中吕·卖花声·怀古》中的名句。这是一支借古伤今的咏史曲：

> 美人自刎乌江岸，战火曾烧赤壁山，将军空老玉门关。伤心秦汉，生民涂炭，读书人一声长叹！

读书人的这一声长叹蕴含着极丰富的内容，有对在相争中英雄美人穷途末日的同情，有对昔日争胜者终被江水淘尽的叹惋，而更主要的是对历代相争、连绵战火使生民遭受涂炭的怨恨，这一点正与张养浩《中吕·山坡羊·潼关怀古》中的"兴，百姓苦；亡，百姓苦"的曲旨相同，唯此曲有更多一些的压抑感。

读书破万卷，下笔如有神。

〔释义〕破，超出。

〔鉴赏〕这两句诗常被用来形容学识渊博，才气横溢，殊不知原是杜甫的牢骚语。老杜在《奉赠韦左丞丈二十二韵》（参见"纨绔不饿死""白鸥没浩荡"条）中，为抒发胸中郁结的不平之气，便做了一番慷慨淋漓的自我表白：

> 甫昔少年日，早充观国宾。
> 读书破万卷，下笔如有神。
> 赋料扬雄敌，诗看子建亲。
> 李邕求识面，王翰愿卜邻。
> 自谓颇挺出，立登要路津。

这并非诗人厚颜自夸，而是要与下文的"残杯与冷炙，处处潜悲辛"形成大的反差，越发显出世道的不公。

泰山其颓乎！梁木其坏乎！哲人其萎乎！

〔释义〕哲人，智慧卓越之人。萎，枯萎，此指死去。

〔鉴赏〕这是孔子《曳杖歌》的名句。《礼记·檀弓》载，孔子早起负手曳杖，徘徊门前唱道："泰山其颓乎！梁木其坏乎！哲人其萎乎！"唱罢而入，当户而坐。病卧七日而终。本诗虽只三句，但兴寄深厚，意象阔大，用词沉重，故流传久远。并且以泰山崩颓、梁木折断来比喻哲人将逝，无论在力度上、价值上均极贴切：泰山乃五岳之宗，梁木乃大厦之支撑，哲人乃国之精英，三者之内在联系确存。此后，"哲人其萎""哲人萎""哲萎"都成为贤者病逝之代称，如蔡邕《陈太丘碑》言"梁崩哲萎，于时靡宪"，即是其例。

莫向西湖歌此曲，水光山色不胜悲。

〔鉴赏〕这是元代赵孟𫖯《岳鄂王墓》诗中名句。这首七律借凭吊南宋抗金英雄岳飞，表达了亡国之恨。此诗后半写道：

英雄已死嗟何及，天下中分遂不支。
莫向西湖歌此曲，水光山色不胜悲。

这两句大意说不要向西湖吟诵这首诗吧，否则会引起无尽的悲伤。这是因为岳飞壮志未酬，以致江山易主。诗人已移情于西湖，西湖的所谓水光山色之悲，亦即诗人之悲曲。诗曲折地反映出诗人凭吊岳鄂王时所生出的亡国之恨。赵孟𫖯以宋室子孙出仕元朝，后又常常自谴，此诗恰反映出他复杂心态的一个侧面。

莫怪世人容易老，青山也有白头时。

〔释义〕莫怪，不足为怪。

〔鉴赏〕这是清代骆绮兰《对雪》诗中名句。原诗为：

登楼对雪懒吟诗，闲依栏干有所思。

莫怪世人容易老，青山也有白头时。

诗人本来是登楼对雪、吟咏雪景的，却偏偏说懒吟诗，看来必有原因。作为一个女诗人，她闲依栏干所思的是什么呢？下文说，不要为世人的衰老而感到惆怅吧，你看青山不也有白头的时候吗？诗句似旷达而其实悲凉无限。"所思"在古诗中都指思念的情人。诗人的慵懒无聊，闲散寂寞，都透露出她是在为青春的流逝和爱情的难以如愿而苦闷和愁怨。青山尚且要老，人何能不老！语浅意深，余味无穷。

莫怪花容浑似雪，看花人亦鬓成丝。

〔释义〕浑，简直。

〔鉴赏〕这是清代王又曾《临平道中看白荷花同朱冰壑陈渔所》（其一）诗中名句。原诗为：

皋亭速往省年时，香饮莲筒醉不辞。

莫怪花容浑似雪，看花人亦鬓成丝。

荷花历来以其"出淤泥而不染，濯清涟而不妖"的习性，被人们当作品行高洁的象征来赞颂。这首咏白荷花的诗，既写了赏花时的乐趣，又自然地把荷花的白色和赏花人鬓发似雪联系起来，表达了时光流逝而人生短暂的慨叹。

莫怪春来便归去，江南虽好是他乡。

〔释义〕怪，责怪。

〔鉴赏〕这是明代王恭《春雁》诗中名句。原诗为：

春风一夜到衡阳，楚水燕山万里长。

莫怪春来便归去，江南虽好是他乡。

大雁是候鸟，每年秋天从北方飞到南方越冬；到了春天，又从南方飞回北方。诗人在这里借咏叹大雁的北归，感慨自己身在他乡，有家归不得。诗人说，请不要责怪鸿雁春天刚来就匆匆飞回北方去，江南的风景再好，到底不是它的家乡啊。咏物诗不但讲形似，而且要讲神似。尤其要有寄托。这里虽没写雁的形貌，但诗人抓住雁迁徙的习性来寄托客子的思乡之情，可以说是得其神似了。

莫恨西风多凛烈，黄花偏奈苦中看。

〔释义〕黄花，菊花。奈，这里是耐的意思。

〔鉴赏〕这是清初黄宗羲《书事》诗中名句。原诗为：

> 初晴泥路觉盘跚，听彻松涛骨亦寒。
> 莫恨西风多凛冽，黄花偏奈苦中看。

这首诗即景言情，含意非常深刻。在深秋雨后的山路上，松涛阵阵，寒风入骨。但诗人却豪迈地说，不要恨憾那凛冽的西风吧，傲霜凌寒的菊花，偏偏最能耐得苦寒，越是环境险恶，越能显出它坚毅倔强的劲节来。平常的景物中往往蕴含着深刻的道理，只有善于打破惯常的思路，才会体验到更深一层的东西。诗人的高明之处正在于此。

莫道不消魂，帘卷西风，人比黄花瘦。

〔鉴赏〕这是宋李清照《醉花阴》词中名句。原词为：

> 薄雾浓云愁永昼，瑞脑消金兽。佳节又重阳，玉枕纱厨，半夜凉初透。　　东篱把酒黄昏后，有暗香盈袖。莫道不消魂，帘卷西风，人比黄花瘦。

词人在描摹闺中少妇佳节独处的孤寂感伤，回叙傍晚时分赏菊饮酒的情景之后，结拍三句归结全篇情意，创出一个凄清寂寥的深秋怀人境界。"莫道"句承上而来，勾连前后。"帘卷西风"在动态描写中渲染环境气氛。"人比黄花瘦"以瘦菊为喻，不仅写出思妇体态，而且传出人物心神，刻骨的离愁从中得到新颖生动的表现。三句为全篇最精彩之笔。

莫等闲，白了少年头，空悲切。

〔鉴赏〕这是南宋岳飞《满江红》（参见"怒发冲冠，凭阑处，潇潇雨歇"条）词中名句，出自上阕歇拍处。作为一位抗金名将，岳飞胸怀报国之志，以收复北方失地为己任，向往克敌制胜建功立业。"莫等闲"两句，正表达了词人决不虚掷年华空抛岁月，一心渴望早日完成重整山河之伟业的理想抱负。自宋以来，它已成为鼓舞人们及时奋发、有所作为的千古箴铭。

莫愁前路无知己，天下谁人不识君。

〔释义〕君，指董大，即唐玄宗时代著名琴客董庭阑。

〔鉴赏〕这是唐代高适《别董大二首》（其一）诗中名句。原诗为：

> 千里黄云白日曛，北风吹雁雪纷纷。
> 莫愁前路无知己，天下谁人不识君。

这是一首富于豪放健美色彩的送别诗。诗的前两句勾勒出北方冬季日暮黄昏，风吹雁群，大雪纷飞，原野苍茫的景象。本来，置身一片荒寒之中送别天涯沦落的友人，极易趋于伤感，然而诗人却以开朗的胸襟、坚定的语气做一转折，三、四句于慰藉中寄以鼓励，给人以希望、信心和力量，读来有天清气阔之感。同是情感深挚的送别，如此怀抱，同王维"劝君更尽一杯酒，西出阳关无故人"等句中那缠绵凄清的情调相比，自是另一番气象。

莫嫌举世无知己，未有庸人不忌才。

〔释义〕举世，整个社会。

〔鉴赏〕这是清代查慎行《三闾祠》诗中名句。原诗为：

> 平远江山极目回，古祠漠漠背城开。
> 莫嫌举世无知己，未有庸人不忌才。
> 放逐肯消亡国恨？岁时犹动楚人哀。

湘兰沅芷年年绿，想见吟魂自往来。

楚国三闾大夫屈原满腔忠贞却遭排斥，终投汨罗，以死来抗争明志。诗人凭吊屈原说，不要抱怨举世都找不到知己，庸人忌才是人世间的普遍现象。诗人既表达了对屈原的同情，也流露出对当今庸人忌才的强烈痛恨。

载弄之瓦，无非无仪。

〔释义〕载，发语词。瓦，陶制纺锤。无非，无违。无仪，无邪。

〔鉴赏〕这是《诗经·斯干》中的名句，出自其第九章：

> 乃生女子，载寝之地，载衣之裼，载弄之瓦，无非无仪。唯酒食是议，无父母诒罹。

原诗祝颂周王宫室落成。本章描写主人生女的仪式，具体生动地反映了周代文化风俗的一个侧面。女孩生下来，把陶纺锤放在她手里玩弄，嘱愿她将来不违命，不邪辟。由于它符合宗法社会的观念，故在古代文化传统中一直保留着。称生女孩为"弄瓦之喜"，给女孩起名为"无非""无仪"的极多，其源皆出于这首诗的这二句。

载弄之璋，其泣喤喤。

〔释义〕载，发语词。璋，玉器，形似半圭。喤喤，小儿哭声。

〔鉴赏〕这是《诗经·斯干》中的名句，出自其第八章：

> 乃生男子，载寝之床，载衣之裳，载弄之璋，其泣喤喤。朱芾斯皇，室家君王。

原诗为周王宫室落成时的颂歌。本章写主人生下男孩时的仪式，其中重要一条是将玉璋放在他手边玩弄，男孩的哭声洪亮。它不但反映了上古社会人们对男性的重视，而且其象征仪式也十分贴切。圭璋是祭礼的礼器，弄璋则祝福男孩将来承继祖业，光耀门庭。因其吉祥，后世便把生男称为"弄璋之喜"，而男子取名往往用"玉璋""孔璋"

"元璋"即出此。

　　　　莲花相似，情短藕丝长。

〔鉴赏〕这是元代杨果《越调·小桃红》中的名句。原曲为：

　　　满城烟水月微茫，人倚兰舟唱。常记相逢若耶上，隔三湘，碧云望断空惆怅。美人笑道，莲花相似，情短藕丝长。

　　此曲描写了一对情人在舟中谈情说爱的情景。这两句是女子对男子爱语的对答，其特点有二：一是成功地运用了汉语同音多义手法，一是运用了一喻双譬手法。"莲花"与"怜花"谐音，于是便有了曲义上的一喻双譬：你虽口口声声表示"怜花"（爱我），可你实际上"情短"，而我为"莲花"，却情长如"藕丝"；"莲花"与"怜花"听来"相似"，其情却大不一样呀！这便是两句曲辞的含义。当然，女子的话并非真的指责男子，男子也并非真的"情短"，女子乃是运用一种独特的修辞方式向男子表示：我之爱你，要远胜于你之爱我的。

　　　哥哥身上也有妹妹，妹妹身上也有哥哥。

〔鉴赏〕这是流行于明代民间的《锁南枝》小曲中的最后两句。此曲是一位少女唱给情哥哥的歌，前半部分唱出少女用心塑造了自己和情哥哥的泥塑形象，"捏的来同床上歇卧"；下半部分唱道：

　　　将泥人儿摔碎，着水儿重和过，再捏一个你，再捏一个我。哥哥身上也有妹妹，妹妹身上也有哥哥。

　　少女把誓与情人两相厮守、永不分离的坚定决心和美好愿望，寄寓于自己所捏的泥人之中，其想象非常奇特，寓体十分贴切。至此，一个深情、天真、泼辣、勇于追求谐美生活的少女形象，活灵活现地展现在听众或读者面前。

桐花万里丹山路，雏凤清于老凤声。

〔释义〕丹山，古谓产凤之山名。

〔鉴赏〕这是唐代李商隐《韩冬郎即席为诗相送，一座尽惊。他日余方追吟"连宵侍坐徘徊久"之句，有老成之风，因成二绝寄酬，兼呈畏之员外》（其一）诗中名句。原诗为：

> 十岁裁诗走马成，冷灰残烛动离情。
> 桐花万里丹山路，雏凤清于老凤声。

诗之首联，对别宴的交代简略，重点突出了冬郎题诗。在首联记事的基础上，尾联转入对冬郎（诗人韩瞻之子韩偓）诗才的评赞。诗人采用了比喻手法，将冬郎父子比作凤凰，以"雏凤清于老凤声"喻青出于蓝，从而使抽象的颂赞之词化为具体的情境、画面，突破了一般寄酬诗的樊篱，这样，冬郎的峻拔诗才便跃然纸上了。尾联亦因之传诵千古，成语"雏凤声清"即从此联化出，足见其影响之深广。

桃之夭夭，灼灼其华。之子于归，宜其室家。

〔释义〕夭夭，茁茂的样子。华，花。之子，这个女孩子。于归，出嫁。

〔鉴赏〕四句出自《诗经·桃夭》。《桃夭》是在婚礼上祝福新娘婚后家庭美满和谐的诗歌，这采用比兴手法，词采绚烂，气韵天成。尤其起首这四句，既点明了女子在桃花怒发的美好季节出嫁，又隐喻了女子正在青春韶华，如婀娜茁茂的桃枝，似光彩灼灼照人的桃花。她的出嫁，会使夫家和睦兴旺。后世婚嫁，大书"宜其室家"于门楣，即典出于此。唐代崔护"人面桃花"之喻，亦启心于此。

桃李春风一杯酒，江湖夜雨十年灯。

〔鉴赏〕这是宋代黄庭坚《寄黄几复》诗中名句。原诗为：

> 我居北海君南海，寄雁传书谢不能。
> 桃李春风一杯酒，江湖夜雨十年灯。

持家但有四立壁，治病不蕲三折肱。
想见读书头已白，隔溪猿哭瘴溪藤。

　　黄几复是诗人的老友，其时正在广州四会县，而黄庭坚则在德州德平镇，一南一北，相隔万里。所以，首联即言相距太远连鸿雁都为之无奈，因而谢绝了诗人代为传书的托付。颔联上句写当年相聚之欢；下句写后来相思之苦，选取的意象生动鲜明，上下句对仗工稳，不着一字，而尽得其情。颈联称赞黄几复的清廉与才干，尾联对友人怀瑾握瑜而沉沦下僚表达了强烈的不平与惋惜。

桃花潭水深千尺，不及汪伦送我情。

　〔鉴赏〕这是唐代李白《赠汪伦》诗中名句。原诗为：

李白乘舟将欲行，忽闻岸上踏歌声。
桃花潭水深千尺，不及汪伦送我情。

　　李白游桃花潭，村人汪伦常酿美酒款待他。临行时，汪伦又赶来踏歌相送，李白深为感动，就眼前深湛的潭水兴发情感，信手拈来进行夸张比喻，把可见可测的潭水深度，同无法量度的友情密切程度作比，使难以描述的情思形象化了，可以说是"兴而比也"。"千尺"已是夸张之语，"不及"则又进一层，并以此二字强调了潭水与友情的比较意，淡化了二者之间的譬喻意，从而增加了这种深情的真实可信度。清人沈德潜评云："若说汪伦之情比于潭水千尺，便是凡语。妙语只在一转换间。"（《唐诗别裁》）。

根到九泉无曲处，世间惟有蛰龙知。

　〔释义〕九泉，指极深地下。蛰龙，地下蛰伏之龙。
　〔鉴赏〕研究中国古代"文字狱"现象，必首先注意到这两句诗，因为这是宋代著名"乌台诗案"的起因。句出宋代苏轼的《王复秀才所居双桧二首》（其二）：

凛然相对敢相欺，直干凌空未要奇。

根到九泉无曲处，世间惟有蛰龙知。

诗誉王复表里一致，刚直不阿，而佞臣抓住"蛰龙"一词做文章，说什么"当今天子为飞龙在天，苏轼欲求地下之龙赏识，有不轨之意"。幸而神宗自有主张，未成大狱。但此事开深文周纳以诗文定罪之先河，至明清终于演成思想文化专制之惯例。

振衣千仞冈，濯足万里流。

〔鉴赏〕这是晋代左思《咏史八首》（其五）诗中名句。原诗为：

> 皓天舒白日，灵景耀神州。
> 列宅紫宫里，飞宇若云浮。
> 峨峨高门内，蔼蔼皆王侯。
> 自非攀龙客，何为欻来游？
> 被褐出阊阖，高步追许由。
> 振衣千仞冈，濯足万里流。

作者在本诗中抒发了不肯攀龙附凤，而要高蹈出世的思想。其中末尾二句写得尤其豪迈高昂、劲健有力。诗人痛恨门阀制度压抑人才，故而要追步古代隐士许由。振衣，用《渔父》典，"新浴者必振衣"，表达了诗人不与世俗同流合污的品节，在万仞高冈上振衣，更显其高洁不俗。濯足，用《孟子》典，象征清除尘世浊垢，保持清白品格，在万里江河中濯足，更突出其气概。二句写得大气磅礴，被人评为"俯视千古"。

蚍蜉撼大树，可笑不自量。

〔释义〕蚍蜉，大蚁。撼，摇，摇动。

〔鉴赏〕这是唐代韩愈《调张籍》诗中名句。该诗乃论诗之作，它高度赞扬了在中唐受到不公正评价的李白、杜甫之诗，字里行间充满倾慕之情。诗的前六句为：

> 李杜文章在，光焰万丈长。
> 不知群儿愚，那用故谤伤！
> 蚍蜉撼大树，可笑不自量。

诗人对李杜之诗高度评价之际，亦讥斥了"群儿"谤伤前辈的可笑与无用。第三联借助夸张和比喻的手法，将这些人比为试图摇动大树的蚂蚁，其自不量力不言而喻。此联设喻贴切，形象生动，"以想象出诙诡"，充分体现了韩诗以形象为议论的特色。成语"蚍蜉撼树"即从此联化出，足见其流传之广远了。

柴门闻犬吠，风雪夜归人。

〔鉴赏〕这是唐代刘长卿《逢雪宿芙蓉山主人》诗中名句。原诗为：

> 日暮苍山远，天寒白屋贫。
> 柴门闻犬吠，风雪夜归人。

诗歌以凝练的笔墨勾勒了一幅寒山风雪夜宿图。后两句的描写完全诉诸夜宿之人的听觉形象。寂静的山居深夜，入耳是风的嘶鸣声和雪打窗纸沙沙声。一阵惊人的犬吠，伴随着叩打、开启柴门声和归人简短的应答声。归人在风雪交加之夜崎岖山路上独自奔波的苦况，与诗人在人生道路上艰难跋涉、落魄凄凉的心境隐隐拍合在一起，融于这一片无言的宁静荒寒的形象之中，语言平淡而意境深邃，景物的真实和人物的感情达到了高度的和谐统一。

笔落惊风雨，诗成泣鬼神。

〔鉴赏〕杜甫与李白交好多年，集中颇有寄赠之作，而全面评价李白遭遇的当属《寄李十二白二十韵》，诗开篇便道：

> 昔年有狂客，号尔谪仙人。
> 笔落惊风雨，诗成泣鬼神。

前两句写四明狂客贺知章对太白的评价，"狂客""谪仙"使读者产生倜傥不群的印象。接下来写太白诗才。这两句从太白自负语——"兴酣落笔摇五岳，诗成笑傲凌沧洲"——脱化而成。比较起来，太白诗句狂放，子美诗句凝重，正是二人风格的极好对照。

笑指吾庐何处是？一池荷叶小桥横。

〔释义〕庐，屋舍。

〔鉴赏〕这是明代陈继儒《摊破浣溪沙》词中名句。原词为：

> 梓树花香月半明，棹歌归去草虫鸣。曲曲柳湾茅屋矮，挂鱼罾。　笑指吾庐何处是？一池荷叶小桥横。修竹纸窗灯火里，读书声。

这首词写隐居的恬淡情趣和悠然自得的情怀。初夏夜归，花香月明，渔歌回荡，垂柳轻扬，词人的愉快心情在这景物的描绘里已得到了充分的烘托。一个"笑"字，则直接点出喜悦，要问我住在什么地方吗？就在那荷叶亭亭玉立、小桥曲径相连的水边啊。这样的隐居环境，难怪词人要情不自禁地赞叹了。

借问梅花何处落，风吹一夜满关山。

〔鉴赏〕这是唐代高适《塞上听吹笛》诗中名句。原诗为：

> 雪净胡天牧马还，月明羌笛戍楼间。
> 借问梅花何处落，风吹一夜满关山。

前两句写吹笛之情事，雪净月明的边塞风光和牧马归来的生活情节为全诗造成空净静谧而又安祥和平的氛围。后两句写月夜笛声之悠扬。笛曲中有《梅花落》，这里巧妙地将三字拆开，将笛声之飘扬说成"梅花何处落"，实在新奇巧妙，别具匠心。塞上悠扬的笛声随风飘去，一夜之间声满关山，这是诗人在夜静月明之夜听笛产生的遐想，其想象之丰富优美为盛唐诗歌所独有。

射人先射马，擒贼先擒王。

〔鉴赏〕诗句得以传诵，多数因为其生动、深刻；但也有一些得益于浅显。此联便属后种情况。杜甫的《前出塞》（其六）云：

> 挽弓当挽强，用箭当用长。
> 射人先射马，擒贼先擒王。
> 杀人亦有限，列国自有疆。
> 苟能制侵陵，岂在多杀伤！

前四句很似军中谣谚，虽朗朗上口，却并无深意。用在诗中，类似民歌的起兴手法。全诗的真意在于后四句表达的反战思想。但就传诵广远而言，此诗却须归功于"射人先射马，擒贼先擒王"一联。究其原因有二：一则"制其要害"实为重要而实用的人生经验；二则此联对仗整齐、朗朗上口，有易解易记之便利。

徐行不记山深浅，一路莺啼送到家。

〔释义〕徐行，缓缓行走。

〔鉴赏〕这是明代杨基《天平山中》诗中名句。原诗为：

> 细雨茸茸湿楝花，南风树树熟枇杷。
> 徐行不记山深浅，一路莺啼送到家。

天平山在江苏省苏州市西，风景秀丽，颇多名胜，是游览胜地。诗人着眼于触目可见的寻常景物来写自己的感受。满山楝花、遍野枇杷，在蒙蒙细雨中展现着特有的韵致，令人流连忘返。诗人陶醉于宜人的景色中，不知不觉已走了很远。尤其是"一路莺啼送到家"一句，更是充分地表现了诗人喜悦、惬适的心情，仿佛娇莺也体会到诗人的情致，故伴送诗人回家。诗句触景生情，意趣盎然。

殷鉴不远，在夏后之世。

〔释义〕夏后，夏朝。

〔鉴赏〕这是《诗经·荡》中的名句，出自其末章：

> 文王曰咨！咨女殷商。人亦有言：颠沛之揭，枝叶未有害，
> 本实先拨。殷鉴不远，在夏后之世。

《荡》是用周文王的口气指责商纣的诗。此二句的意思是：殷王朝灭亡的镜子并不遥远，就是夏桀亡国的重演。这两句话，反映了周人强烈的历史意识，表明他们已走出"殷人尚鬼"的一元宗教历史观，认为应该重视人事，重视历史经验，以往事为鉴戒，来努力实行修明政治，体现了更强的人文主义色彩。这种重史鉴的观念，也一直贯穿于中华民族数千年传统之中。"殷鉴"也成为可以借鉴的往事的代称。

胸中元自有丘壑，故作老木蟠风霜。

〔鉴赏〕这是宋代黄庭坚《题子瞻枯木》诗中名句。原诗为：

> 折冲儒墨阵堂堂，书入颜杨鸿雁行。
> 胸中元自有丘壑，故作老木蟠风霜。

这是黄庭坚为苏轼所作枯木图而题的一首诗。首句称赞苏轼能以其宽阔的胸襟、渊博的才识和公允的态度来调解儒墨各家之间的争执，次句推崇苏轼书法的功力和成就，以为能与唐代颜真卿、后周杨凝式相比肩。三、四句指出了苏轼其人与其画之间的关系，意谓人品既高，其画品自然也高。同时，这里还暗含了一层以画喻人的意思。其"风霜"一语也另有所指，包含了对苏轼历尽坎坷而其节不改的高度赞扬。

逢一个见一个因话说，不信你耳轮不热。

〔释义〕因话说，借故说话。耳轮不热，耳朵不发热；俗谓人被议论时会觉耳朵发热。

〔鉴赏〕这是元代马致远《双调·寿阳曲》（之一）中的名句。此曲如下：

> 从别后，音信绝，薄情种害杀人也。逢一个见一个因话说，

不信你耳轮不热。

这支小令描写了一位女子思念情人的心理过程。曲辞表面上欲"惩治"情人，实际上是盼盼对方回到她的身边。女子的期盼全基于一种并不可靠的传说，唯其如此，才表现出她的痴情与专一。

鸳鸯绣了从教看，莫把金针度与人。

〔鉴赏〕诗与禅相通，有多方面的表现。这两句本为禅家心法（《月山诗话》载朱子语），至金人元好问移为诗法，即属方法相通。元诗《论诗三首》（其二）：

> 晕碧裁红点缀匀，一回拈出一回新。
> 鸳鸯绣了从教看，莫把金针度与人。

作者以绘画、刺绣为喻，提出关于艺术创作与欣赏的一种看法。他主张只能提供成品给观众或读者，而不要把构思过程和盘托出。"金针度人"本是一个神话传说，含传授心得、秘诀之意（见《桂苑丛谈》），故后世多以保守秘诀来理解这两句诗。

留得枯荷听雨声。

〔鉴赏〕情志风发者赏万紫千红之景，意兴索寞者喜萧瑟清冷之态，古往今来，大抵如是。观唐代李商隐此句，不难揣知其吟咏时的悲凉孤寂心境。诗题为《宿骆氏亭寄怀崔雍崔衮》：

> 竹坞无尘水槛清，相思迢递隔重城。
> 秋阴不散霜飞晚，留得枯荷听雨声。

这是写怀友之情的，末句实为难得的神来之笔。晚秋时节，独宿园亭，其凄清寂寞人何以堪！于是更增怀友之情，于是更难成眠。这时，亭外传来轻微的雨声，原来是雨滴打在那几片残存的枯荷之上。诗中既称"留得"，便有欣赏珍惜之意。以常情常理测度，秋雨枯荷实无美感可言，而诗人竟生审美之意，其内心的孤寂凄冷不言自见。

留得累人身外物，半肩行李半肩书。

〔**释义**〕身外物，指行李与书。

〔**鉴赏**〕这是清代张问陶《庚戌九月三日移居松筠》诗中名句。原诗为：

> 旃檀香净好移居，家具何曾满一车！
> 留得累人身外物，半肩行李半肩书。

对读书人来说，最珍贵的莫过于书。但诗人在这里却充满恼愤地把它称作给人增添累赘的身外物，便使诗句有了发人深思的新意。读书人总是清贫。搬家时家具还装不满一车，可知其"贫"的程度；但"贫"并非一无所有，那"半肩书"不就是财富吗？"贫"而不失志，耽情诗书，正可见其"清"（清高）。身外之物的书，恰好是和"身内之物"的安贫乐道密不可分的。自嘲的背后，其实是自慰。

匪兕匪虎，率彼旷野。

〔**释义**〕匪，通"非"。兕，野牛。率，循。

〔**鉴赏**〕这是《诗经·何草不黄》中的名句。原诗为：

> 何草不黄？何日不行？何人不将，经营四方？
> 何草不玄？何人不矜？哀我征夫，独为匪民！
> 匪兕匪虎，率彼旷野。哀我征夫，朝夕不暇！
> 有芃者狐，率彼幽草。有栈之车，行彼周道！

这是征役不息，征夫愁怨之作。本二句采取了"兴而比"的手法，诗人在野行军，看到兕虎，有感而发，自己非兕非虎，为什么要和野兽一样在旷野奔波？！此喻不落常套，自孔子在陈绝粮引用此二语以来，遂成为道衰不遇之典。

匪面命之，言提其耳。

〔**释义**〕匪，通"非"，不但。言，乃。

〔鉴赏〕这是《诗经·抑》中的名句，出自其第十章：

> 於乎小子，未知臧否。匪手携之，言示之事。匪面命之，言提其耳。借曰未知，亦既抱子。民之靡盈，谁夙知而莫成。

《抑》是卫武公告诫周王应慎修德行礼仪的诗。本章讥刺周王年少而不听老臣之言。此二句是说：我不仅当面教诲你，还提着你的耳朵告诫你。由于采用了层进的手法，就把老臣教诲谆谆严格要求的情貌表现无遗。因此后世传为成语"耳提面命"，或称"耳提面训"，以指长者对后生的殷切教导。如元代刘熏著文有"耳提面命，颇有得于父师。"

唤起思量，待不思量，怎不思量！

〔释义〕思量，思念，想。待，欲，想要。

〔鉴赏〕这是元代郑光祖《双调·折桂令·梦中作》中的名句。全曲描写了主人公梦中幽会，醒来如见其人，余香依稀，似真似幻，迷离悱恻的感觉。后半曲云：

> 缥缈见梨花淡妆，依稀闻兰麝余香。唤起思量，待不思量，怎不思量！

情思因梦而生，而一旦被梦唤起，便再按捺不住，这便是情的力量、情的执着。思量亦即寻梦，寻梦不得的痛苦可想而知，又何必自找苦吃偏去思量、偏去寻梦？然而梦太美好，又如何不去思量呢？缠绵悱恻，一往情深，便是这三句的曲意。

十一画

清风两袖朝天去，免得间阎话短长。

〔释义〕朝天，指朝见皇帝。间阎，里门和里中门，泛指民间。

〔鉴赏〕这是明代于谦七绝《入京》中的名句。原诗为：

> 手帕蘑菇与线香，本资民用反为殃。
> 清风两袖朝天去，免得间阎话短长。

这里说的手帕、蘑菇、线香，都是指当地的土特产。山珍土物，本是百姓生活所资，可是贪官污吏却往往肆行搜刮，使老百姓深受其害。"清风两袖"借助形象的描绘，非常生动地写出了作者为官清廉，体恤民情的高洁品格。不去贿赂当朝的权贵，或许会影响自己的官运，但能博得百姓的称道，却是作者最感到欣慰和自豪的。

清明时节雨纷纷，路上行人欲断魂。

〔鉴赏〕每逢佳节，倍增诗思；而每有佳诗，也为节日倍添情味。人们在谈及清明时，往往自然而然地想到杜牧的《清明》诗：

> 清明时节雨纷纷，路上行人欲断魂。
> 借问酒家何处有，牧童遥指杏花村。

千年以来，"雨纷纷"几乎成为人们心目中清明时令的标志。这看似简单的三个字，实有两重妙处：一是状物有特色，写出了春雨迷蒙、细润的特点；二是景中含情。这第二点须与次句连读方可体会到。"行人"而"欲断魂"，原因何在？诗中虽未明确交代，但也透露出一点消息：孤身、行旅、遇雨，是以使人心绪烦乱了。而这烦乱的心绪投射于外，情与景融，便感觉细雨"乱乱纷纷"了。

渔阳鼙鼓动地来，惊破霓裳羽衣曲。

〔释义〕渔阳，唐玄宗天宝元年改蓟州为渔阳郡，治所在渔阳（今天津市蓟县）。鼙鼓，战阵所用之鼓。霓裳羽衣曲，从西域传来的舞曲名，一说为玄宗所作。

〔鉴赏〕此乃唐代白居易《长恨歌》诗中佳句。这首长篇叙事诗的第二部分，写了安史之乱及杨妃的死，它的前面三联为：

> 骊宫高处入青云，仙乐风飘处处闻。
> 缓歌慢舞凝丝竹，尽日君王看不足。
> 渔阳鼙鼓动地来，惊破霓裳羽衣曲。

杨妃入宫得宠，玄宗于是终日沉湎于歌舞之中，因而，在"看不足"的杨妃背后，叛军惊天动地而来。用"渔阳鼙鼓"指代安禄山的叛乱，"霓裳羽衣曲"指代骄奢淫逸的生活，洗练而生动。玄宗因色废政，以致乱起，变乱最终破灭了他的爱情。此联颇有对兴亡、治乱的思考与感慨。

寂寂扬子宅，门无卿相舆。

〔释义〕扬子，西汉扬雄，曾闭门著《法言》《太玄》。舆，车。

〔鉴赏〕这是晋代左思《咏史八首》（其四）诗中名句。此诗赞扬扬雄穷困著书之行，而讥刺王侯贵族荒淫豪奢但十分空虚的生活。此二句写出了一个寂寞冷清但十分充实的学者之居，虽无卿相与之往来，但其从事的文化研究工作价值非常重大。确实，扬雄是西汉著名的哲学家、文学家和语言学家，他的辞赋、哲学著作至今流传。而这些都是通过安于贫贱，耐得寂寞，顽强治学，闭门著书才完成的。诗人强调了文化研究的重要性，与诗的前半部分王侯权贵形成强烈的对比。初唐四杰之一的卢照邻写《长安古意》，全仿此篇，其中"寂寂寥寥扬子居，年年岁岁一床书"，即此二句之意。

小亭幽径曲似與白

雪斋雪斋一登眺呼

见把酒携

李杰

商女不知亡国恨，隔江犹唱后庭花。

〔释义〕商女，卖唱的歌女。后庭花，即南朝陈后主所作的歌曲《玉树后庭花》。

〔鉴赏〕这是唐代杜牧《泊秦淮》诗中名句。全诗境界浑成，感慨深沉，堪称感叹兴亡的"绝唱"。此诗是一首七绝：

> 烟笼寒水月笼沙，夜泊秦淮近酒家。
> 商女不知亡国恨，隔江犹唱后庭花。

首句渲染夜泊秦淮的迷蒙冷寂，次句交代"近酒家"的环境，而三、四句则是全诗题旨所在。陈后主是亡国之君，而《后庭花》正是他荒淫生活的产物，是象征败亡的不祥之音，可人们仍在津津有味地唱着、听着，这种醉生梦死的精神状态令有心人发出无奈的感叹，然而商女不过被衣食所迫，又何必深责？作者就是在这样复杂的心绪中，传达出了对时局的深忧。

惊风乱飐芙蓉水，密雨斜侵薜荔墙。

〔鉴赏〕这是唐代柳宗元《登柳州城楼寄漳汀封连四州刺史》诗中名句。原诗为：

> 城上高楼接大荒，海天愁思正茫茫。
> 惊风乱飐芙蓉水，密雨斜侵薜荔墙。
> 岭树重遮千里目，江流曲似九回肠。
> 共来百越文身地，犹自音书滞一乡。

诗人屡遭贬谪，他把自己被弃被贬的苦闷情怀寓于此诗。"惊风""密雨"两句为诗人登楼所见。赋中有比，象中含兴。就描绘眼前景象而言是赋笔，而赋中又有比兴：屈原的《离骚》中，芙蓉、薜荔象征人格的美好芳洁，诗人于登高临远中属意芙蓉、薜荔，当为兴发感动之举。凄风苦雨中对芙蓉、薜荔的描写正是诗人此时意绪的显露。

惊风飘白日，光景驰西流。

〔释义〕惊风，使人心惊的风。光景，日影。景，通"影"。

〔鉴赏〕这是三国魏曹植《箜篌引》诗中名句。诗的主题在于抒发曹植在欢宴之时领悟到时光易逝的感叹。诗前半部极写宴会之急管繁弦，秦筝齐瑟，奇舞名讴，烹羊宰牛。突然诗笔一转，写道：

> 惊风飘白日，光景驰西流。
> 盛时不可再，百年忽我遒。
> 生存华屋处，零落旧山丘。

这一转，全诗格调大变，乐极生悲，诗人面对良辰美酒，不由引发出欢时不永，盛筵难再的悲凉，由此深深地思索到人生价值和生命意义究竟何在。这里所用的"惊""飘""驰"流"等动感极强的词，强烈表现出岁月时光飞驰如轮、飞逝似水，给读者以巨大的震撼，展示了作者驾驭语言的高超能力。

惟天地之无穷兮，哀人生之长勤。

〔释义〕长勤，多艰。

〔鉴赏〕这是《远游》里的名句。本诗是否为屈原所作，学界尚有争论。全诗主旨在于抒发坎坷不遇的悲境以及由此而出世远游的过程。可以说是后世的游仙诗之祖。此二句是由现实转向游仙的关键，表现了诗人对宇宙与人生的比较和思考，其哲理意味极为丰富。首先，他提到了宇宙的永恒与人生的短暂，这就开启了后代诗歌"人生天地间，忽如远行客"一类内容。人生比起天地宇宙是短促的，但诗人对人生充满的艰难困苦又有深深的悲哀，所以不说短而说"长勤"，更令人对生命之旅途的漫漫风雨产生无穷的感慨："自有长夜漫漫，长途仆仆之感"（钱锺书语）。

惟将终夜长开眼，报答平生未展眉。

〔鉴赏〕这是唐代元稹《遣悲怀三首》其三诗中名句。原诗为：

闲坐悲君亦自悲，百年都是几多时。
邓攸无子寻知命，潘岳悼亡犹费词。
同穴窅冥何所望，他生缘会更难期。
惟将终夜长开眼，报答平生未展眉。

这首诗在自叹身世、自悲情怀之后再寄相思悲怀。诗人希望死后夫妻同穴同葬，来世再为夫妻，但这些又是那样虚渺难期，令人失望，他只能将自己的痴情寄托在彻夜长想之中了。诗人感于夫妻深情，欲以报答，而一切已无补偿，唯有终夜长想而已，情思之深挚执着，感人至深。此外，"长开眼"亦有鳏鱼目恒不闭之意，喻鳏寡不娶，语意双关。

惟郢路之辽远兮，魂一夕而九逝。

〔释义〕郢，楚国都城，在今湖北江陵。
〔鉴赏〕这是战国楚屈原《九章·抽思》中的名句。原诗上下文是：

望孟夏之短夜兮，何晦明之若岁。惟郢路之辽远兮，魂一夕而九逝。曾不知路之曲直兮，南指月与列星。愿经逝而未得兮，魂识路之营营。

这是诗人流放汉北所作，诗中沉痛地回顾了往事，并深沉细腻地表达了对郢都的无限怀念。诗人采用了一个特殊的角度切入主题——梦魂。孟夏夜短，但诗人却心系故都，魂牵梦绕，短夜之中竟九次（形容其多）梦见自己回到郢都。这种以梦来表达思念的艺术手法，影响了无数后世的艺术家，李白"天长路远魂飞苦，梦魂不到关山难"，即其例。

惨惨柴门风雪夜，此时有子不如无。

〔释义〕柴门，用柴编成的门，言其简陋。
〔鉴赏〕这是清代黄景仁《别老母》诗中名句。原诗为：

搴帏拜母河梁去，白发愁看泪眼枯。
惨惨柴门风雪夜，此时有子不如无。

黄景仁家境贫寒，奔走四方，以谋生计。这首诗写他出外时离别老母的伤痛心情。白发苍苍的母亲眼看着儿子又要离家远行，禁不住老泪纵横，这里既有母亲对儿子的慈爱心情，"儿行千里母担忧"，又有年老体衰、唯恐母子再难相见的悲伤。诗人看着惨淡风雪中倚立柴门的母亲的身影，心都要碎了。自己不能侍奉老母，不得不远行，这时候有儿子还不如没儿子的好啊。语句沉痛感人，真挚深切。

剪不断，理还乱，是离愁。别是一般滋味在心头。

〔鉴赏〕这是五代南唐后主李煜《相见欢》词中名句。原词为：

　　无言独上西楼，月如钩。寂寞梧桐深院锁清秋。　　剪不断，理还乱，是离愁。别是一般滋味在心头。

词中抒写南唐亡国后作者幽居汴京深院小楼中的内心悲苦。愁本抽象无形，词人却赋之以具体形象。"剪不断"三句极写愁思之如千丝万缕，纠缠盘绕，纷乱繁杂，无可排遣。末句进而言其滋味。唯因苦愁至深，反却无言以状，只能以"别是一般"吐之。词人以自然率真的语言，写出了某种具有一定共性的人生感受，千百年来为人称引。

烽火连三月，家书抵万金。

〔鉴赏〕这是杜甫《春望》诗中的颈联（全诗参见"国破山河在"条）。诗人在前面两联写春望所见，抒发对时局的感喟忧思。此联则转向想望：战事绵延，直至今春，家人暌隔，音讯全无，多么盼望得到他们哪怕一点点消息呢！在战乱频繁的年月，这两句诗常为人们吟诵，因为它十分凝练地反映出乱离人的心声。当然，属对工切，下字准确，也是此联流传的重要原因。

雪深惟一色，人心种种深。

〔释义〕种种，各种各样。

〔鉴赏〕这是清初释函可《对月》诗中名句。原诗为：

> 明月但照雪，不照世人心。
> 雪深惟一色，人心种种深。

　　这是一首即景生情、即事评议的寓意深刻的小诗。诗人由明月照在积雪上，天地间一片皎洁空明的景象联想到人世社会的复杂、人心的深晦叵测，构思巧妙，感慨良深。诗人通过联想和对比，将一种人生感慨形象地呈现在读者面前，令人警醒。

黄沙百战穿金甲，不破楼兰终不还。

〔释义〕楼兰，汉时西域国名，这里泛指唐军在西北边塞交战的敌方。

〔鉴赏〕这是唐代王昌龄《从军行》（其四）诗中名句。原诗为：

> 青海长云暗雪山，孤城遥望玉门关。
> 黄沙百战穿金甲，不破楼兰终不还。

　　这首著名的边塞诗，是唐人七绝中的杰作。三、四句表现了边塞将士以死报国的决心和气吞强敌的豪情。首先叙述了战争的惨烈，将士们在荒漠黄沙中已多次浴血奋战，护身的金甲创痕累累，几乎都被磨穿了。"百战"，不仅指战斗的次数多，也暗示了遇到的是强敌、顽敌。最后将士们准备用自己的生命写下誓言：不消灭敌人决不回还！慷慨悲壮，感人至深。

黄河西来决昆仑，咆哮万里触龙门。

〔鉴赏〕这是唐代李白《公无渡河》的起首二句，是描写黄河奔腾冲泻之势的名句。黄河西自高耸的"昆仑"泻下，奔腾万里至于"龙门"，写出其"势"。落差大，距离远，气势壮阔，磅礴非凡。"咆哮"写出其"声"。滔滔滚滚，澎湃翻腾，如猛虎下山，张牙舞爪，吼叫嘶鸣，而且"万里"皆作如是观。声威之豪壮，难以比拟。"决"字、"触"字写出其"力"。不是源出昆仑，而是冲决昆仑；不是流经龙门，而是撞击龙门。"横空出世"的博大昆仑被冲决，"天开一门"的险峻龙门遭撞击，其伟力之巨大，令人惊骇不已。

黄钟毁弃，瓦釜雷鸣。

〔释义〕黄钟，古代乐律十二律中的第一律，因指高级音乐，本诗中黄钟指乐钟合于黄钟律者，声大而宏。瓦釜，声劣之物。
〔鉴赏〕这是《卜居》中的名句。原诗上下文如下：

> 世溷浊而不清：蝉翼为重，千钧为轻；黄钟毁弃，瓦釜雷鸣；谗人高张，贤士无名。

本诗反映了楚国政治环境的黑暗和屈原的坚强斗志，其作者近人都认为是楚人。此二句用了一对反差极其强烈的对比，来比喻楚国压抑贤才任用小人的昏暗政治，其中充溢着愤激的不平与怒火，情绪浓烈，是有力的控诉与呐喊。故后世引为名句，作为世事黑暗的反映，如郭沫若《咏史》（之一）："雷鸣瓦釜黄钟毁，做到黄钟愿亦偿!"

萧萧马鸣，悠悠旆旌。

〔释义〕萧萧，马鸣声。旆旌，泛指旗帜。
〔鉴赏〕这是《诗经·车攻》第七章中的名句。《车攻》一诗记周宣王东巡田猎、会合诸侯的场面。此二句写田猎后军伍整队待归的肃静场面。只见军队排列整齐，战士们军容整肃毫无喧哗，只能听到战马长鸣和旗帜招展的猎猎风声。此二句最大的特点在于以动写静，以马鸣旗动衬托战士们的无声静立。《渔洋诗话》说："颜之推标举王籍'蝉噪林愈静，鸟鸣山更幽'，以为自《小雅》'萧萧马鸣，幽幽旆旌'得来，此神契语也。"即指其受本句启发以动写静。至于杜甫诗"落日照大旗，马鸣风萧萧"则全用本句之意。

乾坤有我，我有乾坤。

〔释义〕乾坤，宇宙、天地、大自然。

〔鉴赏〕这是明代冯惟敏《双调·殿前欢·归兴》（之一）中的名句。原曲为：

> 自评论，功名富贵似浮云。从来世路多危峻，祸福无门。青山且负薪，绿水好垂纶，白屋堪肥遁。乾坤有我，我有乾坤。

此曲抒写了诗人因功名无望、世路坎坷转而隐逸林泉的内心感受。尤其是最后两句曲辞，把诗人回归大自然，拥有了大自然后物我合一的自由感表达了出来。

梦中不识路，何以慰相思！

〔鉴赏〕这是南朝梁沈约《别范安成》诗中名句。原诗为：

> 生平少年日，分手易前期。
> 及尔同衰暮，非复别离时。
> 勿言一樽酒，明日难重持。
> 梦中不识路，何以慰相思！

本诗表达了垂暮之年的老友分别时格外沉重的悲哀。他们与少年别离不同，很可能一别成为永诀。末二句退一步言，既然年迈体衰不能去看望朋友，那就梦中相会吧，可是梦中也不识路径，那又怎么消除那铭心刻骨的相思之情呢。诗人把自己最后一点虚幻的希望打破，就传达出扣人心弦的悲哀。唐诗用此意，"梦里分明见关塞，不知何路向金微（山名，在塞外）"，或反用此意"枕上片时春梦中，行尽江南数千里。"

梦里相思，故国王孙路。春无主！

〔释义〕王孙，原指贵族子弟，此处作者自指。

〔鉴赏〕这是明末陈子龙《点绛唇·春日风雨有感》词中名句。原词为：

> 满眼韶华，东风惯是吹红去。几番烟雾，只有花难护。　　梦里相思，故国王孙路。春无主！杜鹃啼处，泪染胭脂雨。

　　暮春时节，风雨交加，落花飘零，令人倍增伤感。在伤春的背后，往往寄寓了词人更深的感慨。陈子龙这几句词，便表达了词人国破家亡后的深深悲哀。梦萦魂绕的，是那故国的美好河山啊。只是"可怜王孙泣路隅"（杜甫《哀王孙》），没有谁能主宰春天，制止狂风暴雨；也没有人统领江山，一任那社稷倾覆。"春无主"的慨叹里融注着词人沉痛深广的情思。

梦醒忽惊身是客，一船寒月到江村。

〔释义〕惊，惊觉。

〔鉴赏〕这是清代龚自珍《百嘉村见梅花》诗中名句。原诗为：

> 天涯疏影伴黄昏，玉笛高楼自掩门。
> 梦醒忽惊身是客，一船寒月到江村。

　　梦境总是美好的居多。诗人漂泊天涯，羁愁满怀，而在梦中，也许正与家人团聚、享受着天伦之乐，沉浸在温馨幸福之中。可是当梦醒之后，才猛然意识到自己身为羁旅之人，梦中的一切都消失了，留下的只是愁闷和凄凉。诗人原本要言愁，却不明说愁，而是借"一船寒月"来暗示出诗人的心境。环境的凄寒正是诗人心境的凄寒。景为情设，情因景生，物我交融的艺术氛围，拓展了抒情的深度和广度。

郴江幸自绕郴山，为谁流下潇湘去？

〔释义〕幸自，本自。

〔鉴赏〕这是北宋秦观《踏莎行》（参见"可堪孤馆闭春寒，杜鹃声里斜阳暮"条）词中名句。此词作于秦观因朝廷新旧党争牵累贬谪郴州时期。这两句出自全词结尾。词人在抒写了孤处贬地凄苦悲愁情怀之后，以暗喻手法发出深自悔责的怅叹：郴江啊，你本绕着郴山故土，为何要远离家乡流到潇湘去呢？词人赋予山水以人的情感，既好似代水倾愁诉怨，又仿佛在江边自问自伤。其中注入作者对自己离乡远谪不幸命运的深长怨恨，也包含投身政治生涯以致陷于困厄之境的悔恨反省。笔法曲折，意蕴丰富。

梧桐半死清霜后，头白鸳鸯失伴飞。

〔释义〕梧桐半死，喻丧偶。

〔鉴赏〕这是北宋贺铸悼亡词《鹧鸪天》（又名《半死桐》）中的名句。原词为：

> 重过阊门万事非，同来何事不同归？梧桐半死清霜后，头白鸳鸯失伴飞。　　原上草，露初晞，旧栖新垅两依依。空床卧听南窗雨，谁复挑灯夜补衣。

词人开篇用赋，直抒重游苏州万事皆非之悲。三、四句转而用比，以半死梧桐、失侣鸳鸯形象生动地刻画了暮年丧偶的痛苦。秋霜满目，天地萧索，一片寂寥之中，词人唯有形影相吊。"头白"既绘鸳鸯之形，又写词人情状，垂老之人内心之孤苦凄凉跃然纸上。

梅须逊雪三分白，雪却输梅一段香。

〔鉴赏〕这是宋人卢梅坡《雪梅》诗中名句。原诗为：

> 梅雪争春未肯降，骚人搁笔费评章。
> 梅须逊雪三分白，雪却输梅一段香。

这首小诗写得很风趣，以拟人手法来表现雪中赏梅的感想。"评章"之词妙在反面落笔，正面见意。"逊雪"云云并非贬梅，而是颂雪之晶莹无匹；"输梅"云云亦非贬雪，而是赞梅之幽香绝世。这两句后世成为雪中赏梅的必咏之词，而在评论"钗黛左右"的难题时，也多援此而释然。

接天莲叶无穷碧，映日荷花别样红。

〔鉴赏〕杭州西湖之山光水色妙绝天下，故多邀骚人青睐，传世佳篇不胜枚举。其中宋人杨万里的《晓出净慈寺送林子方》尤享盛名，原因便在"接天""映日"一联。原诗为：

> 毕竟西湖六月中，风光不与四时同。
> 接天莲叶无穷碧，映日荷花别样红。

这首诗的特色在于描写出盛夏西湖的"别样"风光。"接天""无穷"，极言湖面之开阔与莲叶之繁茂，此景非盛夏莫属。而"别样"之红花，也与盛夏生机郁勃的气象相合。故看似浅显的诗句，恰表现了杨万里善于捕捉、表现景物特点的艺术功力。

常记溪亭日暮，沉醉不知归路。

〔鉴赏〕这是宋李清照《如梦令》词中名句。原词为：

> 常记溪亭日暮，沉醉不知归路。兴尽晚回舟，误入藕花深处。争渡，争渡，惊起一滩鸥鹭。

开端二句起得平淡自然，从郊游的时间、地点落笔，追叙往日畅游情怀。日暮时分，溪亭饮宴之后，沉醉之中连回去的路径都辨识不清了。尽管词人并未具体描绘游赏、饮宴情景，但"沉醉"二字已透露出内心的欢愉。"不知归路"更在对醉态的刻画中写出了流连忘返的情致。两句朴素无华，淡而有味。

常恐秋节至，凉风夺炎热。

〔鉴赏〕这是西汉成帝后宫的班婕妤的两句诗。班婕妤是品貌皆忧的才女，被赵飞燕姐妹谗害，失宠幽闭，作赋自伤，并为怨诗一首：

> 新裂齐纨素，鲜洁如霜雪。
> 裁为合欢扇，团团似明月。

出入君怀袖，动摇微风发。
常恐秋节至，凉风夺炎热。
弃捐箧笥中，恩情中道绝。

以扇自喻，反映了封建时代女性命运无法自主的悲哀。"常恐"两句，把这种"一生哀乐由他人"的不幸与无奈，表现得微妙而生动。

眼见长江趋大海，青天却似向西飞。

〔释义〕趋，奔赴。

〔鉴赏〕这是清代孔尚任《北固山看大江》诗中名句。原诗为：

孤城铁瓮四山围，绝顶高秋坐落晖。
眼见长江趋大海，青天却似向西飞。

秋天的景色是美丽的，天高气爽，万物清疏。而登高望远、视野无垠，就更令人胸襟开阔，神清气爽了，诗人写登高望大江的感受，气势宏伟，非常传神。大江奔流，直趋东海，诗人注目江水的时间过久，水面上反映出天空的倒影扑入眼帘，似乎不是大江在流，而是青天在向西飞去。这本是一种错觉，但写入诗中，却赋予青天以动态美，空灵飞动、境象超逸，带给人新鲜的审美感受。

野火烧不尽，春风吹又生。

〔鉴赏〕此联出自唐代白居易《赋得古原草送别》一诗，诗的前半部分为：

离离原上草，一岁一枯荣。
野火烧不尽，春风吹又生。

"野火"一联，承上联"枯荣"，形象地再现了古原草顽强的生命力。野火燎原，是一种壮烈的毁灭，而强调毁灭的痛苦，是为着强调再生的欢乐，再生的力量。此联前后两句，写出了一种从毁灭中再生的理想的典型，一句写枯，一句写荣，"烧不尽""吹又生"唱叹有味，对仗工致天然，故而卓绝千古。

> 野夫怒见不平处，磨损胸中万古刀。

〔释义〕野夫，平民，质朴之人。

〔鉴赏〕此联出自唐代刘叉《偶书》一诗。原诗为：

> 日出扶桑一丈高，人间万事细如毛。
> 野夫怒见不平处，磨损胸中万古刀。

这是一首诗风粗犷、立意奇警的抒怀诗。在"事随日生"（韩愈语）的叙写之后，"少年尚义任侠"（《唐才子传》）傲岸刚直的诗人，抒发了他面对乱世诸多不平、不公的愤激。自古以来迭代相传的正义感、是非感，流淌在诗人心灵深处，犹如一把万古相传的宝刀，在社会的有形和无形的压抑之下，虽路见不平却不能拔刀相助，于是诗人胸中那把除奸佞、斩邪恶的正义之刀，只能任其销蚀，听其磨损！

> 野水无人渡，孤舟尽日横。

〔鉴赏〕这是宋代寇准《春日登楼怀归》诗中名句。原诗为：

> 高楼聊引望，杳杳一川平。
> 野水无人渡，孤舟尽日横。
> 荒村生断霭，古寺语流莺。
> 旧业遥清渭，沉思忽自惊。

此诗为诗人二十岁知巴东县时所作。少小离家，登楼远望，难免生出一段思乡之情。全诗以写景为主。首联"聊"字，似本无意于怀归，但极目所见，却不禁使诗人陷入对家乡风物的怀想之中。颔联系从唐代韦应物《滁州西涧》"野渡无人舟自横"一句点化而来。然属对工稳，妙手天成，却又别具一种荒凉寂寞境界。

野狐涎笑口，蜜蜂尾甜头。

〔释义〕野狐涎，指迷惑人的话；据说以野狐的涎水浸入肉中，将肉晒干研成粉末，人食之会迷惑而生幻影。

〔鉴赏〕这是清代朱彝尊《正宫·醉太平》中的名句。此曲对时政、时风表示了极大的不满，同时也流露出浓厚的消极避世情绪。前四句如下：

> 野狐涎笑口，蜜蜂尾甜头。人生何苦斗机谋？得抽身便抽。

这两句曲辞虽仅十字，却连设二喻，将社会上那般阴险狡诈、心怀不端、苦斗机谋的家伙的嘴脸勾画了出来，其讽刺之辛辣，形象之夸张，极类现代优秀的漫画。

野鸦无意绪，鸣噪自纷纷。

〔鉴赏〕以物喻人，在古诗中并不罕见；但始终并不说破，而所喻昭然若揭，则非功力深厚者莫办。杜甫的《孤雁》这方面堪称典范：

> 孤雁不啄饮，飞鸣声念群。
> 谁怜一片影，相失万重云。
> 望尽似犹见，哀多如更闻。
> 野鸦无意绪，鸣噪自纷纷。

诗写离群孤雁，尽得其情状。而读者分明从中看到了乱世飘零，思友念亲的诗人自己的影子。末句写孤雁虽恋群情热，但终不肯与野鸦为伍，闻其鸣噪，徒增烦忧。老杜此联当喻指身边接触的庸碌之辈。后世常用来表达对庸众的鄙薄。

野旷天低树，江清月近人。

〔鉴赏〕这是唐代孟浩然《宿建德江》诗中名句。原诗为：

> 移舟泊烟渚，日暮客愁新。

野旷天低树，江清月近人。

"天低树"，指远天仿佛比近树还低矮，这是因为原野平旷。这一句写远景。下一句写近景，澄净的江水中映着一轮明月的倒影。船在江上，月在水中，船上的人和水中的月距离是那么的近，明月似在有意亲近、慰藉孤独寂寞的船上人。这两句诗体现了孟诗清旷冲淡的风格。

晨兴理荒秽，戴月荷锄归。

〔释义〕兴，起床。秽，杂草。荷，扛。
〔鉴赏〕这是晋代陶渊明《归园田居》（其三）诗中名句。原诗为：

种豆南山下，草盛豆苗稀。
晨兴理荒秽，戴月荷锄归。
道狭草木长，夕露沾我衣。
衣沾不足惜，但使愿无违。

本诗抒写诗人对劳动生活的热爱。诗人归隐田园后，虽然栉风沐雨辛勤躬耕，但心情是愉快的，因为他摆脱了世俗官场的污浊黑暗，生活在美丽的大自然和淳朴的农民中间。此二句把艰苦的劳动生活升华成一种诗情画意的境界：早上起来去锄草，月出东山之际，诗人顶着月光扛着锄头归来。后世凡写劳动之美者多用此意，如王维之"田夫荷锄至，相见语依依。"

笙歌归院落，灯火下楼台。

〔鉴赏〕这是唐代白居易《宴散》诗中佳句。原诗为：

小宴追凉散，平桥步月回。
笙歌归院落，灯火下楼台。
残暑蝉催尽，新秋雁戴来。
将何还睡兴，临卧举残杯。

在这首晚年的闲适诗中，诗人描绘了一次平常的家宴。第二联写送客后闲步月下的诗人对此次宴会盛景的回味，它没有正面涉及宴会之盛，笙歌之美，宾主之欢洽，而是抓住宴散时的笙歌余韵，宴会的盛况自然尽在其中了。晏殊评其"善言富贵者也"，可谓独具慧眼。

欲把西湖比西子，淡妆浓抹总相宜。

〔释义〕西子，即西施，春秋时越国美女。

〔鉴赏〕这是宋代苏轼《饮湖上初晴后雨二首》（其二）诗中名句。原诗为：

> 水光潋滟晴方好，山色空蒙雨亦奇。
> 欲把西湖比西子，淡妆浓抹总相宜。

在从神宗熙宁四年（1071）到七年（1074）任杭州通判这段时间里，苏轼创作了大量吟咏西湖的诗篇。此诗就是其中最有名的一首。原因何在呢？就在于这首诗极为概括地表现了西湖的美。首句写西湖的晴姿，次句状西湖的雨态，诗人认为，无论晴雨，西湖的美不改，而且晴有晴的美好，雨有雨的奇妙。后两句以西施之美喻西湖之美，更是神来之笔。从此以后，人们就把西湖称为"西子湖"，由此也可见此诗影响之深远。

欲将轻骑逐，大雪满弓刀。

〔鉴赏〕边塞诗是唐诗中的"大族"，名篇迭出，卢纶的《塞下曲六首》厕身其间，以其凝练、生动而传诵不衰。"欲将"句出于组诗的第三首：

> 月黑雁飞高，单于夜遁逃。
> 欲将轻骑逐，大雪满弓刀。

短短二十字，生动表现了雪夜破敌的场面。诗人十分高明，他既没有写厮杀，又没有写逐北，而是写将士追敌将发而未发的刹那情景：雪大夜深，而将士即将放马驰骋。这是何等壮观，又何等引人遐思！

将士的豪情胜慨在这个特写镜头中表现得淋漓尽致。

欲寄君衣君不还，不寄君衣君又寒。

〔鉴赏〕这是元代姚燧《越调·凭阑人·寄征衣》中的名句。原曲为：

> 欲寄君衣君不还，不寄君衣君又寒。寄与不寄间，妾身难
> 上难。

这支小令描写了妻子给丈夫寄征衣时的特定心情。开头两句构思极巧，下笔便深入女子的内心深处，写尽她的矛盾心情。寄是对丈夫的体贴，不寄是对丈夫的期盼；寄与不寄都有理，寄与不寄总是情。这平易如话的喃喃自语，字字都是讲给丈夫的，却又都是个人心理过程的外显。于是一个令人同情的感情真挚细腻的女性形象跃然纸上。

欲将心事付瑶琴，知音少，弦断有谁听。

〔鉴赏〕这是宋岳飞《小重山》词中名句。原词为：

> 昨夜寒蛩不住鸣。惊回千里梦，已三更。起来独自绕阶行，
> 人悄悄，帘外月胧明。　白首为功名。旧山松竹老，阻归程。
> 欲将心事付瑶琴，知音少，弦断有谁听。

作品抒写抗金壮志难酬，抱负不得实现的苦闷。上阕歇拍处"欲将"三句，化用《吕氏春秋·本味》中"钟子期死，伯牙破琴绝弦，终身不复鼓琴"以谢知音的典故，曲折道出抗金志士在朝廷内曲高和寡、难遇知音的孤愤之情。委婉蕴藉，沉郁凄怆。

欲赋生来惊人语，必须苦下死工夫。

〔鉴赏〕这是元代顾德润《南吕·骂玉郎过感皇恩采茶歌·述怀》中的名句。这带过曲中的《采茶歌》写道：

> 暗投珠，叹无鱼。十年窗下万言书。欲赋生来惊人语，必须

苦下死功夫。

全曲抒写了诗人怀才不遇的牢骚。前两句用邹阳与冯谖的典故。接下去写自己。从字面上看，后两句曲辞是在谈刻苦攻读的作用。其实恰恰相反，此语是反其意而用之，是自嘲当年对苦下死工夫的期待。

欲穷千里目，更上一层楼。

〔鉴赏〕这是唐代王之涣《登鹳雀楼》诗中名句。原诗为：

> 白日依山尽，黄河入海流。
> 欲穷千里目，更上一层楼。

清人孙洙曾盛赞这首著名的绝句"二十字气象万千"。三、四句更是传唱千古的名句，表面上是一、二句写景的继续，从眼前景转向迷人的诱惑——未见景，即再上一层楼能观赏到更美丽的景色，其实已水到渠成地以理入诗。诗句一方面表现了诗人不断进取、高瞻远瞩的胸怀；一方面不自觉地流露了很强的哲学意味，人要不懈地努力才能攀上生活的顶峰，以及未知世界对人类充满了诱惑。此句亦泛指对更高境界的孜孜追求。

梨花一枝春带雨。

〔鉴赏〕这是唐代白居易《长恨歌》中描写杨妃容貌的一句。诗中写及杨妃容貌颇有几处，而因情势不同各具神韵。如初见玄宗的"回眸一笑百媚生"，新承恩泽的"云鬓花颜金步摇"，玄宗忆想中的"芙蓉如面柳如眉"等。而此句则是她魂归天界，在仙山思念旧情的状貌，上文为：

> 云髻半偏新睡觉，花冠不整下堂来。
> 风吹仙袂飘飘举，犹似霓裳羽衣舞。
> 玉容寂寞泪阑干，梨花一枝春带雨。

"梨花"句写杨妃泪流满面的样子，极生动传神。梨花轻盈白嫩，而挂上细细雨珠后在春风中微微颤动，比喻"玉容寂寞泪阑干"（即"纵流"），实有莫可替代之妙。

悠哉游哉，聊以卒岁。

〔释义〕悠哉，悠闲的样子。聊，且。卒岁，度过时光。

〔鉴赏〕这是孔子《去鲁歌》中的名句。《史记》载，鲁执政大臣季桓子接受齐国美女八十人，三日不听政，孔子愤而离开鲁国，并唱道：

> 彼妇之口，可以出走；
> 彼妇之谒，可以死败；
> 悠哉游哉，聊以卒岁。

原诗意在抨击鲁国君臣迷恋女色误国误民的行径。末二句则表达了自己不同流合污的操行。悠闲地漫游，聊以度时光，虽然说得轻松但其中却包含着贤人在野不遭际遇的悲哀，带有儒家"怨而不怒"的温柔敦厚的中和风格。后世以"悠哉游哉"为成语，形容不仕或隐者的行为。

悠然心会，妙处难与君说。

〔鉴赏〕庄子有"言不尽意"之说，后来成为玄学的重要命题。宋人张孝祥的这两句词写自己身处绝妙风光时的感受，正暗合庄意。句出《念奴娇·过洞庭》，上阕为：

> 洞庭青草，近中秋，更无一点风色。玉鉴琼田三万顷，着我扁舟一叶。素月分辉，明河共影，表里俱澄彻。悠然心会，妙处难与君说。

中秋泛舟，空阔澄澈境界使人沉浸其中，那种审美愉悦，实难以语言表达。不过，联系下阕，"悠然心会"的内容，不止于美妙的月光水色，而是包括自我观照——肝胆皆如冰雪，其境界正如此刻的"表里澄彻"。当然，这种物我合一的微妙感受，确乎"难与君说"了。

铠甲生虮虱，万姓以死亡。

〔鉴赏〕这是三国魏曹操《蒿里行》诗中名句。原诗最后几句是：

> 铠甲生虮虱，万姓以死亡。
> 白骨露于野，千里无鸡鸣。
> 生民百遗一，念之断人肠。

本诗主旨写汉末动乱给人民带来的苦难，此二句尤为生动。因为作者采用了微观具体描绘与宏观大笔概括结合的表现方法，既使人们获得了真切的印象，又掌握了全面情况。微观描写，作者抓住了一个最能表现长期动乱战争之苦的关键细节：由于连年征战，战士们无暇洗沐，身上所着铠甲缝中长出了虮子和虱子。宏观概括是：万万千千的人们，在动荡流离和纷飞的战火中大批死亡。两句之中，既从小处着眼，又从大处落笔，表现了诗人高超的艺术造诣。

徘徊庭树下，自挂东南枝。

〔鉴赏〕这是汉乐府诗《孔雀东南飞》中的名句。原诗写到刘兰芝被迫再嫁后，为了忠于与焦仲卿的爱情，投水而死；而焦仲卿听到兰芝的死讯，也自缢而亡。诗中写道：

> 其日牛马嘶，新妇入青庐。
> 奄奄黄昏后，寂寂人定初。
> “我命绝今日，魂去尸长留。”
> 揽裙脱丝履，举身赴清池。
> 府吏闻此事，心知长别离。
> 徘徊庭树下，自挂东南枝。

这二句之所以被历代人所激赏，原因在于它用一种艺术的美的形式来描述了一件生活中本来可怕的事物。缢死，或叫上吊，死者是痛苦的，形象是丑陋的。按照生活真实来描绘显然不利于正面人物焦仲卿的形象。而本二句写得富有诗意，表现了艺术高于生活的规律。

维熊维罴，男子之祥。

〔释义〕维，发语词。罴，兽名，似熊而高大。祥，预兆。
〔鉴赏〕这是《诗经·斯干》中的名句，出自其第七章：

　　大人占之：维熊维罴，男子之祥；维虺维蛇，女子之祥。

　　《斯干》是周王建筑宫室落成典礼的颂歌。第六章写了主人做梦，本章写释梦：梦见熊罴，是主人要生男孩的预兆，梦见虺蛇，是生女孩的预兆。这两句诗不但生动地反映了中国古代的民俗，而且由于用雄壮高大的熊罴来象征男孩长大后威武魁伟，形象贴切深受人们喜爱，由此成为传统文化中被认同的模式。男子取名"梦熊""梦罴""兆熊"皆出于此。

维鹊有巢，维鸠居之。

〔释义〕维，发语词。鸠，布谷鸟。
〔鉴赏〕这是《诗经·鹊巢》中的名句，出自其首章：

　　维鹊有巢，维鸠居之。之子于归，百两御之。

　　这是一首贵族夫人婚礼的赞诗。以鸠居鹊巢，比喻贵族女子嫁到夫家。古说布谷不筑巢，此处喻女子；鹊巢，喻夫家。这一有趣的比兴，用一自然现象贴切地描写出人类婚姻现象中的女到男家。但是，后世运用这一典故却含义不同，讽刺那些占据他人处所、产业的掠夺现象，批评挞伐那种不劳而获的人，形成了"鹊巢鸠居"的成语。

绿杨白鹭俱自得，近水远山皆有情。

〔鉴赏〕这是宋代苏舜钦《过苏州》诗中名句。原诗为：

　　东出盘门刮眼明，萧萧疏雨更阴晴。
　　绿杨白鹭俱自得，近水远山皆有情。
　　万物盛衰天意在，一身羁苦俗人轻。

无穷好景无缘住，旅棹区区暮亦行。

此诗写的是诗人雨后乘船过苏州时的所见所感，内蕴孤傲之气，抒发了放达不羁的豪迈情怀。其中颔联两句，描绘了一幅清秀明澈的水乡风景画：绿柳临风，白鹭俯仰，各逞自然生机；近水远山，含情脉脉，似对诗人欢迎。"自得"与"有情"，相反相成，其味尤耐咀嚼。

健儿须快马，快马须健儿。

〔鉴赏〕这是北朝乐府民歌《折杨柳歌》中的名句。原诗为：

健儿须快马，快马须健儿。
跸跋黄尘下，然后别雄雌。

本诗是对北方健儿的颂赞，颂赞他们英勇、剽悍、威武强壮，技艺高超。首二句尤为新奇爽快，因为作者抓住了健儿与快马的必然联系这个关键。是啊，勇武矫健的战士，没有快马便不能更好地冲锋陷阵横扫千军；有了快马，则能"所向无空阔，真堪托死生"。而追风掣电的骏马，没有健儿的理解和驾驭，也难以骁腾呼啸横行万里。由于它表现了北朝民歌那豪迈高亢词义贞刚的风格，所以被历代人们交口传诵。

厩马万匹皆吾师。

〔鉴赏〕此句流传于美术界，几成"外师造化"的同义语。大家都知道是苏东坡的诗句，却很少有人知道，东坡不过隐括了唐代画家韩幹的经验谈而已。句出《次韵子由书李伯时所藏韩幹马》。其诗先赞李公麟（字伯时）的艺品与人品，然后评韩幹画马之技巧，并介绍韩之经验道：

君不见韩生自言无所学，厩马万匹皆吾师。

据载，唐玄宗命韩幹师从陈闳，而韩幹抗辩道："臣自有师，陛下内厩之马，皆臣之师也。"有趣的是，韩幹本人的话知者寥寥，而东坡再加工的这句诗却广为流传，这大约可归因于诗歌语言易诵易记的特点吧。

敢为常语谈何易，百炼功纯始自然。

〔**释义**〕常语，自然平实的语言。

〔**鉴赏**〕这是清代张问陶《论诗》（其五）中的名句。原诗为：

> 跃跃诗情在眼前，聚如风雨散如烟。
>
> 敢为常语谈何易，百炼功纯始自然。

要在短短的四句诗中讲清诗歌创作的一种道理，并非容易之事。这首论诗诗从切身的创作经验出发，将诗歌语言要明白自然，又要深刻准确的道理说得生动清楚。诗情到来时，飘忽不定，转瞬即逝。敢用"常语"谈何容易，没有百炼成钢、炉火纯青的表现能力，是做不到自然天成的。不少作诗者往往"以艰深文浅陋"，用雕琢生涩来掩饰思想的贫乏和表现的苍白无力，这首诗可以说是针对此种痼疾的一剂良药。

晚趁寒潮渡江去，满林黄叶雁声多。

〔**释义**〕寒潮，指深秋的长江流水。

〔**鉴赏**〕这是清代王士禛《江上》诗中名句。原诗为：

> 吴头楚尾路如何？烟雨秋深暗白波。
>
> 晚趁寒潮渡江去，满林黄叶雁声多。

吴头楚尾指长江下游。这是一首写景的诗，意境含蓄，画面优美，音节非常和谐流畅，读起来朗朗上口，令人在圆润抑扬的音调里，得到一种赏心悦目的艺术享受。王士禛是清初诗坛上"神韵"说的提倡者，他的这首诗妙处也正在于有"神韵"。诗人只是把自己的审美感受用形象的画面呈现出来，并不特别点出其中的含意。或许在深秋的景色和雁阵的鸣叫里寄寓着一缕乡愁，却无法坐实，更显得朦胧蕴藉。

十二画

渡头余落日，墟里上孤烟。

〔鉴赏〕这是唐代王维《辋川闲居赠裴秀才迪》诗中名句。原诗为：

> 寒山转苍翠，秋水日潺湲。
> 倚仗柴门外，临风听暮蝉。
> 渡头余落日，墟里上孤烟。
> 复值接舆醉，狂歌五柳前。

王维是一位工于绘画的诗人，苏轼说："味摩诘之诗，诗中有画；观摩诘之画，画中有诗。"这两句诗为我们绘就了一幅闲适的村野黄昏的优美图画：远处的渡口已无人迹，只有西沉的红日傍着河岸依恋地逗留在那里，淡金的柔光静静洒在河水里和秋日的原野上；村落里升起了第一缕炊烟，袅袅飘向云间。辋川，是个风景幽美的地方，王维晚年在这里过着半官半民的生活。

湛湛江水兮上有枫，目极千里兮伤春心。

〔释义〕湛湛，江水蓝蓝的样子。
〔鉴赏〕这是《楚辞·招魂》中的名句。在全诗的末尾部分，上下文是这样的：

> 朱明承夜兮时不可淹，皋兰被径兮路斯渐。湛湛江水兮上有枫，目极千里兮伤春心。魂兮归来哀江南！

《招魂》的作者，有屈原、宋玉二说。在艺术上，它耀艳深华，诡丽瑰奇。此二句有景有情，含不尽之意于美辞之间，尤为后人所激赏。试看江水深湛，上有暗淡的枫林，遥望千里江南，不由黯然神伤。是为欲招之魂而伤？还是为楚国的衰落而伤？虽未明言但尽含其中。

江淹诗"吴江泛丘墟，绕桂复多枫。……一份千里极，独望淮海风"。即由此句踵事增华而成。

渭北春天树，江东日暮云。

〔鉴赏〕这是杜诗中的名句，历来为评论家称道。明代王慎中誉为"淡中之工"，清人沈德潜称其"写景而离情自见"。若孤立看来，这两句叙述语实未见妙处；但放到全篇中便情味自见。这首诗是《春日忆李白》：

> 白也诗无敌，飘然思不群。
> 清新庚开府，俊逸鲍参军。
> 渭北春天树，江东日暮云。
> 何时一樽酒，重与细论文。

前四句写自己对李白的钦慕与思念，五六句则写二人远隔千里的情感交流。"渭北春天树"，是杜甫所在地的风光，乃李白忆念的对象；"江东日暮云"，是李白所在地景色，乃杜甫心中所想。虽只叙写景物，却自然表现出挚友间的相思和作者的退隐生活。诗句中流露了隐者的恬淡欣喜之情。

寒素清白浊如泥，高第良将怯如鸡。

〔释义〕寒素，清贫。鸡，一作"黾"，即蛙。

〔鉴赏〕这是东汉《桓灵时谣》中的名句。原文为：

> 举秀才，不知书。察孝廉，父别居。寒素清白浊如泥，高第良将怯如鸡。

这首歌谣用犀利简洁明快的语言猛烈地抨击了东汉桓灵时代的选举制度和用人制度。当时的门阀制度，使得所谓的"察举"变成了非常虚伪的东西，完全成为世家大族进身的阶梯。后二句用了鲜明的对此和生动的譬喻，揭露了这个制度的本质：所谓清贫廉洁的好官循吏，其实污浊如泥；那些高门大宅里的所谓善战的良将，其实胆怯如鸡（或如蛙）。两句话把文臣武将全都包括，十分简洁。

寒蝉凄切，对长亭晚，骤雨初歇。

〔鉴赏〕这是北宋柳永《雨霖铃》（参见"今宵酒醒何处？杨柳岸晓风残月"条）词中名句。作品抒写词人离开汴京南下时与恋人的惜别之情。上阕主要描绘惜别情景：

> 寒蝉凄切，对长亭晚，骤雨初歇。都门帐饮无绪，留恋处，兰舟催发。执手相看泪眼，竟无语凝噎。念去去、千里烟波，暮霭沉沉楚天阔。

起首三句融情入景，"寒蝉"透示萧条秋意，"凄切"之声渲染冷落秋景，加之以秋雨过后的阴沉暮色，一切都如此动人愁思。从中不仅可见分别之时节、地点、环境，且成功地酿出极易触动离情别绪的气氛，传出一种凄凉况味，为全词定下了声情哀怨的基调。

寒鸦千万点，流水绕孤村。

〔鉴赏〕这是隋炀帝杨广《野望》诗中名句。原诗为：

> 寒鸦千万点，流水绕孤村。
> 斜阳欲落去，一望黯销魂。

诗人抒发的是登高望远怀归思乡之情。前三句写出了一个萧疏凄清的境界，日暮斜阳，天幕上只有昏鸦飞舞，而冠之以寒，正说明作者心境的凄凉：只有无语流淌的小河，围绕着小小的村庄，村庄冠之以"孤"，则不仅是村庄孤立无邻，同时也是作者内心的孤独寂寞。杨广虽昏暴但文学颇有成就。此联被秦观直用于《满庭芳》"斜阳外，寒鸦数点，流水绕孤村"。而马致远《天净沙》所取之昏鸦、流水、人家、夕阳，也有此诗痕迹。

童孙未解供耕织，也傍桑阴学种瓜。

〔鉴赏〕田园生活是文人诗作的一种重要题材。其中有直写自家隐逸情趣的，如陶渊明、孟浩然诸作；也有假托农夫口吻的，如宋范成大《夏日田园杂兴十二绝》（其七）：

> 昼出耘田夜绩麻，村庄儿女各当家。
> 童孙未解供耕织，也傍桑阴学种瓜。

作家以一位老农的口吻，描写了一幅饶有情趣的田园生活画面：儿辈男耕女织，幼孙虽不懂糊口维生的道理，却也模仿着父母劳作。寥寥十余字，既写出了童真、童趣，也表现出画面之外老农的慈祥、怜爱。

遍身罗绮者，不是养蚕人。

〔鉴赏〕句出宋代张俞《蚕妇》一诗。原诗为：

> 昨日入城市，归来泪满襟。
> 遍身罗绮者，不是养蚕人。

以反映劳动者的疾苦，揭露剥削压迫现象为主题的诗歌，自古以来并不罕见。但张俞这首《蚕妇》诗，仍以其鲜明的艺术特色和深刻的批判意识而在其间占有一席之地。头两句一"入"一"归"，简练地刻画出一喜一悲两幅逆转的画面，使人看到一个淳朴蚕妇心理上的急剧变化。原因何在？诗人并未直说，而是借蚕妇之口发出一声悲愤的控诉："遍身罗绮者，不是养蚕人！"语中似带哽咽，虽无更多描写，却留给读者极为丰富的想象空间，与晚唐杜荀鹤"年年道我蚕辛苦，底事浑身着苎麻"恰堪对照来读。

他回身去一道烟，谢得腊梅枝把他来抓个转。

〔释义〕一道烟，一溜烟，形容飞快的样子。
〔鉴赏〕这是明代沈仕《南双调·锁南枝·咏所见》中的名句。此曲描写了一对异性少年各自暗地爱慕对方而偶然相见时的情景。原曲为：

> 雕栏畔，曲径边，相逢蓦然丢一眼。教我口儿不能言，腿儿扑地软。他回身去一道烟，谢得腊梅枝把他来抓个转。

心爱之人投来目光实际是暗传爱的信息，然而却因羞涩一溜烟地跑去了，可恰被腊梅枝挂住了衣裳，只好退转回来。抒情主人公实在感谢那株腊梅提供了多看一眼心爱者的极好机会。这两句曲辞写得确实生动活泼、清新别致，且饶有风趣，无一丝做作之嫌，纯天然也。

琵琶起舞换新声，总是关山旧别情。

〔鉴赏〕这是唐代王昌龄《从军行》（其二）诗中名句。原诗为：

> 琵琶起舞换新声，总是关山旧别情。
> 缭乱边愁听不尽，高高秋月照长城。

这首诗极写边愁之深。前两句以边乐写边愁，琵琶曲换了一支又一支，曲曲离不开关河万里的离别之情。这乐声令人黯然销魂，在边地将士的内心里痛苦地回旋，牵着无尽的思念。

越间阻越情惬。

〔释义〕情惬，情投意合。惬，惬意。
〔鉴赏〕这是元代白朴《中吕·阳春曲·题情》曲中的名句。此曲赞美了一位勇于同封建礼教进行抗争、顽强追求美满婚姻的少女。原曲为：

> 从来好事天生俭，自古瓜儿苦后甜。妮娘催逼紧拘钳，甚是严。越间阻越情惬。

此曲末句不单表示了少女的决心，同时揭示了生活中的哲理。造成少女理想婚姻的最大障碍，就是妮娘的管教与干预，殊不知管束越严，反抗力就越大，而恋情也越热烈。这既有爱情的力量，也是"逆反心理"的表现。

落红不是无情物，化作春泥更护花。

〔释义〕落红，落花。
〔鉴赏〕这是清代龚自珍《己亥杂诗》（之一）中的名句。原诗为：

> 浩荡离愁白日斜，吟鞭东指即天涯。
> 落红不是无情物，化作春泥更护花。

诗人离开北京回南方，离愁满怀，但有了"浩荡"，便可知诗人并非为一己的穷通而悲伤，而是在离愁里寄寓了广阔的社会内容的。他不满官场的黑暗，辞官南归，可他忧国忧民的精神却丝毫未减。花朵凋残、委落尘埃，但它的使命并没有完结，它也并非无情之物，化作春泥，不是也可以培育百花的成长吗？诗人以落红自喻，表达了开风气之先和甘愿牺牲自己造福后人的献身精神。

落花人独立，微雨燕双飞。

〔鉴赏〕这两句原出自五代翁宏《春残》诗中，但因全篇不称，故随之埋没。至北宋晏几道《临江仙》词中借用，方成名句传世（参见"当时明月在，曾照彩云归"条）。晏词追忆与家妓小蘋的相思之情。词人由梦回酒醒之时眼前楼台高锁、帘幕低垂的空寂景象写起，引出对去年春天离别之恨的咏叹。继而借"落花"二句刻写情怀。虽为袭用，写来却与全词和谐融贯，浑然一体。落花，微雨渲染着离情的缠绵，双飞之燕反衬着独立之人的惆怅难堪。两句融情入景，虽未正面表现词人情绪，然而无限眷恋之情托笔而出，极富韵外之致。其情意之缠绵凄婉，景致之妍美如画，为人称道。小晏于此可谓妙手天然，点铁成金。

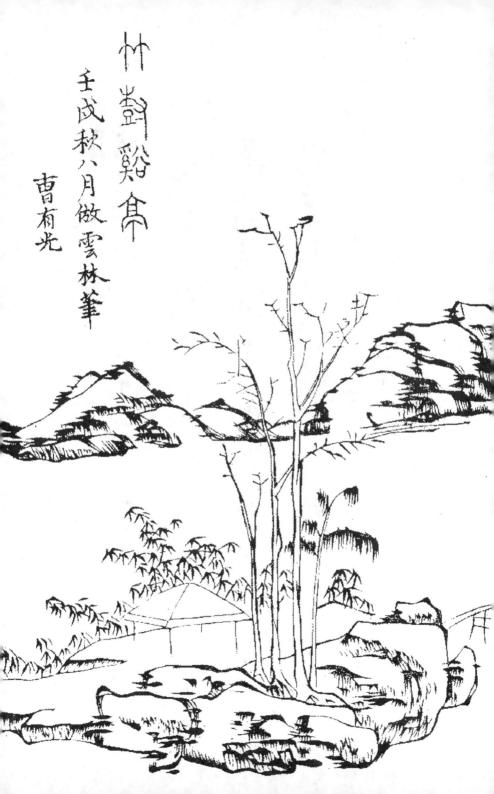

竹樹谿亭

壬戌秋八月做雲林筆

曹有光

茅佳南湖電于七百十季馥

筠邃白罥禽朱林休此雨

藤嶂渠海雲連疊木惆可

綺室知色慘悴汭佳眠

右倪元鎮所樹添寫子之作五于

浮澹居　吳郡唐臯宣光

落花如有意，来去逐轻舟。

〔鉴赏〕这是唐代储光羲《江南曲》（其四）诗中名句。原诗为：

> 日暮长江里，相邀归渡头。
> 落花如有意，来去逐轻舟。

这是描写青年男女之间互相求爱的微妙感情的诗篇，写得相当含蓄。醉人的晚霞在江水中摇荡，有情人殷勤相邀并舟归渡。这互相爱慕的感情如何吐露呢？既胆怯害怕对方拒绝，又含羞表面故作矜持；突然想冲上前去表白，既而又悄悄地拉开距离，故作深沉。这种欲藏却露、难以捉摸的感情，作者借落花逐轻舟巧妙地抒写出来了。"落花"好像一个怀春的姑娘，一忽儿前来，一忽儿离去，反复缠绵，始终追随着心中的情侣。正所谓"借喻寓怀，不着色相"。

蒌蒿满地芦芽短，正是河豚欲上时。

〔鉴赏〕这是宋代苏轼《惠崇春江晚景二首》（其一）（参见"春江水暖鸭先知"条）诗中名句。诗的前两句，写的是竹林之外桃花盛开，春江之上浮鸭相戏的情景。三、四句，诗人笔锋一转，跳回岸边，状写满地蒌蒿、芦苇芽短的景致，由此而联想到，此时正是河豚欲上的时节。这两句诗的妙处，在于诗人敏锐的感知力与活跃的想象力，它使得诗人既能察画中之景，又能得画外之意。这既是赏画的真谛所在，亦是作诗的法门，正如所谓"既随物的婉转，亦与心而徘徊"。

葡萄美酒夜光杯，欲饮琵琶马上催。

〔鉴赏〕这是唐代王翰《凉州词》诗中名句。原诗为：

> 葡萄美酒夜光杯，欲饮琵琶马上催。
> 醉卧沙场君莫笑，古来征战几人回。

诗的开始即描绘出一个充满边塞情调、令人豪情激荡的军旅宴饮场面。酒，是西域盛产的葡萄美酒；杯，是西胡以白玉精制成的照夜酒杯；乐器，是在马上演奏的胡琵琶；曲调，是"弦索促飞觞"的催酒曲。杯美酒香，荧光闪烁，琵琶钲铮，拍节急凑。只列举了几件宴间的典型物事，便令人想象出一个琳琅满目、酒香四溢、鼓乐喧阗、人群欢腾的盛大筵席。这种浓郁豪爽的热烈气氛，为下面抒发醉卧沙场、视死如归的豪情壮志做了很好的铺垫。

朝饮木兰之坠露兮，夕餐秋菊之落英。

〔释义〕木兰，香木，辛夷的一种，其花似莲。落英，新生的嫩花瓣。

〔鉴赏〕这是《离骚》中的名句。《离骚》是中国古代文学中最长的一首抒情诗。诗人屈原在诗中曲折而又尽情地抒写了自己的身世遭遇、思想情感和理想抱负，展现了一个具有崇高人格和鲜明个性的诗人形象。此二句就是诗人借餐菊饮露来象征自己品格的高洁，显示出强烈的浪漫色彩。试想，诗人饮啜的是芳香木兰上晶莹洁净的露珠，吃的是秋日黄花那美丽芬芳的花朵，可以想见他心地多么清纯，品节多么清高了。当然，现实中的诗人不可能只以坠露菊花为食，但非用此等浪漫的象征和夸张不足以突出诗人的美好情操。故后世以"餐菊饮露"喻人的品行之高洁。

棋罢不知人换世，酒阑无奈客思家。

〔鉴赏〕这是宋代欧阳修《梦中作》诗中名句。诗云：

> 夜凉吹笛千山月，路暗迷人百种花。
> 棋罢不知人换世，酒阑无奈客思家。

这首七绝，写的是梦中之景，诗人又说是梦中所作，所以更带有奇幻色彩。就内容而言，四句之景各自独立，扑朔迷离，难觅真意：首句似写秋夜，境界清空；次句似写春宵，情思朦胧；第三句用《述异记》中王质山樵观奕，局罢烂柯，人间换世的典故；第四句则写对故乡亲人的思念。但是，仔细玩味起来，四句之间又似乎有某种内在关联。那变幻不定的梦境，真实地反映了作者由于命运坎坷而生发出来的出世理想，以及最终仍然不能忘情尘世的矛盾心态。全诗境界缥缈，属对精工，确乎是梦笔生花，有如神助。

疏影横斜水清浅，暗香浮动月黄昏。

〔鉴赏〕这是宋代林逋《山园小梅》诗中名句。原诗为：

> 众芳摇落独喧妍，占尽风情向小园。
> 疏影横斜水清浅，暗香浮动月黄昏。
> 霜禽欲下先偷眼，粉蝶如知合断魂。
> 幸有微吟可相狎，不须檀板共金樽。

此诗一向被奉为咏梅之绝唱，而尤以颔联两句最为后人称道。"疏影"一句，巧绘梅花的形姿，而"暗香"一句，则尽传梅花的神韵。两句对仗精妙，形神兼得，加之水光月色的衬托，将梅花澄澹幽雅的品格描写得无以复加。无怪乎后人尽皆感叹，写梅再无出其右者。非有"梅妻鹤子"的超凡脱俗之志，难得此中三昧。

登楼意，恨无上天梯。

〔释义〕登楼意，指要求援引的愿望，典出汉末王粲《登楼赋》。

〔鉴赏〕这是元代马致远《南吕·金字经》中的名句。这支小令抒写了诗人欲实现抱负而投谒无门时的心境。原曲为：

> 夜来西风里，九天鹏鹗飞。困煞中原一布衣。悲，故人知未知？登楼意，恨无上天梯。

这两句曲辞体现出诗人于困境中心神高扬的一面。

我有迷魂招不得，雄鸡一唱天下白。

〔鉴赏〕此乃唐代李贺《致酒行》诗中佳句。原诗的后半写道：

> 吾闻马周昔作新丰客，天荒地老无人识。空将笺上两行书，

直犯龙颜请恩泽。我有迷魂招不得，雄鸡一唱天下白。少年心事
当拏云，谁念幽寒坐呜呃。

这是一首具有情节性的抒诗。诗中先是叙写主人劝酒，继而是主
客对白——主人的借古事相慰勉之辞及客人的答辞。答辞直抒胸臆，
并运用象征手法，以"雄鸡一唱天下白"写主人的开导生出奇效，使
自己心胸豁然开朗。"雄鸡一唱"，意境新奇，着一"白"字，尤其
佳妙。

雁字无多，写得相思几许。

〔鉴赏〕这是南宋周密《扫花游·九日怀归》词中名句。此词抒写重
阳怀乡之情。这两句借比喻和衬托手法表现相思无限。大雁列阵飞翔，
只排成人字、一字，笔画无几，如何能写出满怀愁绪呢！雁阵之形与
人间情事本不相干，但作者在想象和联想中使二者发生关联，比拟妥
帖而富于抒情意味。

黑云压城城欲摧，甲光向日金鳞开。

〔鉴赏〕此联出自唐代李贺《雁门太守行》一诗，诗的前两联为：

> 黑云压城城欲摧，甲光向日金鳞开。
> 角声满天秋色里，塞上燕脂凝夜紫。

这首古题乐府的首句，一语精警，如高山坠石，令人惊绝。它成
功地渲染了敌军兵临城下的紧张气氛和危急形势。一"压"字，将敌
人凶猛的来势及剑拔弩张之氛围表露无遗。第二句写城内的守军，他
们正披坚执锐，严阵以待。这里借日光烘托守军的士气，情景相生，
奇妙无比。压城的黑云与向日的甲光比照，色彩浓烈分明，使读者对
于敌军的嚣张及守城将士的雄姿产生了强烈的印象。

黑云翻墨未遮山，白雨跳珠乱入船。

〔鉴赏〕这是宋代苏轼《六月二十七日望湖楼醉书五绝》（其一）诗中名句。原诗为：

　　　黑云翻墨未遮山，白雨跳珠乱入船。
　　　卷地风来忽吹散，望湖楼下水如天。

　　这是熙宁五年（1072），诗人出任杭州通判，于六月二十七日游西湖时所作。开头一句突兀而起，极为准确地描写了阵雨之将临：黑云迅速翻滚而来，一时间天昏地暗，而远处的群山则依然阳光闪耀。次句紧跟而上，恰切地表现了阵雨迅疾的特点。这两句，属对精工，节奏快而连贯，而且极为贴切、巧妙地运用了比喻的手法，将云和雨描写得生动传神，给人以身临其境的感觉。后两句忽作转折，写风催云至，又风驱雨走，风平浪静，水天相映的景象。细读此诗，定可悟出诗人"随物赋形"一语的真谛所在。

晴川历历汉阳树，芳草萋萋鹦鹉洲。

〔鉴赏〕这是唐代崔颢使李白为之搁笔的《黄鹤楼》中的名句。诗人登上武昌黄鹤楼，在抒发了仙人黄鹤杳然已去、世事茫茫渺不可知的一番感慨之后，笔锋一转，写放眼眺望所见的优美景致，心胸为之一宽。"晴川历历汉阳树，芳草萋萋鹦鹉洲"。明媚的阳光下，隔江汉阳岸边的苍苍树木，一棵一棵清晰可辨；江水中的鹦鹉洲上，芳草萋萋，绵绵芊芊的一片无尽的青翠。景物清新明丽，对仗匀称工稳。"芳草萋萋"又暗含《楚辞·招隐士》中"王孙游兮不归，春草生兮萋萋"的典故，非常自然地兴起了尾联对乡愁的描写。

最怜霜月怀人夜，鸿雁声中独倚楼。

〔释义〕怜，怜惜、同情。
〔鉴赏〕这是清代恽格《寄虞山王石谷》诗中名句。原诗为：

东望停云结暮愁，千林黄叶剑门秋。
最怜霜月怀人夜，鸿雁声中独倚楼。

这是一首怀念友人的诗。暮色苍茫、千林黄叶，诗人翘首东望，思友人而不见，引起缕缕愁绪。但更让人愁怀难抑的还是到了夜晚，寒月如霜，秋气逼人，鸿雁南飞，凄凉的叫声在霜天旷野里回荡，这时独倚楼头，那一番怀人的况味，真是让人难以承受。诗人是一位画家，诗中选景设色非常和谐，在凄清萧瑟的基调中，融入鸿雁的哀鸣，渲染加重了怀人的愁绪。

最是秋风管闲事，红他枫叶白人头。

〔释义〕红、白，这里都是使动用法。
〔鉴赏〕这是清代赵翼《野步》诗中名句。原诗为：

峭寒催换木棉裘，倚杖郊原作近游。
最是秋风管闲事，红他枫叶白人头。

秋风吹来，寒气逼人，诗人换上了御寒的衣服，来到近郊游览。遍野的枫林，红叶似火耀人眼目，诗人忽然灵感爆发，诗情涌上心头。最爱管闲事的就是秋风了，你看它好没来由地要把枫叶变红，却把人的头发变白，真让人难以理解。诗人把秋风拟人化了，借秋风写出大自然的变化是无情的，时光流逝，人生易老，怎能不让人伤感。但诗人构思巧妙，所以将人生易老的悲叹隐藏到了诙谐的语句背后。

最苦无山遮望眼，淮南极目尽神州。

〔鉴赏〕诗贵出新。出新之法不一，翻案、反用乃较常见的一种。南宋戴复古的这一联即以此法取胜。句出自《江阴浮远堂》：

横冈下瞰大江流，浮远堂前万里愁。
最苦无山遮望眼，淮南极目尽神州。

登高望远而寄愁思，通常以青山遮住望眼为恨，如辛弃疾词："西

- 438 -

北望长安，可怜无数山。"李靓诗："已恨碧山相阻隔"，等等。戴诗却反过来说，以无山遮眼、视野开阔为恨。读者自然产生疑问：为什么？于是，诗人复杂、矛盾的心态就通过这一追索而充分表现出来：身处半壁江山，时时思念神州故国；一旦望到神州，又不忍见其沦陷之惨。这样，既增加了诗句的内涵，又加深了读者的印象。

悲哉秋之为气也，萧瑟兮草木摇落而变衰。

〔释义〕萧瑟，草木被秋风吹动的声音。

〔鉴赏〕这是战国楚宋玉《九辩》中的名句，位于原诗开端，是全诗的总冒。原文为：

> 悲哉秋之为气也，萧瑟兮草木摇落而变衰。憭慄兮若在远行，登山临水兮送将归。

原诗借悲秋来抒发"贫士失志而不平"的感慨。此二句将幽怨哀伤的悲秋之情与萧瑟摇落的秋气融合在一起写出，大大增强了诗歌的感染力。通过"悲哉秋之为气也"的感叹，人们似乎更切肤地体会到秋风飒飒的悲凉之意，而草木摇落的萧瑟秋景，也令人顿起人生飘零的悲思。正因如此，它成为悲秋的千古绝唱，影响了无数后人。曹丕的"秋风萧瑟天气凉，草木摇落露为霜"全由此化出，杜甫的"摇落深知宋玉悲，风流儒雅亦吾师"则是对它的直接称颂。

悲莫悲兮生别离，乐莫乐兮新相知。

〔鉴赏〕这是战国楚屈原《九歌·少司命》中的名句。少司命是主子嗣的女神（王夫之说），本篇是屈原根据楚国祭祀少司命的民歌创作的。此二句以其哲理性而传为名句，它把人生常有的复杂微妙的相知离别之情抒写得细腻准确。认识一个新的知心人，打开了一扇新的心灵窗户，高山流水遇知音，其乐何如！然而相知未久，遽将别离，其悲何堪！设若死别，不复作留恋之想，一恸而已，悲哀之情亦将淡漠。但是生别却不然，故人一去，天涯飘零，心常挂记，魂牵梦绕，此悲何有已时！后来曹丕《燕歌行》（其二）"别日何易会日难，山川悠远路漫漫"即化此而出。

悲歌可以当泣，远望可以当归。

〔**鉴赏**〕这是汉乐府民歌《悲歌》中的名句。原文为：

> 悲歌可以当泣，远望可以当归。思念故乡，郁郁累累。欲归家无人，欲渡河无船。心思不能言，肠中车轮转。

本诗抒发了游子不能归乡的悲哀。尤其首二句立意新奇。喜而歌，悲而泣，原是心情的外在表现。可是，悲之及泣也无法舒泻时，那种喷薄欲出的强烈悲伤只能以悲歌来发泄了，即所谓"长歌当哭"。归乡不得的无可奈何之际，也只有以远望聊舒思乡之情。因为它真切地表达出游子那复杂微妙的心理体验，所以千古传为名句。

喇叭，锁哪，曲儿小，腔儿大。

〔**鉴赏**〕这是明代王磐《中吕·朝天子·咏喇叭》中的名句。原曲为：

> 喇叭，锁哪，曲儿小，腔儿大。官船来往乱如麻，全仗你抬身价。军听了军愁，民听了民怕，那里去辨什么真共假。眼见的吹翻了这家，吹翻了那家，只吹的水尽鹅飞罢。

明正德间，宦官常往江南搜刮民财，每到时辄吹号头，故王磐作此曲讽刺之。"曲儿小，腔儿大"明写"喇叭、锁哪"所吹曲牌和发声特色，实际包含着两层暗喻：一方面比喻宦官倚仗皇权、狐假虎威之态势，另一方面则比喻他们的贪性之大。此辞于幽默之中极见机锋。

遇事休开口，逢人只点头。

〔**鉴赏**〕这是元代王实甫《商调·集贤宾·退隐》套曲中的名句。这套包括了十一支曲子的散套，尽情地倾吐了诗人晚年归隐后的情趣，也表达了他对现实社会的深刻认识。《梧叶儿》曲写道：

　　　　退一步乾坤大，饶一着万虑休。怕狼虎恶图谋。遇事休开口，逢人只点头。见香饵莫吞钩，高抄起经纶大手。

　　只有亲身经历或耳闻目睹过现实险恶的人，才会发出这种哀叹。诗人本是具有"经纶大手"的能人，但现实教训过他，不能不对"狼虎恶图谋"的现实提高警惕，这两句曲辞既形象又概括地道出了为自我保护而采取的避世远祸手段，曲辞中字字印着心灵的创痕，透着人生的苦涩，同时也"退"着"饶"着向黑暗现实发出了强烈控诉。

随风潜入夜，润物细无声。

〔鉴赏〕这是杜甫《春夜喜雨》诗中名句（全诗参见"好雨知时节"条），也是我国古诗中写春雨享名最盛的佳句。"潜入夜"与"细无声"抓住了春雨的特色：风和雨细，悄然而降。而"潜"字用得极妙，把无生命、无意识的春雨写得活起来，似有灵性了。仿佛春雨有意放轻了脚步，洒临世间。这两句不仅被后人作为描写春雨情状的首选，而且还在比喻的意义上用在其他场合。如以"润物细无声"做比喻，形容君子惠民之功，仁人泽物之德，等等。

遗民泪尽胡尘里，南望王师又一年！

〔鉴赏〕陆游矢志抗金，故不见容于当道，屡起屡罢，而其报国痴心始终不改。这两句忠愤填膺之作便是他六十八岁的心声。诗为《秋夜将晓出篱门迎凉有感二首》（其二）：

　　　　三万里河东入海，五千仞岳上摩天。
　　　　遗民泪尽胡尘里，南望王师又一年。

　　前两句写中原的大好河山，极其雄壮阔大。后两句是想象之辞：这大好河山弥漫着蔽日障天的胡尘，心怀故国的百姓翘望北伐王师又落了空，伤心之泪已经流尽了。一个"尽"字，一个"又"字，把遗民的痴心与失望表现得十分沉重。而这份痴心与失望，同时又是诗人的痴心与失望——对恢复大计的痴心与对朝政的失望。

傲杀人间万户侯，不识字烟波钓叟。

〔鉴赏〕这是元代白朴《双调·沉醉东风·渔父》中的名句。这支小令表达了抒情主人公隐居生活的雅兴。原曲为：

> 黄芦岸白蘋渡口，绿杨堤红蓼滩头。虽无刎颈交，却有忘机友。点秋江白鹭沙鸥。傲杀人间万户侯，不识字烟波钓叟。

这两句可视为全曲的"务头"，蕴含丰富。渔父与世无争，何从有"傲杀"之想，显然是诗人纯以自己的体验来理解渔父。说到底，赞渔父的傲然亦即表达自己的骨气。他即渔父，渔父即他。

曾经沧海难为水，除却巫山不是云。

〔释义〕巫山云：宋玉《高唐赋》序说，巫山之云为神女所化，绚丽无比。

〔鉴赏〕这是唐代元稹《离思五首》（其四）诗中名句。原诗为：

> 曾经沧海难为水，除却巫山不是云。
> 取次花丛懒回顾，半缘修道半缘君。

这首诗为悼念亡妻而作，表达对她的忠贞和怀念。后两句以花喻人，说自己怀念亡妻，而对其他女子无动于衷。前两句亦隐含其意，沧海、巫云是世间至大至美的形象，诗人引以为喻，实指夫妻之情有如沧海之水、巫山之云，其深广美好，无与伦比。这首诗全用比兴手法，取譬生动贴切，表情达意深婉有致。

十三画

满城风雨近重阳。

〔释义〕重阳，农历九月九日，我国传统节日。

〔鉴赏〕这是北宋潘大临的诗句，据惠洪《冷斋夜话》引潘的书信："秋来景物，件件是佳句，恨为俗气所蔽翳。昨日清卧，闻搅林风声，遂起题壁曰：满城风雨近重阳。忽催税人至，遂败意，只此一句奉寄。"这一戏剧性的创作经历，虽留下了难睹全璧的遗憾，却无妨此句成为描写晚秋气象的绝唱。而由于"风雨"一词的隐喻意味，这句诗被后世转用来形容人事纷扰、舆论喧腾。

满纸荒唐言，一把辛酸泪。

〔鉴赏〕这是《红楼梦》中的一句诗。小说开端有一段较长的引子，交代创作及题名的过程，然后并题一绝云：

> 满纸荒唐言，一把辛酸泪！
> 都云作者痴，谁解其中味？

诗中透露出作者不被世人理解的孤独感，以及创作的艰辛。"辛酸泪"，还包含着作品中所寄托的人生感喟。自己是真诚的，但在世人眼中是"荒唐"的。这是所有先知先觉者的宿命，所以能够引起人们的共鸣与感慨。

溥天之下，莫非王土。率土之滨，莫非王臣。

〔释义〕溥，普。率，自。

〔鉴赏〕这是《诗经·北山》第二章中的名句。原诗讥刺天子不明，用人不均。所以说：普天之下，都是天子领地，自海之滨到内地所有的人，都是天子之臣。为什么劳逸不均，我单单劳苦不休？因为此四句准确地表现了中国古代疆土辽阔、政治统一的情况，而且与此后数千年中国统一的政局相适应，所以此一直被引为说明大一统局面的名句。《左传·昭公七年》："天子经略，诸侯正封，古之制也，封略之内，何非君土？食土之毛，何非王臣？"亦即此意之翻版。亦可见中华民族强烈的凝聚力，是有悠远传统的。

塞上长城空自许，镜中衰鬓已先斑。

〔鉴赏〕古语云，人到中年万事休。少年的雄心与中年的现实，总是要形成无情的对比，而宋代陆游的这两句诗便把中年志士的悲哀表现得生动、准确，了无剩义。此诗出自名篇《书愤》（全诗见"楼船夜雪瓜洲渡"条），是作者被迫赋闲乡居六年后的作品。"塞上长城"用南朝名将檀道济的典故。檀为刘宋朝的柱石，被宋文帝冤杀，临死长叹："乃坏汝万里长城！"陆游此句指少年欲为国灭虏的雄心。"塞上长城"与"镜中衰鬓"，一个极其雄壮阔大，一个十分萧瑟衰弱，形成强烈的对比；而"空"与"已"二字，又增加了感伤慨叹的意味。故千载以来以其巨大的艺术感染力引发了无数志士的共鸣。

数峰清苦，商略黄昏雨。

〔释义〕商略，酝酿。
〔鉴赏〕诗家必通移情之法，即王国维所云"以我观物，物皆着我之色彩"。姜夔此句即为移情显例。句出《点绛唇》：

> 燕雁无心，太湖西畔随云去。数峰清苦，商略黄昏雨。　第四桥边，拟共天随住。今何许？凭栏怀古，残柳参差舞。

这是作者道经吴淞所作，通篇写即目所见，最后归于吊古伤今。"数峰"两句的特色在于把人的感觉投射于物，然后依此感觉描写物态。如山本无所谓"清苦"，今言"数峰清苦"，便把诗人自己的寥落荒凉之感染于山峰。"商略"也是如此。本来"峰"自峰，"雨"自雨，两不相干；用一"商略"，便成山峰有心行雨了。

数峰无语立斜阳。

〔**鉴赏**〕论辩术有"暗含前提"之法，如谓对方"你何时不酗酒了"，即暗含"你曾酗酒"之前提。此语移于诗作，亦可收别出心裁之效果。北宋王禹偁的这句写景诗即得个中三昧。原诗为：

> 马穿山径菊初黄，信马悠悠野兴长。
> 万壑有声含晚籁，数峰无语立斜阳。
> 棠梨叶落胭脂色，荞麦花开白雪香。
> 何事吟余忽惆怅，村桥原树似吾乡。

诗题作《村行》，是作者贬谪于商州时所作。"数峰"句为全篇警策。"无语"即"能语而不语"，这种拟人写法把诗人自己的情感、心态投射到山峰之上，生出静穆悠远的韵味。

新松恨不高千尺，恶竹应须斩万竿。

〔**鉴赏**〕这是杜甫《将赴成都草堂途中有作先寄严郑公五首》（其四）中的一联。杜甫居蜀时，中经徐知道之乱，避祸离开草堂，在外漂泊了三年。乱平，严武（严郑公）再领节度使衔，邀杜甫回成都。诗人在归途中作了一组诗，表示自己欣喜、感激之情。其四的前半写对草堂的怀想：

> 常苦沙崩损药栏，也从江槛落风湍。
> 新松恨不高千尺，恶竹应须斩万竿！

漂泊时常耽心沙岸崩坍损毁药栏，甚至随江槛一起被激流冲去。园圃中手植小松恨不得已成参天，那些乱竹应一概芟除。这除了表达急于回草堂的心情外，还可启迪读者对世事的联想，如"新松""恶竹"，很自然会联想到某种社会力量。

新栽杨柳三千里，引得春风度玉关。

〔**释义**〕玉关，玉门关，在今甘肃省敦煌市西。

〔鉴赏〕这是清代杨昌浚《赠左宗棠》诗中名句。原诗为：

> 大将筹边尚未还，湖湘子弟满天山。
> 新栽杨柳三千里，引得春风度玉关。

左宗棠是晚清著名的大臣，他率领湖湘子弟组成的大军进驻新疆，平定叛乱，为维护国家的统一和边疆的稳定立下了卓越的功勋。杨昌浚的这首诗就是称颂左宗棠功勋的。左宗棠不仅治军有方，声名赫赫，而且识高见远，西进时沿途栽种杨柳，使得茫茫瀚海戈壁上绿树夹道，直达关外，造福后人。在"湖湘子弟满天山"和"引得春风度玉关"的鲜明比照中，显示出一种安边定远、江山一统的气象和信心。

新啼痕压旧啼痕，断肠人忆断肠人。

〔释义〕断肠人，非常伤心的人；断肠，因极度伤痛而肝肠欲断，夸张比喻之辞。

〔鉴赏〕这是元代王实甫《中吕·十二月过尧民歌》中的名句。此曲以女子的口吻抒发别离相思之恨。为强调缠绵悱恻之情，曲中连用了四个连环句：

> 怕黄昏忽地又黄昏，不销魂怎地不销魂？新啼痕压旧啼痕，断肠人忆断肠人。

一个"压"字将"新啼痕"与"旧啼痕"连起来，相当准确地描述了相思女啼哭的密度和经常性，形象地反映了思情之深、思念之久。当女方联想到男方也会同样因相思而痛苦到极点时，便成倍地增加了女方的悲苦，这便是"断肠人忆断肠人"的诗意所在。

三级浪高鱼化龙，痴人犹戽夜塘水。

〔鉴赏〕这是宋代高僧雪窦重显《法眼如何是佛颂》诗中名句。原诗为：

江国春风吹不起，鹧鸪啼在深花里。
三级浪高鱼化龙，痴人犹戽夜塘水。

这首禅门"颂古"由法眼的一则公案而发。有和尚慧超问法眼禅师："如何是佛？"法眼回答："汝是慧超。"此诗前两句喻示法眼禅机真谛——即我即佛即世界，法身深藏于现象界之后无所不在；后两句进一步揭示学禅门径，谓"汝是慧超"触机开悟，已使慧超化龙飞去，后人若执迷于文字，在知解理会处纠缠，反失其真趣。此句以妙悟与执迷两种境界对比，活泼生动，理趣盎然，而语显意微之处，深得象征手法三昧。

痴儿了却公家事，快阁东西倚晚晴。

〔释义〕痴儿，自我调侃语，用《晋书》夏侯济故事。快阁，江西太和县澄江畔之名楼。

〔鉴赏〕宋黄庭坚三十八岁时任太和县令，公余登览而有《登快阁》诗：

痴儿了却公家事，快阁东西倚晚晴。
落木千山天远大，澄江一道月分明。
朱弦已为佳人绝，青眼聊因美酒横。
万里归船弄长笛，此心吾与白鸥盟。

首联写登临之故、之时，次联写所见阔远明朗气象，三联写思友之情，尾联寄思归之志。"痴儿"句用典而不泥于典，自我调侃产生出潇洒、兀傲的意味。而"倚"字奇绝，实合"倚傍"与"赏玩"而为一，有形态有神情，与"痴儿"呼应，愈增洒落神韵。

零落成泥碾作尘，只有香如故。

〔鉴赏〕这是南宋陆游《卜算子·咏梅》词中名句。原词为：

驿外断桥边，寂寞开无主，已是黄昏独自愁，更着风和雨。

无意苦争春，一任群芳妒。零落成泥碾作尘，只有香如故。

词人以自然暗喻人事。上阕情景双绘，下阕托物言志，结尾二句进一步写梅花品格。"零落成泥碾作尘"是陆游一生坎坷政治生涯的形象化缩影，然而作者写此并非仅为叹息不幸，赢得同情，而主要是为末句做一铺垫，将词意推向高峰。纵使凋零飘落化为泥土，碾作尘埃，梅花依旧保持着清香。词人以梅自喻，借物咏怀，表现了至死不渝的坚贞劲节。梅花的艺术形象成为词人高洁品格的化身。

蒹葭苍苍，白露为霜，所谓伊人，在水一方。

〔释义〕蒹葭，芦荻。伊人，那个人，当指想望中的女子。

〔鉴赏〕这是《诗经·蒹葭》中的名句，出自其首章：

> 蒹葭苍苍，白露为霜。所谓伊人，在水一方。溯洄从之，道阻且长。逆游从之，宛在水中央。

原诗写对意中人的热烈追求，尤其是写追求而不得的怅惘。这几句情景交融，创造了一个萧瑟冷落的意境，成为千古名句。首先，芦荻萧萧，秋霜满地，就使人如同身处清冷凄凉的秋境。自己要追寻的意中人，却远远地一水相隔，可望而不可即。这实际是双重意思，既指地理上的不可及，更指心理上的失望悲凄。所以，"秋水伊人"成为中国诗人作家常用之意象。

楚天千里清秋，水随天去秋无际。遥岑远目，献愁供恨，玉簪螺髻。

〔释义〕遥岑，远山。螺髻，妇女一种螺旋的发髻。

〔鉴赏〕这是南宋辛弃疾《水龙吟·登建康赏心亭》词中名句。开头两句写秋日江景，是作者在赏心亭上所见。"遥岑"三句写眺望远山。"玉簪螺髻"用古代妇女的首饰、发型比喻层层叠叠的山峦，形象生动优美。然而，山色愈佳，愈勾起作者对北方沦陷国土的思念，"献愁供恨"便是移情于物，借山之愁恨衬托人之忧愤深广。以上由水写到山，由无情之景写到有情之景，气象阔大，笔力遒劲，富于层次感。

楚虽三户能亡秦，岂有堂堂中国空无人！

〔鉴赏〕战国后期，楚屡败于秦，国人不甘心，遂有民谣："楚虽三户，亡秦必楚！"后世诗文中便用作矢志复仇的典故。这两句是宋代陆游《金错刀行》的结句，正表现了诗人驱逐金寇、克复中原的决心。当时，陆游从军驻嘉州，诗多壮语。《金错刀行》云：

> 黄金错刀白玉装，夜穿窗扉出光芒。丈夫五十功未立，提刀独立顾八荒……呜呼，楚虽三户能亡秦，岂有堂堂中国空无人！

开端两句写宝刀之名贵，接下来刻画自我形象。刀与人都写得气魄不凡，二者相映生辉。结句直抒胸臆，发挥古风体句子长短变化的优长，形成奔腾的气势，为全诗添一豪壮的"豹尾"。

楼船夜雪瓜洲渡，铁马秋风大散关。

〔释义〕瓜洲，今江苏扬州邗江区附近。大散关，今陕西宝鸡市附近。

〔鉴赏〕宋代陆游一生志在抗敌报国，而处君昏臣佞之时，壮志难酬，岁月已晚。他在六十二岁写下了感慨生平的《书愤》：

> 早岁那知世事艰？中原北望气如山。
> 楼船夜雪瓜洲渡，铁马秋风大散关。
> 塞上长城空自许，镜中衰鬓已先斑。
> 《出师》一表真名世，千载谁堪伯仲间！

颔联以两组意象表现"早岁"参与抗敌的经历："楼船"句写自己在镇江通判任上时，张浚督师由此北伐的景象；"铁马"句则记在王炎幕中筹划收复关中之事。两句凝练、生动，洋溢着"气如山"的豪情，堪称描写军旅的典范。

楼观沧海日，门对浙江潮。

〔**释义**〕浙江，因江水曲折而得名，江水流至桐庐县为桐江，流至富阳县为富春江，流至旧钱塘县境内为钱塘江。

〔**鉴赏**〕这是唐代宋之问《灵隐寺》诗中名句。诗中描写这座名刹道：

> 鹫岭郁岧峣，龙宫锁寂寥。
> 楼观沧海日，门对浙江潮。
> 桂子月中落，天香云外飘。
> 扪萝登塔远，刳木取泉遥。

"楼观"两句诗描写了处身灵隐寺观赏到的壮丽景色：晨时登楼远眺，沧海浩渺，云蒸霞蔚，一轮红日冉冉升起；暮时依傍着寺门，钱塘潮水迅若奔雷，滚滚而来。灵隐寺美丽的自然环境，使得寺中远离尘嚣的僧众更能潜心修行。

鹌鹑嗉里寻豌豆，鹭鸶腿上劈精肉，蚊子腹内刳脂油。

〔**鉴赏**〕这是元代无名氏《正宫·醉太平·讥贪小利者》中的名句。如题名所示，此曲是讥讽贪小利者的。原曲为：

> 夺泥燕口，削铁针头，刮金佛面细搜求，无中觅有。鹌鹑嗉里寻豌豆，鹭鸶腿上劈精肉，蚊子腹内刳脂油。亏老先生下手。

"老先生"是唐宋以来对达官贵人的称谓，故此曲的讽刺矛头直向显宦高官。这三句鼎足对，比喻之形象而夸张足令读者叹服，忍俊不禁；而暴露出的贪者无中觅有、无利不图的贪性，又令读者肤肌生粟。其曲辞通俗运畅，多用常语，显然吸收了民歌手法，或即为民间之手笔。

碛里征人三十万，一时回首月中看。

〔**释义**〕碛，沙漠。征人，指出征或戍边的军人。

〔**鉴赏**〕此联出自唐代李益《从军北征》一诗。原诗为：

天山雪后海风寒，横笛遍吹《行路难》。
碛里征人三十万，一时回首月中看。

这是一首描写行军场景的边塞诗，寄寓了将士们的思乡之情。首联写行军的环境，烘托出一种壮阔悲凉的境界。尾联描写笛声在军中引起的共鸣。诗人只摄取了一个回头看的动作，并未说明他们回头看什么，但征人的思乡之情已被含蓄地表露了出来。由于诗人亲身经历，有感而发，此联名句以其情真意切而流传千古。

锦江春色来天地，玉垒浮云变古今。

〔释义〕锦江，岷江支流，在四川境内。玉垒，山名，位于川北。
〔鉴赏〕这是杜甫七律名篇《登楼》的颔联。诗云：

> 花近高楼伤客心，万方多难此登临。
> 锦江春色来天地，玉垒浮云变古今。
> 北极朝廷终不改，西山寇盗莫相侵。
> 可怜后主还祠庙，日暮聊为梁甫吟。

诗作于代宗广德二年（764），时吐蕃（"西山寇盗"）不断入侵，加上宦官乱政、藩镇割据，所以说是"万方多难"。"锦江"联写登楼所见：锦江两岸春意蓬勃，若随江水自天地之际涌来；玉垒山浮云明灭变幻，终古如此，亦如同今古之世事时局。前句写空间，后句写时间，从而构成一个阔大悠远之境，诗人对祖国山河的赞美、对古今历史的感怀皆融入其中了。

隔岸两三家，出墙红杏花。

〔鉴赏〕这是北宋魏夫人《菩萨蛮》词中名句。词写思妇念远之情，开端为"溪山掩映斜阳里，楼台影动鸳鸯起。"接下来便是此二句。这四句写景，画面构图以小溪为中心。先写夕阳笼罩的溪山景色，次写溪中楼影、鸳鸯，两句动静相衬，自然浑成。三、四句描绘两岸风光，生动优美，虚实结合。"出"字透露了勃勃生机，使人如见杏花的红艳，春色的美好。而四句所写，无论是黄昏时分，还是成双的鸳鸯，抑或盎然的春意，无不分外撩人相思。词人于写景之中含而不露地表现了主人公婉曲缠绵的情感。

隔墙花半隐，犹见动花枝。

〔鉴赏〕这是萧梁诗人刘孝威《望隔墙花》诗中名句。原诗为：

> 隔墙花半隐，犹见动花枝。
> 当由美人摘，讵止春风吹？

刘孝威排行第六，与其兄孝仪并称"三笔六诗"，他的诗俊逸典雅，多尚白描，不贵用典。本诗的前二句亦极妙，它写出了一种隐约含蓄的美，诗人只能看到花枝摇动，而不能完全看到墙内的花，这就在创作上留下了空白，而给读者布置下更为广阔的再创造空间，由读者按照自己最美的想象去添补它。这种艺术手法能调动读者的好奇心和创造性。后世"满园春色关不住，一枝红杏出墙来"，以及"拂墙花影动，疑是玉人来"均得此道。

想当年，金戈铁马，气吞万里如虎。

〔鉴赏〕这是南宋辛弃疾《永遇乐·京口北固亭怀古》词中名句。作品借古意以抒今情，体现作者坚决主张抗金而又反对冒进的正确思想以及老当益壮的战斗意志。"想当年"三句，赞颂东晋刘裕显赫战功。刘裕崛起孤寒，以京口为基地平定桓玄叛乱，又曾两度挥师北伐，收复黄河以南大片故土，开创了南朝宋的基业。"金戈铁马"二句将有关史实加以高度概括，形象描绘刘裕所率北伐军兵强马壮、装备精良，驰骋中原战果辉煌的雄壮气势和英雄业绩，创出一个深宏博大的境界，使人瞻慕追怀，为之鼓舞。

想佳人妆楼颙望，误几回、天际识归舟。

〔释义〕颙望，仰头凝望。

〔鉴赏〕这是北宋柳永《八声甘州》（参见"对潇潇暮雨洒江天，一番洗清秋"条）词中名句。作品抒写游子思乡情怀。其下阕为：

> 不忍登高临远，望故乡渺邈，归思难收。叹年来踪迹，何事苦淹留。想佳人妆楼颙望，误几回、天际识归舟。争知我，倚阑干处，正恁凝愁。

词人先正面抒写离愁，感叹久客异乡，然后借想象中妻子盼夫归来如痴如呆，多次误认远方船只的情状，侧面表现自己思归不得的惆怅感伤。"误几回"句用谢朓"天际识归舟，云中辨江树"语意，刻写佳人形神。两句化虚为实，在具体描写中达难达之情。

暗牖悬朱网，空梁落燕泥。

〔释义〕牖，窗。

〔鉴赏〕这是隋代薛道衡《昔昔盐》诗中名句。这是一首反映思妇悬忆惦念征人的诗。其中有这样的诗句描写思妇：

> 恒敛千金笑，长垂双玉啼。
> 盘龙随镜隐，彩凤逐帷低。
> 飞魂同夜鹊，倦寝忆晨鸡。
> 暗牖悬朱网，空梁落燕泥。

其中"空梁落燕泥"一句，甚至引起隋炀帝的嫉妒，招致了杀身之祸。《隋唐嘉话》载：炀帝善属文，而不欲人出其右，司隶薛道衡由是得罪。后因事诛之，曰："更能作'空梁落燕泥'否？"二句之好就在于以一暗淡的意境反映出思妇的离愁别绪：寂寞慵倦，以致蛛网布满尘封的窗户，空寂的房中只有梁上燕泥落下的声音……细微曲折地传达出思妇的心态。

路危常与虎狼狎，命乖却被儿曹骂。

〔释义〕狎，靠近，相伴。

〔鉴赏〕这是明代王九思《双调·驻马听》中的名句。这支曲是诗人因受刘瑾牵连而去职后的作品，充满了人生慨叹。曲的后半如下：

> 路危常与虎狼狎，命乖却被儿曹骂。到如今谁管咱，葫芦提一任闲玩耍。

从表面上看这两句是写诗人被放后的情状，实际上是写他事发前后的情形。前句以"路危"言官场之险恶，"虎狼"除喻狠毒小人外，尚暗含伴君如伴虎之意；后句则言事发后的惨况。就其遭际来说，前述其因，后述其果，只因"路危常与虎狼狎"，才导致了"命乖却被儿曹骂"。诗人发泄怨气的同时，为衰世之正人君子描画了一幅"命运图"。

路漫漫其修远兮，吾将上下而求索。

〔鉴赏〕这是《离骚》中的名句。《离骚》是先秦时代楚国的政治家和诗人屈原的著名长诗，追求真理是屈原精神的重要内涵之一。在《离骚》中，诗人展开想象的翅膀，上叩天阍，下求佚女，向重华陈辞，命灵氛占卜，归根结底是为了追求真理，是为了实现美政。然而这一切上下求索，都因现实中楚国君昏臣佞，政治混乱而受阻。诗人备受小人的排挤打击，忠而被谤，信而见疑，政治才能不得施展。这一切，诗人形象地以"路漫漫其修远"来概括之，既精练又形象。正是在这坎坷不平的漫长人生之路上，诗人为真理而奔波求索。其信念之坚定，意志之顽强，精神之高洁，于"吾将上下而求索"的铿锵之音中得到鲜明体现。所以，这两句诗已成为中国历代仁人志士追求真理的座右铭。

蜀道之难难于上青天！

〔鉴赏〕这是唐代李白《蜀道难》诗中名句。《蜀道难》激情奔放，气势雄浑而又变化多姿，是李白浪漫主义诗风的代表作。诗歌把大自然、神话、历史和现实熔为一炉，淋漓尽致地描绘了由秦入蜀道路上奇险壮丽的山川景象，其中有对祖国山河的赞叹，有对古代人民征服自然的伟大气魄的歌颂,也有对封建社会动乱局面的感慨。"蜀道之难难于上青天",在诗的开头、中间、结尾三次出现,以突兀的夸张比喻,浸透着强烈感情的感叹语调,形成了全诗的主旋律。后人或用来形容畏途、险境,或借喻人生种种艰难。

遥知不是雪,为有暗香来。

〔鉴赏〕这是宋代王安石《梅花》诗中名句。原诗为:

> 墙角数枝梅,凌寒独自开。
> 遥知不是雪,为有暗香来。

立身于墙角,花仅有数枝,又兼凌寒而放,活脱脱刻画出梅花之孤傲、淡泊与坚韧的性格。诗人体物之精,在于通过几个外在的细节,准确地把握梅花的内在神韵,寥寥数笔,则形神俱足。后两句似从《古乐府》"只言花似雪,不悟有香来"脱胎而来,但"不是雪"三字语意更妙,不是雪内含着似雪,虚实相生,言简而意足。且远远望去,本当误以为是雪,然而幽香阵阵,拂面而来,才知是梅花而非雪。从这一角度来写梅花的色彩与芳香,更能突出地表现它的压倒群芳的品格和飘逸出尘的风骨。

遥怜故园菊,应傍战场开。

〔释义〕怜,爱。
〔鉴赏〕这是唐代岑参《行军九日思长安故园》诗中名句。原诗为:

> 强欲登高去,无人送酒来。
> 遥怜故园菊,应傍战场开。

诗下原注"时未收长安"。当时安禄山反,陷长安,诗人随肃宗去凤翔,此诗应是在凤翔所作。由于将乡愁置于国难的背景之下,大大拓宽了重阳诗的境界。结尾一联,"故园菊"这一意象的运用,既是顺承重阳赏菊的风俗自然道来,又将思乡之情演绎得具体可感,新颖独特，与"来日绮窗前，寒梅着花未"有异曲同工之妙。由对故园菊的关切而引起对它的联想：长安城中战火纷飞，断墙残壁间，一丛丛菊花依然寂寞地开放着。这样的叙写已突破了单纯的惜花和思乡，融入了对战乱的忧虑及对平叛的关注，颇有些"念桥边红药，年年知为谁生"的味道了。

遥怜小儿女，未解忆长安。

〔鉴赏〕安史之乱爆发，长安陷落，杜甫送妻小避祸于鄜州，而自己却又被掳回长安，于是写下了著名的《月夜》：

> 今夜鄜州月，闺中只独看。
> 遥怜小儿女，未解忆长安。
> 香雾云鬟湿，清辉玉臂寒。
> 何时倚虚幌，双照泪痕干。

诗本是抒写自己怀念家室之情的，却处处从对方的情境落笔。先写妻子对月怀人，孤单寂寞；继写子女尚幼，难慰母怀；再写妻子伫望已久，难以成眠；最后写自己的心愿。全诗皆为设想之词，设想对方如何想念自己，从而表达对于对方的思念。而"遥怜"一联则设想年幼的儿女尚不懂得想念自己，但自己的怜爱与思念却溢于言表了。

遥望齐州九点烟，一泓海水杯中泻。

〔释义〕齐州，指中国。

〔鉴赏〕此乃唐代李贺《梦天》诗中佳句。原诗为：

> 老兔寒蟾泣天色，云楼半开壁斜白。
> 玉轮轧露湿团光，鸾佩相逢桂香陌。
> 黄尘清水三山下，更变千年如走马。
> 遥望齐州九点烟，一泓海水杯中泻。

这首诗写了作者梦中自天上所见的景象，尾联则描述了诗人"回头下望人寰处"所见之景：大地上的九州如同九点模糊的影子，东海之小则像一杯水打翻了一样。联系第三联，不难看出，诗人通过极写时间之短促，空间之渺小，寄寓了深沉的沧桑之感。

矮人看戏何曾见？都是随人说短长。

〔释义〕矮人看戏，典出《宋子语类》："如矮子看戏相似，见人道好，他也道好。"

〔鉴赏〕这是清代赵翼《论诗》（其三）中的名句。原诗为：

> 只眼须凭自主张，纷纷艺苑漫雌黄。
> 矮人看戏何曾见？都是随人说短长。

清代诗坛上宗唐宗宋的争论一直很盛。宗唐者排斥宋诗，宗宋者批评唐诗，纷纷攘攘，争执不休。赵翼对此作了尖锐的批评。论诗关键在于要独具只眼，自有主张，而不是人云亦云，妄加评论，如同挤在人群中看戏的矮子。幽默讽刺的语句里，包含了深刻的道理。

腹有诗书气自华。

〔鉴赏〕这是苏轼赞许友人董传的诗句，诗为《和董传留别》：

> 粗缯大布裹生涯，腹有诗书气自华。
> 厌伴老儒烹瓠叶，强随举子踏槐花。
> 囊空不办寻春马，眼乱行看择婿车。
> 得意犹堪夸世俗，诏黄新湿字如鸦。

董传为一介寒儒，学博而运蹇。此诗首联称许其学识气度，颔、颈二联写其寒儒生涯，尾联祝愿其时来运转。"腹有"一句妙在"气自华"三字，有"山韫玉而生辉"之意。特别是"自"，把内在学识修养与外在高华气度必然地联系起来，而且排除了钱财势力等其他因素，充分表现出知识分子的自信，故为后代士人所喜。

解作江南断肠句，只今惟有贺方回。

〔鉴赏〕这是宋代黄庭坚《寄贺方回》诗中名句。原诗为：

> 少游醉卧古藤下，谁与愁眉唱一杯？
> 解作江南断肠句，只今惟有贺方回。

这是黄庭坚寓居鄂州时写给贺铸的一首诗。其时是徽宗崇宁二年（1103）。由于元祐党争的牵连，苏轼、黄庭坚、秦观等人长期受到残酷迫害。到庭坚写作这首诗的时候，苏轼、秦观等人都已逝世了。师友凋零，而自己仍在穷困潦倒中漂泊江湖、苟度余生，心境之悲凉可想而知。因此诗的首句，就是对自己与方回共同的朋友秦观的深切追念。"醉卧古藤"是秦观诗句，而最后秦观也是死在滕州。次句言少游已殁，再也没有人能和自己把酒唱和共诉心曲了。三、四句笔锋一转，对贺铸表示了推重之意，其间所包含的赞赏、期望之意与诗人沉痛的心情交织混杂，读之确有长歌当哭的感受。

十四画及以上

夔府孤城落日斜，每依北斗望京华。

〔释义〕夔府，夔州，今四川奉节、巫山一带。
〔鉴赏〕这是杜甫著名组诗《秋兴八首》中的一联，历来被视为组诗的纲领、眼目，出自八首之二：

> 夔府孤城落日斜，每依北斗望京华。
> 听猿实下三声泪，奉使虚随八月槎。
> 画省香炉违伏枕，山楼粉蝶隐悲笳。
> 请看石上藤萝月，已映洲前芦荻花。

此时诗人滞留白帝城已历二载，故当秋风落日楼头，思归望乡之情倍增。"望京华"含两重意：一重思乡，一重思君。"每依北斗"歧说纷纭，撇开穿凿凿曲斛，字面意义便可通：夔州在南，长安在北，遥望京华自当依北斗所指。而北斗斗柄所指即紫徽垣，为天帝座，故依北斗而望，隐含着心系朝廷的意义。后世用此句多取此隐义，指对故国的系恋。至于诗中的"虚随""违伏枕"是用了两个典故，借以感伤自己仕途蹇滞。末句则以景语表达凄凉、寂寞与无奈的心境。

端是崖泉尘不染，出山何异在山清。

〔释义〕端，果真。
〔鉴赏〕这是清代施闰章《山行口号》诗中名句。原诗为：

> 奔陂赴涧响琤琤，百里争流似练明。
> 端是崖泉尘不染，出山何异在山清。

这是一首托物兴怀、寓意深微的好诗。诗人沿着奔腾湍急的山溪游览观赏，看着洁净如白练的山泉争流喧闹，心情十分愉快。他由山泉洁净引起联想，借泉水之清喻为官之清。古代隐士出仕也叫出山，这是借写山涧流水出山后仍保持清净的本色，暗寓出山入仕者也应保持清廉的品德。咏物写景之作，往往能见出作者的胸襟怀抱，施闰章的这首诗正是如此。

碧云天，黄叶地，秋色连波，波上寒烟翠。

〔鉴赏〕这是北宋范仲淹《苏幕遮》词中名句（参见"酒入愁肠，化作相思泪"条）。作品抒写羁旅相思之情。其上阕如下：

> 碧云天，黄叶地，秋色连波，波上寒烟翠。山映斜阳天接水，芳草无情，更在斜阳外。

开头四句写景层层有序，由上而下，由近及远，从湛碧的高天、橙黄的广野到天地尽头的淼淼秋水，构成了一幅高远辽阔而色彩极为鲜明耀眼的秋色图，同时也形象地表现出抒情主人公仁望秋景时视线的推移。秾丽之景、阔远之境与作者对生活对自然的深挚感情高度统一，在描绘秋景时突出强调色彩的运用，是开篇四句艺术特色所在。

愿得一心人，白头不相离。

〔鉴赏〕这是汉乐府民歌《白头吟》中的名句。前人如晋代葛洪《西京杂记》附会说此诗是卓文君所作，属无稽之谈。其实本诗是一弃妇诗。写一女子被丈夫抛弃的悲剧，更主要的是还歌颂了这位女子对于爱情的态度。她"闻君有两意，故来相决绝"。她对爱情不迁就，而是要找心心相印、白头偕老的忠诚生活伴侣，所以发出这样的议论：

> 凄凄复凄凄，嫁娶不须啼。
> 愿得一心人，白头不相离。

这种面临诀别不是悲戚绝望，而是冷静镇定的态度，表现了妇女自身的人格尊严。而对忠诚爱情的向往，也表现了中国女性那种情感深厚专一的特点。所以，此二句成为中国古代男女恋爱常用的誓言。

暧暧远人村，依依墟里烟。

〔**释义**〕暧暧，朦胧暗淡的样子。墟，村落。

〔**鉴赏**〕这是晋代陶渊明《归园田居》（其一）诗中名句。原诗写了田园生活的淳朴美好，表现了诗人归隐后的愉快心情。诗的后半部分写田园风光之宁静优美，有这样的诗句：

方宅十余亩，草屋八九间。
榆柳荫后檐，桃李罗堂前。
暧暧远人村，依依墟里烟。
狗吠深巷中，鸡鸣桑树颠。

其中"暧暧远人村"二句写得尤其意境清淡悠远，你看那远处的村庄在暮霭之中朦胧模糊，黄昏时家家的烟囱里青烟袅袅，好一幅平静安详的田园生活图画，犹如一幅淡淡的水墨画。此意境广为后人袭用，王维"渡头余落日，墟里上孤烟"，但孤烟太寂，尚不如渊明。

蝉噪林愈静，鸟鸣山更幽。

〔**鉴赏**〕这是南朝梁王籍《入若耶溪》诗中名句。原诗为：

艅艎何泛泛，空水共悠悠。
阴霞生远岫，阳景逐回流。
蝉噪林愈静，鸟鸣山更幽。
此地动归念，长年悲倦游。

诗人通过对若耶溪（今浙江绍兴南）山川风景的描绘，抒发了辞官归隐的情绪。其中"蝉噪"二句，尤为名句，《颜氏家训》说当时的皇帝们"简文吟咏不能忘之，孝元讽味以为不可复得"。因为它采用"以动写静"的艺术手法，利用动静的辩证关系，突出了若耶溪的幽静宁谧。因为"寂静之幽深者，每以得声音衬托而愈觉其深"（钱锺书语）。后世"空山不见人，但闻人语响""月出惊山鸟，时鸣春涧中"之所以写得幽寂，均得此道也。

蜡烛有心还惜别，替人垂泪到天明。

〔鉴赏〕这是唐代杜牧《赠别二首》（其二）中的两句。全诗感情深挚，为历代传唱：

> 多情却总似无情，唯觉樽前笑不成。
> 蜡烛有心还惜别，替人垂泪到天明。

首二句描述了诗人与小歌女依依惜别的内心苦楚。末二句为全诗最精彩处，以"有心"与"多情"相呼应，借物抒情，用"蜡烛有心""替人垂泪"作拟人化之笔，极贴切极生动地将那份离别的凄惨苦楚宣泄到了极点。李商隐《无题》中有"蜡炬成灰泪始干"之语，比喻相近，手法有别，相形之下，杜诗似更富形象性。

管城子无食肉相，孔方兄有绝交书。

〔释义〕管城子，为毛笔之谑称，指代书生。食肉相，用班超典，指富贵命运。孔方兄，为钱币之谑称。绝交书，用嵇康《与山巨源绝交书》之语意。

〔鉴赏〕诗句传世，大多由于意深辞美，但也有例外。宋代黄庭坚这一联在诗艺上并无足称，却广为传诵，尤为寒士所喜。这是《戏呈孔毅父》的首联，本属朋友间调侃戏谑之作，所以开篇特意背离一般诗法，组合了四个典故，来戏嘲孔毅父的寒士生涯。其中"孔方兄"一典贴合对方姓氏，更是玩笑味十足。由于用典巧妙，立意洒脱，故后世寒士每每用作自嘲语。

算空有并刀，难剪离愁千缕。

〔释义〕并刀，古代并州（今山西）出产的好剪刀。

〔鉴赏〕这是南宋姜夔《长亭怨慢》词中名句。此词写恋情。上阕借咏柳写惜别，下阕在情人嘱望自己早归的追忆中表现离情。这两句出自全词结尾。离愁难剪的构思包蕴丰富：首先，将纷繁离愁喻为柳条千缕；其次，设想以全国闻名的并州剪刀来断离愁；更进一步，取李煜"剪不断，理还乱，是离愁"句意，刻画相思之恨无可排解，从而创出哀怨缠绵之境。

携手上河梁，游子暮何之?

〔释义〕梁，桥。之，往。

〔鉴赏〕这是旧题《李少卿与苏武诗》（其三）诗中名句，其实并非李陵所作，而是一首送友远别之诗。原诗为：

> 携手上河梁，游子暮何之?
> 徘徊蹊路侧，恨恨不得辞。
> 行人难久留，各言长相思。
> 安知非日月，弦望自有时?
> 努力崇明德，皓首以为期。

首二句写得十分动人。诗人通过一个动作描写，"携手"相别，表达了无限的友情。紧握的双手，传递的是"珍重、平安"的祝福。而一句"游子暮何之"的感慨，则又带出了落日西沉、满目苍茫的悲凉之感。游子此去今夜将停宿何处? 饱含着无尽的牵挂与关心。后世柳永之"执手相看泪眼""今宵酒醒何处"，正是由此生发而来的。

潮平两岸阔，风正一帆悬。

〔鉴赏〕这是唐代王湾《次北固山下》诗中名句。原诗为：

> 客路青山外，行舟绿水前。
> 潮平两岸阔，风正一帆悬。
> 海日生残夜，江春入旧年。
> 乡书何处达，归雁洛阳边。

这两句诗描写了一叶小舟在大河之上快意行驶的情景：潮涌水高几与岸平，但见两岸原野平阔，远处青山连绵；好风吹送，船帆鼓满有如凭空悬挂。"风正"，指风正好吹在白帆之上，似有意趋就白帆。

诗人行走江湖，本为了扬名天下，这两句诗正好表现了诗人踌躇满志的情怀。

摩诘得之于象外，有如仙翮谢笼樊。

〔释义〕摩诘，王维的字。仙翮，指神鸟。

〔鉴赏〕这是宋代苏轼《王维吴道子画》诗中名句。全诗凡三十二句，前二十六句写对王、吴之画的观感及评价。后六句则是对两人的高下做进一步的比较品评。诗曰：

> 吴生虽妙绝，犹以画工论。摩诘得之于象外，有如仙翮谢笼樊。吾观二子皆神俊，又于维也敛衽无间言。

王维和吴道子都是唐代开元、天宝间的著名画家。苏轼对二人均有极高的评价，但在论及两者的境界时，又有所抑扬：吴道子的画艺虽高，但未脱形似；而王维则如神鸟脱离了樊笼，超越于形迹之外，境界极其高远。苏轼这种脱略形迹、汲汲于象外之境的美学思想，对后世的影响是相当深远的。

醉里挑灯看剑，梦回吹角连营。

〔鉴赏〕这是南宋辛弃疾《破阵子·为陈同甫赋壮词以寄》词中名句。原词为：

> 醉里挑灯看剑，梦回吹角连营。八百里分麾下炙，五十弦翻塞外声，沙场秋点兵。　马作的卢飞快，弓如霹雳弦惊。了却君王天下事，赢得生前身后名。可怜白发生！

词作开端以"醉里挑灯看剑"三个连续性动作，勾画出一位念念不忘报国的忠勇之士形象，接着写闻角梦回、连营分炙、军中奏乐、沙场点兵，突出表现军容之雄壮，意气之昂扬。场面壮观，声情激越，寄托着词人的理想抱负。

醉袍袖舞嫌天地窄。

〔鉴赏〕这是元代贯云石《双调·清江引》中的名句。此曲抒发了诗人鄙弃功名，与友人载歌载舞的兴致。全曲写道：

> 弃微名去来心快哉！一笑白云外。知音三五人，痛饮何妨碍？醉袍袖舞嫌天地窄。

这句曲辞表现了诗人回归大自然后自由放浪、无拘无束的生活情态。"醉"才能忘掉尘世的喧闹，从而获得一种却功弃名的清醒。于纵情的歌舞中，忽感天地都窄小起来，表明诗人已进入了一个喜获"自我"的境地；一切在他的面前都变得小了，反衬出他人性的回归。

稻花香里说丰年，听取蛙声一片。

〔鉴赏〕这是南宋辛弃疾《西江月·夜行黄河道中》词中名句。原词为：

> 明月别枝惊鹊，清风半夜鸣蝉。稻花香里说丰年，听取蛙声一片。　　七八个星天外，两三点雨山前。旧时茅店社林边，路转溪桥忽见。

词作记述乡村夜行中所见所感。三、四句在对夏日田野典型景物的描画中传出丰收在望带给词人的喜悦。稻花飘香，群蛙喧腾，本是人之嗅觉听觉所感，词人却偏以蛙声作为报说丰年的主体。蛙似通人情，知人意，为丰收的田野而高歌。如此侧面烘托，生动别致，韵味悠然。

避席畏闻文字狱，著书都为稻粱谋。

〔释义〕文字狱，因文字触犯统治者的忌讳而兴的狱事。
〔鉴赏〕这是清代龚自珍《咏史》诗中名句。原诗为：

> 金粉东南十五州，万重恩怨属名流。

牢盆狎客操全算，团扇才人踞上游。

避席畏闻文字狱，著书都为稻粱谋。

田横五百人安在，难道归来尽列侯？

有清一代，统治者为钳制人们的思想，屡兴文字狱，造成恐惧沉闷的气氛。这两句诗便真实地反映了当时士人的处境和心态。席间借故避易是因为言谈涉及国事，怕招来杀身之祸；著书作文并无思想自由，只是为了维持生计罢了。诗中反映了作者对黑暗现实的强烈不满。

燕山雪花大如席，片片吹落轩辕台。

〔释义〕燕山，山脉名，在今北京和河北省东北部一带。轩辕台，纪念黄帝轩辕氏的建筑物，在今河北省怀来县乔山上。

〔鉴赏〕这是唐代李白《北风行》诗中名句。历来被人们称为夸张的典范，比喻的佳句。《北风行》是写幽州思妇怀念在安禄山所发动的对奚、契丹的战争中阵亡的丈夫，表现她极度悲痛情绪的。夸大北地的雪大天寒，是为了烘托战争的残酷和思妇的凄恻心境。诗中写道：

日月照之何不及此？唯有北风号怒天上来。燕山雪花大如席，片片吹落轩辕台。

日月无光，北风呼啸，如席的雪片铺天盖地，接连不断地落到轩辕黄帝和蚩尤鏖战的涿鹿之野，让人感到触目是无边的黑暗、阴惨、残酷和窒息。

燕市狂歌悲遇合，秦淮残梦忆繁华。

〔释义〕燕市狂歌，用荆轲游燕市，日与狗屠及善击筑者高渐离聚饮、悲歌慷慨的故事。

〔鉴赏〕这是清代敦敏《赠曹雪芹》诗中名句。原诗为：

碧水青山曲径遐，薜萝门巷足烟霞。

寻诗人去留僧舍，卖画钱来付酒家。

燕市狂歌悲遇合，秦淮残梦忆繁华。
新愁旧恨知多少？一醉酕醄白眼斜。

曹雪芹早年锦衣玉食，过着富贵风流的生活，晚年落魄潦倒，却不肯苟合世俗。诗中表达了对曹雪芹的深深理解和同情。"燕市"两句概括了曹雪芹的身世和遭遇，又突出了家世的由盛转衰给他带来的巨大心灵创痛，使人物性格得到了鲜明的表现。

燕燕于飞，颉之颃之。

〔释义〕颉，上飞。颃，下飞。
〔鉴赏〕这是《诗经·燕燕》中的名句，出自其第二章：

> 燕燕于飞，颉之颃之。之子于归，远于将之。瞻望弗及，伫立以泣。

本诗大多认为是卫庄公夫人庄姜所作，是送别庄公妾戴妫的，也是中国诗歌史上最早的送行诗。每章以"燕燕于飞"起兴，写对对春燕上下翻飞，亲热快乐；而自己则要与戴妫永别，不复相伴，值此分手之际，唯远送伤怀无语凝噎而已。对比强烈，反差巨大，扣人心弦。"颉颃"二字形容燕子翻飞之状，特为传神，故成为千古称颂之句。

螟蛉有子，蜾蠃负之。

〔释义〕螟蛉，螟蛾的幼虫。蜾蠃，细腰蜂。
〔鉴赏〕这是《诗经·小宛》中的名句，出自其第三章：

> 中原有菽，庶民采之。螟蛉有子，蜾蠃负之。教诲尔子，式谷似之。

《小宛》一诗，是周大夫遭世之乱，兄弟相诫以免祸。本章言教诲其子。细腰蜂产卵于螟蛾幼虫之上，蛰入毒液使其麻痹，成为蜂卵之食物。古人误以为蜾蠃养螟蛉为子。因此以之譬喻人应向蜾蠃学习，它连不是自己孩子的螟蛉都抚养，我们还不应该好好教育自己的孩子吗？此典一出，后世遂将养子、继子称为"螟蛉子"或直称"螟蛉"。宋代王懋《野客丛书·螟蛉》有考证。

儒术于我何有哉？孔丘盗跖俱尘埃！

〔**释义**〕盗跖，春秋时的大盗。

〔**鉴赏**〕一个认真处世的人，在复杂的社会现实面前，内心往往会被矛盾倾向折磨不安。杜甫一生恪守儒道，旧说有"每饭不忘君"之誉。但是，在是非混淆、极不公正的社会中，他也曾发出"儒术于我何有哉"的呐喊，表现出价值理想的幻灭。这两句出自老杜《醉时歌》（参见"诸公衮衮"条），诗的结尾是：

> 儒术于我何有哉？孔丘盗跖俱尘埃！
> 不须闻此意惨怆，生前相遇且衔杯。

由疑问而至愤激，最后归于超脱。"孔丘盗跖俱尘埃"，似乎是站在"齐物"的立场上批判儒术，其实仍是站在儒者立场的痛心之语。

停车坐爱枫林晚，霜叶红于二月花。

〔**鉴赏**〕这是杜牧《山行》诗中名句。诗云：

> 远上寒山石径斜，白云深处有人家。
> 停车坐爱枫林晚，霜叶红于二月花。

诗人一句一景，描绘出深山秋色所独具的神韵。前二句从远处落笔，意境幽深。三、四句笔锋收回，写自家感受：停车流连山间，只为贪看经霜的红叶。在夕阳下，红艳如火的枫林，比起江南二月的春花别具一番美的情味。秋本肃杀季节，霜更是寒冷的使者。而枫林却在秋风严霜之下燃起了生命之火，这便使诗人情有独钟了。而这两句诗也因其蕴涵的哲理意味脍炙人口。

停車坐愛楓林晚霜葉紅於二月花

李攀龍

翻手为云覆手雨，纷纷轻薄何须数。

〔鉴赏〕杜甫一生困顿，颇多慨叹世情之作。这两句出自《贫交行》，是其中年蹇滞京华时所作。诗云：

> 翻手为云覆手雨，纷纷轻薄何须数。君不见管鲍贫时交，此道今人弃如土。

春秋时，管仲与鲍叔牙为莫逆之交。管仲早年微贱，多得鲍叔牙援手；后陷囹圄，又蒙鲍叔牙救拔。二人共辅桓公，遂成一代霸业。管鲍之交，便成为"识人于贫贱，终生不渝"的典范。诗人此际亦陷于贫贱，而所遭所遇，多是肥马轻裘的纨绔轻薄子，欲觅古道热肠，只能徒增伤感。于是，便有了这两句激愤之语。由于"人情冷暖，世态炎凉"为人类社会千古痼疾，这两句诗也便有了千古传诵的理由。

靡不有初，鲜克有终。

〔释义〕靡，无。鲜，少。克，能。
〔鉴赏〕这是《诗经·荡》中的名句，出自其首章：

> 荡荡上帝，下民之辟。疾威上帝，其命多辟。天生烝民，其命匪谌。靡不有初，鲜克有终。

《荡》乃周大夫所作，借古讽今，用周文王指责纣王的口气，来警告周之暴君。首章指责上帝，暗指周王。本二句之所以成为名句，主要在于其深刻的哲理性：凡事都有开始，但能完成的却很少。这在诗中原指上帝生下百姓，却不管他们的生活，是有始无终。后世人扩展其含义，或以之喻事业坚持不易，行百里者半九十，为山九仞往往功亏一篑；或以之喻感情不能持久，喜新厌旧，如魏徐幹诗"人靡不有初，想君能终之"。

爆竹声中一岁除，春风送暖入屠苏。

〔鉴赏〕这是王安石《元日》诗。这首诗写的是春节来临，千家万户燃放鞭炮、畅饮美酒、更换桃符的热烈喜庆的景象。原诗为：

> 爆竹声中一岁除，春风送暖入屠苏。
> 千门万户曈曈日，总把新桃换旧符。

　　诗人选取了最富表现力的几个细节加以提炼升华，从而将情与景、理与景巧妙地熔于一炉，形成了一个有机的艺术整体。"爆竹"之刚劲，"春风"之柔和，正合于除旧迎新、驱寒送暖之情势，故而成为一种象征。

露重飞难进，风多响易沉。

〔鉴赏〕这是唐代骆宾王《在狱咏蝉》诗中名句。诗人因遭诬陷被囚，在狱中吟诗：

> 西陆蝉声唱，南冠客思侵。
> 那堪玄鬓影，来对白头吟。
> 露重飞难进，风多响易沉。
> 无人信高洁，谁为表予心？

　　句中写：夜露如冰，寒蝉瑟缩难以振翅高飞；秋风渐劲，寒蝉哀鸣如泣如咽。两句用笔凝重，忧伤沉痛之极，寄托良深。诗人借秋蝉的遭际写出了自己身处逆境，困厄重重，清白见污，无以辩解，人世悲冷，前路渺茫，忧愤满怀的英雄末路之感。

附录　名句作者索引

先秦

诗经　关关雎鸠，在河之洲。窈窕淑女，君子好逑。/175
桃之夭夭，灼灼其华。之子于归，宜其室家。/389
赳赳武夫，公侯干城。/338
维鹊有巢，维鸠居之。/422
未见君子，忧心忡忡。/130
我心匪石，不可转也。/253
有女怀春，吉士诱之。/189
燕燕于飞，颉之颃之。/467
死生契阔，与子成说。执子之手，与子偕老。/191
泾以渭浊，湜湜其沚。/278
人而无仪，不死何为！/25
如切如磋，如琢如磨。/221
巧笑倩兮，美目盼兮。/132
手如柔荑，肤如凝脂，领如蝤蛴，齿如瓠犀，螓首
　　蛾眉。/105
谁谓河广，一苇杭之。/376
投我以木桃，报之以琼瑶。/243
彼黍离离，彼稷之苗。行迈靡靡，中心摇摇。/312
一日不见，如三秋兮。/2
风雨如晦，鸡鸣不已。/119
青青子衿，悠悠我心。/287
今夕何夕，见此良人。/108
蒹葭苍苍，白露为霜。所谓伊人，在水一方。/448

岂曰无衣？与子同袍！/204

予室翘翘。风雨所漂摇，予维音哓哓。/119

伐柯如何？匪斧不克。取妻如何？匪媒不得。/209

呦呦鹿鸣，食野之苹。我有嘉宾，鼓瑟吹笙。/309

高岸为谷，深谷为陵。/377

兄弟阋于墙，外御其务。/152

妻子好合，如鼓瑟琴。/288

出自幽谷，迁于乔木。/153

昔我往矣，杨柳依依。今我来思，雨雪霏霏。/293

萧萧马鸣，悠悠旆旌。/408

它山之石，可以攻玉。/125

维熊维罴，男子之祥。/422

载弄之璋，其泣喤喤。/387

载弄之瓦，无非无仪。/387

如临深渊，如履薄冰。/222

螟蛉有子，蜾蠃负之。/467

巧言如簧，颜之厚矣。/131

溥天之下，莫非王土。率土之滨，莫非王臣。/443

高山仰止，景行行止。/377

匪兕匪虎，率彼旷野。/397

靡不有初，鲜克有终。/471

如蜩如螗，如沸如羹。/222

殷鉴不远，在夏后之世。/394

投我以桃，报之以李。/243

匪面命之，言提其耳。/397

王奋厥武，如震如怒。/74

一国三公，吾谁适从。/8

悠哉游哉，聊以卒岁。/420

孔丘 泰山其颓乎！梁木其坏乎！哲人其萎乎！/383

接舆 往者不可谏，来者犹可追。/312

秦汉

孔雀东南飞，五里一徘徊。/120

徘徊庭树下，自挂东南枝。/421

枭骑战斗死，驽马徘徊鸣。/321

江南可采莲，莲叶何田田，鱼戏莲叶间。/173

愿得一心人，白头不相离。/460

秋风萧萧愁杀人。/361

悲歌可以当泣，远望可以当归。/440

直如弦，死道边；曲如钩，反封侯。/296

寒素清白浊如泥，高第良将怯如鸡。/426

赵壹　文籍虽满腹，不如一囊钱。/70

势家多所宜，咳唾自成珠。/300

古诗　浮云蔽白日，游子不顾反。/370

不惜歌者苦，但伤知音稀。/92

人生天地间，忽如远行客。/21

何不策高足，先据要路津。/262

前日风雪中，故人从此去。/329

携手上河梁，游子暮何之？/463

魏晋南北朝

曹操　日月之行，若出其中；星汉灿烂，若出其里。/97

老骥伏枥，志在千里；烈士暮年，壮心不已。/185

对酒当歌，人生几何？/166

铠甲生虮虱，万姓以死亡。/421

曹丕　秋风萧瑟天气凉，草木摇落露为霜。/362

别日何易会日难，山川悠远路漫漫。/246

曹植　本是同根生，相煎何太急！/141

惊风飘白日，光景驰西流。/404

白马饰金羁，连翩西北驰。/159

高树多悲风，海水扬其波。/378

隋唐五代

安能摧眉折腰事权贵，使我不得开心颜。/176

孤帆远影碧空尽，唯见长江天际流。/318

飞流直下三千尺，疑是银河落九天。/63

两岸猿声啼不住，轻舟已过万重山。/241

举杯邀明月，对影成三人。/325

三山半落青天外，一水中分白鹭洲。/36

山随平野尽，江入大荒流。/54

大道如青天，我独不得出。/42

今人不见古时月，今月曾经照古人。/108

仍怜故乡水，万里送行舟。/163

仰天大笑出门去，我辈岂是蓬蒿人。/210

西岳峥嵘何壮哉！黄河如丝天际来。/183

但使主人能醉客，不知何处是他乡。/265

我醉欲眠卿且去，明朝有意抱琴来。/259

狂风吹我心，西挂咸阳树。/270

两岸青山相对出，孤帆一片日边来。/240

抽刀断水水更流，举杯消愁愁更愁。/289

春风知别苦，不遣柳条青。/332

相看两不厌，只有敬亭山。/348

俱怀逸兴壮思飞，欲上青天揽明月。/357

桃花流水窅然去，别有天地非人间。/247

浮云游子意，落日故人情。/370

黄河西来决昆仑，咆哮万里触龙门。/407

请君试问东流水，别意与之谁短长？/372

吟诗作赋北窗里，万言不直一杯水。/248

宣父犹能畏后生，丈夫未可轻年少。/323

长相思，摧心肝！/106

大贤虎变愚不测，当年颇似寻常人。/40

且乐生前一杯酒，何须身后千载名。/147

功名富贵若长在，汉水亦应西北流。/133

空将汉月出宫门，忆君清泪如铅水。/279
我有迷魂招不得，雄鸡一唱天下白。/435
少年心事当拏云，谁念幽寒坐呜呃。/100

刘叉 野夫怒见不平处，磨损胸中万古刀。/44
徐凝 天下三分明月夜，二分无赖是扬州。/75
许浑 溪云初起日沉阁，山雨欲来风满楼。/53
杜牧 一骑红尘妃子笑，无人知是荔枝来。/14
千里莺啼绿映红，水村山郭酒旗风。/56
尘世难逢开口笑，菊花须插满头归。/221
东风不与周郎便，铜雀春深锁二乔。/142
商女不知亡国恨，隔江犹唱后庭花。/403
江东子弟多才俊，卷土重来未可知。/172
春风十里扬州路，卷上珠帘总不如。/330
蜡烛有心还惜别，替人垂泪到天明。/462
十年一觉扬州梦，赢得青楼薄幸名。/16
停车坐爱枫林晚，霜叶红于二月花。/468
天阶夜色凉如水，坐看牵牛织女星。/79
清明时节雨纷纷，路上行人欲断魂。/399
公道世间唯白发，贵人头上不曾饶。/115

温庭筠 鸡声茅店月，人迹板桥霜。/274
山月不知心里事，水风空落眼前花。/47
过尽千帆皆不是，斜晖脉脉水悠悠。/192

陈陶 可怜无定河边骨，犹是春闺梦里人。/133
李商隐 庄生晓梦迷蝴蝶，望帝春心托杜鹃。/179
沧海月明珠有泪，蓝田日暖玉生烟。/228
此情可待成追忆，只是当时已惘然。/197
夕阳无限好，只是近黄昏。/60
何当共剪西窗烛，却话巴山夜雨时。/262
身无彩凤双飞翼，心有灵犀一点通。/259
刘郎已恨蓬山远，更隔蓬山一万重。/179

春心莫共花争发，一寸相思一寸灰。/329
无端嫁得金龟婿，辜负香衾事早朝。/87
相见时难别亦难，东风无力百花残。/346
春蚕到死丝方尽，蜡炬成灰泪始干。/337
芭蕉不展丁香结，同向春风各自愁。/239
桐花万里丹山路，雏凤清于老凤声。/389
天意怜幽草，人间重晚晴。/27
神女生涯原是梦，小姑居处本无郎。/328
可怜夜半虚前席，不问苍生问鬼神。/134
永忆江湖归白发，欲回天地入扁舟。/127
留得枯荷听雨声。/396
他生未卜此生休。/163

罗隐	今朝有酒今朝醉，明日愁来明日愁。/115
	采得百花成蜜后，为谁辛苦为谁甜？/310
陆龟蒙	丈夫非无泪，不洒离别间。/38
韦庄	无情最是台城柳，依旧烟笼十里堤。/86
	人人尽说江南好，游人只合江南老。/19
聂夷中	医得眼前疮，剜却心头肉。/242
章碣	坑灰未冷山东乱，刘项原来不读书。/242
曹松	凭君莫话封侯事，一将功成万骨枯。/13
鱼玄机	易求无价宝，难得有情郎。/308
杜荀鹤	任是深山更深处，也应无计避征徭。/210
	今来县宰加朱绂，便是生灵血染成。/112
秦韬玉	苦恨年年压金线，为他人作嫁衣裳。/70
翁宏	落花人独立，微雨燕双飞。/430
王驾	家家扶得醉人归。/376
无名氏	劝君莫惜金缕衣，劝君惜取少年时。/122
佚名	山僧不解数甲子，一叶落知天下秋。/55
冯延巳	风乍起，吹皱一池春水。/118
	独立小桥风满袖，平林新月人归后。/366

五更千里梦，残月一城鸡。/89

柳永 寒蝉凄切，对长亭晚，骤雨初歇。/427

今宵酒醒何处？杨柳岸、晓风残月。/114

执手相看泪眼，竟无语凝噎。/192

衣带渐宽终不悔，为伊消得人憔悴。/180

重湖叠巘清嘉，有三秋桂子，十里荷花。/358

对潇潇暮雨洒江天，一番洗清秋。/169

想佳人妆楼颙望，误几回、天际识归舟。/452

忍把浮名，换了浅斟低唱。/273

多情自古伤离别，更那堪冷落清秋节。/114

欧阳修 春风疑不到天涯，二月山城未见花。/333

初如食橄榄，真味久愈在。/231

棋罢不知人换世，酒阑无奈客思家。/434

耳目所及尚如此，万里安能制夷狄。/186

月上柳梢头，人约黄昏后。/116

平芜尽处是春山，行人更在春山外。/129

人生自是有情痴，此恨不关风与月。/23

庭院深深深几许？杨柳堆烟，帘幕无重数。/378

苏舜钦 绿杨白鹭俱自得，近水远山皆有情。/422

李觏 人言落日是天涯，望极天涯不见家。/26

张俞 遍身罗绮者，不是养蚕人。/428

苏洵 佳节久从愁里过，壮心偶傍醉中来。/311

曾巩 朱楼四面钩疏箔，卧看千山急雨来。/207

王珪 万里江山来醉眼，九秋天地入吟魂。/45

司马光 更无柳絮因风起，惟有葵花向日倾。/234

王安石 坐感岁时歌慷慨，起看天地色凄凉。/251

春风又绿江南岸，明月何时照我还？/330

当此不知谁客主，道人忘我我忘言。/192

君不见咫尺长门闭阿娇，人生失意无南北。/22

纵被春风吹作雪，绝胜南陌碾成尘。/274

遥知不是雪，为有暗香来。/455

一水护田将绿绕，两山排闼送青来。/3

爆竹声中一岁除，春风送暖入屠苏。/471

不畏浮云遮望眼，只缘身在最高层。/92

昏昏灯火话平生。/317

汉恩自浅胡自深。/124

细数落花因坐久，缓寻芳草得归迟。/321

春色恼人眠不得，月移花影上栏干。/335

苏轼 人生到处知何似？应似飞鸿踏雪泥。/24

摩诘得之于象外，有如仙翮谢笼樊。/464

人生识字忧患始，姓名粗记可以休。/24

黑云翻墨未遮山，白雨跳珠乱入船。/437

欲把西湖比西子，淡妆浓抹总相宜。/417

天外黑风吹海立，浙东飞雨过江来。/78

去年今日关山路，细雨梅花正断魂。/136

人似秋鸿来有信，事如春梦了无痕。/25

不识庐山真面目，只缘身在此山中。/89

春江水暖鸭先知。/334

蒌蒿满地芦芽短，正是河豚欲上时。/433

论画以形似，见与儿童邻。/182

一年好景君须记，最是橙黄桔绿时。/7

春宵一刻值千金，花有清香月有阴。/337

腹有诗书气自华。/457

作诗火急追亡逋，清景一失后难摹。/267

根到九泉无曲处，世间唯有蛰龙知。/390

回船上马各归去，多言谁说师所呵。/203

自笑平生为口忙，老来事业转荒唐。/214

人皆养子望聪明，我被聪明误一生。/28

只恐夜深花睡去，故烧高烛照红妆。/152

忽闻河东狮子吼，拄杖落地心茫然。/316

厩马万匹皆吾师。/423

岂意青州六从事，化为乌有一先生。/205

日啖荔枝三百颗，不辞长作岭南人。/98

报道先生春睡美，道人轻打五更钟。/244

苦雨终风也解晴。/293

长恨此身非我有，何时忘却营营！/106

拣尽寒枝不肯栖，寂寞沙洲冷。/300

细看来，不是杨花，点点是离人泪。/320

大江东去，浪淘尽，千古风流人物。/39

乱石穿空，惊涛拍岸，卷起千堆雪。/251

明月几时有？把酒问青天。/303

我欲乘风归去，又恐琼楼玉宇，高处不胜寒。/258

人有悲欢离合，月有阴晴圆缺，此事古难全。/25

但愿人长久，千里共婵娟。/267

一蓑烟雨任平生。/15

回首向来萧瑟处，归去，也无风雨也无晴。/202

老夫聊发少年狂。/185

会挽雕弓如满月，西北望，射天狼。/217

十年生死两茫茫，不思量，自难忘。/17

枝上柳绵吹又少，天涯何处无芳草。/298

多情却被无情恼。/219

谁道人生无再少？门前流水尚能西，休将白发唱黄鸡。/375

胜固欣然，败亦可喜。/365

程颢　　时人不识余心乐，将谓偷闲学少年。/249

晏几道　　当时明月在，曾照彩云归。/193

落花人独立，微雨燕双飞。/430

今宵剩把银釭照，犹恐相逢是梦中。/114

相思本是无凭语，莫向花笺费泪行。/347

黄庭坚　　桃李春风一杯酒，江湖夜雨十年灯。/389

胸中元自有丘壑，故作老木蟠风霜。/395

知否？知否？应是绿肥红瘦。/310
故乡何处是？忘了除非醉。/343
旧时天气旧时衣，只有情怀不似旧家时。/144
花自飘零水自流。一种相思，两处闲愁。/235
此情无计可消除，才下眉头，却上心头。/196
莫道不销魂，帘卷西风，人比黄花瘦。/385
物是人非事事休，欲语泪先流。/311
只恐双溪舴艋舟，载不动许多愁。/151
寻寻觅觅，冷冷清清，凄凄惨惨戚戚。/220
乍暖还寒时候，最难将息。/158
这次第，怎一个愁字了得？/229
天接云涛连晓雾，星河欲转千帆舞。/82
九万里风鹏正举。风休住，蓬舟吹取三山去。/33
甚霎儿晴，霎儿雨，霎儿风。/343

卢梅坡 梅须逊雪三分白，雪却输梅一段香。/411
陈与义 卧看满天云不动，不知云与我俱东。/290
独立东风看牡丹。/366

张元幹 天意从来高难问，况人情老易悲难诉。/82
刘子翚 骨朽人间骂未销。/367
岳飞 怒发冲冠，凭阑处，潇潇雨歇。/357
三十功名尘与土，八千里路云和月。/36
莫等闲，白了少年头，空悲切。/386

朱敦儒 我是清都山水郎，天教懒慢带疏狂。/256
张孝祥 念腰间箭，匣中剑，空埃蠹，竟何成！/313
悠然心会，妙处难与君说。/420
我欲乘风去，击楫誓中流。/258

陆游 文章本天成，妙手偶得之。/69
山重水复疑无路，柳暗花明又一村。/53
君看赤壁终陈迹，生子何须似仲谋。/155
京华结交尽奇士，意气相期共生死。/280

楚虽三户能亡秦，岂有堂堂中国空无人！/449
此身合是诗人未？细雨骑驴入剑门。/196
金印煌煌未入手，白发种种来无情。/161
朱门沉沉按歌舞，厩马肥死弓断弦。/206
楼船夜雪瓜州渡，铁马秋风大散关。/449
塞上长城空自许，镜中衰鬓已先斑。/444
小楼一夜听春雨，深巷明朝卖杏花。/64
遗民泪尽胡尘里，南望王师又一年。/441
夜阑卧听风吹雨，铁马冰河入梦来。/281
重帘不卷留香久，古砚微凹聚墨多。/358
死后是非谁管得，满村听说蔡中郎。/191
伤心桥下春波绿，曾是惊鸿照影来。/211
此身行作稽山土，犹吊遗踪一泫然！/195
白发无情侵老境，青灯有味似儿时。/161
何方可化身千亿？一树梅前一放翁。/261
昔如埋剑常思出，今作闲云不计程。/292
天下可忧非一事，书生无地效孤忠。/76
王师北定中原日，家祭无忘告乃翁。/73
红酥手，黄縢酒，满城春色宫墙柳。/225
零落成泥碾作尘，只有香如故。/447
胡未灭，鬓先秋，泪空流。此生谁料，心在天山，身老沧州。/344

范成大　童孙未解供耕织，也傍桑阴学种瓜。/428
杨万里　小荷才露尖尖角，早有蜻蜓立上头。/64
接天莲叶无穷碧，映日荷花别样红。/412
正入万山圈子里，一山放出一山拦。/1

朱熹　等闲识得东风面，万紫千红总是春。/46
问渠那得清如许，为有源头活水来。/181

辛弃疾　更能消、几番风雨？匆匆春又归去。/235
君莫舞，君不见、玉环飞燕皆尘土！/271

金元

醉袍袖舞嫌天地窄。/465

	细较十年衣上泪，不如慈母线痕多。/320
顾德润	欲赋生来惊人语，必须苦下死工夫。/418
张鸣善	花谢了三春近也，月缺了中秋到也，人去了何日来也？/239
王冕	忽然一夜清香发，散作乾坤万里春。/317
佚名	鹌鹑嗉里寻豌豆，鹭鸶腿上劈精肉，蚊子腹内刳脂油。/450

明

罗贯中	大梦谁先觉？平生我自知。/42
	书生轻议冢中人，冢中笑尔书生气！/121
施耐庵	农夫心内如汤煮，公子王孙把扇摇。/183
高启	大树无枝向北风，十年遗恨泣英雄。/41
	须高举，教弋人空慕，云海茫然。/364
	从今四海永为家，不用长江限南北。/102
	坐觉苍茫万古意，远自荒烟落日之中来。/250
	白下有山皆绕郭，清明无客不思家。/158
	叩壶自高歌，不顾俗耳惊。/148
王越	自笑年来常送客，不知身是未归人。/215
	今夕为何夕，他乡说故乡。/111
解缙	为国为民皆是汝，却教桃李听笙歌。/73
杨基	徐行不记山深浅，一路莺啼送到家。/394
王恭	莫怪春来便归去，江南虽好是他乡。/384
于谦	清风两袖朝天去，免得闾阎话短长。/399
	粉骨碎身浑不怕，要留清白在人间。/380
	春风来不远，只在屋东头。/332
李东阳	万古乾坤此江水，百年风日几重阳。/44
	此时忧国况忧家，不觉红颜坐凋瘦。/195
王阳明	山近月远觉月小，便道此山大于月。/50
唐寅	立锥莫笑无余地，万里江山笔下生。/126

后 记

  20 世纪末,我们曾编写出版《中国诗词名句赏析大典》,在海外印行。当时参与撰稿的有(依工作量排列):乔以钢、陈洪、赵季、彭红英、余才林、许祥骢、赵叔、陈千里、沈立岩、罗晨霞、李世英。其后,又经主编做了两次较大规模的增删、整饬。根据读者的要求,这次调整体例,纳入"中华传统文化精要 900 句"丛书,以新的面目与爱好诗词文化的朋友们见面,希望大家更加喜欢。